ハヤカワ・ミステリ文庫

〈HM⑩-1〉

哀 惜

アン・クリーヴス

高山真由美訳

早 川 書 房

8924

THE LONG CALL
by
Ann Cleeves

Translated by
Mayumi Takayama

First published 2023 in Japan by
HAYAKAWA PUBLISHING, INC.
This book is published in Japan by
arrangement with
SARA MENGUC LITERARY AGENT, SURREY, UK
through TUTTLE-MORI AGENCY, INC., TOKYO.

イシー、マーティン、ポール、スーに捧ぐ
あなた方がいなければこの本が書かれることはなかった

謝辞

わたしがこなすのは簡単な部分――〝キッチンテーブルのまえに座ってお話をする〟部分だ。本を読者に届けるという困難な仕事は、大西洋の両側とさらにその向こうにいる最高のチームによってなされた。ロンドンのパン・マクミラン社の面々、とくにヴィッキー、シャーロット、ナタリー、アンナ、そして各書店との関係を築くために高速道路を何度も行き来してくれた代表者たちに多大なる感謝を捧げる。おなじだけの感謝をニューヨークのミノトール・ブックス社のチーム、とくにキャサリン、サラ、マーティンにも捧げる。エージェントのサラとモーゼズはいつもそばにいて、アドバイスと良質なユーモアで支えてくれる――二人はいったいいつ眠っているのだろう。モーラはいつもどおりすばらしい。わたしを置いていったことはたぶんずっと許さないけれど！　わたしが読みつづけ、書きつづけることを可能にしてくれる図書館と書店にも感謝を。そして最後に、この主題に取り組む勇気を与えてくれた一人の読者、ジャッキー・ホワイトに特別な感謝を。

イギリスでは、ダウン症の人々は通常、「学習障害のある人々」と呼ばれる。この用語はいかなる価値判断も含まないので、本書ではこれを用いた。この用語が適切でないと見なされる場合があるのも知っているが、もちろん悪意を持って用いたわけではない。

親愛なる読者へ

ここに新たなキャラクターと新たなシリーズをご紹介する。ヴェラ・スタンホープやジミー・ペレスの物語に長く取り組んできたあとで、マシュー・ヴェンをお目にかけるにあたり、とても緊張している。たとえていうなら新しい恋人を初めて家に連れていくティーンエイジャーのように。マシュー・ヴェンを気に入っていただけるよう願っている。少々人見知りで、自信家とはいえない主人公ではあるけれど。

『哀惜』は、わたしをノース・デヴォンへ、子供時代の大半を過ごした土地へ帰してくれた。昔の同級生を訪ねたり、以前よく行った場所を歩いたり、かつて知っていた人々について話したりすることでこの物語は成長した。この土地がどんなに美しいか、いままで忘れていた。だが、美というのはときに表面的なものでもあり、わたしにとってはそこに生じる対比が最も興味深い。シェトランドやノーサンバーランドとおなじく、この土地やそこに住む人々について明かすべきことはたくさんある。

新たな主人公と新たな舞台をつくりだすのはつねにやりがいのある仕事だ。わたしが楽しみながら書いたのとおなじくらい、読者のみなさんがマシューとノース・デヴォンを好きになってくれますように。

感謝をこめて。どうぞ楽しい読書を。

アン

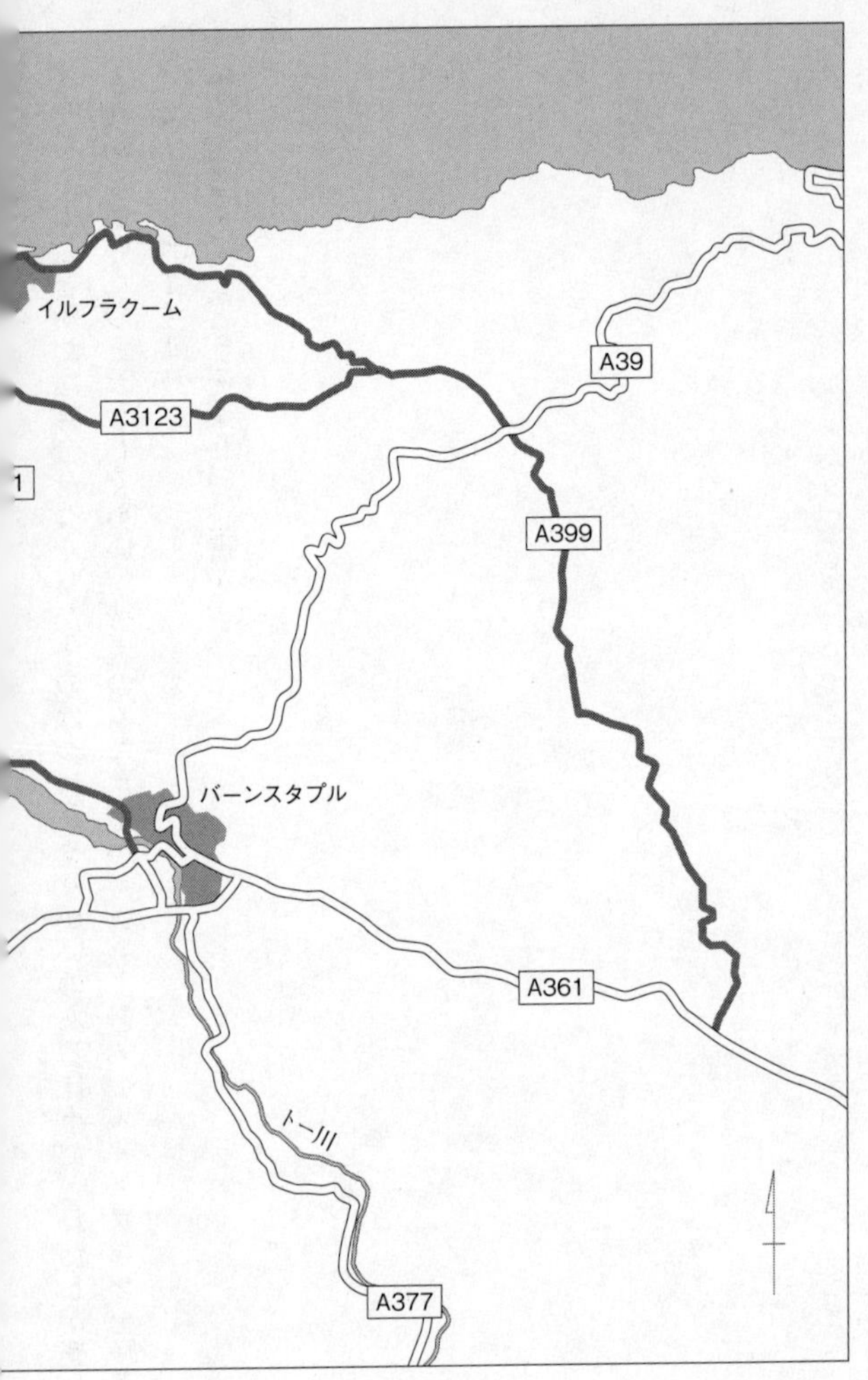

イルフラクーム
A3123
A39
A399
バーンスタプル
A361
トー川
A377

ノース・デヴォン

ランディ島
バギー・ポイント
●クロイド
ブローントン
ビディフォード
クロウ・
ポイン
アップルドア
ウェストワード・ホー！
トーリッジ
A39
A386

哀惜

登場人物

マシュー・ヴェン……………………バーンスタプル署の警部
ジェン・ラファティ…………………同部長刑事
ロス・メイ……………………………同刑事
ジョー・オールダム…………………同主任警部
ジョナサン・チャーチ………………マシューの夫。ウッドヤード・センターの責任者
デニス・ソルター……………………ブレザレン教会の指導者
グレイス・ソルター…………………デニスの妻
ルーシー・ブラディック……………ダウン症の女性
モーリス・ブラディック……………ルーシーの父
クリスティン・シャプランド
ローザ・ホールズワージー　}……ルーシーの友人
ジャネット・ホールズワージー………ローザの母
コリン・マーストン…………………有料道路の管理人。バードウォッチャー
ヒラリー・マーストン………………コリンの妻
ギャビー・ヘンリー…………………ウッドヤード・センターの招聘芸術家
キャロライン（キャズ）・プリース…………ソーシャルワーカー
クリストファー・プリース…………キャロラインの父。ウッドヤード・センターの理事長
エドワード・クレイヴン……………助任司祭。キャロラインの恋人
サイモン・アンドルー・ウォールデン…………キャロライン宅の下宿人。コック

1

海岸で死体が発見された日、マシュー・ヴェンは死そのものや死ぬということについての考えですでに頭がいっぱいだった。バーンスタプルの外れにあるノース・デヴォン火葬場の外に立ち、足もとに紫色のクロッカスの群生が水たまりのように広がっているのを意識しながら、霊柩車が父の遺体を霊安室へ運ぶのを離れたところから眺めていた。会葬者の小さな一団がなかに入ると、マシューはそばへ移動した。なぜここにいるのかとは誰にも訊かれなかった。きちんとした男に見えたのだろう、スーツを着て地味なネクタイを締め、若いわりに白髪が多く、落ち着いた雰囲気だったから。進んで危険を冒すようにも、規則を破るようにも見えない。少々遅れて到着した司祭であってもおかしくない。あるいは遠慮がちな会葬者の一人とか。やわらかな肌と悲しい目をした、内気で、申しわけなさそうな会葬者。初対面の者なら、お悔やみや慰めの言葉が出てくるものと思うだろう。実際には、マシューは怒っていた。しかし自分の感情を隠すべきなら、とっくの昔に身につけていた。

足もとを見おろし、花を踏みつぶしていないことを確認してから、マシューは墓石のあいだを歩いて小道へ向かった。霊安室のドアは開かれたままになっており――一年の早い時期にしては暖かい日だ――なかで進行中の式の様子が耳に届いた。独特の熱のこもった豊かな声は、どこで聞いても誰のものかわかった。デニス・ソルター。会衆を元気づけ、アンドルー・ヴェンは天国にいるのだから、悲しみは自分だけのものとし、兄弟アンドルーのために嘆くべきではないと説いていた。つづいて電動式パイプオルガンの重い送風音と、ゆったりした讃美歌の旋律が聞こえてくる。聞き覚えはあるが、はっきりどの曲とはわからなかった。アリス・ウォーゼンクロフトが鍵盤に覆いかぶさるように体を折った姿を思い描く。全身黒ずくめのうえ、手は鉤爪、鼻はくちばしのようで、こんなに鳥みたいに見える女性もそうはいないだろう。彼女はマシューが少年のころからすでに年老いていた。ちなみに、マシューは生まれながらにして献身的なバラム・ブレザレン教会の一員だった。両親の喜びであり、未来への希望だった。それがいまでは追放された身だ。これはマシューの父の葬儀だが、マシューは歓迎されていなかった。

讃美歌が物悲しい余韻を残して終わると、マシューは背を向けた。葬儀はもうすぐ終わりだった。父の遺体を収めた棺はカーテンの向こうへ送りこまれて灰になる。小さな一団の大半を占める年老いた女たちは陽だまりに集まっておしゃべりをし、次いで母の家へ移動して、お茶を飲みながら手づくりのケーキを食べるだろう。小ぶりなグラスで甘口のシェリーを飲むだろう。話のついでに、マシューの名前も出るかもしれない。集まった人々は、夫と死別した女がこうした折に一人息子を恋しく思うのも理解するだろう。だが、同情はしても、だったら招くべきだったのにと思うだけだろう。ブレザレン教会を捨てたのはマシューの選択だった。マシューはつかのま佇み、その選択は信仰心の欠如のせいではないと思った。疑念がいがんさながらに自然と大きくなったのだ。マシューは罪悪感を押しやった。罪悪感はいまも体内で、まるで歯痛のような実際の痛みとしてどこかに潜んでいた。怒りの根源だった。そしてぼろぼろになった信仰心の残骸のせいで、父が、父の魂が、いまも息子に絶望したまま、どこかから見ているような気がした。マシューは急ぎ足で自分の車に向かった。

連絡が来たのは、車のそばに着いたときだった。墓地の外壁にもたれ、日射しを顔に受ける。電話は部下の刑事、ロス・メイからだった。ロスのエネルギーにはマシューを疲れさせるところがあった。エネルギーが空気中でシュワシュワと音をたて、耳から入りこんでくるような気がした。ロスは声が大きく、つねにまえを歩きたがるような、鋼鉄の心臓の持ち主だった。地元のジョギング・クラブのメンバーで、ラグビーの選手でもあった。チームプレイヤーなのだ、仕事のときはそうでもないようだが。

「ボス、どこにいるんです？」

「ちょっと外出している」マシューは自分の居場所についてロスに話す気にはなれなかった。

「戻ってこられますか？　クロウ・ポイントのそばの浜辺で死体が発見されました。ボスの家の近くですよ」

マシューは少し考えてからいった。「事故だろうか？」穏やかな天候のときでさえ、事故は起こるものだ。あの近辺の潮流は一筋縄ではいかないからだ。「小型ボートで出ていった人間が、浜に打ちあげられたとか？」

「ちがいます。衣服が乾いているうえに、見つかったのは満潮線より上の地点です。それに刺し傷があります」ロスのこんなに興奮した声は、大事な試合が間近に迫っているときくらいしか聞いたことがなかった。

「きみはどこにいる？」

「現場に向かっています。ジェンも一緒です。知らせが入ったばかりで。最初の通報で現場に出向いたのは制服の野郎なんですよ。ボスとおなじく、本署も事故だと思ったようです」

制服の野郎。一緒に働く人間への敬意に欠ける物言いを咎めようとしたが、マシューはその言葉を呑みこんだ。**仲間の警官をそんなふうに呼んでいると、自分もまた制服を着るはめになるぞ。**いまはいうべきときではなかった。マシューはチームにとってまだ新顔なのだ。コメントは次の査定まで取っておくことにした。それに、ロスは主任警部のお気に入りだから、少々用心すべきでもあった。「現場で落ちあおう。有料道路が終わる場所に駐車して、そこから歩くんだ」現場へ向かう途中で砂にはまりこんだ車など、無用の長物の最たるものだ。

シーズンまえのこの時期には、観光客による混雑はほとんどなかった。これが夏の盛りともなると、バーンスタプルにある警察署から車で帰宅するのに一時間以上かかる。大きな車が渋滞して狭い道をふさぐからなのだが、こうした車は登録地のロンドン郊外を走っていても馬鹿でかく見えるにちがいない。今日はトー川の新しい橋を渡ることにした。上流を見やると、ロック・パークと、昔通った学校が目に入った。当時のマシューは夢見がちな少年で、物語に逃避したり、長時間一人でぼうっと散歩をしたりして、自分は詩作中の詩人なのだと想像した。しかし誰もマシューをそんな目では見なかった。これといった特徴もなく、教師からもほかの生徒からも簡単に忘れられる少年の一人だった。何年かまえ、同窓会に出席したときに、ほんとうの友人などほとんどいなかったことに気がついた。当時のマシューはブレザレンの教義にあまりにも従順で、度の過ぎた信心の持ち主だった。両親からはきっとすばらしい牧師になるだろうといわれ、自分でもすっかりそのつもりだった。

ブローントンを通過したところでハッと現実に引き戻された。マシューの子供のころは村だったブローントンが、いまや小さくとも町になったように感じられた。海岸沿いではないが、海岸への入口だった。子供たちが学校から出てくるのを後目に、町なかで信号に引っかかってイライラする気持ちを抑えながら進んだ。その後、左折して河口へ向かう。トー川がトーリッジ河口にぶつかって大西洋へ注ぐ場所だ。北を見渡せばバギー・ポイントの絶壁があり、水平線のすぐ手前に白亜のホテルが見える。記念碑のようでありながら、同時に、実体がないようでもあった。距離と光のいたずらのせいだ。

ロスもいっていたとおり、ここは自宅のそばだった。犯罪現場に近づきつつあったので、マシューは細かいところを思いだそうとした。小さな工業団地があり、サーフボードや田舎歩き用のしゃれた衣類がつくられていた。狭い農地は息を吹き返し、新参者やお上品な行楽客にオーガニックの野菜を供給していた。道路はどんどん狭くなる。両側に、境界を示す石垣が並んでいた。すでに花穂のできた草が繁っており、もうすぐサクラソウが満開になりそうだった。民家の庭として保護された場所ではもう咲いていた。

沼地に着くと空が開け、マシューの気分も上向いた。いつもそうだ。もしマシューがいまも全能なる神を信じていたなら、こうした空間や光への自分の反応を宗教的な体験と思ったことだろう。先の冬は雨が多かったため、水路も貯水池も満水で、カモメや渉禽類を引き寄せていた。平地はまだ冬の色彩——灰色、茶色、オリーブ色——のままだった。ここから海は見えないが、車を降りればにおいを感じることはできる。嵐が来ていれば音も聞こえる。ソーントンの村へつながる何キロもの海岸で砕ける波の音が。

川へつづく有料道路に到着すると、制服警官が立っているのが見えた。パトロールカーが、有料道路の管理人用コテージから道を挟んだ反対側に停めてあった。警官は追い返しそうなそぶりを見せたが、すぐにマシューだと気がついて遮断機を持ちあげた。マシューはそこを通り過ぎてから車を停め、ボタンを押して窓をあけた。

「最初に現場に到着したのはきみだろうか？」

「はい、事故として通報が入ってきまして」警官は若く、まだいくぶん不安そうに見えた。マシューは、死体を見たのはこれが初めてかとは訊かなかった。殺人事件はまちがいなく初めてだろう。「あなたのところの刑事たちはすでに現場にいます。自分は野次馬を寄せつけないようにここへ送られました」

「結構。発見者は？」

「犬の散歩をしていた女性です。チヴナーにできた例の新しい住宅の一軒に住んでいます。子供を学校へ迎えにいくのは近所の人に頼んだけれど、帰ってくる子供のために家にいたいそうなので、身分証を確認し、住所と電話番号を控えて帰しました。それでよかったでしょうか」

「完璧だ。彼女をここでぶらぶらさせておいても意味がない」マシューはいったん口をつぐんでからつづけた。「ほかに、向こうに車は？」

「もうないですね。ちょうど自分が到着したときに、停まっていたボルボに年配の夫婦が戻ってきました。名前と住所を控えて、車の登録証を確認しましたが、反対方向へ歩いていたのでなにも見なかったそうです。自分もそのときにはまだ事故だと思っていたので、ほとんどなにも訊かずに二人を帰してしまいました」

「ここをいつまできみに任せることになるかわからないが」マシューはいった。「できるだけ早く交代要員を手配しよう」

「心配いりません」警官は管理人用コテージを顎で示していった。「あそこの人たちには、なにがあったか説明しなきゃならなかったんですが、しきりにお茶を勧めてくれまして。

もしトイレに行きたくなったら、自分たちが見張っているからといってくれてます」

「戻ってきたらわたしも話をしよう。わたしが会いにいくまで外出しないでほしいと伝えてもらえるだろうか？」

「ええ、なにがあっても待っているはずですよ」

マシューはうなずき、車を進めた。窓をあけたままにしておいたので、今度こそほんとうに打ち寄せる波の音が聞こえた。セグロカモメの鳴き声も。博物学者が〝長鳴き〟と呼ぶ声で、言葉にならない苦痛のうなりのように聞こえると、マシューはいつも思っていた。故郷ならではのノイズだった。道がカーブして、自宅が見えた。二人の家だ。白く低い建物で、曲がったシカモアとサンザシの木立のおかげで強い風から守られている。家族向けの家だが、まだ子供はいなかった。それについては以前話をしたことはあるのだが、その後うやむやになったままだった。たぶん、二人とも自己中心的なのだろう。家は安く手に入った。洪水が起こりやすい場所だったからだ。そうでなければ買えなかった。もし満潮時に強い西風が吹いたら、堤防が決壊してトー川からの水が沼地に溢れるだろう。そうなれば、二人の家は水に囲まれた孤島と化す。しかしここの眺めと空間は、危険を冒しても手に入れる価値があった。

車を停めて庭の門をあけたりはせずに先へ進むと、ロスの車が見えてきた。マシューは車を降り、砂丘の細い道を上って海岸を見おろした。ここでは川幅が広く、どこまでがトー川でどこからが大西洋なのか見分けがつかなかった。前方にはノース・デヴォンのもう一つの川、トーリッジ川があり、インストウの辺りで海へ流れこんでいた。クロウ・ポイントはマシューがいる側の河口から突き出た岬で、天候と水のせいで浸食されて脆くなっているため徒歩で行くしかなかった。沈みかけた太陽が海を金色に染め、長い影を投げかけていた。マシューは半分目をつぶるようにして遠くの人影を見分けようとした。画家のラウリーが描いたような小さな人影は、砂と海と空からなる広大な空間に紛れてしまいそうだった。マシューは砂丘をすべるようにして浜辺まで下り、満潮線のすぐ下にいる二人のほうへ歩いた。

二人は遺体から少し離れて立ち、病理学者が到着するのを、そして科学捜査班が現場保護のためのテントを持ってやってくるのを待っていた。今日は風がないし、男性が発見されたのが水から離れた乾いた砂の上だったのは運がいいとマシューは思った。ここで長く野ざらしになれば、テントはアメリカへつづく海のまんなかまで突風で飛ばされるだろうし、遺体は波にさらわれるだろう。ウォーキングや犬の散歩をする人々が自分たちの浜辺を取り戻したがっているほかは、時間的なプレッシャーはなかった。捜査を進めるにあたり、死者の身内に愛する者の死を伝えなければならないというリつものプレッシャーがあるだけだった。

ジェンとロスはマシューを待ち受けていて、ジェンはマシューが浜辺に着くなり手を振った。マシューのなかには清教徒(ピューリタン)がいて、その厳格な部分では、部下の部長刑事であるジェンに不満を持っていた。ジェンは若すぎる年齢で子供を産み、虐待のあった結婚生活から逃れ、北の故郷をあとにして、デヴォン・コーンウォール警察に職を得た。子供たちはもうティーンエイジャーで、ジェンは二十代のときに逃した人生の楽しみをいまになって享受していた。派手に遊び、派手に飲んだ。もし男性だったら、少々脅威を感じさせる肉食タイプだっただろう。火のような赤毛で、健康的で、華やかで、自分とおなじタイプの男が好きだった。しかしそれでも、ジェンの度胸と気力には思わず感心させられることがあった。ジェンは職場に楽しい雰囲気と笑いをもたらしてくれるし、マシューがいままで一緒に働いたなかで最良の刑事だ。

「それで、なにがわかっている?」

「もっとちゃんと見てみないと、なんともいえませんね」ロスがそういって、被害者のほうを向いた。

マシューは被害者の男性に目を向けた。砂の上で仰向けに横たわっている。胸の刺し傷と血まみれの衣服が見えた。

「どうしてこれを事故だと思ったのだろうか？」

「女性が発見したときには、うつぶせだったんです。制服警官がひっくり返したんですよ」ロスはそういってあきれたようにぐるりと目を回してみせたが、マシューにはどういうことだったのか理解できた。背中からは、きっと事故のように見えたのだろう。それに地元の制服警官というのは、不審死の扱いに慣れていない。

被害者は色褪せたジーンズを穿き、短いデニムの上着の下に黒いトレーナーを着ていた。ブーツはずいぶん履き古され、踵に穴があきそうなくらい底が擦り減っている。髪は色がわからないほど砂まみれで、首に鳥のタトゥーがあった。マシューは鳥に詳しくなかったが、羽が長いのが見て取れた。カツオドリか、いや、たぶんアホウドリだろう、かすかに灰色がかった色合いで描かれていた。被害者は痩せていて、年寄りではなさそうだとマシューは思ったが、この距離だとそれ以上のことはわからなかった。ロスは落ち着きのない子供のようにそわそわしていた。凪の状態を拷問のように感じるのだ。おあいにくさま、とマシューは思った。そろそろ我慢を覚えてもいいころだろう。ロスにはどこか甘やかされた小学生のような雰囲気があった。ジェルで固めた髪やブランドもののシャツ、そして自分とは異なるものの見方が理解できないところにそれが表れていた。何事にも確信があるようだった。メラニーとの結婚が――ジェンは以前、メラニーのことをロスの完璧なアクセサリーと評したことがある――ロスを変えることはなかった。むしろ、メラニーの称賛によってロスの肥大した自我が肯定されただけだった。

「有料道路脇のコテージの住人たちに話を聞いてくる。最近のゲートは自動で、料金を容器に投入すればいいだけだが、管理人なら常連の顔を知っているだろうし、なにかふだんとちがうことに気づいたかもしれない」マシューはすでに向きを変え、海岸沿いを自分の車のほうへ歩きだしていたのだが、ふり返ってこういった。「ジェン、一緒に来てくれ。ロス、きみは病理学者を待つんだ。彼女が到着したら呼んでくれ」

ロスの顔にがっかりした表情が浮かぶのがちらりと見えると、マシューはつかのま馬鹿げた、子供じみた喜びを感じた。

2

モーリス・ブラディックは娘のことが心配だった。デイセンターのソーシャルワーカーが、ルーシーをもっと自立させるべきだといいだしたのだ。町から戻るバスに一人で乗せましょう。わたしたちはルーシーが必ず間に合うようにバス停に送りだしますし、お住まいはルートの終点でしょう。ルーシーが降りるべきバス停を逃す危険もありません。そこから家までは歩けるでしょう。ルーシーは道を知っていますから。

モーリスにもどういうことかはわかっていた。ルーシーはもう三十歳だし、自分は八十歳だった。歳を取りつつある。ルーシーは遅くにできた子供だった。ちょっとした奇跡ね、とマギーはいっていた。しかしいまやマギーは亡く、モーリスにも昔ほどの体力はなかった。モーリスはずっと、自分のほうが妻より先に死ぬものと思っていた。十も年上だったのだから。自分のほうがあとに残され、さまざまな物事を決めたり、まとめたりしなければならなくなるとは、思いもよらなかった。ソーシャルワーカーは、モーリスがもうまもなく愛らしい大きな娘に対処できなくなると思ったのだ。ルーシーには学習障害があるから。ソーシャルワーカーにいわせれば、モーリスは自分がいなくなったあとの手配をしておくべきなのだ。それはもっともだが、ほんとうのところ彼らが気にかけているのはルーシーの自立よりも、自治体が負担するタクシー代を減らすことなのではないかとモーリスは思っていた。

新しいやり方になってから、モーリスは毎日のように窓から外を眺めながら娘が歩いて帰ってくるのを待った。二人はラヴァコットの村の端にある小さな家に住んでいた。モーリスとマギーが結婚以来ずっと暮らしてきた家だった。以前は公有だったものを、規定が変わったときに買ったのだ。ルーシーのための投資にもなると思って。八軒並んだ列の端のセミデタッチハウスで、小さな草地を取り巻くようにカーブしており、その草地では子供たちがときどきボールを蹴ったりして遊んでいた。家の裏には細長い庭があって、そこから谷を見渡すことができ、遠くにエクスムーアの国立公園も見える。最近では、モーリスはほとんどの時間を庭で過ごしていた。自分たちが食べる野菜を育てていたし、半ダースの雌鶏を放し飼いにするスペースもあった。モーリスは農場育ちで、昔はバーンスタプルの精肉店で働いていたので、家畜については――死んだ家畜のことも、生きている家畜のことも――よく知っていた。ルーシーは健康的な食べ物があまり好きではなかったが、自分で摘んだサラダ菜や、自分で採ってきた卵なら食べることもあった。モーリスはつかのま動きを止め、バーンスタプルがかつて知っていた姿でなくなってしまったことを残念に思った。肉屋通りには、当時は精肉店がたくさん並んでいた。それがいまでは、アーケード市場の向かいに並んでいるのはしゃれた惣菜店や、観光客を相手にがらくたを売る店ばかりだった。本物の肉屋など一軒も残っていなかった。

モーリスは居間の窓辺に立っていた。村からの道が一番よく見えるからだ。ルーシーが角を曲がってくるのが見えるとすぐに窓辺を離れる。自分が心配しながら外を見張っていることがばれないように。窓台にはルーシーの写真が飾ってあった。モーリスのお気に入りの一枚だ。ルーシーが、両脇に立った友人二人に腕を回している写真だった。一人はクリスティン・シャプランド――やはりダウン症の女性――で、もう一人は年下のローザ・ホールズワージーだった。三人とも、まっすぐカメラに向かって笑いかけていた。モーリスはまた外に目を向けたが、ルーシーが道を歩いてくるところはまだ見えなかった。

雨降りの午後を、モーリスは歓迎した。車を出して、バス停で待つ口実ができるからだ。ルーシーは濡れるのが嫌いだった。今日のように晴れていると、待つしかなかった。いわれたとおりにするのが一番いいとわかっていたし、なにより、肩から斜めにバッグをさげて角を曲がってくるルーシーの勝ち誇ったような笑顔を、自分一人で帰宅したことを誇らしく思っているところを見るのが大好きだった。娘の姿を見るだけで気分が上向いた。しかし今日はモーリスが思った時間より少々遅れていた。バスは二十分まえには到着しているはずで、バス停から家まで歩いても十分しかかからない。幹線道路まで歩いていって、なにも問題がないことを確認しようかと思いはじめたときちょうど、一番のお気に入りの黄色いワンピースを着た、ベリーの実のようにふっくらしたルーシーが姿を見せた。

ルーシーはこちらへ近づきながら手を振ったが、顔に大きな笑みはなかった。もしかしたら、歩くのが決まりきった日課になってしまい、少々つまらなくなったのかもしれない。ルーシーは運動が好きなほうではなかった。それもソーシャルワーカーが文句をいう事柄の一つだった。ルーシーは少し太ったんじゃありませんか、ミスター・ブラディック。彼女が口にするものによく注意を払って、脂質と糖分を控えてください。チョコレートは駄目です！　水泳に連れていくのはいかがですか？　センターのみんなで行ったときにはとても楽しそうにしていましたよ。あるいは、もう少し気候がよくなったら、お二人で散歩に出かけるのもいいかもしれませんね。いうは易しだよ、とモーリスは思った。彼らは、自分の思いどおりにならなかったときのルーシーの不機嫌につきあわなくていいのだから。それに実際、お茶のときにケーキを一切れ食べたからって、どんな害がある？　散歩はモーリスもあまり好きではなかったし、泳ぎにいたっては習ったこともなかった。

モーリスは玄関ドアへ回り、入ってくるルーシーを迎えた。「なにも変わったことはないかね、ルーシー？ 湯を沸かしてくるよ。今日の出来事を全部話してくれるね？」退職後のいままでは、モーリスよりルーシーのほうが外との付き合いがあるので、モーリスはルーシーがその日にやったことをしゃべるのを喜んで聞いた。テレビとちがって楽しかった。夫婦のうち友人が多いのはマギーのほうだったので、村に住むマギーの友達はモーリスに連絡してこなくなった。マギーが亡くなって間もないころには訪ねてくれた人々もいたが、モーリスはなんといっていいかわからなかった。あのときは一人でいたかったのだ。いまなら少しはもてなせるかもしれない。

ルーシーは頭をくぐらせて鞄のストラップを外し、黄色いワンピースの上にはおっていた紫色の毛糸のカーディガンを脱いだ。

「今日、いつもの男の人がバスにいなかった」

「ほう？」モーリスはキッチンにいて、電気ケトルのスイッチを入れたりしていたので、ルーシーの話に集中していなかった。ビスケットの缶をあけ、テーブルに置いた。「それはどんな人なんだい？」

「友達。たいていわたしの隣に座って、おもしろい話で笑わせてくれるの」ルーシーはモーリスにつづいてキッチンに入ると、ドア枠にもたれて立った。困ったような声だったので、モーリスは今度こそきちんと耳を傾けた。家へ向かってにこりともせずに歩いてくるのを目にしたときから、なにかあったのはわかっていた。「バスを降りたあと、ちょっと待ってた。バス停に会いにくるかもしれないと思って」

「ウッドヤードで知りあった人なのかね？」もっと自立するようにとデイセンターから促されているのは、ルーシーだけではなかった。

ルーシーは首を横に振った。「その人はデイセンターには通ってない。でも、まえにも見たことがある。バスで。秘密を教えてくれるの」ルーシーはまた眉をひそめた。モーリスとおなじく、ルーシーも完全なノース・デヴォンのアクセントで話す。モーリスの母親がかつてつくったクリームのように濃くて温かみのある話し方だった。慣れない人には聞きとりづらいこともあるが、モーリスにはわかりやすく、ルーシーの気分にすっかり寄り添っていた。

「どこの人なんだい、ルーシー？」モーリスは気に入らなかった。ルーシーは人を信じやすいのだ。少し親切を示されただけですぐ友達に——あるいは恋人に——なれると思ってしまう。マギーもよくそれをいって聞かせようとしたものだった。ハグしてもいい人と、少し距離を置くべき人について。しかしモーリスにはうまく言葉が見つけられなかった。

「知らない」ルーシーは顔をそむけた。「よくそのへんで見るっていうだけ」それ以上この質問に答えたくないのははっきりしていた。ルーシーは、そうしようと思えばラバのように頑固になることもできた。

モーリスはふり返ってルーシーと向きあった。「なにかされたことはないのか？　どぎまぎするようなことをいわれたりとか？」

ルーシーは首を横に振って、のろのろと腰をおろした。「まさか！」馬鹿げた考えだといわんばかりだった。「あの人はわたしの友達なんだから」バス停から歩いたせいでまだ顔が赤かった。

「不適切なことはなにもしてこない？　触られたこともないんだね？」モーリスはなるべく声に心配が滲まないようにした。ルーシーは言葉そのものの意味よりも、声の調子のほうに敏感だったから。

「ないよ、父さん。あの人はいつも親切だった」そういって、ルーシーはいつものすばらしい笑顔になった。部屋が明るくなり、世界がよりよい場所に見えるような笑顔だ。

モーリスは心底ほっとした。もし誰かが娘を傷つけるようなことをしたら、どう対処していいかわからなかった。マギーの最期のときに、ルーシーの面倒はずっと自分が見るからと約束した。そのころのマギーは痩せて骨ばった体になり、髪はピンク色の地肌が見えるほど薄くなっていたのだが、モーリスの腕を強烈な力でつかんだ。そうやってモーリスに誓わせたのだ。そんなことは、モーリスがマギー自身とおなじくらいルーシーを愛しているることは、よくわかっているはずなのに。そう、たぶん実際にわかっていたのだろう。その後すぐに笑みを浮かべ、ごめんなさいねといってモーリスの手を持ちあげ、キスをしたのだから。モーリスは頭のなかに浮かんだその映像を追い払った。

「あの人は甘いものをくれた」ルーシーはいった。「毎日、バスでお菓子をくれるの」

モーリスはまた心配になった。ソーシャルワーカーに電話して、やっぱりルーシーが一人でバスに乗るのは安全じゃなかったと話そうかと思った。もしどうしても必要なら、金を掻き集めて自費でタクシー代を出すことにしよう。

「いつもどこでバスを降りるんだい、その人は？」モーリスはお茶の入ったマグをルーシーのまえに置いた。ルーシーは薄くてミルクたっぷりの紅茶が好きだった。

「ここのバス停。わたしと一緒に。だから遅くなったの。あの人がちがうバスに乗って、わたしに会いにくるかもしれないと思って」

「それなら今度、村で会えるかもしれないね」

ルーシーは缶に手を伸ばしてビスケットを取った。うなずきはしたが、モーリスの言葉にもう注意を払っていなかった。父親と一緒にいて、お茶とビスケットが目のまえにあるいま、バスの男性は忘れられたようだ。困惑のもとになった記憶は消えてしまった。

3

二人が車を降りるか降りないかのうちに、女性が有料道路の管理人用コテージのドアをあけた。彼女が情報を求める様子には飢えたような、必死なところがあった。

「警部のヴェンです」マシューはいった。「こちらはラファティ部長刑事」

「ヒラリー・マーストンと、夫のコリンです。遺体のことでいらしたんでしょう」ヒラリーは二人を上から下まで眺めまわした。「担当の刑事さんですよね。不慮の死だったって、向こうにいるあなたのお仲間がいってましたけど、自然死ではないのでしょう？　心臓発作とか、ただの事故ではありませんよね。事故ならこんな騒ぎにはなりませんものね」

「よろしければ、なかでいくつか質問をしたいのですが」

「もちろんどうぞ」ヒラリー・マーストンがうしろにさがり、二人は廊下に通された。ウェリントンの長靴が一足、階段の一番下に立てられており、ペグには防水ジャケットが引っかけてあった。隣にはしゃれた黒のコートがかかっていて、この住居のなかでは場ちがいに見えた。

ヒラリー・マーストンの年齢を判断するのはむずかしかった。髪を黒く染め、メイクをしている。五十代後半か？　六十代前半？　がっちりしていて体が丈夫そうで、廊下の奥に立っている男性よりも身長が高かった。黒いスラックスを穿いて、白いトップスの上に黒のジャケットを着ていたので、中間管理職の制服のようだとマシューは思った。あのコートはヒラリーのものにちがいない。こんな沼地の端では、やはり場ちがいだった。

夫のほうはもう少しくつろいで見えた。背が低くぽっちゃりしており、ウールのセーターが腹の上で伸びていた。最近移ってきたばかりなのだろう。ミッドランドのアクセントがかすかに聞きとれたし、クリスマスのころにはこの二人のまえの管理人を見かけていた。年老いた夫婦で、料金を受けとりに出てきては、よくおしゃべりをした。自動の遮断機が据えつけられたのは、たぶんあの夫婦が引退したからだろう。あるいは二人のうち一方が亡くなったか。今日は死のことばかり考えているような気がした。ヒラリーが二人を居間へ案内し、夫はうしろからついてきた。部屋は少々散らかり、雑然としていた。ほとんど手をかけられていないようだった。まるで、ここではキャンプをしているだけとでもいうように。この夫婦はなぜこの家に来たのだろう、とマシューは疑問に思った。全員が座ると気まずい瞬間が訪れ、オレンジ色のマツ材のコーヒーテーブルをはさんでお互いの顔を見やった。

最初に口を開いたのはジェン・ラファティだった。マシューのほうはまだ周囲を観察していた。「記録のために、もう一度お名前を教えてもらえますか」

「ヒラリーです」女性がいった。「ヒラリー・マーストン。こちらは夫のコリン」それからヒラリーがまたしゃべりだしたので、マシューが夫妻の経歴に関して好奇心を満たすのに、質問する必要さえなかった。「コリンが早期退職したんです。ほんとうは余剰人員の解雇だったんですけど。コリンは自動車メーカーの弁護団で働いていましたが、もちろん、いろんなことが変わりましたからね。昨今ではすべて外注で、いまじゃ国内の産業に誇りを持っている人間なんていやしない。それに、住んでいた地域も変わりました──外から人が入ってきて。以前は近所の人をみんな知っていたものですけど。それも昔の話ね」

マシューが口を挟んだ。これまでのジェンは相当な左寄りで、最近ようやく中道左派の労働党に妥協できるようになったばかりだった。不寛容には耐えられないのだ。ジェンがすでにカチンときているのがマシューにもわかった。「なぜノース・デヴォンに?」

「休暇で来たことがあって」ヒラリー・マーストンが答えた。「何回もね。それで、こう思ったんですよ。晩年を過ごすのにうってつけの場所だって。考えてやらなきゃいけないような子供はいないし、ここがとても気に入っていたから。すごく静かで、清潔で」ヒラリーは一瞬、間をおいてからつづけた。「外国人もいないし」

「まあ、ここなら確かにとても静かでしょうね」ジェンの声には棘があったが、それに気づいたのはマシューだけだった。

「ええ、まあ」ヒラリーはそういい、夫を一瞥した。「でも、過ぎたるは及ばざるがごとし、というでしょう。ここは借りただけで――家具だってわたしたちの趣味ではないし――しかもそれが最良の選択というわけでもありませんでしたよ。夏にこの住居の下見をしたときは、バラ色の色眼鏡で見ていたのかもしれませんね。夫はバードウォッチャーなんです。沼地というのは夫の理想郷であって、わたしにとってはそうではない。だからここに長くいるつもりはありません。バーンスタプルに家を借りようと申しこんだところです。あそこならもう少しふつうの暮らしが望めるので」ヒラリーは間をおいてからつづけた。「もう少し文化的な暮らしが。わたしの職場にも近いですし」

「お仕事はなにを？」

「町の銀行で住宅ローンのアドバイザーをしています。わたしも退職するつもりだったんですけど、その仕事が回ってきたので。パートタイムではあるけれど、余分の収入はいつだって役に立ちますからね」

マシューはコリン・マーストンのほうを向いた。「きょうもバードウォッチングのために沼地へ出かけましたか？」

妻が苛立ちをあらわにし、夫に答えるチャンスを与えなかった。「毎日出かけてますよ」

コリン・マーストンは妻を無視した。おそらくこんなふうにけなされることはしょっちゅうで、彼にとっては背景の雑音のようなものなのだろう。「毎日調査しています」コリンは静かな自負をこめていった。「本来、鳥類学のリサーチでは、ありきたりな鳥を数えるものなんです。私はただ珍しい鳥のリストをつくっているだけの素人ではありません」最後の一言には嘲りがこもっていた。

「調査で海岸へ行くこともありますか？」

「海岸も調査経路の一部です。そこが終点なんです。海岸でカモメを数え、スピンドリフトまで行ったら内陸へ向かい、それから有料道路をたどって帰宅します」

スピンドリフト。わが家のそばだ。コリン・マーストンとはすれちがったことがあるのかもしれないなとマシューは思った。どんな天候でも出かけられるように、防水ジャケットを着て、玄関で見かけたウェリントンの長靴を履き、双眼鏡を首からさげた、名前を知らない人物として。

「今日は何時に海岸へ行きましたか？」ジェンが尋ねた。

コリン・マーストンは部屋を出ていった。マシューが目を向けると、あけたままのドアの向こうでコリンが上着の内ポケットからソフトカバーのノートを取りだすのが見えた。

コリンは戻ってきて座り、ノートを開いた。

「十二時三十五分です」コリンは顔をあげてつづけた。「すべての観測点で時間をメモします。それが私のやり方なのです。市民科学の実践ですよ」

部屋の隅の肘掛け椅子に座っていたヒラリーが、あきれたようにぐるりと目を回した。

奇妙な結婚生活だ、とマシューは思った。共有するものがこんなにも少なく、夫が夢中になっているものに妻がこれっぽっちも興味がないとは。

「今日、歩いているあいだに、ふだんと変わったものを見かけませんでしたか？」マシューは室内に音がないこと、動きがないことに気がついた。夫妻が危険を察知したせいか、いや、もっとありそうなのは、興奮しているせいか。もしかしたら、この夫婦が一緒にいるのは、どちらも窃視症の傾向があるからではないのか。

「海岸で遺体は見ませんでした」コリンはいった。「あなたのところの巡査に場所を尋ねたので、自分がそこを通ったのはわかっています。遺体があれば見えたはずですよ」

「では、誰か知らない人を見かけませんでしたか？　毎日出かけているなら、いつもいる人の顔はわかるでしょう」

また沈黙がおり、車が近づいてくる音が外から聞こえた。サリー・ペンゲリーの車だとマシューにはわかった。病理学者だ。遮断機があがり、車は先へ進んだ。

「誰かしら？」ヒラリーが立ちあがった。

「捜査チームの一人です」マシューは夫のほうに向き直った。「それで、ミスター・マーストン、知らない人はいましたか？」

「いつも一人か二人は見たことのない人がいますよ。一年のこの時期でも旅行者はいるんです。それに、その人たちが犬を連れていて、鳥を数えるときの邪魔にでもならないかぎり、あまり気にかけませんから」

「しかし今日はどうでしたか」マシューは粘り強く訊いた。「あなたは鋭い観察者のようだから、詳細を覚えておく習慣があるのではないですか」

お世辞が功を奏したようだった。コリンはノートに視線を戻し、海岸を歩いたときのことを思い起こしている様子だった。「カップルがいました、男性と女性が。男性のほうはスーツを着ていて、あまりビーチ向けの服装とはいえませんでしたね。女性のほうはやや年下で、ジーンズを穿いていました」コリンは間をおいてからつづけた。「私は小さなカモメのように思えたものを見ていたんですが、彼らがそれを追い払ってしまいました」

コリンが目撃したスーツ姿の男は被害者ではありえない、服装が一致しない、とマシューは考えたが、コリンはまだしゃべっていた。

「二人は手をつないで歩いていて、一度立ち止まってキスをしました。挨拶程度の軽いキスというわけではありませんでしたよ、おわかりでしょうが。長いこと会えずにいたような印象を受けました」コリンは窓の外を見た。「不倫じゃないかな。べつべつの車で来ていたし、なにか危険な、刺激的なことをしているような雰囲気がありましたから」物足りなそうな声だった。

「車は見ましたか？」

「ええ。二人は砂丘を上り、しばらくして私もあとにつづきました。満潮線のそばの鳥をもっとよく見たかったので」

ジェンはおもしろがっているような目をマシューに向けた。そうでしょうとも！　二人がいちゃついてるところを見たかったわけじゃないですよね。

「二人がそれぞれの車に乗るのが見えました。だが、ナンバーを控えたりはしませんでした。残念ですね、あれば役に立ったかもしれないのに」

「しかし車輛の形は覚えていますね？　色とか？」

「もちろんですよ！」コリン・マーストンは愚問だと腹を立ててさえいるように答えた。

「さっきヒラリーもいっていたとおり、私は自動車業界で働いていましたからね。契約の手配をするという舞台裏の仕事でしたが、まだ身に染みついています。一方は赤のフィエスタでした。数年まえの型です。女性のほうの車ですね。もう一方は黒のパサートでした」

「二人が車を出すところを見ましたか？」

コリンはつかのま考えてから答えた。「男性が車を出すのは見ました。女性のほうは、私がビーチにおりていったときにはまだ車内でスマートフォンを見ていました」

「ほかに誰か見かけましたか？」傾きかけた太陽から、午後のあいだずっと窓を通して光線が流れこんでいたにちがいない。小さな部屋に熱がこもっていた。息が詰まりそうだった。

「遠くに男が一人いました」一人でいた男性には、カップルほどコリンの興味を引きつける力はなかったようだ。

「どんな見かけでしたか？」

「遠くにいたものでね。クロウ・ポイントの近くに」コリンは正面のテーブルにノートを置いた。

「その男性は、一人だったのですね？」

「ええ。でも、ことによると誰かを待っていたのかもしれない。私がそこにいたあいだに動いたようには見えませんでしたから。スピンドリフトに戻りはじめたときも、まだビーチにいました」コリンは急に顔をあげた。「あなたはあそこの家に住んでいますよね？見たことがあるように思います。庭にいるところ、それから有料道路を抜けて歩いていくところを見かけましたよ」

マシューは答えなかった。代わりにもう一つ自分から質問をした。「あなたが海岸を離れようとしたとき、そこに車は何台停まっていましたか？」

「ボルボが一台だけです。よく見る顔ですよ。年配の夫婦です」

マシューはわかったというようにうなずいた。外にいる勤務中の警官が見かけた二人だろう。室内はかなり暑くなっていて、動くのが億劫なほどだった。マシューは立ちあがり、マーストン夫妻に礼をいった。

「これからどうなるんです？」ヒラリーも立ちあがって、もっと情報がほしくてたまらないというふうに身を乗りだした。

「捜査をつづけます」マシューはいった。「もしまたあなた方の証言が必要になったら、誰かに連絡させます」

立ち止まって車の鍵をあけているあいだ、マーストン夫妻が窓辺からこちらを見つめているのがマシューの目についた。

二人がマシューの車に乗りこんでいるところを、鑑識の車輛が通り過ぎた。よほどすばやく作業を進めたのだろう、マシューとジェンが現場に戻ったときにはすでにテントが立てられ、白衣を着たチームの面々が周囲の砂を入念に調査していた。ロスはそこから距離を置いた場所にいて、相変わらずうろうろ歩きまわっていた。

「身分証のたぐいは？」マシューは、メディアが記事にするまえに家族に知らせたいと思っていた。メディア関係者がまだ到着していないことがむしろ意外だった。マーストン夫妻がニュースを広めているところは容易に想像できた。あの二人は十五分の名声を享受することだろう。もしかしたら、有料道路のゲートから少し歩かなければならないため、記者たちが寄ってこないのかもしれない。あるいは、マーストン夫妻はどこに連絡すればいいか知らないのかもしれない。

「財布も、クレジットカードも出てきませんね」ロスがいった。

「強盗に失敗して殺したわけではないだろう？　こんな人けのないところで」

ロスがつづけた。「ジーンズの尻ポケットに、これがありました」そういって紙切れを差しだした。切りひらかれた封筒で、空白の側に買物メモが書きつけてあった。トマト、卵、米、ごみ袋。裏側にはアドレスが印刷されていた。名前はなし。所在地：イルフラクーム、ホープ・ストリート二十番地。ジャンクメールだろう。通りの名前がかすかに引っかかったが、はっきりしたことはわからなかった。「確認しますか？」ロスは爪先立ちになっていた。どんなことでもいいから動きがほしいのだ。

マシューは譲歩する気になった。「二人で行ってくれ」もしかしたら妻や子供たち、あるいは年老いた母親が出てくるかもしれないが、ジェンは家族への対応がうまかった。「なにかわかったら電話してくれ」マシューは腕時計を見た。六時を回ったところで、すでに暗くなりはじめていた。入江のブイが発する光が点滅している。「八時半に署に集合だ。わかったことをすべて突きあわせよう」

スピンドリフトに着いたマシューはゲートの外に立ち、しばらくそこで待った。カーテンが開いたままだったのでキッチンが見えた。煌々と明かりがともり、舞台セットのようだ。オレンジ色の平鍋がコンロにかかり、スイセンを活けた水差しがテーブルを覆う緑色の防水クロスの上に立っている。スイセンは、蕾だったものをマシューが昨日買ってきたのだが、もう咲きそうになっていた。ちょっとした劇場であるかのように、一人の俳優がこちらに背を向けてまな板のまえに立っていた。髪は白に近いほど淡いブロンド。ロゴの入ったTシャツ——クジラだか、イルカだか、地球だかを守ろうと訴えているもの——を着ている。Tシャツでいっぱいの引出しはいくつもあって、マシューにはデザインの細かいところまではとても覚えていられなかった。ジョナサンはマシューの夫で、生涯の恋人で、徹底した楽観主義者で、落ちこんだときに気持ちを引きあげてくれるうえ、家庭のように感じられる場を与えてくれた。ジョナサンがわたしのなかになにを見いだしたのか、なぜわたしたちがこんなにも幸せなのかは、いまだによくわからない、とマシューは思っていた。

ゲートの掛け金を持ちあげ、庭へ入った。たぶん物音が聞こえたのだろう、ジョナサンがふり向いた。そしておそらくマシューの影が、少なくとも動きが見えたのだろう。手を振ってきた。室内にはスープのいいにおいと新しい木の香りがした。腐食した窓枠を取り替えたのだ。家はジョナサンの一大プロジェクトで、ジョナサンは一日の仕事が終わると、残りの時間でこれに取り組んでいた。マシューとはちがい、ジョナサンには無限のエネルギーがあり、体つきも肉体労働者のようだった。髪や肩におがくずがついていた。

「いいタイミングだ。ちょうどビールを飲もうと思っていたところだよ」ジョナサンが近づいてきて、ナイフを持ったままマシューにキスをした。

「わたしは飲めない。またあとで出かけなきゃならないんだ。仕事で」マシューは海岸の遺体について説明し、仕事がこんなに家のそばまで及ぶのはいやだなと思った。「帰ってくるとき、有料道路の料金所で止められなかった？」

「寝室の窓をなんとかしようと思って、午後は休暇を取ったんだ。代休だよ。正午を回ったころにはもう家にいた。そのときには誰もいなかったよ」

「なにかふだんと変わったものを見なかった？」

「ぼくは容疑者なのかい？」ジョナサンは大きな笑みを浮かべていった。気分を軽くしようとして発した質問だった。マシューのストレスを感じとったのだ。

「目撃者かな、たぶん」マシューはジョークにつきあう気になれなかった。間があった。

「ああ、くそっ、ごめん。忘れてた。お父さんの葬儀だったね。なかに入れてもらえた？」

「頼まなかった」

「ああ、マシュー。やっぱりぼくが一緒に行くべきだったよ」

ジョナサンは勇敢だった。ジョナサンなら、親類やブレザレンの面々に立ち向かったかもしれない。入口の真正面に立ち、心をこめて讃美歌を歌い、その後、年配のレディたちを魅了したかもしれない。マシューは臆病だった。バーでけんかに割って入ったり、ナイフを持った薬物依存症者に向きあったりするよりも、恥をかくことのほうが怖かった。

「父は騒ぎをいやがったはずだ」マシューはいった。「父のためにできるのは、距離を置くことくらいだった」

「騒ぎを起こすとしたら向こうだろう。きみじゃなく」そうはいいながら、ジョナサンはマシューを抱きしめた。自分たちが採めるようなことではないと態度で示そうとして。

二人で食事をした。スープと焼きたてのパンに、チーズとサラダがついてきた。ジョナサンの有能さにはまったく驚かされる。どうしてこんなになんでもうまくできるのだろう？　彼の自信はどこから来るのか。それに比べて、マシューは自分がどこまでも無能に思えた。

「行かなければ」マシューはそういって、皿を食洗機に入れた。これくらいならできる。「ロスとジェンに血縁者を探してもらっている。まだ被害者の名前がわかっていないんだよ」マシューはジャケットを着た。外の空気は澄みわたり、風もなく、夜空には三日月がかかり、星もくっきり輝いている。明かりは遠く、インストウやアップルドアの海岸に灯っているのが見えるだけだった。「先に寝てていいよ。徹夜仕事になるかもしれない」

ジョナサンは起きて待っていたりはしないだろう。プロジェクトにのんびり取り組んで、疲れたら寝るだろう。一方、マシューのほうはジョナサンが出かけると落ち着かなかった。くよくよ心配して、寝室のカーテンをヘッドライトが横切らないかとつい窓を見てしまう。

ジョナサンは村のパブのフォーク・ライブに出かけ、飲み過ぎて歩いて帰ってくることがときどきあった。帰宅は明け方近くになった。そういうとき、マシューは寝たふりをしてなにもいわなかった。マシューの母は似た状況で父に文句をいったものだったが、父はそれをひどくいやがっていた。

4

ジェンはイルフラクームへ向かう数キロをロスに運転させた。ロスは自分がハンドルを握るのが当然と思っており、それについていちいち騒ぐ気にもなれないことはよくあった。それに、運転してもらえれば自分は自由に子供たちにメールが打てて、二人とも帰宅しているか、宿題はやったか、食事にありついたかを確認できる。いまではどちらも自分で自分の面倒くらい見られる程度には大きいし、そもそも以前から自立心や粘り強さを備えていた。備えざるをえなかった。

しかしジェンはそれでも心配だった。自分がそばにいないこと、栄養たっぷりの料理をつくったり、一緒に食事をしながら知的な会話を交わしたりできないことに罪悪感を覚えていた。だが、自分たちはテレビのホームコメディ番組に出てくるような完璧な家族ではなかったし、これからそうなることも決してないはずだった。マージーサイドに住んでいたころは、自分を押し殺して妻や母の役割に徹しようとしたものだったが、ほんとうに死にそうになった——文字どおりの意味で。だからといって、もっとうまく、もっと手際よくすべてをこなし、もっと二人のそばにいてあげられればよかったと願わないわけではない。エラとベンよりも仕事のほうが好きなわけではないのだ、正確なところは。ただ、仕事は人生に形と意味を与えてくれる。ジェンにはそれが必要だった。それがなければ頭がおかしくなりそうだった。

子供たちから返信があった。うん、二人とも家にいるよ。うん、冷凍庫にピザがあった。うううん、二人とも今日はもう出かけない。三人でデヴォンに移ってきた当初、二人はいまより小さかったので、ジェンは何度もベビーシッターを探したが、雇った女性たちはみんな、礼儀正しい子供やその親を一定の勤務時間内だけ相手にすることに慣れていた。プロとして顔に笑みを貼りつけてはいても、リヴァプール出身の騒々しい一家の口の悪さやマイペースなところに辟易していた。しまいには、大学受験を控えて公立学校に通うアダムに任せるしかなかった。アダムなら必要に応じて小遣い稼ぎのできるベビーシッターを喜んで引き受けてくれた。ただし理想的とはいいがたかった。ジェンが帰宅するとカオスだったことも——アダムはソファに座ってスマホに夢中、子供たちは階上で大騒ぎ、といったようなことも——たびたびあった。あるいは、テレビゲームのコントローラーを取りあって三人でけんかしていたこともあった。それでも子供たちは生き延びた。アダムは大学に進学し、実家に戻ってくるといまでも子供たちに会いにきた。子供たちにはもうベビーシッターは必要なかったけれど。ときどき、ジェンはアダムを見てきわどい夢想をすることがある。それくらい魅力的な若者に成長していた。

ジェンがまだアダムのことを——スキニージーンズに包まれた、締まった尻を——思い浮かべているうちに、車はマラコット・クロスに入り、高台にある環状交差点を渡った。ここはイルフラクームへの下り坂の近くで、町のすぐそばなのに、エクスムーアの国立公園に少し似ていた。西風のせいで曲がった生け垣があり、羊がいた。かつてイルフラクームが海辺の大リゾートだったころには、ホテルや手入れの行き届いた庭があり、ブリストル運河に沿ってサマセットやサウス・ウェールズへ観光客を運ぶ外輪船も見かけた。航空運賃が安くなり、地中海まで手軽に飛べるようになると、イルフラクームは存在意義を失って廃れた。観光客はスペインやギリシャの島々へ行くようになった。いま、この地は新たな役割を探そうとしている。

町は丘に囲まれていたため、眼下の夜景は深いボウルのなかにあるように見えた。郊外の大きな住宅をいくつか通り過ぎると、〈シー・ヴュー〉や〈ゴールデン・サンド〉といった名前のゲストハウスが並ぶようになった。大半は「満室」の看板を掲げていたが、ほんとうに空き部屋がないのではなく、観光シーズンに入ったばかりのこの時期に営業しても仕方ないとオーナーたちが思っているからだった。ロスはカーナビに従って町の中心に入り、長く急な上り坂のてっぺんで車を停めた。通りに並んだ三階建てのテラスハウスはどれも均整の取れた美しい建物だったが、いまではフラットやワンルームのアパートメントに改築され、老朽化しつつあった。窓に板が打ちつけられている家もあった。ビールの空き缶が――度数の高いストロングラガーのものだ――歩道を転がっていった。

「ホープ・ストリート」ロスがいった。「またの名を中毒者の大通り（アディクツ・アヴェニュー）。この住所には見覚えがあるな」

ジェンはイルフラクームが好きだった。雑多なところと先鋭的なところのある土地柄が。友人のうち何人かはここに住んでいたし、家賃が安く、近隣でひらかれるパーティーもより大胆で、より好みのスタイルに合っていたので、自分でも越してこようかと思ったことがあった。しかし子供たちはいまの学校で落ち着いていたし、車での通勤がやや負担になりそうだった。昔の行楽地だったほかの土地とおなじく、ここにも渡り労働者やはみ出し者が寄ってきた。大きなホテルがたくさんあって、繁忙期には雇用が見込めるため引き寄せられるのだ。そして観光客が帰っても、労働者は残った。友人ができたり、惰性だったり、戻ってもなにかがあるわけじゃないといった理由から。ゲストハウスのなかにはホテルやアパートメントに改修されたものもあれば、冬のあいだ部屋を貸しだすものもあった。

長期の賃貸に耐える設備が整っているわけでもないのに。ホープ・ストリート沿いにはそういう建物が多かったが、ここにもやはり高級化の兆しがあった。壁を新しく明るい色に塗りなおし、色つきのブラインドをさげ、窓外に植木箱を置いたり、小さな前庭に鉢植えを置いたりする家もあった。坂の一番下で身を寄せあって話しこんでいる男性二人の姿がジェンの目に入った。

坂を半分ほど下ったところで二十番地が見つかった。塗られたばかりの黒いドア。呼び鈴やポストが分かれているようなことはなく、複数世帯が暮らしているしるしはない。そもそも呼び鈴自体がなかったので、ロスがドアをノックした。なかで誰かが動いている気配があるとジェンは思った。ロスがまたノックするとドアが開き、ゆったりした玄関ホール――床板がところどころめくれ、ニスがまだらになっている――と、若い女性が現れた。ジーンズを穿き、カワセミのようなブルーの長いセーターを着て、赤い口紅を引いている。

「こんにちは」彼女は興味深そうに二人を上から下まで眺めまわした。「悪いけど、なにかのセールスだとしても、お金ならないから。宗教の勧誘だったら、あたしは無神論者だし。クリスチャンの住人は出かけてる。だからあなたたちの役に立てることはなさそう」

次回、玄関先に訪問販売が来たときに思いだそうとジェンは思った。「押売りのたぐいではありません。警察です」

「自転車のこと？」女性の顔が明るくなった。強風の日に雲の影が流れるように、次から次へとさまざまな表情が顔をよぎった。顔つきがつねに変わった。「まさか、こんなに経ってから見つかったっていうの？　裏通りへ通じるドアの鍵を新しくしたから、それ以来なにも盗まれてないけど」

「自転車の件じゃないんです」ロスがいった。「よければ、入れてもらえませんか」

女性は家の奥の大部屋に二人を案内した。こういうことに目の利くジェンは、家具がすべて無料のリサイクル品か、手を加えた再利用品であることを見て取った。腰をおろす場所としては、紫色のベルベットを使ったふかふかの大きなソファがあり、床の上にクッションがいくつかあり、アームチェアが二つあった。アームチェアは新たに布張りをしたはいいが、完成していないように見えた。職人が途中で飽きてしまったのだろうか。長いローテーブルは厚板のドアからつくられたものだった。壁にはポスターやオリジナルの絵画が掛けられていた。小さな黒い薪ストーブがあったが、汚れていて火は入っておらず、そばに薪の詰まった籐のかごがあった。パティオドアから小さな庭に出られるようになっていて、外には陶製の大きな鉢がいくつか並び、庭園代わりになっていた。スイセンがすでに花盛りだった。高い塀についたドアはガタガタで、自転車はここから盗まれたのだろうとジェンは推測した。

「お名前をうかがってもいいですか？」ジェンはアームチェアを選んですでに座っていた。ロスは立ったままだった。

「ギャビー。ギャビー・ヘンリー」

「家の所有者はあなたですか？」

「ちがいます、所有者はキャロライン。あたしはキャズと呼んでるけど。まあ、所有者といっても表向きのことで、じつはどっぷり抵当に入ってる。もちろん、キャズは母親と父親の銀行預金に助けられているんだけど。というか、実際には父親だけ。母親は何年もまえに亡くなったから。下宿人からの家賃も助けになってる。それってあたしのことですけど」ギャビーはこれ見よがしの笑みを浮かべ、間を取った。自分はコメディアンで、いまのがジョークの落ちだから拍手を待っているといわんばかりに。南のほうのしゃべり方だったが、地元民ではなさそうだった。たぶんロンドンだろう。

ジェンはまえに身を乗りだしていった。「今日の午後、クロウ・ポイントで男性の死体が発見されました。それで所持品のなかに、ここの住所とのつながりを示すものがあったんです」ジェンはここで間をおいた。ギャビーはなんの反応も示さなかった。身じろぎもせずに待った。ジェンはギャビーに目を向け、つづけた。「結婚していますか？　パートナーは？」

ギャビーは口を開いた。「気楽な独り身。キャズにはエドワードがいますけど。助任司祭をしてる。でも、いまここにはいない。この家に住んでるわけじゃないから。あの二人はそういうことを認めないんです。結婚まえにセックスはなし。手をたたいたり腕を振りまわしたりしながら讃美歌を歌うような人種です」

「男性の下宿人はいますか？」

ギャビーが答えるまえに、少し間があった。「サイモン・ウォールデン。十月からここにいる。キャズが連れてきたんですけど。彼女のところに来た迷える羊のうちの一人ってわけ」

重要かもしれないと思ったので、ジェンはそこにこだわった。「ミスター・ウォールデンの見た目は？」

「あたしたちよりちょっと年上で、四十近い感じ。そのうち歓迎パーティーを開こうと思ってるんです。彼がお行儀よくしていれば」

ジェンは興味を引かれたが、このときも気を散らされる要素を受けつけないことにした。

「体重や身長はどうですか？　目立つ特徴とか？」

「背は彼よりちょっと高いくらい」ギャビーはロスのほうを向いてうなずきながらいった。

「でも体格はだいたいおなじ。首に鳥のタトゥーを入れてます。アホウドリ。コールリッジの詩に出てくる老水夫みたいなもので、過去の罪の烙印で、忘れないために入れたんだっていってました」

今回は少し話を逸らしてもいいことにしよう、とジェンは思った。「それがどういう意味かわかりますか？」

ギャビーは首を横に振った。「あの人は何杯か飲むとそんなふうになるんです。感傷的に。あるいは怒りっぽく」

「だけど、それでもここにいることを許したんでしょう？」ロスが口をはさんだ。ロスは完璧な妻とともに、バーンスタプルの端にある土地のこぎれいな家に住んでいた。きっとここに、薄汚いがらくたの山に、うんざりしているにちがいない。ロスなら絶対に他人を自宅に迎えいれて暮らしたりはしないだろう。

ギャビーは肩をすくめた。「自制心をなくすようなことは、そんなにはないんですよ。キャズがうまく対処できるから。それに、あの人の料理は夢みたいなんだもの」ギャビーはいったん口をつぐみ、二人を見つめた。「サイモンが死んだってこと？」

「まだわかりません。可能性はあります」

ギャビーは二人から目をそむけた。泣きそうなのかとジェンは思ったが、視線を戻したときのギャビーはすっかり落ち着いた様子で、口を開けば声にもとくに気持ちはこもっておらず、軽薄な調子のままだった。「やだ、もしサイモンが死んだなら、もう金曜の夜のすてきなご馳走もなくなっちゃう」

「写真はありませんか？」

「ちょっと待って。二週間くらいまえにみんなで撮ったセルフィーがあります。フェイスブックに上げたんだけど、まだスマホにも残ってるはず」ギャビーは電話にざっと目を通して探し、ジェンに渡した。画像には三つの顔が詰めこまれていた。女性二人――ギャビーと、背が低くぽっちゃりした、大きな眼鏡をかけている女性、それからまんなかに男性がいた。サイモン・ウォールデン。浜辺の死体。写真のなかで、彼の顔はかすかに横を向いていて、ジェンにもタトゥーが見えた。

「残念ながらこの人です」ジェンはそういって、ロスに写真を回した。ロスが自分でも確認して、被害者の身元を確定できるように。

「自殺だったの？」軽薄な態度によってつくられた殻は固く、まだ割れなかった。

「なぜ？　心当たりでも？　なにか自殺について話していたことがあるんですか？」

「あの人はときどき、ほんとうに陰鬱になることがあったから。キャズともそれで出会ったの。キャズはメンタルヘルス関係の慈善事業をしていて、自分のためにならないくらいひどく情にほだされることがあって」

「これがキャロラインですか?」ジェンはロスから写真を取り返し、眼鏡をかけた背の低い女性を指差した。

「そう、それがキャズ。あたしの大家さん。いまでは友達でもある。あたしたちはチョークとチーズくらいちがうけど、キャズのことはすごく好き。あたしが家に持ちこんだカオスにどこまで耐えてくれるかはわからないけど……」ギャビーはリサイクルの家具やアートのほうへ腕を振ってみせた。「でも、あたしがいなくなると退屈だと思ってるみたい。それに、職場よりはここのほうが陽気だから。自殺未遂常習者とか鬱の人たちでいっぱいになった、古くさい教会のホールよりは」

「あなたは?」ジェンは尋ねた。「あなたの仕事はなんですか?」

「ウッドヤードの招聘芸術家。問題行動の多い、手に負えない思春期の子供たちがアートを通して自分探しをするのを助けてる。それから、水彩画をちょっとかじりたいという退屈な中年女性を教えてもいる。ウッドヤードからは、三年間資金を提供してもらえるんです」ギャビーはジェンを見やり、ウッドヤード・センターについて説明する必要がないことを確認した。ジェンは、センターの名前は知っているという意味でうなずいて見せた。

「それが昼間の仕事。だけど大半の時間は絵を描いてる。ほんとうにやりたいのは描くことだから。最終学歴は芸大で、ウッドヤードからは専用のスタジオを与えられています」

「きっとすごい才能があるんでしょうね」自分の声にかすかな嘲りが混じったことに、ジェンは気がついた。もしかしたら嫉妬かもしれない。わたしだって、絵を描くことができればそれが大好きになっていたかもしれないのに。「あなたとキャロラインはどうやって知りあったんですか？」

「キャズの父親、クリストファーを通して。クリストファーはウッドヤード・センターの理事で、招聘のための面接をした一人だった。あたしは地元民じゃないから、指名が決まると住む場所が必要になった。それで、彼の紹介でキャズに連絡を取ったんです。キャズのほうはちょうどここを買ったばかりで、一緒に住める人間を探していた。その後、サイモンがやってきた」突然、ギャビーの声が棘々しさを帯びた。

「彼とは仲がよくなかった？」ジェンがいった。

「あの人がいなければ、あたしたちはうまくやっていけそうだったのに、彼が来たことで力関係が変わった。もちろん、サイモンが死んだのは悲しい。だけど正直にいって、サイモンが現れるまえの生活に戻ることそのものは残念でもなんでもない」

ジェンはもう一度写真を見つめた。捜査の内容を覚えておく手掛かりとして、ホープ・ストリートの住人たちのことはこんなふうに記憶することになりそうだった。ギャビー——黒い目と赤い口紅の芸術家気取り。キャロライン——大きな眼鏡をかけたクリスチャン。

「サイモンに家族はいますか？　いればそちらにも知らせなければ」

「妻がいる」ギャビーは答えた。「サイモンを捨てた妻。ブリストルに住んでたと思うけど、名前や住所はわかりません」

「サイモンの職場は？」

「去年の夏は〈キングズリー・ハウス・ホテル〉でシェフをしていた。ここ、イルフラクームで。シーズンが終わると、当然住む場所もなくなった。それが非正規雇用ってものでしょう」

ジェンはうなずいた。

「その後はウッドヤードでちょっとしたボランティアをしてた――あそこのカフェテリアで働いてたの、キャズか、あるいは彼女の父親に引き入れられて。でも有給の仕事はしていなかった」

「家賃はどうやって払っていたのかな？」ロスは、季節労働者の苦労にはそれほど同情的ではなかった。きちんとした仕事に就くべきだと思っているのだ。

「わからない」ギャビーはいった。「だけどキャズの話では、毎月ちゃんと彼女の銀行口座に振りこまれていたみたい。それがなくなって、キャズの生活が苦しくならないといいけど」ギャビーは少し間をおいてつづけた。「まあ、父親がお金持ちなんだけど。だからなんとか切り抜けるでしょうね」

「ミスター・ウォールデンの部屋を見てもいいですか？　いずれ正式な捜査のために閉鎖しなければならないんですが、いまざっと見ておきたいので」

ギャビーはうなずいて、立ちあがった。二人でついていくと、ギャビーは二階に上ったところで立ち止まった。「サイモンの部屋は最上階の奥。もしよければ、あとはお任せします」

サイモン・ウォールデンは、ほかの人が選ばない、一番狭くて一番暗い部屋をあてがわれたのだなとジェンは思った。下宿人であり、慈善事業の一環であり、本物の友人ではなかったのだと。そこは屋根裏で、庭の向こうに丘陵と近隣の家々が見渡せたが、海は見えなかった。がらんとして、人となりを示すものがなにもなかった。小さな屋根窓（ドーマー）の下にベッドがあった。白く塗られたワードローブに、わずかな衣類が掛かっていた。テレビもパソコンもなかった。ベッド脇のテーブルにラジオがあった。写真はなかった。

「身軽に移動する人だったようね」ジェンはいった。「修道士の個室みたい」

ロスは閉じたドアに背をあずけて、ジェンの横に立っていた。「あるいは、刑務所の独房か」

ギャビーはキッチンにいた。昔風の物干しラックが天井からさがっており、ギャビーはそこからタオルや枕カバーを外し、テーブルの上でたたんでいた。アイロンをかけなくて済むように、枕カバーを撫でつけるように延ばす。そのやり方はジェンにも覚えがあった。二人がキッチンに入ると、ギャビーは手を止めた。開栓されたワインのボトルと、ワインが半分入ったグラスが、磨かれたパイン材のテーブルの上に置かれていた。

「キャロラインは何時に帰ってきますか？」ワインならこっちが飲みたいところだとジェンは思った。帰宅して飲めるのは何時になることやら。

「九時は過ぎるはずです。説明したとおり、恋人が助任司祭をしている教会に付随したメンタルヘルス関係の慈善事業で、ソーシャルワーカーとして働いているから。今日は夜の集まりがある日なんです。キャズはすごく熱心で」ギャビーは間をおいてつづけた。「キャズの母親は自殺したんですよ。だからこんなにチャリティの理念に入れこんでいるのかも」

「それで、ミスター・ウォールデンはクライアントの一人だった？」

「そう」ギャビーはいった。「さっきもいったけど、キャズのところに来た迷える羊のうちの一人だった」

「クライアントを自宅に迎えいれるというのは、ちょっと珍しくないですか？」ソーシャルワーカーは対象と距離を置くよう訓練されるものとジェンは思っていた。いままでに会ったことのあるプロはみんな、思いやりがないように見えるほど私情を交えなかった。

「そう、あたしもいい考えだとは思わなかった」ギャビーは間をおいてからつづけた。「サイモンと初めて会ったときは、変な人、気持ち悪いと思った。出ていってほしかった。キャズは、彼のことを知ればあなたももっと支援する気持ちになるはずだっていってた」

「それで彼がどういう人か教えられたんですか？」

ギャビーは首を横に振った。「守秘義務があるから、これ以上自分の口からはいえないとキャズはいってた。だからあまり助けにはならなかった」間があった。「結局のところ、キャズの家だし。誰でも好きに迎えいれればいいんじゃない？」

「明日、あなたのご友人と話をするためにまた来ます」ジェンは腕時計を見た。ブリーフィングを逃すわけにはいかなかったが、開始までにもう三十分もなかった。「何時に来れば、仕事に出かけるまえのあなた方を捕まえられますか？」

「八時半くらいかな？　どっちの仕事もそんなに朝早くないから」ギャビーは二人と一緒に玄関まで歩いた。ジェンの見たところ、ギャビーはアーティストとおなじくらい俳優にも向いていた。それくらい、内心をまったく明かさなかった。

バーンスタプルの警察署はコンクリートづくりの醜いビルで、市民会館——すでに取り壊しが決まって空っぽになった建物——の隣に建っていた。キャッスル・ヒルの緑地に面している。いまでは城（キャッスル）はなく、ひっくり返した椀のような形で城を守った土塁が丘として残っているだけだった。丘は雑草だらけで、木や繁みに覆われていた。バーンスタプルはイルフラクームより内陸にある。かつては小さな市場町（マーケットタウン）だったので、アーケード市場や混雑した大通りのある中心部にはいまもその名残りが感じられるが、町は広がり、スプロール現象を起こしていた。町外れに公営住宅や大型ショッピングセンターがあった。初めてやってきた観光客は、町の第一印象にがっかりするかもしれない。イギリスのほかの町となんら変わりがないからだ。だが、川だけはべつだった。川はこの地点ではまだ潮が混じっていて、月や天気によって変化した。町とも呼べないような、荒涼とした雰囲気になることもあった。天気のいい日なら、ジェンは昼食のサンドイッチを草地で食べ、ときには丘のてっぺんまで散歩することもあった。丘にいるときでさえ河口の潮の香りが届いたし、海の近くでしか見えない特別な明かりが見えた。ジェンは昔から海が大好きだった。

ここに来られた運のよさをジェンは自覚していた。デヴォンに配属されるためなら右腕の一本も差しだそうという同僚は何人もいた。ジェンはその筆頭だった。なにせ、ろくでなしのモラハラ夫と結婚してしまうほどの愚か者だったのだから。だから異動には感謝していたし、この土地もとても好きだったが、街の喧騒と、都市部でのやりがいのある警察活動が恋しくなることもあった。それに、逃避行動のように、自分がただ逃げただけのように感じられることもあった。なぜ自分のほうが家を出なければならなかったのか？　なぜ検察は、口のうまいおべっかつかいの会計士であるあの男の起訴にしくじったのだ？　夫はもとの場所にとどまり、ジェンのものだったはずの領域でのうのうと暮らしながら、あの女はサイコだし、現実の警察活動によるストレスに耐えられなかったからデヴォンに異動させられたのだといいふらしている。ジェンはバーンスタプルに移って五年になるが、いまも苦々しい思いでいた。

階段を上りながら、ジェンはエラに電話をかけた。ベンはヘッドフォンをしているだろうから着信音が聞こえないと思ったのだ。「なにも問題ない？」

「うん」エラは勉強熱心だった。いまも方程式に没頭していたのかもしれない。あるいは化合式に。心ここにあらずといった様子が声から伝わってきた。

「十時には帰るけど、もし疲れてるようなら二人とも先に寝てて」マシュー・ヴェンはだらだら長引くミーティングが嫌いだった。一時間あれば決められないことなどないし、なにかしら達成できるはずだといっていた。

「大丈夫」そして電話が切れた。

会議室は満員だった。勤務時間が終わっても、自主的に居残った人々もいた。ノース・デヴォンでは殺人はめったにあることではなく、ジェンは室内に屈辱感と興奮の両方を感じとった。被害者がべつの田舎から来たよそ者で、自分たちの同郷人ではないとわかっても、チームのメンバーはおなじ熱意で裁きを求めるだろうか。ロスはジェンのまえにいて、階段を駆けあがっていく。明らかに、一番速く動くパソコンのある席を確保して、イルフラクームでギャビー・ヘンリーから聞いた名前を確認し、サイモン・ウォールデンの悪評を掘りだすつもりなのだ。プリンターの唸りが聞こえた。ロスは被害者について見つかった情報はすべて自分でチームに発表したいのだろう。身元が判明したことも、おそらく自分の手柄にするつもりだ。ロスと一緒に働いていて、ときどきやりづらいと思うことがあった。元夫を思わせるからだ。競争意識が強く、支配的なところが。

マシューが室内に静粛を求めたが、口を開くまえに主任警部のジョー・オールダムが姿を現した。オールダムは大柄で鈍重な男だったが、ここへ向かう足音には誰も気づかなかった。オールダムには足音を消す能力があった。ジェンが机から顔をあげるとオールダムがそこにいて、こちらを見おろしながら同僚とのおしゃべりを聞いていた、ということが何回かあった。いまではオールダムに聞かれたくないゴシップをしゃべるまえに、彼がどこにもいないことを確認するよう気をつけていた。オールダムは巡査だったころにデヴォンへ移ってきたのだが、いまでも誇り高きヨークシャー人で、スポーツ・ファンで、地元のラグビー・クラブの会長だった。マシューとはこれ以上ないほどかけ離れた人間だ。

オールダムは一団に向かってうなずき、口を開いた。「手短にいこう。各々、やるべき仕事があるだろうからね」オールダムは、もっと見栄えがよかったときがあったはずのスポーツジャケットを着ており、シャツはベルトの上にはみ出ていた。彼のイメージはこうだ――メディア映えとは無縁な、古いタイプのいかつい刑事。対照的にマシューのほうは、オフィスを出ることなどないかのように、洗練されたスーツ姿で、ひげもきっちり剃っていた。肌は日光に当たったことがないのかと思うような青白さだ。銀行家といっても、葬儀屋といっても通るだろう。

オールダムは室内を見まわした。ジェンは、彼がロスに――実際には持つことのかなわなかった息子の代わりの若者に――ウィンクしたのが見えたような気がした。「ただ、この件には私も一枚噛んでいることを知らせておきたくてね。ここにいるマシューが報告をあげてくれる。必要なものがあればなんでもいってくれ」

そういうと、オールダムは現れたときとおなじくらいすばやく姿を消した。店が終わるまえにラグビー・クラブの面々とビールを何杯か飲むのだろう。ロスは、ラグビーチームではスタンドオフの役割を果たすスター選手だから、おそらくあとで合流して、今夜のミーティングのことを細大漏らさず話すのだろう。実働メンバーのなかにロスのようなスパイがいれば、わざわざ立ち聞きする必要もない。以前なら自分で捜査の指揮をとりたがったところだが、いまや退職への下り坂をすべりおりつつあった。赤ら顔や太鼓腹は、引退の日がやってきたときのためにオールダムが着々と練習を積んでいるしるしだった。ロスはそんな彼に、いまもまだ現場の実情を正確に把握しているという自信を与えているのだ。

マシューはオールダムがいた場所に立ち、主任警部が部屋を出ていくのを待ってから話しはじめた。死体発見について簡潔な要約を伝え、現場の写真をボードに貼った。「ドクター・ペンゲリーが確認したところ、死因は胸部の刺傷だった。殺人犯は被害者と向きあっていた。現場で凶器は見つからなかった」

ロスが手をあげた。「死亡推定時刻は？」

「正確なところはまだわからない。今日のうちのいつかだ。明日、検死のあとにもう少し詳しい情報が入るかもしれない」マシューはいったん口をつぐんでからつづけた。「被害者は身分証を所持していなかったが、ある住所を示すものがポケットから出てきた。ロスとジェンがその手掛かりを追ってくれたはずだね。イルフラクームへ行って、なにかわかったことは？」

ジェンが答える間もなく、ロスが立ちあがっていた。そしてプリントアウトしてあった写真をボードに留めた。「サイモン・アンドルー・ウォールデン。一九七九年五月三十一日生まれ」昔の顔写真（マグショット）だった。ウォールデンはまっすぐカメラを見つめていた。「学校を出たあと、すぐに軍隊に入りました。除隊したのは二〇一〇年で、その後自分で商売をはじめています――ブリストルでレストランを。ところが二〇一三年に、不注意運転による過失致死で有罪の判決を受けました。交差点から出たところで通過中の車の脇腹にまっすぐ突っこみ、子供が一人死亡。体内からアルコールが検出されましたが、法定基準値以下でした」

ジェンはウォールデンの顔写真を見つめ、アホウドリの意味を、彼の罪悪感を理解した。

「その件で刑務所に三カ月入りました。調べのついたところでは、それ以降、警察の世話になったことはありません」

「まちがいなくその男性が被害者なのだろうか？」マシューがジェンに目を向け、ジェンは即座に答えた。

「写真を見て、タトゥーがはっきり確認できました」

「ほかに情報は？」

「家の所有者はキャロライン・プリースという若い女性です。家賃収入を得るために部屋を貸しています。下宿人は友人とウォールデン。友人はギャビー・ヘンリー。彼女はウッドヤードで芸術家のような仕事をしています」ジェンは言葉を切った。マシューにとって面倒なことになるかもしれないと思ったからだった。ジョナサンはウッドヤードで働いている。施設の運営を任されていた。もしかしたら、利害関係の衝突があると見なされるかもしれない。「詳しいことはわかりませんが、ウォールデンは精神の健康に問題があったようで、プリースは彼を担当したソーシャルワーカーでした。ウォールデンもウッドヤードでボランティアをしていました」

「ヘンリーとプリースの確認は？　警察に記録があるだろうか？」

ジェンは首を横に振った。「駐車違反の切符を切られたことすらありません。キャロライン・プリースは不在だったので、明朝もう一度行ってきます」

マシューはうなずいたが、なにもいわなかった。いかにもマシュー・ヴェンらしいとジェンは思った。なにか有用なことをいうのでないかぎり、決して口を開かない人間なのだ。

5

警察が立ち去るとギャビーはキッチンに戻り、もう一杯ワインを注いだ。キャロラインが帰ってくるまえに、きちんと話ができるように気持ちを落ち着けておく必要があった。こちらのことを知らない警察に話をするのと、世界中の誰よりもギャビーをよく知り、いつも姉のように、保護者のように——寛大なようでいて、どういうわけかギャビーのモラルについては自分に責任があると思っているかのように——振るまうキャロラインに話をするのでは大ちがいだった。

ギャビーの母親のリンダは、そんなふうに気にかけてはくれなかった。そもそもリンダ自身、ときどきひどくわがままな振るまいをすることがあった。父親はいなかった。二人はロンドン北部の公営住宅で暮らしていて、ギャビーはたいてい自分の面倒は自分で見なければならなかった。リンダはいつも必死で働いていた。食卓に食べ物を並べるために、オフィスの清掃をしたり、スーパーマーケットの棚に商品を詰めこんだりした。けれどもギャビーが中学校にあがったとたん、あまり一緒にいてくれなくなった。リンダは十代でギャビーを産んだので、人生の楽しみを逃しているような気がしていたのだ。だからギャビーが自分のことはそこそこ自分でできるようになると、失われた時間を取り戻そうとしはじめた。ギャビーが覚えていられないほど大勢の男とつきあった。ギャビーはなんとかやってきた。自分の人生にはルールなどないように思えた。

アートを発見したのは学校にあがるまえだった。紙切れに走り書きをし、その図柄に没頭することで室内のカオスを締めだした。母親は仕事でつねに疲れていたので、家のなかをきちんと整理するようなエネルギーはほとんどなかった。学校の教室では、ギャビーは教師の話を聞く代わりに落書きをした。貧困地区の荒れた学校だったので、ギャビーがおとなしくて問題を起こさないというだけで教師たちはありがたがった。マンガのドラゴンや、奇妙な空想の風景を描きつけた算数の教科書はいまでも持っていた。美術教師がギャビーの救い主だった。ギャビーの描いたものを褒め、週末になるとギャビーを画廊へ送りだし、ちがう世界を見せた。

ギャビーは芸術大学で本領を発揮した。友達をつくり、グループのなかでいつも突飛なことをするジョーカーのような存在になった。まだ自宅で暮らしていたので、母親の武勇伝をしゃべってほかの学生たちを楽しませた。学生は大半が中流家庭の子供たちで、広告業界か映画業界に食いこもうと目論んでいた。ギャビーの情熱はつねに絵を描くことに向けられていた。大学で一年過ごしたあと、ギャビーは母親とおなじたぐいの仕事――バーでの仕事や、清掃など――をした。いずれ絵を教える仕事をすることは避けられないだろうが、それは先送りにしていた。そんなときに、ノース・デヴォンのウッドヤード・センターで招聘芸術家の選考があるという広告をガーディアン紙で見たのだ。詳細はさておき、暮らしていけるだけの給料が出るかどうかを確認した。〝専用スタジオ〟の文字が目に飛びこんできた。

エクセターからバーンスタプルまで、トー渓谷をゆっくり進む小さな列車に揺られながら、木々の密集した森や、水辺や、用心深いアオサギのなかに絵画を見いだし、この世にあるほかのなによりもこの仕事がほしくなった。男性二人による面接を受けた。ウッドヤード・センター全般の運営を担当するジョナサン・チャーチと、理事長のクリストファー・プリース。ジョナサンは運営方針を説明しながらセンターじゅうを案内してくれた。

「ここは誰もが快適に過ごせるスペースであるべきなんです――専門性の高い上級クラスの授業を受けるオールAレベルの生徒たちから、学習障害があってデイセンターに通っている人々まで。われわれはアートに非常に重きを置いています」ギャビーは、関心があるのは自分のアートだけです、とはいわなかった。広い屋根裏部屋を見て、そこで自分が絵を描いているところを想像した。仕事を手に入れるために、どんな約束でもするつもりだった。

面接はうまくいった。ギャビーは昔から、人が聞きたがっていることをしゃべるのがうまかった。その後、クリストファー・プリースが、住む場所が必要かどうか訊いてきた。「私の娘に紹介することもできる。下宿人を探しているから」二人はその夜に出会って、キャロラインが家を見せ、部屋へ案内した。退屈な家だった。壁はオフホワイトに塗られ、家具がほとんどなかった。

「まだいろいろ必要なの」キャロラインがいった。「だけど予算が心細いし、父には頼りたくないから」

ギャビーは慈善団体のショップやeBayで中古品を買ったり、無料のリサイクル品を手に入れたりする楽しみを伝授した。ギャビーの購入品や創作品で家が埋まっていくにつれ、二人の親しさも増した。性格はまったくちがった。キャロラインはとても真面目で、頼りになり、時間に正確だった。ギャビーにはそういうところはいっさいなかった。だが、不思議と持ちつ持たれつの関係がつづいた。ギャビーはキャロラインの考えを尊重した。彼女の動揺させたり、怒らせたりするのはいやだった。自分がキャロラインを明るくし、彼女の生活をより楽しくしたとギャビーは思っていた。そしていまは、ドアの鍵をあける音を聞きながら、サイモン・ウォールデンの死をどうやって伝えようか悩んでいた。

ほぼ真っ暗ななかで白日夢を見るように考えこんでいたにちがいない。キャロラインが入ってきて明かりをつけると、ギャビーは突然の光にビクリとした。

「どうしたの？」キャロラインは平日に飲みすぎるのを認めなかった。気分によって適度にくつろぐ程度なら気にしなかったけれど。

「サイモンなんだけど」ギャビーは低いソファに座ったままふり返り、キャロラインを見た。

「彼がどうかした？」

「さっき警察が来た。サイモンが亡くなったって」

ギャビーは、キャロラインがさっきの自分と同程度にショックを受けているのを見て取った。二人にはそれぞれにサイモンの死を悼む理由があった。キャロラインはギャビーの隣にどさりと腰をおろした。「自殺？」罪悪感でいっぱいのように聞こえた。「そんなに落ちこんでいたとは思わなかった。むしろ、ちょっと躁のような気がしてたんだけど」キャロラインは間をおいてからつづけた。「わたしが気づいてあげるべきだったのに！」

「殺されたの」ギャビーがいった。「クロウ・ポイントの海岸で」ふさわしい声が出せたとギャビーは思った。冷たくはないが、ひどく動揺しているわけでもないという声。キャロラインは動揺している人間を信用しないから。

6

マシューが帰宅すると、ジョナサンは火を灯してリビングの床に座っていた。月明かりを入れるためにカーテンをあけてあり、すぐそばのローテーブルにはグラスが載っている。読書をしていたのだが、マシューが帰ってきた音がすると、ジョナサンは本を置いた。

「飲む？ なにか食べる？」

「もしかしたら、今回の殺人事件の捜査は誰かに任せなければならないかもしれない」署を出てからずっと頭に引っかかっていたことだった。マシューはジョナサンのあとについてキッチンに入った。「被害者がウッドヤードのボランティアだった。それに、被害者とおなじ家に住むべつの下宿人もウッドヤードの招聘芸術家なんだ」

「誰が殺されたって？」

「サイモン・ウォールデンという男性。知っている人？」

「名前に覚えがある。確か、ボブと一緒にカフェで働いていた」ジョナサンは栓のあいたシャブリのボトルを冷蔵庫から取りだした。

「ウォールデンは心の健康に問題を抱えていた」マシューがいった。「それで、きみのところの理事の一人が手を回して、ウォールデンにその仕事を与えたらしい」

ジョナサンは顔をしかめた。「それが誰かはわからないが、ぼくに話を通さなかったんだな」

「クリストファー・プリース。娘が聖カスバート教会で慈善事業を運営している。ウォールデンの下宿先の家主でもあった」

「きっと、直接ボブと話をつけたんだ。カフェはボブが独自にやっているから」ジョナサンはワインのグラスをマシューに手渡した。「ぼくがあそこの運営をしているからというだけで、きみから事件を取りあげることなんかできないはずだ。馬鹿げてるよ。きみにとってはチームを引き継いでから初めての大きな捜査じゃないか。それに、ジョー・オールダムは怠け者のろくでなしだ。こういう事件は引き受けたがらないんじゃないかな。あの男には無理だ、ブヨ並みのデリカシーしかないんだから。目に浮かぶね、オールダムがウッドヤードじゅうをドスドス歩きまわって、みんなを動揺させているところが」

「ジョー・オールダムはドスドス歩いたりはしない」しかしジョナサンがなにをいいたいかはわかったので、マシューは笑みを浮かべた。

ウッドヤード・センターはジョナサンの自慢であり、喜びであり、自分の子供のようなものだった。敷地はトー川の南側にあり、昔は材木会社の所有だったが、その会社はずいぶんまえに廃業していた。古い煉瓦でつくられた巨大な倉庫の残骸や、錆びた機械類でいっぱいだった。建物を取り壊して更地にし、大型ショッピングセンターをつくろうという計画が何回か浮上した。同時に町議会は、学習障害を抱えた成人のためのデイセンター――ジョナサンの以前の職場――を閉鎖しようと考えていた。ジョナサンは独創的なやり方でこの二つを結びつけた。当時、マシューはブリストルで暮らし、職場もそちらだったのだが、ジョナサンの熱意にすっかり呑みこまれた。電話をすればたいていその敷地の利用計画の話、異なるグループの人々――アーティストと、学習障害を抱えた成人――をぜひとも一つの場所に集めたいという話になった。だからマシューには、このプロジェクトが自分たちの恋愛とよく似ているように思われた。性質を異にする二人が一つにまとまる可能性を信じるのも、想像を絶するほど無謀なことだったから。

「バーンスタプルには、店ならもう充分あるじゃないか」ジョナサンはそんなふうに文句をいったものだった。「大通りはすでに、リサイクル・ショップや美容院や不動産屋なんかで溢れてる。材木会社の土地は地域社会のハブとして使ったらいいんだよ。アート・センターとか、カフェとか、人と人が顔を合わせてアイデアをぶつけ合えるような場所にしたらいい。デイセンターに通ってきてる人たちもそこに、まさに町の中心に受けいれればいい。ぼくらが彼らのことを恥ずかしがっているかのように、隠しておくんじゃなくてね」

ジョナサンは委員会を立ちあげ、計画をいくつも通し、宝くじ基金から助成金を引きだして、それに匹敵する額をほかの団体からも集めた。そしていま、ウッドヤードはジョナサンが思い描いたとおりになった。劇場があり、スタジオがあり、バーとカフェがあった。学習障害を抱えた成人のためのデイセンターもあった。小さめの建物を改築したスペースだった。ジョナサンは全体の運営をしていた。マシューはこのうえなく誇らしかった。

しかし今日ばかりは、ジョナサンがウッドヤードの関係者であることが事態を複雑にする可能性をもたらしていた。「もしかしたら、この事件は誰かに任せなければならないかもしれない」マシューはそうくり返した。「オールダムではなく、わたし自身の選択として」

「まあ、強制されるまではなにもいわないことだよ。この事件を担当したいんでしょう?」

マシューは少し考えてから答えた。「そうだね。ぜひとも担当したい」間をおいてつづけた。「ただ、それが正しいことかどうか確信がない」

「そういうところも大好きだよ、知ってると思うけど」ジョナサンには独特のアクセントがあり、初対面のとき、マシューにはそれがどこのものか判断がつかなかった。ジョナサンはエクスムーアで育った農家の子供だった。大学には行かなかった。十六で学校を去り、旅をした。マシューが理由を尋ねても、ジョナサンから説明らしい説明は返ってこなかった。ただ、〝家にいても、すばらしいことはなにもなかった。だからこれが一番よかったんだ〟とだけいっていた。フランスのワイナリーで働き、スペインでイチゴを摘み、ヨーロッパじゅうの港で、しゃれたヨットに乗って航海するような金持ちのために調理をした。気持ちを高揚させるロマンティックな言葉がマシューを揺さぶった。ジョナサンは行く先々で妙なアクセントを身につけた。だが、真剣な話をするときにはノース・デヴォンの田舎の発音に戻った。そしていまは大真面目だった。

「きみのおかげでぼくは地に足のついた、現実的な人間でいられる」ジョナサンは手をマシューの腕に置いた。「でも、ものすごくこだわりが多いよね。ときどき、きみはそういうもののうしろに隠れているんじゃないかと思うことがある。勇気を持ってこの事件を引き受けてほしい。今回だけは。戦うんだよ、マシュー」

翌朝、目を覚ますとすでに明るく、マシューは遅刻すると思いこんで一瞬パニックに陥った。いままで寝過ごしたことなどなかったが、今日は朝方までずっと眠れずにいたからだ。朝のうちにジェンと被害者の家へ行くことになっていた。家や、ウォールデンを一番よく知っていた人々の雰囲気をつかんでおきたかったからだ。その約束をすっぽかしてしまうと思い、マシューはつかのまひどく慌てた。ベッドの反対側は空っぽだった。けれどもスマートフォンを確認するとまだ早く、時間はたっぷりあることがわかった。

マシューは一晩中、身動きもせずに穏やかな寝息をたてながら隣で眠るジョナサンを意識していた。睡眠に関してジョナサンには才能があり、マシューはそれがなによりも羨ましかった。ジョナサンのおおらかな自信とか、度胸とか、侮辱や苦痛を笑い飛ばす能力よりも。いま、マシューは一人でベッドにいたが、それはめったにないことだった。ふだんはマシューのほうが先に起きた。

ジョナサンはキッチンにいて、キッチンにはコーヒーとトーストの香りがした。何年ものあいだ、こういうものは手に入らないと思ってきた――パートナー、ともに暮らす家、愛情といったものは。しかしいま、自分は世界一幸運な男だとマシューは思った。昨夜の不安や不眠はただの甘えのような気がした。

だけど父親が死んでまだ二週間にもならないし、しかもそれを知ったのはノース・デヴォン・ジャーナル紙の死亡告示に気づいたからにすぎない。さらに昨日、葬儀があったばかり。一息入れるんだ、マシュー。これからまだ大変なんだから。罪悪感を捨てるんだ。

ジョナサンの声がそういっているのが聞こえるようで、マシューは思わず笑みを浮かべた。

二人はキッチンで立ったまま一緒にコーヒーを飲んだ。ジョナサンはすでにトーストを食べ終えていた。マシューが朝食をとらないことを知っていたから。戸外ではなにもかもがくっきりと鮮明で、きらめいていた。川にそよ風が吹いてさざ波が立ち、光を乱反射させた。草地の端では新たにスイセンが咲いていた。

ウォールデンの遺体はすでにモルグへ移され、科学捜査班も仕事を終えていたので、有料道路の料金所には、通行する車を止める人間は誰もいなかった。ふだん出入りするときとおなじように、バーは自動であがった。海へ向かう道路に入ると、端のほうにコリン・マーストンの姿が見えた。ブローントン・バロウズへとつづく平地を眺めている。沼地と海岸のあいだに広がる広大な砂丘だ。

マシューは衝動的に交差点を左に曲がり、村と大通りから離れて海岸へ向かった。イルフラクームへ行くのにこちらの道は遠回りなのだが、時間ならあったし、交通量もこちらのほうが少ないように思われた。このルートが、ある記憶をよみがえらせた。マシューの父は農産物供給会社で働いていて、学校が長期休暇に入るとマシューもときどき同行を許された、一緒に海岸沿いの農家を訪ねた。父は結婚と同時にブレザレンに改宗していたが、家を離れているときのほうがくつろげるようで、より若く見えた。宗派のほかの人々とはちがった。二人は取るに足りないこと、ラグビーや釣りのことなんかをいろいろとしゃべった。父親が、これから向かう先の顧客について説明することもあった――

ジェフ・ブレンドは、困難にぶつかるたびに酒に溺れたりしなければ、いい農場主なんだがね。

その後、海へつながる渓谷の上流にある白漆喰塗りのファームハウスへ、夕焼けのなかを向かいながら――

メアリー・ブラウンズコームは大した女だ。夫のナイジェルががんを患っていたあいだも農場の切り盛りをつづけ、いまもなんとかやっているんだから。

二人が到着したとき、その女性は庭に出ていた。ブラウンズコーム家の農地より下のほうにある海に、太陽が沈もうとしていた。赤い光の洪水にすべてが呑みこまれた。ここは世界で一番美しい場所だ、魔法のようだとマシューは思った。家の脇の小さな池にはアヒルが浮かび、納屋には干し草ロールがいくつもある、絵本に描かれたみたいな農場だった。幼いマシューが父の車から降りたとき、最初に目についたのはその女性の輪郭だけだった。彼女が二人に近づいてきて父に軽くハグをしたとき、マシューにも初めて顔が見えた。

灰色の目と、梱包用の撚り紐でうしろに引っつめられた黒い髪が。

「会えてうれしいわ、アンドルー」

マシューは、おばあさんを想像していた。当時、寡婦というのはみんな年老いた人だと思っていた。しかしメアリーはマシューの母とおなじくらいの年齢で、ジーンズを穿き、ウェリントンのゴム長靴を履いて、袖なしのベストを着ていた。マシューの母はジーンズを穿いたことがなかった。屋内には本があった。マシューは大人たちのあとについて母屋に入った。キッチンにコリー犬がいた。

お茶の用意がしてあった。本は本棚を埋め、部屋の隅にも積みあがっていた。ビスケットのパックがあけてある。マシューが自分で食べられるように、テーブルの上にチョコビスケットのパックがあけてある。ヴェン家では、母のお手製でないかぎりビスケットが出されることはなかった。神は子供たちが心と同時に体にも気を配ることをお望みなのだ、と母はいっていた。だから自分に家族の食事をつくる時間と体力があるかぎり、揚げ物や出来合いのジャンクフードは食べないのだと。

大人たちが仕事の話をしているあいだ、マシューはコリーと遊んだ。しかし注文が済んでも、カップが空っぽになったずっとあとまで、父はそこに座ったままでいた。なにかしら会話があったのだろうが、マシューは聞くのをやめていた。しばらくすると父が立ちあがった。

「また来週に来るよ。そのころにはぼうずの学校もはじまっているから、一人で来る」

メアリーも立ちあがった。「歓迎よ」間があった。「いつでも」

庭に出ると、夕焼けの色は褪せて薄暗くなっていた。マシューは車に乗りこんで、父が別れの挨拶を終えるのを待った。大人たちはまたハグをした。その後、父子は車を出した。ふだんなら父は直前の訪問について話した。別れたばかりの顧客について噂話をした。だが、その夜は家に帰るまでずっと黙ったままだった。

いま、明らかに孤独だったらしい男の殺人事件を捜査するために狭い道路を運転しながら、マシューは初めて、父はメアリー・ブラウンズコームを愛していたのだと思い当たった。情事はなかったかもしれないが、二人のあいだには少年でさえふつうでないと感じるようなやさしい空気があった。メアリーはまだ〈ブルーム・ファーム〉にいるのだろうか。父の葬儀には出ただろうか。メアリーが場ちがいにも霊安室の奥に座って泣いているところを、マシューは想像した。

ジェン・ラファティとは、ホープ・ストリートの坂を上りきったところにある駐車場で落ちあうことになっていた。ジェンはすでに到着しており、車内に座ったままスマートフォンを見ていた。人生の時間のほとんどを電話に費やしているようだった。二人は一緒に坂を下ってホープ・ストリートの二十番地まで行き、ジェンはそのあいだに昨夜の行動を報告した。

「同意いただいたとおり、ウォールデンの写真をメディアに公表しました。朝のテレビで流れるはずです。朝刊には間に合いませんでしたが、おそらくソーシャルメディアを中心に広まるのではないかと。ロスがそれを監視することになっています。それから、被害者についていくつか細かいこともわかりました」

「被害者の妻は通知を受けたのだろうか？」

「はい、昨夜のうちに、エイヴォン・サマーセット警察から人が行っているはずです。向こうの警察とはまだ直接話をしていませんが」

「二人に子供は？」出ていった父が結局暴力的な死を迎えるのはどんな気がするものだろう。その父は英雄になるのだろうか、それとも殉教者になるのだろうか。子供たちは母親を責めるだろうか。それとも重荷のように恨みを背負ったまま残りの人生を過ごすのだろうか。

「いえ、子供はいません。どうやら妻のほうには新しい相手がいるようです。もう昔の家には住んでいません。ちがう住所でした」

目的の家に着いていた。ジェンは歩道で立ち止まった。坂の下のほうで、詰め物のはみ出したぼろぼろの寝袋で寝ていたホームレスの男性が身動きをし、一方の肘をついて身を起こした。ジェンは黒いドアをノックした。足音が聞こえ、ドアが開いた。

若い女性が立っていた。いかにも芸術科の学生といったタイプのスタイリッシュな見かけだった。モデルのようにガリガリに痩せ、髪はベリーショート、真っ赤な口紅をすっと引き、ワンピースのようなセーターに黒のタイツとごついブーツを合わせている。それに、黒くて長いイヤリング。タイツは一方の脚のうしろに穴があいていた。女性はジェンに向かってにっと笑ってみせた。「ちょっと早かったみたい。起きているのはあたしだけ」

ジェンが先にドアを入った。「ハイ、ギャビー。こちらはわたしのボス、マシュー・ヴェン警部です」

「どうぞ。入ってもらったほうがいいかも。キャズに知らせてきます」

マシューはギャビーにつづいてキッチンに入った。ジョナサンならくつろげそうだなと思った。鍋と広口瓶の山や、不揃いの家具、アートグッズなどをきっと気に入るだろう。彩色された大きな木のオウムが天井からさがり、ネコヤナギの枝が茶色い陶器の壺に挿さっていて、鮮やかな色のタオルが頭上のラックから旗のように吊るされている。だが、二人は途中で足を止めた。マシューにとっては圧倒されるような、落ち着かない部屋だった。ここでは気持ちを集中して、しっかり頭を働かせる必要がある。

「座ってください。ポットにコーヒーが入ってる」そういって、ギャビーは姿を消した。彼女の口が——口紅で真っ赤になった口が——チェシャ猫の笑みのように部屋に残っている気がした。階段の下から呼びかける声がマシューにも聞こえた。「ヘイ、キャズ。警察が来たよ。話がしたいって」

ジェンはコーヒーポットのほうへゆるゆる向かい、マシューに向けてポットを振ってみせた。マシューはうなずき、ジェンが埃っぽい食器棚からマグカップを取りだすのを眺めた。コーヒーを注ぐまえに、ジェンは水道水でマグをゆすいでくれて、マシューにはそれが途方もなくうれしかった。

剝き出しの床を歩く足音が、次いでドアの閉まる音がして、若い女性が姿を現した。うしろからついてきたギャビーが犬か、あるいは母親のように彼女を先導し、それから仰々しく紹介した。ギャビーにとってはすべてがパフォーマンスなのだろう。

「こちらがキャロライン、友達のあいだではキャズで通ってる。あたしたちの家にサイモンを背負いこんだ親切な人で、あたしの大家です」

キャロラインは小柄で丸い体格で、団子鼻の上に大きな眼鏡をかけていた。「勘弁して、ギャビー。ちょっとは敬意を払ったらどう？　サイモンは昨日亡くなったばかりなのに」

マシューは、事情聴取がのっけから手に負えないものになりつつあると感じた。「もう知っているのですね？　昨日はサイモンと顔を合わせましたか？」なにか拠りどころとなる事実が必要だった。

キャロラインはガーディアン紙とオブザーバー誌の山を動かして、テーブルの隣にある教会の座席のような椅子に座った。

「朝一番にはここにいました。そうよね、ギャビー？　わたしはあなたよりまえに家を出たけど、バスルームから物音がして、ドア越しに大声で話をしたの。あなたは朝食の席でサイモンを見た？」

一瞬の沈黙があった。「ちょっとだけ」ギャビーがいった。「いっておくけど、あたしが家を出たときには、サイモンはまだ生きてた」また沈黙。「ところで、全員分のトーストを焼きましょうか？」声のなかにかすかに必死な響きがあった。「それとも、そういうことをすると賄賂とか汚職とかいわれちゃうのかな？」

「あなたと、あなたの友達の分だけどうぞ」ジェンがいった。「でも、あなた方二人にもう少し質問がしたいんですけど」

ジェンがしゃべる役だった。マシューがそう決めた。ジェンは愛想がいいし、女性二人もそのほうが脅かされているように感じなくて済むだろうと思ったからだ。しかしいまは、この二人ならそう簡単に怯えたりしないだろうと思っていた。

「座りなさいよ、ギャビー」口を開いたのはキャロラインだった。「これは深刻な話なんだし、朝食ならあとでもいいでしょう」

「わかりました、お嬢さま」そんなふうにいいつつも、ギャビーは座った。

ジェンはテーブルを見まわしていった。「昨日、ご友人が亡くなったことには心からお悔やみを申しあげます」

「あたしの友達ではなかった」聞こえるか聞こえないか程度の声でつぶやきが発せられ、ショックを受けたような沈黙がそれにつづいた。「サイモンが死んだことを喜んでいるわけじゃないよ。もちろんそんなことはない。だけどサイモンがもうここに住まなくなるのはうれしい」

「どうしてそんなふうにいうんですか？」ジェンはコーヒーのマグをコースターの上に置いた。コースターは、入念に結び目をつくった紐でつくられたものだった。

ギャビーはしばらく考えてから答えた。「サイモンが移ってくるまえは、ここにいて幸せだった。あたしたちは親密で、楽しかった。その後、突然よその人が、ほとんど知らない人が交じってきて、すべてが台無しになった。サイモンはすごく張り詰めてた、わかるでしょ。ピリピリしてた。それって伝染するの。家のなかの雰囲気がすっかり変わって、落ち着かなくなった」

「ほんの一時のことだったのに」キャロラインがいった。「サイモンにはまたべつの場所へ移る計画があったのよ。キングズリー・ハウス・ホテルに戻るつもりだった。まえにも秋になるまで働いていたホテルで、シーズンがはじまったらすぐに移る予定だったの。それに、サイモンからの家賃があったのも助かった。お情けでここに置いていたわけじゃなかったのよ。すばらしく料理が上手だったし。金曜の夜の目を見張るような食事ときたら。それについてはあなただって文句なかったでしょう」

「あたし、出ていこうと思ってた」ギャビーがまたつぶやくようにいった。「耐えられなかった。自分だけの住みかを探してた」

「そんなこといってなかったじゃない！」

「サイモンについて、サイモンがあたしをどんな気分にさせるかについては、たっぷり文句をいったはずだけど。あなたが聞こうとしなかったんでしょ、キャズ。あたしよりサイモンのほうをずっと気にかけてるみたいだった」遊び場にいる甘やかされた駄々っ子みたいだな、べつの〝親友〟ができたから捨てられたと騒いでいるんだ、とマシューは思った。たぶん、これだけ美人なら、物事を自分の思いどおりにすることに慣れているのだろう。だが確かにきつかったにちがいない、友人との親密な空間に見知らぬ人間を迎えいれるのは。ウォールデンにとっても、恨まれながら暮らすのは大変だっただろう。

「あなたが最後に彼と会ったのはいつですか？」ジェンはキャロラインに質問を向けた。

「さっきもいったとおり、昨日の朝は声を聞きましたが、姿は見ていません。ときどきバーンスタプルまで車に乗せてあげることがあったんですが、昨日はちがいました。ドア越しに大声で尋ねましたが、サイモンはまだ支度ができていないから自分でなんとかするって。なにか大事な用事があったんです。ホテルでの顔合わせだったんじゃないかしら。シーズンに入ったらすぐ働きはじめられるように打ち合わせをするのだろうと思っていました」

「ウッドヤードでは毎日ボランティアをしていたのですか？」

「だいたいは」キャロラインはいった。「サイモンも楽しんでいました」

「誰の紹介だったのでしょう？」

「わたしです」キャロラインは間をおいてからつづけた。「父が理事なので、あそこのことはよく知っていましたから。サイモンが自信を取り戻すのにいいと思ったんです。またお給料のもらえる仕事に就くための準備になるんじゃないかと」

「サイモン・ウォールデンは精神疾患を抱えていたのですか？」質問としてそういったものの、ジェンがその答えを知っているのは明らかだった。

「鬱とアルコール依存に苦しんでいましたが、ここに住むようになってから劇的に改善されたんですよ」キャロラインの答えはどこか弁解するように聞こえた。

「あなたはサイモンのソーシャルワーカーだったのですか？」

キャロラインはためらってから答えた。「彼が参加していたプロジェクトの担当者です。母の思い出に捧げる形で、父が聖カスバート教会で小さな慈善事業をはじめたんです。危機の只中にある人たちを迎えられるように。母は鬱に苦しんで自殺したので。わたしが十代のときに。それでわたしの人生は大きく変わりました。父もわたしも、ほかの家族がそんな喪失を経験しなくて済むようにしたかった。わたしは精神医学ソーシャルワーカーになるための訓練を受け、数年の経験を積んでから、プロジェクトを引き受けました。心の健康に問題を抱える人々が、安全に日中を過ごせる場所として運営しています。週に二回、夜間のグループセッションもおこないます」

キャロラインは若く見えた。多めに見ても三十代前半だろう。こんなに感情に負荷のかかる毎日をどうやって過ごしているのだろう、母親のことを思いださせる人々を相手に働いて。ぞっとするような状況だとマシューは思った。しかしすぐに、自分だって殺人の捜査をしながら平日を過ごしているじゃないかと思いなおした。室内の空気の重さが神経に障り、マシューは突然気分が悪くなった。まるで砂糖を食べすぎたかのように。証人を相手にこんな会話をするべきではなかった。

「では」マシューはいった。「ミス・ヘンリーは仕事に出かけてください。ミス・プリーストとラファティ部長刑事は残って二人で話をしてください」マシューはギャビーのほうを向いてつづけた。「もし必要になったら、のちほどウッドヤードにあなたを探しにいきます」

ギャビーは立ちあがった。マシューはギャビーのあとから家を出た。ギャビーはステップのそばでぐずぐずしていたが、マシューは顔をそむけ、車が置いてある坂の上へ向かってきびきびと歩いた。

7

モーリス・ブラディックには、朝食のときにテレビを見る習慣がある。仕事をしていたときは急いでお茶を一杯飲むくらいの時間しかなかった。すぐに家を出て、バーンスタプルの肉屋通りまで車で向かい、家が一番遠かったのにたいていほかの人々よりも早く着いたものだった。なにかしら食べるのは店に着いてからだった。店主の妻のパムが、アーケード市場の出店者に売るベーコン・サンドイッチをつくっていた。あるいは昼どきまで我慢して、ランチにミートパイを食べた。しかしいまでは、働いていたころのことはあまり思いださないようにしていた。仲間意識や、交わされたジョークのような懐かしい物事を思いだすと、とてもつらいから。

退職後は、ルーシーを迎えのタクシーに乗せてしまうとマギーと二人きりになったので、キッチンでしばらく一緒に過ごした。お茶のおかわりを飲み、その日の予定についておしゃべりをする。マギーはテレビが大好きというわけではなかった。長時間じっとしていられないからだ。よく途中で立ちあがっては、庭へ出ていったものだった。村へ出かけていって六十歳以上の人間を集めたクラブを主催したり、モーリスをせっついて一緒に慈善の食事宅配サービスをしたりすることもあった。モーリスは気にしなかった。やるべきことをいつけられるのは好きだった。

いま、モーリスとルーシーはキッチンで小さなテレビを見ながら朝食をとっていた。ルーシーにはお気に入りの司会者が何人かいて、そのうちの一人が映ると一日幸せな気分で過ごせるのだ。ショートヘアで北部のアクセントのある女性司会者がいて、彼女の声を聞くとルーシーはくすくす笑った。チャンネルを回していてその女性が画面に現れるとモーリスはとてもうれしかった。娘が笑っているところを見るのが大好きだったから。

いつもモーリスのほうが先に起きた。深皿とシリアルの箱を並べ、冷蔵庫から牛乳を出し、トースターに食パンを二切れ突っこむ。ルーシーの服は夜のうちに出してあり、ルーシーは着替えて支度を済ませてからキッチンに来て、朝食用カウンターのまえのスツールによいしょと腰かける。ルーシーはいつもデイセンターに行きたがった。なかにはウッドヤードの環境に馴染めない友達もいた。ローザはセンターが新しい場所に移ってまもなく、行くのをやめてしまった。ローザの母親はそのことでとくに騒いだりはしなかったが、モーリスが尋ねると、さまざまなグループの人々を一つの建物に押しこむのが適切なこととは思えないといっていた。ルーシーは新しい場所のにぎやかさが気に入っていて、最初から居心地よさそうにしていた。モーリスはルーシーを、娘の怖いもの知らずなところを、とても誇らしく思った。

昨年、ウッドヤード・センターが開設されるまえには、州内の学習障害者向けサービスのほとんどが閉鎖されるという話もあった。行政にそれを維持していくだけの資金がないから、というのだ。マギーが亡くなって間もないころの話で、あれはひどい時期だった。ルーシーが一日中退屈でストレスをためながら家にいることを思うと、モーリスは夜も眠れなかった。デイセンターがウッドヤードに移ったいま、モーリスはまた気を休めることができるようになった。

八時になり、テレビ番組が地元のニュースに変わった。バスは九時なので慌てることはなかった。モーリスは毎朝徒歩でルーシーをバス停まで送った。少しばかり体を動かすため、そしてルーシーが無事に出発するのを見届けるためだった。きょうも晴天で、もうなにかを植えはじめてもいいくらい地面も温かくなっていた。頭のなかではもう庭にいて、鼻腔に土のにおいを、うなじに日射しを感じていた。ルーシーが画面を指差して大声でなにかいいだしたので、モーリスは現実に引き戻された。ルーシーはひどく動揺して、言葉が溢れでてくるようで、モーリスには娘がなにをいっているのかわからなかった。画面には男の写真が映り、こちらを見つめているかのようだったが、モーリスがきちんと見るまえに消えてしまった。ルーシーに向かってちょっと静かにするようにと手を振り、司会者の言葉を聞き取ろうとした。

「サイモン・ウォールデンの遺体は昨日の午後、ブローントン近くの海岸で発見されました。サイモン・ウォールデンに関する情報をお持ちのかたは、デヴォン・コーンウォール警察にご連絡ください」

その後、番組は天気予報に移った。

「どうしたんだい、ルーシー？」

「あれはわたしの友達よ」ルーシーはいった。「バスで一緒になる友達。お菓子をくれる人」

モーリスは、バーンスタプルのデイセンターまでルーシーを車で送っていった。警察に連絡を入れるまえに、あそこの職員と話がしたかったからだ。ルーシーを信用していないわけではなく――テレビに映った男についてはかなり確信があるようだった――警察が家に来るようなことにでもなったら、ルーシーと一緒にいるのが自分だけというのはいやだったのだ。思いやりのある人間ばかりではないからだ。一部の人々は娘のいうことを真剣に受けとめなかった。無視したり、反対に、凝視したりもした。ダウン症だから、ほかの人と目に見えてちがうからというだけで。ルーシーの友人のローザは、見た目にはダウン症とまったくわからないのだが——かわいい子だった——それがいいか悪いかは、モーリスにもマギーにもよくわからなかった。見た目のせいで人々がローザに多くを期待しすぎるかもしれない。彼女がほかの人々とはちがうものの見方をすることに気づかずに。今日、もしそうした無知な人間がルーシーに話を聞きにきたら、モーリスはどう対応したらいいかわからなかった。ルーシーはたいていの物事について画鋲のように鋭く、ふだんなら援護するのは容易なのだが。

ウッドヤード・センターの正面のドアを入ると、壁に絵のかかった広いスペースがある。今週は船と航海に関する展示で、モーリスはビディフォードの埠頭を描いた一枚——一隻の古いボートが係留されている——に惹かれた。茶色と灰色を基調とした絵だった。直前まで雨が降っていたかのような絵。マギーもきっと気に入るだろうとモーリスは思った。こんなふうに突然、マギーが好きだろうと思うものや、マギーに伝えたいゴシップに出くわしたりすると、深い悲しみが戻ってきてモーリスの尻に噛みつくのだ。目に涙が浮かぶのがわかったので、まばたきをしてそれを払った。涙もろいじじいになるなどごめんだ、と自分にいい聞かせながら。

ルーシーをデイセンターの仲間のところへ送り、モーリスはメインオフィスに向かった。ジョナサンがいた。この場所の責任者だ。こちらに背中が向けられていても、モーリスにはドアの外からジョナサンだとわかった。髪はほとんど白といってもいいくらいのブロンドで、どんな天気でも短パンにサンダルだった。初対面のときには、ジョナサンのことをどう判断すべきかよくわからなかった。それがいまでは一種の英雄のように思っていた。彼こそウッドヤードを背後から動かすエネルギーだから、そしてルーシーはここにいてとても幸せだからだ。今日の短パンはカーキ色で、膝下まで届く長さで、それに羊の柄のついたTシャツを合わせていた。プリンターがうまく動かないらしく、悪態をついていた。

モーリスならたとえ一人でいるときでも決して口にしないような言葉だった。

モーリスがドアを軽くたたくと、ジョナサンがふり向いた。

「モーリス、テクノロジーには強いほうですか？」

モーリスは首を横に振った。「残念ながら」

「ああ、このポンコツ！　まあいいか。もうすぐロレインが来る。彼女は優秀だから」ジョナサンはモーリスの近くに寄り、机にもたれた。「どういったご用件ですか？　ルーシーなら昨日見かけました、とても元気そうでしたよ。ウッドヤードにすんなり移ってこられない人々がいるのも知っていますが、ルーシーはここでうまくやっているとセンターの職員から聞いています。自立心旺盛で、なんでも前向きにやっていると毎日のように聞きますよ。それに、カフェにも欠かせない人だと」

「そうですね」モーリスは説明をどう切りだしたらいいかよくわからなかった。気まずい沈黙があった。顔が赤くなるのがわかり、マギーがここにいてくれればいいのにと思った。マギーならなにをいうべきかわかるだろう。

「あなたがルーシーの面倒を見られなくなったとき、ルーシーをどこに住まわせたらいいか、といったようなご相談ですか？　考えておいてくださいとソーシャルワーカーからいわれていますよね」

「ちがうんです！」それについて考えるべきなのはわかっていたが、まだ心の準備ができていなかった。ルーシーがいない自宅での生活など想像もつかなかった。

「選択肢がいくつかありますから、そういう話をしてもいい頃合いかもしれませんね。あなたとルーシーで。ルーシーならほんの少しのサポートがあれば大丈夫だと思いますよ」

モーリスは一人で暮らすなどまっぴらだったが、ルーシーの将来についてはいつかジョナサンと話をしなければと思った。臆病になってなどいられなかった。「わかっています」モーリスはいった。「しかしいま話したいのは、もっと重要なことです」

「コーヒーが飲みたいですね。カフェに行きませんか？　そこで心配事を話してはどうでしょう？」ジョナサンはドアに向かった。仕事を置いてオフィスを出られるのがうれしそうだなとモーリスは思った。

二人はカフェで大きな窓のそばの席に着いた。窓からは川をずっと下流まで、アンカー・ウッズまで見渡せる。引き潮で、一面の泥と、放置され腐るままになっている手漕ぎボートの骨組みが見えた。ここのほうが容易に口を開けるとモーリスは思った。モーリスはバスの男についてジョナサンに説明し、男がそんなふうにルーシーに近づいたことが不安であると話した。

「ただ親切にしてくれただけかもしれないが、妙でしょう。ルーシーは、彼が毎日夕方自分とおなじバス停で降りるといっていたが、テレビで写真を見たかぎりでは、村で見かけない顔なんです。もちろん、村の全員を知っているわけじゃない。ときどき新参者がいる。だが、おかしな話だ、そう思いませんか？　まるでストーカーみたいだ。か弱い人間につけこむやつらがいるというのはよく聞くでしょう。いじめとか。性的暴力とか。そういうことを先週の新聞でも見かけたばかりだ」モーリスはつかのま口をつぐんだ。もしこのウォールデンという男が娘を害するつもりだったのなら、誰かに殺されてもまったくかまわない、といいたかった。しかしそんなことをいえばジョナサンに誤解されそうだった。警察が関わってくるなら言葉には気をつけなければ。

「ルーシーには確信があるんですか？　テレビに映った男と、バスで話しかけてきた男が同一人物だって」

「はい」モーリスはコーヒーを一口飲んだ。好みより濃かったが、飲まないのは失礼だろう。「その人だとはっきりいっていました。ルーシーは顔を覚えるのは得意です」

ジョナサンはうなずいた。「警察に話をするべきなのはおわかりですよね。もしその人が毎日のようにバスでラヴァコットに通っていたなら、彼がそこでなにをしていたのか、誰と会っていたのか、そういうことを警察は知りたがるでしょう。ラヴァコットは誰もが目指す宇宙の中心というわけではありませんからね。町からほんの十キロ程度ですが、ずいぶん人里離れた場所のような感じがする。彼が定期的にそこまで出向いていた理由がわかりません」

モーリスはうなずいた。「警察からは、ルーシーへの接し方がわかっている人を送ってほしい。辛抱強くて、ルーシーを混乱させたり動揺させたりしない人を。それから、あなたにもルーシーと一緒にいてもらいたいんです。あなたはここの運営全般を見ていて、センターにはほかに職員がいるのも知っているが、それでもあの子を一番よくわかっているのはあなただ」モーリスは新しい職員についてつねづね感じていること――彼らの自立の考え方や、ルーシーを一人でバスに乗せるやり方について——を話したい誘惑に駆られた。だが、たぶんいまはそのときではないだろう。それに心の奥では、ルーシーがもっと一人でいろいろできるようになるのはいいことだとジョナサンも思っているのがわかっていた。

「もちろんです。そのように手配できます。必ずすべてが慎重に扱われるようにします」ジョナサンはちょっとにっこりしてみせた。「ぼくの夫が刑事です。だからいくらか手を回すことができる。いまから彼に電話をかけてもいいですか？」

モーリスはそう聞いて目をぱちくりさせた。ジョナサンが男性と結婚していると聞いたことはあったが、警察の人間と一緒になるようなタイプとは思わなかったのだ。ジョナサンはとても自由な精神の持ち主だから。それからすぐに思いなおした。時代は変わったのだし、いま大事なのはルーシーがきちんとした対応を受けられることだけだった。

「もう一つ、話しておきたいことが」

「なんでしょう？」ジョナサンは警察に電話をかけようとポケットからスマートフォンを取りだしたところだったが、それをテーブルに置き、モーリスに意識を集中した。モーリスはつづけた。「ルーシーは、まえに会ったことのある男だと思っていた。その男が村をぶらぶらしていたら私も見かけたはずだから、私に覚えがないということは、ルーシーが男と会った可能性のある場所はウッドヤードだけです」

ジョナサンはうなずいた。やはりそう思っていたようだった。

結局、モーリスは午前中いっぱいウッドヤードで過ごした。ジョナサンの夫は二人が思ったよりも早く到着し、ルーシーが加わるまえに三人で話をした。マシュー・ヴェンは真面目で、慎重で、スーツを着ていた。マシューが握手の手を伸ばしてきたときにモーリスに見えた爪は円くて清潔で、ピンク色の小さな貝殻みたいだった。マシューが短パンにTシャツでいるところなど想像もつかなかった。しかし、こういうきちんとしたところに自信が表れていた。手抜きなどとは無縁の人物に見えたし、派手なところがいっさいなかった。モーリスは昔から、派手な人間には疑いの目を向けてきた。

三人はデイセンターにいた。ウッドヤードの一部で、フェンスに囲まれた敷地のなかにあるが、メインの高いビルからは離れた場所だった。木の梁の剝き出しになった、明るくて居心地のよいスペースだった。一階しかなく、見るほどのものもなかったが、ルーシーや仲間たちにとっては完璧な場所だった。安全なのだ。ガラス張りの短い廊下でウッドヤード・アートセンターとつながっていたが、全員が入室したあとにはドアが閉められた。

三人は会議室――ルーシーを連れてくるまえに三人で話をした部屋――へ向かう途中、キッチンを通り過ぎた。あけたままのドアから、調理実習の最中であるのが見えた。ルーシーは、モーリスが家では絶対使わせないようなナイフで玉ねぎを切っていた。だが、うまくやっているようだった。べつのダウン症の女性が、シンクのところでじゃがいもの皮を剝いていた。モーリスも顔見知りだったが、彼女は自分の仕事に熱中していたため、ふり向いてこんにちはといったりはしなかった。

古いほうのデイセンターを初めて訪れたとき、モーリスは落ち着かない気持ちになった。全員がルーシーのように聡明で自主性があるわけではなかった。ルーシーは九年生になるまで普通学校に通っていたので——マギーの奮闘の結果だ——読み書きができた。テレビの操作はモーリスよりうまかったし、いつもスマートフォンでくだらないものを見ていた。デイセンターに通っているなかにはもっと深刻な学習障害を抱えた人もいた。そうした人々はべつのグループでケアを受けていた。話すことができず、よくわからない音や、かん高い金切り声をあげるだけの人もいた。体に対して頭が小さすぎる男性もいたし、四肢がよじれて歩くことができずに車椅子を使っている人もいた。モーリスは、いま考えると恥ずかしい反応をしてしまった。恐怖を覚え、これはある種のフリーク・ショウで、ルーシーの居場所ではないと思ってしまったのだ。いまでは馴染みの人々の名前を知っていたし、職員のやさしさと忍耐に感心してもいた。ジョナサンのあとについて建物のなかを歩きながら、知った顔を見かけるたびに会釈をした。

刑事は死亡した男性の写真を持ってきた。テレビで流れたのとおなじものだ。彼はその写真を二人の正面のコーヒーテーブルに置いた。部屋がとても狭かった。すぐ外に木のフェンスがあり、モーリスは囚われたように感じた。非常に暑かった。マギーが最後の日々を過ごしたホスピスの部屋を思いだした。感じよく整ってはいるが、風がなかった。生気がなかった。

「二人とも、この男性とは顔見知りですか？」刑事が尋ねた。「彼はイルフラクームで若い女性二人と暮らしていました。そのうちの一人、ギャビー・ヘンリーはここの招聘芸術家です。彼のほうもここで、カフェのキッチンでボランティアとして働いていました。バスで隣の席に座ったとき、ルーシーが彼に見覚えがあると思ったのはそのせいだと思います」

モーリスは首を横に振った。「会ったことはありません。ラヴァコットは小さな村だ。いまではもう学校もないし、郵便局もない。あるものといえばパブだけで、そこもいまは地元民より観光客のための店になっている。この男が村に住んでいるとは思えない。もしよければ、村に戻ったら訊いてまわることもできます。〈ゴールデン・フリース〉に写真を持っていって、誰かがこの男を知らないかどうか確かめられる」

そう口にしたとたん、これでよかったのだろうかとモーリスは疑問に思った。もしかしたら、警察は一般人の介入をいやがるかもしれない。しかしヴェンはうなずいた。「それはどうも。とても助かります」

ジョナサンがモーリスのほうを向いた。「いまルーシーを連れてきましょうか？　あなたはそれでかまいませんか、モーリス？」

ルーシーがやってくると、モーリスは誇らしく思う気持ちを抑えきれなかった。顎をあげ、ちょっと偉そうに歩いてくる。少しばかり緊張しているが、それをほかの人に気取られたくないときの態度だった。それに、誰もが笑い返さずにはいられないあの微笑み。ルーシーはモーリスとジョナサンのあいだに座った。例の写真はまだテーブルの上にあった。

「その人よ」ルーシーがいった。「お菓子を持ってバスに乗ってくる人。つくり話をしてるわけじゃない」

「そんなふうにはぜんぜん思っていないよ」ヴェンはいった。きちんと耳を傾けているし、ルーシーの言葉を理解できていた。「むしろこの人を覚えていたことに感心している。たいていの人は覚えていないものだから」ヴェンは間をおいた。「最後に見たとき、この人がどんな服を着ていたかは覚えていないかな？」

ルーシーはぎゅっと目をつぶった。「ジーンズと、デニムのジャケット。それにブーツ」

「発見されたときの服装とおなじだ。ほかになにか思いだせることがある？」

「首にタトゥーがあった。大きな鳥の」

「そのとおり。すばらしい」間があった。「お菓子のことを教えてほしい」

モーリスには、なぜそれが重要なのか理解できなかったが、ルーシーはすぐに答えた。

「シャーベットレモン・キャンディとか、エクレアとか。フルーツ味のグミとか」

「どれもおなじ袋に入っていた？」

ルーシーはうなずいた。

「紙袋？」

ルーシーはまたうなずいた。

「これは役に立つ情報だ。サイモン・ウォールデンが専門の菓子店に買いにいったとわかるから。あらかじめすべてが包装された商品をスーパーマーケットで買ったわけではなく。それに、昔ながらのそういう菓子店はそう多くない」ヴェンは間をおいた。「お父さんに、まえにも見たことのある人だと話したでしょう。それがどこだったかは思いだせる？」

ルーシーはまた目をつぶった。モーリスにはその様子が少々わざとらしいように、真剣に考えているふりをしているだけのように感じられた。しかしルーシーは目をあけると、首を横に振った。「ごめんなさい。思いだせない」

「いいんだ、大丈夫。わたしたちが調べるから」ヴェンはまた間をおいて、微笑を浮かべた。「最後にもう一つだけ。その男の人は、あなたとおなじときにバスに乗った？　バス停までは、友達とか、ウッドヤードの職員と一緒に歩いたでしょう。そのとき、その人も一緒にいた？」

「いなかった」ルーシーはいった。「次のバス停で乗ってきた。坂の一番下にある、町のすぐ外のバス停」ルーシーはいったん口を閉じ、ちょっと恥ずかしそうな顔をした。「あの人を探したの。会えてうれしかった」

「二人でなにを話したの？」

ここで初めてルーシーはためらった。どう答えたらいいか迷っているように見えた。結局、ちょっと首を振っていった。「たいしたことじゃない。大事なことはなにも」

「バスに乗ってきたとき、その人は一人だった？」

ルーシーは考えてから答えた。「ええ。だけどいつもわたしの隣に座るから」

8

ジェン・ラファティはキャロライン・プリースと朝食をとった。マシューに知られたらなんといわれるだろう——ひどくルールにこだわる人だから、証人であり、容疑者の可能性もある人物から食事をご馳走になるなど、きっと認めないだろう。けれどもジェンはとても空腹だったので、気にしないことにした。キャロラインはテーブルをきちんと整えた。ピッチャーに移したミルクと、ラックに並べた食パンを出すことまでした。

「手づくりマーマレード。祖母は料理が上手で」キャロラインはそういいながら、ゴム紐でギンガムチェックのカバーが留められた瓶をジェンのまえに置いた。

テーブルを挟んで向き合い、お互いを見ながら食べた。キャロライン自身もきちんと整っていた。ニットのアンサンブルに真珠のネックレスとまではいかないものの、その現代版のような恰好だ——こざっぱりした白いブラウスに黒のズボンを合わせ、カーディガンをはおっていた。ジェンなら死んでも着ないような、退屈な服だった。キャロラインの首には十字架のついたチェーンがかかっていた。小さくて趣味のいいもので、ブラウスのなかに押しこまれている。初めてこの家に来たときにギャビーがいっていたクリスチャンの住人というのはキャロラインのことだろう。ジェンにとっては居心地がよかった。ジェンはクリスチャンのあいだで育ち、修道女にいろいろ教えてもらったから。

「あなたのお仕事について話してください」

キャロラインは、直接的には答えなかった。自分なりの言葉で説明したいようだった。

「母は、わたしがまだ学校に通っていたころに自殺しました。父はビジネスマンでした——海岸沿いのリゾートやホテルをいくつか経営していました——が、母の死後、仕事に身が入らなくなってしまって。五年くらいはなんとかつづけて、その後すべて売却したの。お金を稼ぐことがもうそれほど重要に思えなくなったようで。みんなが立ち寄れるような公共の施設を聖カスバート教会につくるために、資金集めをすでにはじめていて、わたしは資格を取ると、すぐにそこを引き継ぎました。それで、もっとプロの手を集めたんです。以前は善意のアマチュアが運営していたので」

「それで、お父さんはウッドヤードにも関わっていたんですか?」

「ええ、そう。父はできることならなんでもしてくれる。聖人といってもいいくらい」キャロラインの声には一抹の苦々しさが混じっていたが、ジェンがそこを追及できずにいるうちに話が先へ進んだ。「わたしたちが提供するサービスはほんとうに必要とされていたんです。ノース・デヴォンは、公立学校の子供たちがサーフィンをしに来たり、家族連れが完璧な海辺の休暇を求めてやってくるだけの場所ではないから。季節労働者とか、ホームレスの人たちとか、流れ者も引きつけている。それに、地元の人たちだって不況に苦しんでる。支援してくれる家族を持つ人ばかりじゃないんです」

「教会は直接関わっているんですか？」

「まあ、わたしは聖カスバートの信徒だし、聖職者もほかの信徒ものすごく協力的だから。最初は教会のホールを使わせてもらうだけだったけれど、だんだん活動領域が広がったんです」また間があって、それからダイアナ妃のように伏せたまつげの下から恥ずかしそうに一瞥を寄こした。「わたし、助任司祭のエドワード・クレイヴンとつきあっているの」

キャロラインの顔に浮かんだつくり笑いのようなものに、ジェンは吐き気を覚えた。いや、目を覚ませといってやりたくなった。以前、わたしものぼせあがったことがあったけれど、それでどうなったか見るがいい、と。

「いまではパートナー企画を運営しています。教会だけじゃなくて、地元の家庭医とか、自治体ともパートナーになっているんです。画期的でしょう」どうやらまえにも使ったことのある宣伝文句のようだが、情熱はまだ感じられた。

「サイモン・ウォールデンとはどうやって知り合ったの？」

「サイモンが聖カスバート教会に来たから。危機の真っ只中といったありさまで。ものすごく酔っぱらって。ひどい鬱で」キャロラインは椅子の背にもたれた。大きな眼鏡の向こうの目がきらきら輝いている。「サイモンのために家庭医の予約を取って、センターのプログラムに参加するように説得した。サイモンは投薬とセラピーにすぐに反応した。何週間か経ったころ、ここに移らないかってわたしから勧めたの。サイモンは明らかにサポートを必要としていたから」

「ちょっとリスクがあったんじゃない？」

キャロラインにはどこか狂信者のようなところがあるとジェンは思った。サイモン・ウォールデンを救うという考えに夢中になったのだろう。キャロラインがサイモンを好きなのは、サイモンが彼女のアドバイスに従うからだ。プライドを満足させる方法としては最悪の部類のように思えた。

「まあ、確かに、そういう運営方針でもないし、父からもちょっと小言をいわれたわ。そこまで感情的に巻きこまれるべきではないと父はいっていた。わたしはそうは思わなかった。サイモンにはもっと個人的なアプローチが必要だと思った」

それで自分がどれだけ善良な女であるか示したかったわけね。誰を感心させようとしたの？　友達？　同僚？　助任司祭のエドワード？　それとも父親？

「サイモンはどういう治療を受けたの？」

キャロラインは答えをためらった。

「いいじゃない」ジェンはいった。「もう秘密にしなくても大丈夫。かかりつけ医だって話してくれるはず」

「さっきもいったでしょう。家庭医から抗鬱剤を出してもらって、毎週のグループセラピーに参加した。それと同時に、わたしたちはヨガと瞑想も勧めた。精神状態が安定しはじめると、サイモンはウッドヤードのカフェでキッチンスタッフのボランティアをはじめた」

よくご存じね。

「そのグループセラピーだけど。それは依存症を克服するためのもの？」ホープ・ストリートは薬物依存の人たちが暮らすのに最適の場所とはいえない。ロスもいっていたとおり、ホープ・ストリートは売人がうろついていることで有名だ。ただ、ウォールデンにとっての毒はクスリよりも酒だったのだろう。交通事故で子供を死なせてしまったときにも、体内システムがアルコールに侵されていたのだから。

また長い間をおいてから、キャロラインは口を開いた。「初めて聖カスバート教会に来たとき、サイモンはものすごく酔っぱらっていて、立っていられないほどだった。でもそんなことで信用をなくしたりはしなかった。あの場にいた人はみんなそういうと思う。わたしたちはサイモンにたっぷりコーヒーを飲ませて、その夜は教会の奥の部屋で眠らせた。何日かあとに、サイモンはまたセンターにやってきた。彼が野宿しているとわたしが知ったのは、数週間経ったあとだった。そのころにはサイモンはずいぶん安定していた」

「それで、あなたはここにベッドがあると申しでた？　仕事でホームレスの人々と接する機会はたくさんあったでしょう。ウォールデンのどこがそんなに特別だったの？」

一瞬、沈黙があった。「わからない。サイモンにはどこか、力を注ぐだけの価値があると思わせるようなところがあった。個の強さというか。カリスマというか。たぶん先にギャビーに訊いてみるべきだったんでしょうけど、ここはわたしの家だから」

「それで、ウォールデンは移ってきたけど、お酒はやめなかった？」

「最初のときみたいに酔っぱらうことはなかった。それにわたしは飲酒取締警察じゃないし。仕事相手全員に対して、そんな責任を負うことはできないもの」

「家賃はどうやって払ってた？　そんなにボランティアをしていたなら、失業手当給付金をもらう資格はなかったはず」

キャロラインは首を横に振った。「わからない。サイモンは払えるといっていた。そして実際に払ってた、毎月ちゃんと」

「現金が手に入るなら、どうしてホームレスだったの?」

「この辺りで住む場所を見つけるのは簡単なことじゃないから。手ごろな家賃の家となるとなおさらね」しかしキャロラインの声は不安そうで、どこか弁解するような響きがあった。まるで彼女もウォールデンのお金の出どころについて心配していたかのように。キャロラインは腕時計を見た。「まだほかになにか？　もうすぐ出なきゃならないんだけど」

「誰か、サイモンと仲のよかった人はいる？　職場のホテルでできた友達とか？　プログラムに参加していたほかの人とか？」

キャロラインは即答した。「いいえ。サイモンは一匹狼だった」

「彼が子供を死なせたことは知っていた？」

「知ってたの？」キャロラインの目が、眼鏡の向こうでとても大きく見開かれた。「事故だったのよ。そのことはずっとサイモンを苛んできた。ほんとうに苦しめていた。いまだに悪夢を見ていたし、結婚生活が駄目になったのもそのせい」

「ギャビーは知っていた？　あなたのお父さんは？」

「サイモンが現れた夜、父は教会にいなかった。いったでしょ、父は最近、教会にはあまり来ないって。大半の時間とエネルギーをウッドヤードに注いでいるから。一度なんて、ウッドヤードの手伝いをさせるためにエドワードを引っぱっていったこともあった」そういうと、キャロラインはパッと口を閉じた。この人と父親との関係には本人が明かしている以上に複雑なものがあるのだな、とジェンはまた思った。「あの晩は、わたしとエドしかいなかった。サイモンが例の子供と自分の罪についてすべてを吐きだしたのはそのときだった。グループセラピーでも話したけど、父はそういうセッションには参加しないから。それに、サイモンはギャビーにはこういう大事なことはなにも話していないと思う」

「あなたたちの指紋を採らせてもらう必要がある」ジェンはいった。「科学捜査班が用意することになると思う。ギャビーにも知らせておいてもらえる？」

「わたしたちのうちの一人がサイモンを殺したと思うの？」

「あなたの話からすると、サイモン・ウォールデンにはほかに知り合いがいなかった」自分が辛辣になりすぎていることにジェンは気がついた。どうしてこの女をこんなに好きになれないのか自分でもよくわからなかった。キャロラインはやさしいし、いい仕事をしている。ジェンとおなじ大義――社会正義と平等――に重きを置いている。「だけど、ちがう。除外するために必要なの。家に来たことのあるほかの人たちを追うことになるはずだから」

「この家が人でいっぱいになるなんてよくあることよ――ミュージシャンとか、アーティストとか。ギャビーは歌も歌うし、しょっちゅういろんな人を連れてくるし」

「いずれにせよ」ジェンはいった。「二人には指紋の採取をお願いすることになる。なにか問題でも？」この女が協力を渋るのは、なんとなく妙だった。

「もちろん問題なんかない」キャロラインはつかつかと玄関へ向かった。もう帰るようにという、ジェンへの合図だった。

9

ウッドヤードはジョナサンの自信と能力の記念碑のようなもので、マシューはそれを誇りと嫉妬の入り混じった気持ちで眺めていた。マシューは有能な刑事だったが、これほど大きな仕事を成し遂げたことはなかった。もしジョナサンがいなければ、ここはいまだに放置された木材置き場のままで、朽ちていくばかりの倉庫をまんなかに抱えていたことだろう。放浪の旅から帰ったあと、ジョナサンはエクスムーアの自宅に戻り、学習障害を抱えた一人の男性のケアをするという低賃金の仕事に就いて、その仕事が大いに気に入った。適度にユーモアと思いやりを持ちあわせ、とくになにか考えがあったわけでもなく、最終的なゴールも見えないまま、現行の制度のなかで苦労して働き、やがてデイセンターを運営するようになった。ジョナサンはその仕事がとても好きになった。マシューが彼と出会ったのはそのころだった。

当時、マシューはブリストルで警察の仕事をしていた。ブリストルは大きな町で、マシューが育った場所からはほんの二時間ほどの距離だったが、まるで別世界だった。多様な文化があり、エネルギーに溢れ、活気があった。バーンスタプルに来たときとおなじく疎外感を覚えたが、匿名でいられた。マシューの両親が凝り固まった信仰心の持ち主であり、彼らの神を信じられなくなったせいでマシューが縁を切られたことも、研究のプレッシャーで頭がおかしくなりそうなほどストレスを感じて大学を中退したことも、人々は気にも留めなかった。マシューは仕事において有能であり、大事なのはそれだけだった。ジョナサンと出会ったのは、保護の必要な成人（ヴァルネラブル・アダルト）とともに働くこと、という議題の協議会に参加したときだった。誰かしら出席しなければならないのに、マシューのチームでは誰からも手が挙がっていないと上から通達があったのだ。ちょうどマシューの四十歳の誕生日で、ジョナサンがプレゼントになった。

二人は連絡を取り合い、週末を一緒に過ごした。たいていはバーンスタプルで、静かに、他人のレーダーに引っかからないようにしながら。本物のカップルではないとマシューは自分にいい聞かせた。自分がそこまで幸運なはずはない。これは一つの段階で、いずれ過ぎゆくものだ。ジョナサンはきっとまた旅に出るか、もっとおもしろい相手を見つけるだろう。しかしそうはならず、代わりにジョナサンは新しいプロジェクトを見つけた。ウッドヤード。地方自治体はどこも緊縮財政という時代で、ジョナサンが働いていたディイセンターも存続が危ぶまれた。ジョナサンは、仕事による制限に不平を洩らしながらも一日の終わりにはそれを棚上げにできる気楽な男から、一意専心、準備万端の情熱的な活動家に変わった。忙しい一週間の終わりに疲れきったマシューがブリストルを出て、町の古い地区にあるジョナサンの小さなフラットに到着してみると、部屋が人でいっぱいだったこともよくあった。熱心な人々が活動資金や、基金への応募や、ロビー活動の話をし、ホープ・ストリートのギャビーのようなアート関係の人々がポスターを描いたり、ソーシャルメディアでのキャンペーンを計画したりした。スーツ姿のビジネスマンと急進的な活動家が一堂に会していた。マシューは怖気づき、自分の仕事へと退却した。ジョナサンは人生をともに過ごす相手としてもっとおもしろい相手を見つけるだろうとマシューは確信した。

ジョナサンの変化、ジョナサンがこんなにも真剣になれるという事実をまえにして、マシューは取り残された気分だった。それまではマシューのほうが真剣な人間、心配性の人間だったのに。ジョナサンはよく日向に座ってビールを飲んだ。夜はいつもぐっすり眠った。計画と行動のくり返しだったあのころは、起きている時間のすべてがウッドヤード・プロジェクトについて考えることに費やされた。そしてジョナサンはそれを実現した。それはいまここにあった、実行委員会が望んだとおりに。人が集まる地域社会の輝かしい拠点として。ジョナサンはそこの所長になった。理事会からの監督があるとはいえ、ジョナサンは現場の長だった。アシスタントのロレインと一緒にセンターを運営していた。ウッドヤードがひとたび軌道に乗ったらジョナサンはまたじっとしていられなくなるのではないか、出ていくのではないかとマシューは心配していた。だから距離を保った。あまり近づいても意味はない、傷つくはめになるなど無意味だと思った。その後、初秋のある日曜日の午後、ジョナサンは両親のところへマシューを連れていった。初めてのことで、ジョナサンは緊張し、ピリピリしていた。まったくふだんの彼らしくなかった。全員でキッチンテーブルを囲んで座った。テーブルには農業経済誌が散らばり、足もとには用心深い犬たちがいた。マシューは父と一緒に支払いの間に合わない顧客のところへ行ったのを思いだした。あのときとおなじみすぼらしさと捨てばちな雰囲気があった。マシューが見たところ、この夫婦は美しい場所で暮らしているかもしれないが貧しかった。飼い犬とおなじく、この家族も用心深かった。ジョナサンの両親が自分をどう思ったのか、マシューにはまったくわからなかった。

バーンスタプルに戻る途中——戻ってしまえばマシューは荷づくりをしてブリストルに帰ることになるのだが——ジョナサンは小さな石橋のそばにある待避所で車を停めた。ムーアの端で、風景が少し穏やかになる場所だった。二人は車を降り、水のなかを覗きこんだ。両脇の木立が色づきつつあり、それが川面に映っていた。

「あの人たちをどう思った?」

マシューはどう答えていいかわからなかった。

「実の両親ではないんだ」ふだんどおりの楽天的なジョナサンではなかった。石の欄干に乗せた手が震えていた。「養子なんだよ。二人はぼくにいわなかったけどね。十六のときに偶然わかった」

「家を出たのはそれが理由?」

ジョナサンは一瞬の間のあとにいった。「まあ、ほかにもいろいろあったうちの一つ。腹が立った。ちょっと荒れて、退学を食らった」それまで丘陵を眺めていたジョナサンがマシューのほうを向いた。「ぼくと結婚してくれる?」

完全に意表を突く言葉だったので、ジョークではないと気づくまでにしばらくかかった。真意が呑みこめたあとでさえ、ジョナサンは夫を求めると同時に父親を求めているのではないかと思った——二人の年齢にはほとんど差がなかったけれど。しかしどうでもよかった。どんな関係だろうと受けいれた。

「するよ!」マシューは、あとにしてきた農場にまで聞こえそうなほど大きな声で叫んだ。あまりの大声に自分たちも驚いた。マシューは生来、物静かな男だったから。「もちろん、するよ」

翌日、マシューはデヴォン警察への異動について尋ねてみた。奇跡的に空きがあり、先方はすぐにも誰かに来てもらいたいと思っていた。次の週末には、ジョナサンと二人で入江のそばの家を見にいき、洪水の危険をものともせずにそこを買った。マシューはとても用心深く、リスクは回避する質(たち)だったが、少しくらい向こう見ずになってもいいころだと思った。

いま、二人はウッドヤードの庭でランチを食べていた。自分の用件でここにいるのは、マシューにとっては妙な気がした。以前にもウッドヤードに来たことはあったが、ジョナサンに連れられて芝居を観たり、展覧会のオープニングイベントに参加したりといった用向きで来たのだ。しかしそれもほんのときどきだったし、マシュー自身が完全にバーンスタプルに移ってきたあとのことだった。二人がカップルであることは、町でまだあまり知られていない。二人の世界はまったく異なった。最初は、公の場でジョナサンのパートナーであると自己紹介して、笑みを浮かべながら握手をするのが苦痛だった。だいたい、アートや演劇について自分がなにを知っているというのだ？　ときどき、自分がまちがったことをいうか、馬鹿な意見を表明してしまうのではないかと不安になって逃げだしたくなることも、トイレの個室に閉じこもりたくなることもあった。しかしいまはマシュー・ヴェン警部としてここにいて、殺人事件の捜査をしていた。自分が主役を張るほかなかった。

二人はカフェでコーヒーとサンドイッチを買い、建物の外のベンチに座った。川が見渡せて、潮が満ちてきたのがわかる。潮と泥と腐敗臭の入り混じった独特のにおいがした。年配者のボランティアの一団が冬のあいだに草地に集まったゴミを片づけていたが、話が聞こえるほど近づいてくる人はいなかった。

マシューが先に口を開いた。手を取り合えるほどそばに座っていたが、夫としてではなく警官としてここにいるせいか、言葉が妙に形式的に響いた。「ルーシー・ブラディックは証人として信用できると思う？」

「もちろん。ルーシーのことはもう何年も知ってる。古いデイセンターがまだ開いていたころから」

「ウォールデンがここのキッチンで働いていたことの確認が取れたと、いましがたジェンから連絡があった。ルーシーが初めてウォールデンを見たのはここのカフェでまちがいないだろう」マシューは間をおいてからつづけた。「クリストファー・プリースのことはどれくらいよく知っている？　これはモーリスのまえでは訊きたくなかったんだけど」

「ウッドヤードの理事の一人で、クリストファーからの寄付がなければ、おそらくここを改修できるだけの資金が得られなかった。彼の話はしたことがあったはずだし、きみも何回か会っているんじゃないかな。最初から関わっていて、フラットでやってた初期のミーティングにも来ていたから」ジョナサンは間をおいてつづけた。「聖カスバート教会のメンタルヘルス事業も後押ししていた。改宗者の情熱に似ているね。無情なビジネスマンが突然、社会的良心に目覚めたみたいな。ときどき、ちょっと傲慢な感じがすることもある。自分はあらゆることに対して答えを持ちあわせていると思っているような」

「クリストファーの娘、キャロラインに今朝会ったよ。娘のほうも意欲的なようだね。きみのところで働いている人に部屋を貸している。ギャビー・ヘンリーだっけ？」

「ギャビーはすごいよ。うちの招聘芸術家なんだけど、彼女がいるおかげでセンター全体が生き生きしている。作品もすばらしい。きっといつか、ギャビーの作品のおかげでうちが地図に載るようになるよ」

「きみがいて、ここがあって、すべての問題が身近すぎる」思わず洩れた言葉が心からの悲鳴のように感じられた。「わたしにも利害関係があると表明しておかなければならないのは、わかってもらえるね？」

「もちろんそうすべきだ。だけど事件から手を引いたりはしないで、いまはまだ。きみはぼくが知ってる誰よりも有能だし、捜査を進めるうちにまったくちがう方向に行きつくかもしれない。答えはここよりも、聖カスバート教会にあるような気がする」

マシューにもその感覚は理解できたが、この事件は複雑で、よじれていて、絡まった糸がすぐには解けそうにないと思った。

ギャビー・ヘンリーとは会議室の一つで会うことになった。ギャビーは美術鑑賞のクラスを教えており、スクリーンに一連の画像を流しているのが見えた。受講者の一団を見ると、ときどきジョナサンが家に連れてくる友人たちを思いだした――みんな知的で真面目な顔をしていた。女性たちはゆったりした花柄のワンピース、男性たちはジーンズにセーターという恰好だった。私服でありながら、同時に制服のようでもあった。マシューはガラスのドアを通して、ギャビーが授業を終わらせるのを見た。「すばらしかったですね」ギャビーはいった。「ご清聴ありがとうございました」受講者たちがばらばらと出ていくあいだ、ギャビーはドアのそばに立ち、彼らが声の届かないところまで行くのを待ってからマシューに話しかけた。

「ありがたいことに今週はこれで終わり。こんなに退屈で鼻持ちならない集団は初めて!」

マシューは思わず笑みを浮かべた。ジョナサンのアート関係の友人たちに対してマシューもよくおなじように感じていた。

ギャビーはマシューに先立って部屋に戻った。「サイモンになにがあったかはもうわかりました？」

「まだです」マシューはいったん口をつぐんでからつづけた。「ただ、先週いっぱいくらい、毎日午後になるとラヴァコットへ向かうバスに乗っていたことがわかりました。ラヴァコットに友人がいたのでしょうか？」

ギャビーは首を横に振った。「友達なんてどこにもいなかったと思いますよ。遅い時間に帰宅したことも何回かあったけど、あたしたちの帰宅時間もだいたい遅いから、そういうことにはあまり気がつかなかった。ただ、帰ってるだろうと思いこんでいただけで」ギャビーは考えるそぶりを見せてからつづけた。「そんなに顔を合わせることもなかったんです、あのかわいそうな男とは。あたしたちのために料理をしてくれた金曜日の夜くらい。ほかの晩はすぐに自室に行っちゃったし。ラヴァコットに友達がいたかどうか、キャズなら知っているかもしれません。ときどきバーンスタプルまで車に乗せていったりしてたから」

「家に誰かが訪ねてくるようなことは？」

「あたしは見たことありませんけど」ギャビーは間をおいてからつづけた。「一回だけ、誰かから電話があった。家に固定電話があって、めったに使わないんですけど。スマホがあるから。ある日、固定電話の留守電を確認しようとしたら、サイモン宛のメッセージが一件残されていた」

「内容を詳しく覚えていますか？　発信者の名前とか？　電話番号とか？」

「そういうのはなにも。電話の向こうの男は、サイモンには自分が誰だかわかると思っているみたいでしたよ。やあ、サイ！　過去からの一撃ってところかな。ようやくおまえの居場所がわかったよ。いずれ見つけてやるっていったろ。結局のところ、昔の友達からは逃げられないのさ、とかなんとか」ギャビーはパッとふり向いて、マシューと向きあった。「いまになってみると、ちょっと悪意があるようにも聞こえますね。だけど口調はぜんぜんそんな感じじゃなくて。親しみがこもってた。昔の友達みたいに」

「その電話が来たのはいつでしたか？」

「あたしが聞いたのは二週間くらいまえです。だけど電話そのものは、それより何日かまえにかかってきていたかもしれない。さっきもいったけど、固定電話はあまり使わないから」

「そのメッセージは保存してありますか？」発信者が友人なのか敵なのか突き止める必要があった。ウォールデンの過去についてはほとんどわかっていなかったから。

「もちろん！　だってサイモンが聞けるように、メッセージがあることを伝えたんですから。まあ、サイモンがあとから消しちゃったかもしれないけど」

「彼がそれを聞いているあいだ、あなたもそこにいましたか？」

「まさか！」ギャビーはきっぱりいった。「あたしには関係ないもの」

一瞬、沈黙があった。マシューは、ロスに通話記録を調べるように、ジェンには留守電を聞くようにとテキストメッセージを送った。ジェンはまだ海岸にいるかもしれない。キャロラインとの話が終わったら、ウォールデンが以前働いていたホテルへ行くようにいってあったので、そこからキャロラインの家に戻ってもらうつもりだった。昨夜、ギャビーからスペアキーを借りてあった。マシューは興奮が胃のなかで泡立つのを感じた。この電話が捜査において重要な手掛かりになるかもしれない。こういうことがあるから、いまの仕事が好きなのだ。

「昨日の午後はどこにいましたか？」

「海岸に出かけて、いま手掛けている絵のためのスケッチをしてました」

「正確には、海岸のどこですか？」

また短い沈黙があった。「サイモンの遺体が見つかった場所からそんなに遠くないところ。だけど殺すためにそこにいたわけじゃないですよ。あの人にはイライラさせられたけど、ホープ・ストリートの家にずっといるわけじゃなかったから。キャズの話では、シーズンがはじまったらサイモンはホテルに戻る予定だった。住み込みで働くはずだったんです」ギャビーはマシューを見つめた。「一緒に来て！」ギャビーは押しつけがましい、きつい声でいった。「海岸でなにをしていたか証明できますから」そして立ちあがった。マシューはなにもいわずにギャビーについていった。

ギャビーは先に立って、踊り場をはさんだ最上階まで黙って石の階段を上った。改修はこの階下までで止まっていて、階段はでこぼこで剝き出しのままだった。ギャビーが大きな部屋のドアを開け放つと、染みのある床やぼろぼろの漆喰、古い煉瓦が見えた。両サイドの上げ下げ窓からふんだんに光が入っていた。コーヒーマシンの載った窓台には汚れたマグカップがいくつか並び、キャンバスの山とイーゼルが壁に立てかけてあった。そのほかにはとくにものもなく、音が響いた。ギャビーはコーヒーマシンを顎で示していった。

「コーヒーをいかが？　朝淹れたやつだから、もう煮詰まってるかもしれないけど」

「ありがとう、でもカフェインは足りています」

ギャビーはここにいるとちがう女性のように見えた。軽薄で気楽なホープ・ストリートのギャビーは鳴りをひそめていた。ギャビーはイーゼルに掛かった絵を示した。海の風景で、ちらちら光る岬が描きこまれている。クロウ・ポイントだ。ウォールデンが見つかった場所ではなく、反対側の沼地から見た景色だった。キャンバスには空白があった。

「これがうまくいってなくて」ギャビーはいった。「それでスケッチをしようと、またここへ行ったんです。有料道路は通らなかった。沼地のそばに車を停めて、そこから歩いた」ギャビーはスケッチブックを手に取り、見て、というようにマシューに差しだした。鉛筆での走り書きが、波の動きやカモメの羽ばたきを捉えていた。遠くにクロウ・ポイントが描かれているのがわかった。

「とてもいい絵だ」言葉が口をついて出た。

「このためにウッドヤードにいるんです。絵を描くための時間とスペースがもらえるから。仕事はだいたいものすごくつまらないけど。さっきあなたが見た授業みたいに。退屈した中流階級の中年の人たちが、自分には才能があるとか、自分はアートを理解しているとか思ってるんだから」

「そんなふうに感じているなら、なぜこの仕事を引きうけたのですか？」

「だってお金になるから」ギャビーは当然のことのようにいった。「キャズみたいにお金持ちの父親がいるわけじゃないし――母は一人であたしを育てたんです――まだ絵で稼げるわけでもないから、この仕事をしてる。スーパーマーケットの棚に商品を補充したり、ビールを注いだりするよりもいいでしょう、断然」

マシューはスケッチに視線を戻してうなずいた。「もちろん、これでなにかが証明されるわけではありませんが。いつだって描けたわけですから」

「でも、まえに描いたわけじゃない」ギャビーは明らかに不満そうだった。

「どうしてそんなにサイモン・ウォールデンが嫌いだったのですか？」

「嫌いではなかった」ギャビーは顔をそむけた。「ただ、一緒にいる意味がなかっただけ。朝の通りで注射針を踏んだり、近所の酔っぱらいに絡まれたりするのを気にしなければ、ホープ・ストリートはとても居心地のいい場所なんです。あそこはいままで住んだなかでも最高の家。あたしは、いまいったようなことはぜんぜん気にならないし。男に守ってもらう必要はない」

「キャロラインにはそれが必要だったのですか？」マシューは驚いた。二人のことは強い、独立心旺盛な女性だと思っていたから。

「そんなことはありません。だけどそれがサイモンを住まわせる言い訳の一つではあった。家のなかに男の人がいたほうが安心でしょうって。馬鹿げた話。凶暴な男を引きこんじゃう可能性だってあるのに」

「サイモンは凶暴だったのですか？」

ギャビーはすぐには答えなかった。「サイモンはすごく混乱してた。とくに最初は。落ちこんでいたと思う。だけど、答えはノーですね、危険だとは思わなかった。ただ不安定な人だと思った」ギャビーはつかのま目を逸らした。視線をこちらに戻したとき口にした言葉は、告解のように聞こえた。「サイモンの絵を描いたんです」

「見せてもらっても?」

ギャビーは肩をすくめ、壁のそばに積みあげたなかからキャンバスを引っぱりだしてイーゼルに立てかけた。マシューは見た。なにか知的なことをいうべきだと思ったが、また気恥ずかしくなった。だいたい、アートについて自分がなにを知っているというのだ?恥ずかしさが邪魔をして、正直な反応ができなかった。だが、絵から目を逸らすこともできなかった。ウォールデンの顔だけを描いた絵だった。一見よく似ているのだが、見つめているうちに全体の印象が変わった。人の肌では見たことのない色の固まりがところどころにあった。マシューは数歩さがって、また見た。ウォールデンは遠くを見つめ、顔をしかめていた。

「これもスケッチから描き起こしたのですか?」顔が赤くなるのとおなじように、無知が顔に滲みでるのを感じた。プレザレン教会で育ったため、マシューはひどく世間知らずで、大学で過ごした短いあいだはずっと演技を、パフォーマンスをしているようなものだった。聞いたこともないバンドや見たこともない映画の話を理解しているふりをした。学校ではガリ勉のようにふるまっていたが、ただの嘘つきだとばれるのを毎日怖れていた。ジョナサンに対して心を開くのもしばらく時間がかかった。いまもまだ、見せかけを取り繕わなければと思うことがときどきあった。

ギャビーはこれを愚かな質問だとは思わなかったらしい。「いいえ、写真から」

「なぜ？　なぜ彼を描きたいと思ったのですか？　非凡な顔だったとか？」

「そんなことはありませんでした、少なくとも最初に見たときは。通りで見かけてもふり返りはしない。どうしてサイモンがこんなに気に障るのか、自分で理解したかったんだと思います」

「惹かれていたのですか？」こんなに妙な事情聴取は初めてだ、とマシューは思った。ギャビーはウォールデンを家から追いだしたがっていたが、ティーンエイジャーが熱をあげるような、なんとなく取り憑かれたようなところがあった。

不機嫌な答えが返ってくることを予想していた。まさか、もちろんちがう。あんな気味の悪い人。しかしギャビーは考えこんでいた。マシューにどこまで話していいか迷っているかのように。

「もしかしたら」ギャビーはようやくいった。「そうかもしれない。あの人にはなにかがあった。不機嫌だったり、飲みすぎたときにときどき怒りを爆発させたりしても、どこか抗しがたいものがあった。絵にしてみるまでは考えもしませんでしたけど」ギャビーはマシューを見つめた。「変ですよね？」

「イルフラクームのホテルに行きつくまえの人生について、本人から聞いたことがありますか？」

少しの間があり、ギャビーはどこまで話そうか考えているのだろうとマシューはまた思った。「一度だけ。間接的に。金曜の食事のあとでした。毎週金曜日に、サイモンはあたしたちに食事をつくってくれた。腕を落とさないためだといって。夜の早い時間にキッチンから追いだされて、支度ができたら呼ばれるんです。そのあいだはたいていパブにいました。あの晩、キャズはすっかりくつろぐつもりだった。ときどきエドが来ることもありました。来ないほうが、あたしはうれしいんですけど。ちょっと汚い言葉を使いすぎると、あたしが口を開くたびに全身から非難を滲ませるから。それで、だいたいビールを二杯飲んだあと、二十番地にゆるゆる戻るんです。そのころにはすっかりテーブルの支度が整って、すばらしい食事が並んでる。サイモンはそのために生まれてきたんですよ、料理をするために。あたしが絵を描くために生まれてきたのとおなじように」

ギャビーは少しのあいだ口を閉じた。コーヒーは冷たくなっているはずだったが、語りに間をおき、リズムを取るために、ギャビーは一口飲んだ。「あの晩はパエリアでした。びっくりするようなシーフード。レモネードみたいにすいすい飲める、白くて軽いお酒を飲んで。キャズとエドは早々にリビングへ移りました。ふだんならサイモンが片づけまで全部やるんだけど、その日のあたしは食事のあいだひどい厄介者だったから、その場に残って手伝ったんです。お酒はたくさんあったし、あたしたちはおしゃべりをはじめた」

ギャビーはまた口をつぐんだが、マシューは急かさなかった。待つ価値があると感じたからだ。

「サイモンが突然訊いてきたんです、子供はほしいかって。自分はそれには身勝手すぎると思う、とあたしは答えた。作品以上に大事なものなんかないから。くだらないジョークみたいにしていったんです、〝だからまだ独身なんでしょ〟って。サイモンは、昔から父親になりたかった、だけどいまとなってはそれも絶対にかなわないといっていた。自分には幸せな家庭を持つ資格なんかないんだって。妻がいて、愛していたけど、出ていくのを止めなかったって。そこまで話したところで食洗機がいっぱいになった。サイモンは、食洗機に入れるには大きすぎる鍋なんかを洗ってた。それで、タワシを手に持ったまま、シンクから顔をそむけてこういったんです。〝ときどき、自分なんか死んだほうがよかったと思うよ〟。あたしはまたどうでもいい戯言で応じました。〝でも自殺したら駄目だよ。金曜の晩のご馳走がなくなったら寂しいもん〟とかなんとか。自殺は考えてないといってましたよ。まだ考えていない。まだやることがあるからって」

「やることというのは？」

「わかりません。もう酔っぱらっていたんだけど、あのときのサイモンはほんとに怖かった。救世主妄想（メサイアコンプレックス）っていうのかな。やろうとしていることがあって、自分以外の人間には絶対できないと思っているみたいな。鍋を洗ってるサイモンをそのまま放っておいて、あたしはベッドに入りました。リビングのドアがあいていて、キャズとエドが深くて有意義な話をしているのがわかったから、邪魔をしたくなかったし」ギャビーはマグを置いた。

「だけど、あたしは信じかけてたんです。サイモンは特別だって。カリスマみたいなものがあって、嘘も妥協もないと。信じやすい人たちがなんの疑問も持たずについていく、教祖みたいになったサイモンの姿が想像できた。サイモンには人生における使命があって他人がどう思おうと気にしないんだ、誰にも邪魔をすることはできないんだってほんとうに信じられそうでした」

マシューの頭のなかでウォールデンの印象ががらりと変わった。キャロライン・プリースがいっていた、無力でなんの見込みもない路上生活者とはまったくちがう男になった。どちらの見方がより正確なのだろう。「きのうの午後に出かけたとき、サイモンのことはまったく見かけなかったのですね？」マシューは軽い口調でいった。

ほんの一瞬、見逃してもおかしくないような躊躇があった。「もちろん。死ぬ直前に見かけていたなら、そういったはずでしょう?」ギャビーはそう口にするまえに顔をそむけて長い窓の外を見やったので、マシューには彼女の顔が見えなかった。

10

　ホープ・ストリートを出るときに、ジェンはマシューに電話をかけたが、応答がなかった。くっきりした日射しと、駐車場の隣の小さな庭で咲いているラッパズイセンを見ると、新しいはじまりが想われた。春だ。時間がどんどん過ぎていくこともふと思いおこし、手遅れにならないうちに、人生に男がほしいと思った。エラはときどき恋人を家に連れてきた。ジェンがそばにいるときは二人とも行儀よくしているが、それでも思春期らしい欲望が感じとれた。なにげなく相手に触れたりする気安い親密さを目にすると、自分でも驚くほどの羨望が掻き立てられた。そういうものがほしくてたまらなかった――外を散歩するときに手をつないだり、ひどい一日のあとにはうなじを撫でてくれたりする相手が。夜には隣に横たわり、夜明けが近づくまでセックスでわれを忘れさせてくれる好ましい男が。がんばりすぎている自覚はあった。必死になりすぎて相手が引いてしまうのだ。それに、まだこれという男に出会えていなかった。少なくとも、自分にぴったりな男、何夜か一緒に過ごしたあとも興味を持ちつづけられる男には。

ジェンはため息をつき、ロスに電話をかけた。「キャロライン・プリースの事情聴取が終わった」

「なにかわかった？」

「ウォールデンがヨガと瞑想を好んでいたことくらい。それから、ウッドヤードのカフェでボランティアをしていたんだけど、キャロラインの目にはそれだけで聖人に次ぐ存在のように映っていたみたい」バーンスタプルに行ったマシュー・ヴェンのほうに、わたしのイルフラクームでの成果よりもましな進展があるといいけれど、とジェンは思った。「だけど飲むのも相当好きだったみたい。生きるための燃料だったのね。そっちはどう？　さっきからボスに電話をかけてるんだけど、つながらなくて」

「ウォールデンは殺されるまえの二週間くらい、毎日午後のバスに乗って、ラヴァコットという、トー渓谷の上流のほうの村に通っていたみたいだ。なにかあるな」ロスは間をおいてからつづけた。「ちょっと調べてるところだ。あとは、国防省からウォールデンの軍歴を聞きだそうとしてる」かすかに愚痴じみた声になったのが、ジェンにもわかった。オフィスに腰を据えて電話をかけまくるというのは、ロスにとっては楽しい仕事ではないのだ。

「たぶん、明日になればボスが外へ遊びにいかせてくれるよ」それか、お友達のジョー・オールダムのところに行って裏工作でもすれば。

「そっちもう戻ってきて、引き継いでくれてもいいだろ。少なくとも、朝食どきのテレビで写真を流したあとに入ってきてる電話をいくつか引き受けるくらいはできるんじゃないか」

録音されたメッセージをひととおり聞いて折り返し電話をかけるのは女の仕事だとロスは思っているのだろう。実際、ジェンはそれをロスよりもうまく――より忍耐強く、より共感を示しながら――できるだろうけれど、脅しやおだてに屈して引き受けるほど馬鹿ではなかった。こんなことならまえにもあった。

「悪いけど」つい、辛辣できつい口調になった。もっと癇癪を抑える必要があった。「これからキングズリー・ハウス・ホテルに行って、ウォールデンの以前の雇い主から話を聞かなきゃならないから。夜のブリーフィングで会いましょう」ロスに返事をする隙を与えず、こちらが説得される余地を残さずに、電話を切った。

ジェンはしばらく車のなかで座ったまま、いちいちロスに苛立つのはやめるべきだと自分にいい聞かせた。ロスは若くて厚かましいが、そのせいでジェンがろくでなしの前夫を思いだすからといって、それはロスのせいではない。ジェンが知るかぎり、ロスは妊婦の腹を殴ったことなどなかった。たぶん、ロスがオールダムの親友の息子だったり、そのおかげでオールダム主任警部に庇護されたりしているのだって、ロスのせいではないのだ。

キングズリー・ハウス・ホテルは町外れにあるヴィクトリア朝様式の荘厳な大建築で、ゴシック風の尖塔と、小さなプライベートビーチへつづく階段状の庭があった。葉がつきはじめたばかりの木立のあいだの砂利道を車で進む。遠く水平線のほうを見やると、ランディ島がありえないほど大きく見えた。日は高く、海は輝いている。もしも家族や友人と無理やり引き離され、追放されて移ってくるなら、もっと悪い場所はいくらでもあるとジェンは思った。

ホテルは地味ながら贅沢で、海岸沿いで一番の食事を出すことで有名だった。かつて、王族の遠縁一家が別荘として使っていたこともあり、いまでも田舎の豪邸でのパーティーのような雰囲気があると宣伝されている。エントランスホールは、日向にいたあとでは暗く、涼しく感じられた。一方の壁には雄鹿の頭が飾られ、マホガニーのローテーブルのまわりには革製の大きなアームチェアが三つ並べられていた。受付のデスクはなかったが、灰色の髪をした黒服の女性がまるで魔法のようにドアの向こうから現れた。名札はなし、制服もなし。クレジットカードの読み取り機のように趣のないものも、見える範囲にはなかった。

「いらっしゃいませ」そういって一瞬だけ笑みを浮かべる。無礼ではなかった。ジェンが風変わりな客である可能性もあったから。ここに泊まる客の大半はジェンのような恰好をしていないが、薹の立った女性ロッカーを泊めることもあるのだろう。薹の立った、裕福な女性ロッカーを。

ジェンは大理石の床に荷物を置いていった。「どなたか、人事課の人とお話ししたいのですが」

「求職なら、連絡先と履歴書をオンラインで送ってもらうことになっています」まだ親切そうな声だったが、少々見くだすようなところもあった。判断がぴたりと定まったのだ。なりふり構わず仕事を探している人間と思ったのだろう。

「どうも。だけど仕事ならもうあるので」ジェンは身を屈めてバッグのなかを探り、警察の身分証を開いてテーブルに置いた。

女性が度を失ったのはほんの一瞬だった。短時間の些細な過ちを責めることはできなかった。ジェンはあまり警官らしく見えないのだから。「少々お待ちください、部長刑事。ミスター・サザーランドを呼んできます」女性はそういってドアの向こうへ戻り、ほとんど間をおかずにスーツを着た長身の若い男性を連れて戻ってきた。

「どうも」男性は握手の手を差しだした。「ピーター・サザーランドです。ここのスタッフ管理をしています。どうぞ、私のオフィスへ」教育のあるバーミンガムの人間のしゃべり方で、アクセントはうまく隠されていた。若いながら旧弊な気取り屋だ。

ジェンは陽光を思い、車からここまで歩くあいだに漂ってきた刈りたての草のにおいを思いだした。「よければ、庭でお話しできませんか」

相手は驚いたように見えたが、彼もやはり一日中室内にいることに飽き飽きしていたのだろう。それとも、接客教育の賜物か。「もちろんかまいません。すばらしい考えですね」外の日射しのなかでは、サザーランドはジェンが最初に思ったよりさらに若く見えた。サザーランドは先に立ってホテルの建物を離れ、小道を進んで、段になった庭の一つに向かった。池があり、月桂樹とシャクナゲが日陰をつくる場所だった。木々の葉は陽光を反射して光っていたが、水面は陰になっている。二人は太陽に背を向けて白い錬鉄のベンチに座り、下のほうに広がる海を眺めた。ここはあの灰色の家の建つホープ・ストリートから——道端で若者がコソコソ取引をする通り、《ビッグイシュー》の売り手やホームレスの人々がぼろぼろの寝袋のなかで虚ろな目をしている通りから——何キロも隔たっていた。隠れた楽園のようだった。

「それで、どういったご用件ですか？」

「今日、地元テレビ局のニュースを見ましたか？」

サザーランドは首を横に振った。「いまは、これからのシーズンに向けて準備中なのです。残念ながら朝七時の勤務開始から休む時間がありませんでした」

「昨日の午後、こちらの以前の従業員が遺体で見つかりました。われわれは不審死として対応しています」ソーシャルメディアやほかの従業員を通して噂が広まっていないとは、ジェンには信じがたかった。

「なんてことだ！　誰ですか？」

「サイモン・ウォールデンという男性です。厨房で働いていましたね」ジェンはサザーランドのほうを向いたが、相手の顔からはなにも読みとれなかった。「覚えていますか？」

「サイモンですか。ええ」

「それで？　知っていることを教えてもらえますか？　誰かが彼を殺したがる理由とか」

サザーランドはしばらく口を開かなかった。下のほうから、波が砂に当たって砕ける音が聞こえてきた。

ようやくしゃべったときには、古風な礼儀正しさや気取りが消えていた。「ぼく自身、喜んで殺してやると思ったときもありましたよ」

「なぜ？」

「ウォールデンは気分屋で、みんなの反感を買っていました」また間があった。「ここでは、従業員の相手をすることに比べたら、ゲストの相手をするほうが楽です。ウォールデンを雇ったときには、うちにぴったりの人材だと思いました。あの男は軍隊にいたし、軍隊とは集団行動をするものでしょう？　チームの一員であることがすべてだ」

「でもウォールデンはチームプレイヤーではなかったんですね？」

サザーランドはジェンに向けて微笑んだ。「残念ながら。一言も口をきかないような日もたびたびありました。厨房のエネルギーを吸いとってしまうように見えました」間があった。「それに、酒を飲みました。この業界では珍しいことではありませんが。慣れないシフトで体内時計がおかしくなってしまうので、ふつうの人が起きるような時間に飲んでいてもおかしくはないんです。それでも仕事はしていました。毎日職場に現れた。しかし同僚とうまくやろうとする気持ちは皆無でした」

「特定の誰かと対立していましたか？」遠くから子供の笑い声が聞こえてきた。今度時間が自由になる週末があったら、子供たちを機械類の画面や学校の宿題から引きはがして、ここへピクニックをしに連れてこようとジェンは思った。

サザーランドはしばらく黙っていた。従業員個人に疑いの矛先を向けるのは気が進まないのだろう。ジェンにもそれは責められなかった。こんな責任を背負いこむ立場に就くには、彼は少々若すぎる。厨房のスタッフのなかには年上の人間もいるだろうし、威圧され怒らせることもあるだろう。ホテルの名声が食事の質に大きく依存しているとあっては、怒らせたくない人間もいるのだろう。

「オフィスに入って、従業員全員の記録を要求することもできます」ジェンは合理的な物言いで話をつづけた。「そうなると、来たるシーズンへ向けて準備中のいま、時間的負担が大きいでしょう。あるいは、歳入関税庁を通して調べることもできる……従業員のみなさんがさぞかし喜ぶでしょうね」

サザーランドは肩をすくめた。抵抗しても無駄だと悟ったのだ。「シェフです。ダニー・クラークソン」あなたも名前くらい知っているでしょうといわんばかりに、サザーランドはここで間をおいた。「この業界のことを少しでもご存じなら、心当たりがあるはずの名前です。同業者なら死ぬほどほしいと思うような評価を受けています。あの人がいるからこそ、うちのレストランの予約はつねにいっぱいなんですよ、ゲストの減る冬季でさえも。ウォールデンはそのシェフを怒らせました。クラークソンは癇癪持ちです。ふだんは寡黙なんですが、なにかがうまくいかなかったり、自分の思いどおりにならなかったりすると突然爆発するタイプの人間です。狂気と紙一重の天才。しかしここはクラークソンの厨房であり、あの人がボスです。たぶんあの二人は似すぎているのでしょう。だから楽しく一緒に働くなど無理なんです」サザーランドは立ちあがった。「ご案内します」

「そのまえに、もう一つだけ質問があります。ウォールデンがそんなに悪夢のようなスタッフだったなら、なぜ今シーズンも雇うことにしたんですか？」

サザーランドは身を震わせた。そんなことは考えるだけでも呪われる、とでもいうように。「いえ、それはありませんよ。ウォールデンを呼び戻すなど、ありえません」

クラークソンは小柄で線の細い男で、禿げて見えるほど頭を短く刈っていて、ちょびちょび生えた髪の下の頭の形がよくわかった。生姜色のまつげをしている。シェフの白衣はクリーニングから戻ってきたばかりのように皺一つない。クラークソンは平鍋の上に身を屈めていた。聖餐に臨む聖職者のような集中力だ。厨房はすべてステンレス製で輝いており、意外にも静かだった。ランチタイムがまだはじまっていないからだろう。奥のほうで、助手たちが自分の仕事をすばやく、音もなくこなしていた。

サザーランドはシェフに慎重に近づいた。「警察が来ています、シェフ。少しばかりお話があるそうです」

「あとだ」

「いいえ」ジェンはいった。「いまお願いします」

シェフは顔をあげた。目は青く、視線は厳しい。クラークソンは平鍋を火から下ろした。

「なんの用だ？」

「サイモン・ウォールデンのことです」ジェンはいった。「死亡しました。殺されたんです」

「あの男は秋にここを辞めている」そういったシェフの声は思いがけず耳に心地よい、軽めのテノールだった。

「それは知っています」

「だったら、なぜここで邪魔をしている？」

「あなたはワンシーズンずっとウォールデンと働いていましたよね。彼についてなにか知っていることを教えてもらえないかと思ったのです。なにか、ウォールデンを殺した犯人を捕まえる助けになるようなことを」

「友人というわけじゃなかった。あの男のことはなにも知らないし、興味もない。パンはそこそこ焼けた。まあ頼れるが、細かいところや見栄えなんかにほんとうに注意を払っているわけじゃなかった。それに、指示に従うことができなかった」

「命令されるのが好きじゃなかったんでしょう」この男の指示に従うとしたらわたしだって苦労しそう、とジェンは思った。

「あいつは態度に問題があった。受動的攻撃というやつだ。おれに信用されていないと思っていた。ここはおれの厨房だ。誰であろうと信用はしない。あの男の態度はここの雰囲気を悪くしたし、それがおれの仕事にも影響した。そんなことは受けいれられない」クラークソンは鍋に注意を戻した。「いつ死んだ？」

「昨日です。午後のあいだに」

「おれは一日中ここにいた。午前中のなかばからずっと。結婚式の料理を用意していたんだ。殺人犯はよそで探してくれ」クラークソンは平鍋を火に戻し、ジェンに背を向けた。

ジェンはホテルの外に立っていた。海の見える大きな温室のなかで、身なりのよい女性たちがコーヒーを飲んでいた。ガラスを挟んでいたので会話は聞こえなかったが、色の塗られた爪とか、ちらちら日射しが反射するブレスレットやイヤリングのおかげで、彼女たちは異国風に、魅力的に見えた。鳥小屋には明るい色の鳥がいた。サイモン・ウォールデンがここで働いているところを想像するのはむずかしかった。おそらくここで仕事をするのはいやだっただろう。戻るつもりなどなかったはずだ、仮にまたチャンスを与えられたとしても。

では、嘘をついたのは誰だろう？　サイモンか、キャロラインか？　サイモンの滞在は一時的なもので、まもなくホープ・ストリートを出ていくはずだった、とキャロラインはいっていた。風変わりな下宿人を数カ月だけ住まわせるのと、無期限に匿うのとは大ちがいだ。誰もが自分たちほど幸運だとは限らない、サイモンはそういうことを思いださせる存在だった。首にあったアホウドリのタトゥーのように、サイモン・ウォールデンは二人に取り憑いていた。

ウォールデンはホテルでは運が悪かったのだ、とジェンは思った。あのシェフは明らかにソシオパスだ。自分だってあの男とうまくやっていけるとは思えない。ウォールデンとおなじように衝突しただろう。ジェンはウォールデンに同情を覚えはじめていた。そして車に戻ろうと歩きだした。

マシューにまた電話をかけた。マシューはまだ電話に出なかったが、ロスからボイスメールが入っていて、ホープ・ストリートに戻って固定電話に録音されたメッセージを確認してきてくれと告げられた。二十番地に着いたのは午後もなかばで、学校が終わる時間だった。坂の下のほうで、学童たちが大通りをぶらぶら歩いている。預かっていたスペアキーを使って家のなかに入った。科学捜査班がまだウォールデンの寝室で作業をしていたので、ジェンは自分が来たことを知らせるために大声で呼びかけた。受話器に粉がついていたので、電話からはすでに指紋を採り終えていることがわかった。そこで受話器を持ちあげ、メッセージを聞くために一五七一番につないだ。

ここのところ、留守電は確認されていないようだった。まず、売り込みの電話がたくさんあった。寄付を求める慈善事業から。保険会社から。あとは、歯科からの電話が一件。ミズ・プリース宛に、歯科衛生士との予約を確認するものだった。私的な用件はなにも入っていなかった。二十番地に住む女性たちは、通話よりもテキストメッセージを多用する世代なのだろう。固定電話で通話する頻度はさらに低いにちがいない。

その後、マシューが興味を引かれたというメッセージが出てきた。十五日まえに残されたものだった。まず、相手が機械だとわかったときにたいていの発信者がそうするように、間がおかれた。それから陽気で親しげな男性の声が聞こえてきた。裏に脅しが込められているような気がしたが、それはただの想像かもしれなかった。詰まるところ、ジェンはそれを探し求めているわけだから。

懐かしい過去の思い出ってのもいいだろう？　居所を突き止められるとは思ってもいなかったんだろうね。きっと探しだしてみせるっていったろ？　結局、昔の友達からは逃げられないんだよ。

ジェンは自分のスマートフォンを取りだしてメッセージを録音し、次いでそれを再生した。ボスはきっと録音を聞きたがるだろう。電話会社に連絡して、発信者の番号を調べなければ。ジェンはメッセージをもう一度再生し、どこのアクセントか特定しようとした。

南部のものだ。ジェンにとって、南部のアクセントを聞き分けるのはむずかしかった。ウォールデンはブリストル出身だから、たぶんこの声の主もそうだろう。

外に出て、ジェンは歩道で一瞬ためらってから、太い道を角へ向かって歩いた。路上生活者は立ち退かされていたが、ほぼおなじ場所にべつの男性が立っていた。その男性はジェンの目のまえで《ビッグイシュー》を振ったので、ジェンは小銭がないかとポケットを探った。

「ここはあなたのいつもの場所なんですか？」

男はうなずいた。

「二十番地に住んでいる人たちを知っていますか？　女性二人に男性一人なんですが」

「あんたはリヴァプールの人かい？」

「ええ、あなたも？」男性の発した短い言葉からでもそれが充分わかった。なにがあってここへ来たのだろう。

「バーケンヘッドだ」

「どうしてここへ？」

「女だよ。原因はいつだって女だ、そうじゃないか？」

ジェンはなんと答えたらいいかわからなかった。「二十番地の人たちのことを聞きたかったんですけど」

「あんた、警察かね？　警官みたいには見えないが、においでわかるんだよ」男は鼻の横に触れていった。敵意があるわけではなく、単に事実として話しているようだった。

ジェンは坂の上のキャロライン・プリースの家にちょっと顎を向けていった。「あそこに住んでいた男性の殺人事件を捜査しているんです」朝のテレビ番組は見ていなくても、とっくに知っているかもしれないとジェンは思った。「あの家で暮らすよりまえに、路上生活をしていた時期があると聞いたもので」

「その人の名前は？」

男性はどう答えるか考えるために時間を稼いでいるように見えた。名前はとっくに知っているはずだ。「サイモン・ウォールデン」

「ああ、このへんで見かけたよ。ちょっとした酒呑みだった。窮地を脱して落ち着いたみたいだね。いい家に」

「でも、いまは窮地どころの話じゃない。そうでしょう？」

返事はなかった。

「彼が殺された原因に心当たりは？　このあたりに敵はいませんでしたか？　お金を借りているとか？」

「クスリの取引はしてなかった」

「クスリを使うほうは？」まあ、検死結果の毒物に関する報告が出ればすぐにわかるのだが。

男は首を横に振った。「あの男の毒は酒だった。大通りの反対端の〈アンカー〉で飲んでた」

「ほかになにかありますか？」

「あの男が路上生活をしていたとは知らなかった。でも、悲しい男だったよ。笑うところを一度も見たことがない」

〈アンカー〉は小さくて薄暗い地元のパブだった。観光客を惹きつけるようなものはなにもない。おいしいつまみもなし、しゃれた林檎酒（サイダー）もなし。知らずに入ってくる人がいれば、じろじろ見られるだろう。敵意というよりは、好奇や興味の的として。たいていの観光客は視線に当惑し、一杯飲んで出ていく。隅のテーブルに、中年のカップルが手をつないで座っていた。昼どきからずっといるようだった。カウンターの向こうでは、小柄でホイペット犬のように細身の男性がグラスを磨いていた。

ジェンはサイモン・ウォールデンの写真を掲げていった。「この人が、ここでよく飲んでいたと聞いたんですが」相手がすぐに答えなかったのでつづけた。「警察です。殺人事件の捜査をしています」

「その人が亡くなったのは聞きましたよ」

「殺されたんです」ジェンはいった。「クロウ・ポイントの浜辺で刺されて。どうやら誰かを怒らせたようなんですが、それが誰だか心当たりはありませんか？」

男性は首を横に振った。「あの人は付き合いのために酒を飲むわけではありませんでした。いつも早い時間に、一人で現れました。五時くらいに。毎晩ではないし、ここ何週間かは見かけていません。よそへ移ったのかと思っていました。早めの時間にここへ来る人には、たいてい仲間がいるんですよ。ドミノをやったり、おしゃべりをしたり。年配の人は、仕事帰りにさっと一杯だけ飲んでいったりもしますけどね。あの人の場合は新聞を持ってやってきて、部屋に背を向け、一時間くらい一人で飲んでから帰るんです。名前すら知りませんでしたよ、テレビで写真を見るまでは」

11

ウッドヤードの厨房では一日の仕事が終わろうとしていた。鍋は洗われ、ステンレス設備の表面は磨かれていた。カフェに向かって開かれ、カウンターで隔てられただけの厨房で、一方にオーブンとコンロ、もう一方にシンクがあって狭かった。このカフェにはマシューも何度か来たことがあり、たいていジョナサンが一緒だった。コーヒーがおいしく、ケーキはもっとおいしい。いまは残っていた少数の客がお茶を飲み終えるところだった。マシューはカウンターから一番近いテーブル席に座っていたので、出ていく人はみんなマシューのそばを通り過ぎた。シェフのボブは、大柄だが足取りのすばやい男だった。まえに一度、ジョナサンがこんなふうにいっていたことがある。ボブが仕事をしている姿は、象が踊っているようだ、奇跡を見ているようだと。ボブはコンロの上にタオルをかけ、マシューを見た。「コーヒーを飲みますよね。ぼくも一杯飲むつもりです」

コーヒーが入ると、二人は川を見渡せるテーブルに移った。「サイモンのことですか？」

「もう聞いたのですね？」意外ではなかった。当然、ニュースはもうセンターじゅうに広まっているだろう。

「今朝、テレビで見ました」

「彼とは一緒に働いていたのですか？」

大柄な男はうなずいた。「ボランティアとしてね。すばらしいパン職人でした。軍隊で覚えたんですよ。二回ほど、アフガニスタンに出征したようです。兵士だって、ぼくたちとおなじく、食べるために働かなきゃなりませんからね」

「そうですね」マシューの頭のなかで、サイモン・ウォールデンの全体像がまた変わった。ウォールデンはPTSDに苦しんでいたのだろうか？　それが気分の激しい変動や強迫観念の理由なのか？「どうしてここで一緒に働くことに？」

「キャロライン・プリースから、サイモンを受けいれるよう頼まれたからです。キャロラインの父親はここの理事ですし、クリストファーの気分を害するのは賢明とはいえませんから」

「なぜですか？」

ボブは肩をすくめた。「クリストファー・プリースは裕福で、自分の意思を通すことに慣れている。理事会の運営もしています。そのうえ娘を溺愛している。でもまあ、サイモンは問題ありませんでしたよ。たいていのボランティアとちがって、イライラさせられることがなかった。煩わしい、おしゃべりな女たちとちがってね。必要とされることを淡々とこなした。仕事を任せることができた。早出してくることもありましたよ、パンの仕込みをするために。イルフラクームからバスで来るのは大変でしょうに。ここでは、パンは全部自分たちで焼くんです。ぼくが着くころには準備が整っていたものですよ。少しばかり楽をさせてもらえました」

「自分で車の運転はしなかったのですか？」

シェフは首を横に振った。「サイモンは昔、事故で子供を死なせてしまったんです。それから二度とハンドルを握らなかった。まあ、わかりますよね」

ウォールデンは一緒に暮らしていた女性たちよりもボブを信用していたのだな、とマシューは思った。それもわかる。男同士だし、年齢も近いから。「ルーシー・ブラディックもここで働いているのですか？」

「いまは週に一日だけですけどね」ボブは、マシューがそれを尋ねた理由には興味を示さなかった。「デイセンターのルーシーのグループが、交替で働くんですよ。厨房の仕事ではなくて、ウェイトレスとしてテーブルを回るんです。彼女はいいですよ、ルーシーは。

すばらしい働き手です。明るいし。いつも笑っていて。お客さんたちからも好かれている」ボブは間をおいてからつづけた。「ぼくは、ルーシーをきちんと雇ったらどうかと考えています。デイセンターにそのつもりがあれば、生活していけるだけの給料を払ってね。それがフェアってものでしょう。ルーシーは常勤のスタッフと比べても遜色なく働けるんですから」

「ルーシーは、サイモン・ウォールデンとは顔見知りでしたか？」

「デイセンターの人たちはカウンターのなかには入れません。健康と安全のためです。わかるでしょう？　でもまあ、厨房はひどく狭いですから、二人がおしゃべりするようなこともありました。サイモンはセンターから来る全員ととても仲がよかった。とりわけルーシーがお気に入りでしたよ」

マシューはうなずき、一つ謎が解けたと思った。ルーシーは厨房にいるウォールデンを見たことがあったのだ。だが、まだ説明のつかないことがあった。ウォールデンとどこで出会ったか、ルーシーがあんなに曖昧なことしかいわなかったのはなぜか。ウォールデンが死ぬ直前にラヴァコットに通い、しかもバスでわざわざルーシーの隣に座ったのはなぜなのか。

マシューがカフェでの話を終えるころには、午後も遅い時間になっていた。外に出ると、まだ日射しに熱があった。車まで歩くあいだに、マシューはうなじにその熱を感じた。橋を渡り、町に入る。ようやくデスクに戻って、署内の動きに追いつき、ロスに今日の成果を見せびらかす機会を与えて、みじめなデスクワークから解放するつもりでいた。しかし最後の瞬間に気持ちが変わり、昔通っていた学校のほうへ、ロック・パークの向こうに見える大きな家々のほうへ向かった。クリストファー・プリースの住所はジョナサンから聞いていた。キャロラインの父親には興味があった。なにしろクリストファーの出資のおかげでウッドヤードが誕生したのだから。

家はアーツ&クラフツ様式の一戸建てで、やわらかで美しい色の煉瓦やマリオン窓が目についた。屋根のラインにときどき小さな屋根窓(ドーマー)が割りこむところも、そんなに古くはないが伝統的なつくりだった。木々の列が庭の境界になっている。庭には小さな池とガーデンテラスがあった。気持ちのよい庭で、かすかに野趣の残る部分もあった。錬鉄のゲートは開いていたが、マシューは外の通りに車を停めた。呼び鈴を鳴らすと、ほとんど間をおかずにジーンズ姿の中年男性がドアをあけた。身長が高く健康的で、感じのよい人物だ。マシューは以前に何度か会っていることに気づいた。以前ジョナサンと暮らしていたバーンスタプルの古いフラットや、ウッドヤードのイベントで。マシューもジョナサンもふだんは私生活と仕事を切り分けていたが、ときどき引っぱりだされてお偉いさんや善良な人々――議員や寄付をしてくれそうな人々――と会うこともあった。

「はい？」プリースは見知らぬ人間が戸口に現れることに明らかに慣れていないようだったが、相手がきちんとした身なりの人物だったので、いきなりドアを閉めたりはしなかった。それにたぶん、プリースのほうも一瞬、見覚えがあるような気がしたのだろう。プリースは笑みを浮かべた。会ったことのある有権者を遠ざけてしまわないよう気遣う政治家さながらの笑みを。

「デヴォン警察のマシュー・ヴェンです」そういって名刺を差しだした。「サイモン・ウォールデンのことで伺いました。昨日、殺されたのです。ウォールデンは、あなたのお嬢さんとその友人が暮らす家に一緒に住んでいました」

「ああ、もちろん聞いています。それに、失礼しました、あなたのことをすぐに思いだすべきでした。ジョナサンのパートナーですよね。どうぞ、入ってください」深刻そうに顔をしかめてから、先ほどとおなじ政治家のような笑みを浮かべ、プリースは握手の手を固く握った。次いでマシューを奥の部屋へ案内した。長い窓から芝生や繁みが見渡せる。室内にはアップライトピアノがあり、暖炉のまわりに座り心地のよさそうな椅子が並べてあった。額に入った音楽学校の修了証と、乗馬クラブのリボン飾りと、キャロラインの写真がたくさん飾ってあった。何不自由ない子供時代だったようだ、母親が亡くなるまでは。

マシューは母親の写真を探したが、フォーマルな結婚写真があるだけだった。プリースと、色白でかぼそい女性が教会の階段に立っている写真。女性のほうは伝統的な白いドレスを着て花束を持っている。それより新しい写真はなかった。「なにか飲み物でも？　コーヒーとか？」

マシューは首を横に振った。「サイモン・ウォールデンを知っていましたか？」

「何回か会いましたよ」プリースはいった。「キャロラインには口を出さないでくれといわれましたが、自分で会ってどんな男か判断したかったので」

「イルフラクームの家で会ったのですか？」

「最初はちがいます。あの家でも、その後何回か会いましたが。気持ちが落ち着いたあとに」プリースは間をおいてからつづけた。「恥ずかしながら、娘があの男を住まわせることにしたと聞いたときには度を失いましてね。ひどく向こう見ずなことのように思えたので。しかしキャロラインにはっきりいわれましたよ、下宿人のことは父さんにはなんの関係もない、と。家の保証人にはなってもらったかもしれないけれど、ここはわたしの家だから、誰を住まわせるかは自分で決めるとね」プリースは打ち明けるような、自嘲的な笑みを浮かべながらつづけた。「つまりね、警部、父親は招待されたときだけ歓迎されるらしい。まあ、おそらく、そうあるべきなのでしょう。娘のことはまだ小さな少女のように思ってしまうのですが、あの子が自立したいと思うのも理解できますから」

「では、最初はどこで会ったのですか？」

プリースが答えるまでに少し時間がかかった。「ここへ来るようにいったのです。明らかに精神に不調をきたした他人が娘の家で暮らすことに不安があったので」キャロラインの職業の選択については、プリースはどう思っているのだろう。キャロラインは毎日のように、精神に不調をきたした人々と顔を合わせて働いているのに。だがプリースの話はまだつづいていた。「さっきもいったように、最低でも、自分自身の目でどんな男か判断したかったので」

プリースは庭を見やった。「ウォールデンがボランティアをしているウッドヤードで会うのは避けたかった。堅苦しいし、面倒なことになると思いましたからね。いままでもずっと、現場の仕事はプロに任せるようにしてきました。その彼らに、私が余計な口出しをしていると思われたくなかった。もちろん、この件は娘に関することであって、ウッドヤードのことではありませんが」

「しかしウッドヤードのカフェの仕事はあなたが紹介したのでしょう」それだって一種の口出しであることにちがいはない。

「ボランティアをさせるというのはキャロラインの考えだったんですよ、警部。私は関与していません」

マシューはウォールデンがここにいるところを想像した。この閑静で快適な家に呼びだされてきたところを。きっと威嚇されているような気分だったにちがいない。「ウォールデンのことをどう思いましたか？」

プリースは考えてから答えた。「思っていたような男ではありませんでした。好きになりましたよ」プリースは間をおいた。「子供を死なせてしまった過去があると話していました。交通事故で。飲んでいたんだそうです。法定アルコール濃度を超えるほどではなかったが、つかのま集中力を切らす程度には飲んでいた。正直な男だと感心しましたよ。それ以来、つねに罪悪感がつきまとって離れないといっていました。よくあることです、罪悪感というのは。生存者の罪悪感。あなたもウッドヤードに行ったことがあるなら、私の妻について聞いたことがあるでしょう」

「あなたもいっていたとおり、ジョナサン・チャーチがわたしの夫ですから。自殺なさったという話は聞いています。お悔やみを申しあげます」

「ベッカは、出会ってすぐのころから断続的に鬱症状に苦しんでいました。最後の五年ほどはかなり悪化していた。私はそれを理解していませんでした。助けになりたいとは思いましたが、その方法がわからず、悪夢のようでした。私は仕切り屋でしてね。万事きちんとしたいのですよ。しかし妻をきちんとすることはできなかった。それに助けを求められるような場所もなかった。医療関係者は完全に役立たずでした。自分の不満や苛立ちを妻にぶつけてしまっていたと思います。妻が亡くなった夜、私たちは口論をしました。きみはわがままだ、というのが妻への最後の言葉になってしまった。キャロラインのためを思うなら、立ち直って、もっと娘に時間を割いてやることくらいできるはずだ、というのが」プリースは、いったん口を閉じて顔をそむけた。「自分で自分が赦せない。あれ以来、私は罰を受けつづけています。あの会話が妻との最後の思い出になってしまったのですから」プリースはマシューに視線を戻していった。「気持ちを落ち着けようと、一時間ほど川沿いを歩きました。帰宅すると妻が首を吊っていたのです」

「それはこの家で起こったことなのですね？」自分ならそんな怖ろしい記憶を抱えたままここに住みつづけることはできないとマシューは思った。プリースのことはどう判断したらいいのだろう。この話はたやすく口から出てきたように思われた。以前から何回もくり返し話している内容なのだろうか。実際の出来事から距離をおくために？　それとも、マシューに打ち明けているのは赤の他人だからだろうか？

「キャロラインは母親が死んだときここにいなかった。週末で、娘は祭りの催しに出かけていたんです。若いクリスチャンのための行事でした。あの子は母親の死よりもまえから、強い信仰心を持つようになっていましてね。母親の死後にも、それを変えたがらなかった。だから強制的にやめさせる権利など私にはないように思いました」プリースは考えこむように、つかのま動きを止めた。マシューにはまだつづきがあることがわかった。「ベッカが死んで、罪悪感を覚えるとは思いませんでした。感じるのは深い悲しみだろうと思っていた。妻を、愛し結婚した女性を失って。しかしね、心の一部では妻が死んでうれしかった。家に入って、妻がそこで、階段の手すりからホールにぶらさがっているのを見て一瞬安堵してしまった。ベッカとの暮らしはひどく緊張を強いられるものでしたからね。憂鬱や怒り、何日も自分の内側に引きこもっているさまを目の当たりにし、自分には妻を助けることも治すこともできないと無力感に苛まれる日々でしたから。聖カスバート教会や、ウッドヤードの設立に関わろうと思ったのも、それが理由です」

また例の笑みが浮かんでいた。気安く話しかけてよいと、いまが友人同士になれる瞬間だとほのめかす笑み。相手に自分は特別なのだと思わせる政治家のやり口。デニス・ソルター――マシューの父の葬儀で説教をしていた、ブレザレン教会の年配者――にもおなじ能力、同種の温かさがあった。

だが、プリースのいう罪悪感はマシューにも理解できた。たぶん、子供時代の師であったソルターを連想させる記憶のせいだろう、気づくと意識が墓地に戻っていた。父の死を刻みつける儀式を、安全な距離をおいた場所から眺めていた。足もとにクロッカスが咲き、耳にはパイプオルガンの低音が響く。父が亡くなったと聞いたとき、自分も一瞬安堵したのでは？　たぶんそうだ。もう病院へ見舞いに行くべきかどうか悩まなくて済むから。物事がよりすっきりして、より容易になるから。そしていまはまた罪悪感を覚えていた。訪ねていく勇気、物事を正す勇気が持てなかったから。クロッカスの群生をよけて歩いていき、霊安室で母の隣に立つことをしなかったから。

沈黙がつづくあいだ、庭のほうから鳥の鳴き声がはっきり大きく聞こえてきた。

「私はこの地域でたくさんのビジネスを興しました」プリースがいった。「ベッカは地元民でしたが、私はロンドン育ちです。何人かの友人と休暇でここへ来たときに知りあいました。私がこちらへ移ったのは結婚してからで、たぶんよそ者だったからでしょう、土地開発の可能性が地元の人々よりもよく見えました」プリースはまだ立っていた。長い窓と、庭の新緑に背を向けて。「それに、私は昔から賭けに出るほうなんですよ。イギリス人が安価なパックツアーを愛する気持ちは長つづきしないと思いました。とくに目の肥えた若い中流階級の人々のあいだではね。だからウェストワード・ホー！の海辺に休暇用の豪華なフラットを建て、クロイドの町でさびれたトレーラーパークを買い取り、そこに高所得層向けの山小屋風別荘を建てて、手ぶらでキャンプのできる場所にしました。一部はあとからバーやレストランにつくりかえました」

マシューは聞いているというしるしにうなずいた。プリースには自分のやり方で説明してもらおう。

プリースはつづけた。「ベッカが死んだときには、事業を売却することをすでに考えていた。立ちあげる段階の企画や交渉は楽しかったが、軌道に乗ってしまうと退屈に思いはじめましてね。詳細の管理にはあまり興味が持てないほうなので、新しいことに挑戦するタイミングでした。だから、慈善事業の領域で活発に動いているのも、見かけほど利他的なことではないのです。ベッカの死後すぐに、聖カスバート教会にみんなが立ち寄れるような公共の施設をつくりはじめたんだが、プロの力が必要になって、キャロラインがそれを叶えた。企画は私が夢にも見なかったようなところまで発展しました。その後、もう少し手のかかることもできるようになったので、ウッドヤードの後援に回ったのです。完全に新しい組織の一部として働くのはとても楽しかった。慈善事業関連の法律やNGOの運営方法に関して抜け道を見つけたり、理事会を創設したり。理事会は、いまではさまざまなスキルを持った人々から成るいいチームになりましたよ。会計士に、弁護士に、上級ソーシャルワーカーが二人、それに住宅金融組合のチーフもいる。そうやって動いていると、罪悪感や悲しみを寄せつけずにいられたんですよ、少なくともしばらくのあいだは。それに、キャロラインも私のことを誇りに思ってくれた。それは大事なことだった」プリースは間をおいてからつづけた。「古くさい物言いだとわかってはいますが、私にとって評判は大事なんです。そして私はいま、ウッドヤードに関するすべてを自分の赤ん坊のように思っている。レガシーですよ。ウッドヤードとともに私の名前が先々まで残る」

これもまた政治家のような言い草だとマシューは思った。「ウォールデンのことは好きだったとおっしゃいましたね。不安に思うようなことはなかったのでしょうか、彼がお嬢さんやその友人とおなじ家で暮らすことについて」

「こちらがちょっと落ち着かなくなるような、捨て鉢なところはありました。いろいろな意味で保護膜のない状態というか。あの男はおそらく、自分のためにならないほど過度に正直だったのでしょう」また間があった。「実際、サイモンに会ったあとは、あの男が娘たちにとってなにかしら危険なのではないかということよりも、若い自信家の女性二人と一つ屋根の下でやっていけるのかと、そちらのほうが心配になりましたよ。ギャビー・ヘンリーはなかなか辛辣な物言いをしますからね、私でも一緒に暮らせるかどうか。夕食をともにする程度なら楽しめそうですが、しばらく一緒にいたらこちらが疲れてしまうでしょうね」

「ウォールデンと最後に会ったのはいつですか？」

「十日ほどまえです。キャロラインが夕食を一緒にどうかと招いてくれました」

「ああ」マシューはいった。「あの有名な、金曜日のご馳走ですね？」

「ご存じなんですね」プリースは微笑んだ。「ええ、サイモンはとても料理がうまかった。もしいまもサービス業に携わっていたら、シェフとして喜んで雇いますね」

「では、楽しい夜だったのですね？」

プリースが答えるまでに少し時間がかかった。「妙な夜でした。空気が張りつめていた。サイモンは食事をつくってはくれましたが、一緒に食べるのは気が進まなかったようです。キャロラインが説得しました。あの子は自分の思いどおりにするコツを心得ていましてね。しかし、サイモンが同席したがっていないのははっきりわかりました。これはたぶん気にしすぎなのでしょうが、サイモンの苛立ちは私に向けられているように感じました。サイモンを動揺させるような心当たりはないんだが。さっきもいったとおり、ウッドヤードで顔を合わせたことはありませんでしたからね」

「その夜、ウォールデンは酒を飲んでいましたか？」ギャビーはウォールデンのことを、酔うとときどき感傷的になるといっていた。

「いいえ、飲んでいませんでした。もしかしたらそれが理由かもしれない。サイモンはおこないを改めようとしていた。だがきっと、アルコール抜きで人付き合いをするのが苦痛だったのでしょう。とりわけほかのみんなが飲んでいるとあっては」プリースはいったん口を閉じ、それから小さく苦笑いをしていった。「キャロラインの友人、エドワード・クレイヴンもその場にいたんですが、一緒にいて少々居心地の悪くなる相手でした。娘がエドを好きなのは知っていますが、おなじ部屋に聖職者がいると完全に自然体ではいられないんですよ」

マシューにもその居心地の悪さはよくわかった。宗教関係の人々に囲まれて育ってきたからだ。しかしそれをクリストファー・プリースに打ち明けるつもりはなかった。マシューは立ちあがった。「お時間を割いていただいて、感謝します」

プリースの家を辞去したあと、マシューはしばらく車のなかに留まり、死亡した男の実像がよりはっきりつかめただろうかと考えた。しかし先ほどの会話から思いだせるのは罪悪感だけ――ウォールデンのまわりに垂れこめ、判断を曇らせ、人生にのしかかっていた罪悪感だけ――だった。

日はまだ照っていた。ルーシー・ブラディックがそろそろウッドヤードの日課を終えるころだ。ルーシーの父親は午後をバーンスタプルで過ごし、帰宅するときにはルーシーも乗せて帰ることに決めていた。サイモン・ウォールデンが死亡するまえの週に毎日ラヴァコットまで乗っていたバスに、ルーシーがわざわざ乗る必要もないだろう。

好天のせいか、あるいはプリースとの面談で落ち着かない気分になったせいかはわからないが、灰色の箱のような警察署に戻ってロスの抑えこまれたエネルギーに直面する気になれなかった。夕方のブリーフィングまでには戻らなければならないが、それに間に合えば充分だ。そこで署に戻る代わりに町なかへ行き、自分の車をそこに置いて、バスの発着所へ向かった。急げばラヴァコット行きのバスに間に合いそうだった。

結局、五分の余裕を持って到着し、買物袋をたくさん抱えた年配の女性たちと、赤ん坊を連れた母親たちが乗車するまで列のうしろで待つことになった。マシューは警察の身分証とウォールデンの写真を運転手に見せた。「この男性に見覚えはありませんか？　先週、毎日午後にこのバスに乗っていたらしいのですが」

運転手の女性は首を横に振った。「ずっと産休を取っていて、今日が復帰初日なんです。発着所で訊いてもらえますか」

マシューはためらった。だが、バスから跳びおりて責任者に話を聞きにいく代わりに、ポケットから財布を取りだしてラヴァコットまでの切符を買った。サイモン・ウォールデンが通った道をたどってみて、なにかわかるか確かめるつもりだった。最前列の席が空いていたのでそこに座った。マシューは学校をさぼったことがなかったが、きっとこんな感じだろうと思った。ジェンとロスにメッセージを送って、おそらく夕方のブリーフィングまで署には戻らないと伝えた。

バスはマシューが来た道を戻って橋を渡り、ふだんならルーシーが乗るはずのバス停へ向かった。中年の女性が乗ってきた。バスはウッドヤードから道路を渡った真正面に停まっていて、赤煉瓦の高いビルがマシューにもよく見えた。あのなかでは日常がつづき、ジョナサンが独自のユーモアと能力を発揮してさまざまな物事をまとめているのだろう。いつもウォールデンが乗ってきたバス停には、バスを待つ人はいなかった。ウォールデンはなぜ、上り坂になった道をわざわざ歩いてバスに乗ったのだろう？ ウッドヤードから見えないようにするためだろうか？ ウォールデンがラヴァコットに通いつづける必要があったのはなぜか、ルーシー・ブラディックと会ったことを秘密にしたのはなぜか、マシューは考えた。

バーンスタプルのほうをふり返ると、曲がりくねった川が河口に向かうところや、町がそこから離れるように広がっている様子が見えた。バスはスティックルパスの外れを回り、丘のてっぺんにある継続教育（FE）カレッジに寄って一握りの学生を拾ってから、このサイズの車輛が通るには狭すぎる道を内陸へ向かって走った。

乗客たちにウォールデンの写真を見せて回るべきかとも思ったが、こんなふうにいわれるのが関の山だろう。「ええ、そういう見かけの人が乗ってきました。ダウン症の女性の隣に座って、お菓子を勧めていましたよ。二人はおしゃべりしてました」

ほかにはなにもなかったとルーシーがいったので、父親は彼女を信じた。だが、ルーシーを喜ばせ、笑わせた男性は——ルーシーは昨日、自分の村のバス停に立ったまま待つことまでしたのだ、ウォールデンが来るかもしれないと思って——イルフラクームに住む女性たちが説明したような、気むずかしく怒りっぽいサイモン・ウォールデンと同一人物とは思えなかった。だったら、ここでなにがあったのか？　こんなふうにバスで田舎に通うことや、ルーシー・ブラディックの信用を得ることに、どんな目的があったのだろう？　なぜ、ウォールデンはルーシーに信頼してもらいたがったのだろう？

バスはこれまでほど頻繁には停まらなくなり、停まっても乗客が降りるだけになった。車内はひどく暑く、気がつくとほぼ夢遊状態になっていたので、マシューは目を覚ましたままでいようとあがいた。高校生のうちに父から運転を習い、それ以来バスに乗っていなかったので、どんなに見晴らしがいいか忘れていた。道路脇に建っているコテージの二階の窓からなかが覗けるほど座席が高かった。黄色い上掛けのかかったベッドや、どっしりとしたマホガニー材の衣装簞笥が見える。女性が一人、こちらに背を向けて立っている。

バスが先へ進んだので、その女性がなにをしているかはわからなかった。生け垣の向こうにちらりと見えた水は池だろうか、湖だろうか。二本の太い柱が門のように並ぶ向こうに、草の生い茂った小道があった。その小道は森とクサノオウの繁るバター色の区画へと消えていく。見たところなにもない場所でバスが停まり、年配の夫婦を降ろした。

上り坂が急になったかと思うと、いつのまにかラヴァコットの村を見おろす場所に着いていた。大通りがほんの少し広がった程度の小さな広場の周辺に、群がるように家が建っている。なんでも売っているような店が一軒と、パブが一軒あった。絵のような美しさなど、ここにはなかった。藁葺屋根もない。〈バーナビー警部〉のエピソードに使われることは決してないだろう。家はどれもしっかりとしたつくりで住み心地はよさそうだったが、平凡で、観光客を引き寄せる要素はなかった。道は広場の向こうで曲がり、ブラディック家の二人が暮らす、一九五〇年代にできた公営住宅の並びへとつづく。バスが停まり、乗客が降りた。運転手は席に留まり、ペーパーバックを取りだした。ここが終点だった。バス停の風よけに、スプレーで落書きがしてあった。スティックルパスから乗ってきた学生の一団が、歩道で煙草を吸ったりしゃべったりしながらぶらついていた。マシューはウォールデンの写真を取りだした。

「バスでこの人を見かけたことはありませんか？」

「あります」答えたのは、白地に柄の入ったワンピースを着てキャンバス地のテニスシューズを履いた細身の女子学生だった。黄色く染めた髪は根もとが黒くなっている。黒い目は大きく、きれいな顔立ちで、日本のアニメに出てくるキャラクターのようだった。「ルーシー・ブラディックの隣に座ってました。それで、ちょっと変だなと思って。ルーシーはいい人で、わたしたちはみんな小さいころから彼女を知っていますけど、よその人はたいていルーシーを避けるから」

「この男性はよそ者でしたか？　ラヴァコットに留まることはなかったんでしょうか？」

「なぜそれを知りたいんだ？」痛々しいニキビのある、フーディーを着た男子学生がいった。悪役気取りで、声と体の構えに疑念を滲ませている。

「この男性が死亡したから。殺されたんです。わたしは捜査中の警察官です」

ショックが沈黙を、次いで興奮の身震いを引き起こした。自分が背中を向けたとたん、ラヴァコットに警察が来たとソーシャルメディアじゅうに広まるのだろうなとマシューは思った。学生たちが少々図々しければ、スマートフォンを向けてきてマシューの写真を撮るかもしれない。

「バス以外では、その人を見たことはないです」先ほどの女子学生がそういって、友人たちのほうを向いた。全員が同意してうなずいた。

マシューは学生たちから離れ、近くのゲストハウスに入った。〈ゴールデン・フリース〉という名のそのホテルは、広場の角に誇らしげに堂々と建っていた。かつての威光を取り戻し、海岸へ向かう途中の観光客を惹きつけようとしていた。玄関ホールに掲げられたボードに写真が貼ってあった。改装された寝室に、磨きこまれた木やグラスでぴかぴかのダイニングルーム。建物の裏で芝生の上に集まった結婚式の招待客。バーは塗られたばかりのペンキとニスのにおいがした。ほとんどのテーブルが食事用に整えられ、紙ナプキンに包まれた銀のカトラリーと、花を活けた小さな花瓶が置いてある。カウンターにはメニューがあった。村の人々の憧れのパブだった。

革のソファと安楽椅子が二脚、暖炉のそばに置かれていた。一人客の女性がそこに座り、ラテを飲みながらノートパソコンを見ている。サイモン・ウォールデンの本来の居場所のようには思えなかった。カウンターの向こうに、シンプルな黒のワンピースを着た中年の女性が立っていた。ノーメイクのように見える化粧をして、小ぶりなシルバーのイヤリングをつけている。女性が笑みを浮かべていった。「なにをお飲みになりますか？」マシューがスーツを着ていることで安心したらしい。

「コーヒーをお願いします」

「アメリカーノでよろしいですか？」

もちろん、コーヒーにも選択の余地があるのだろう。「ええ、それで」

カウンターの向こうに高価なマシンがあり、コーヒーは小さな手づくりクッキーと一緒にソーサーに載せられて出てきた。マシューはその女性にウォールデンの写真を見せた。

「この人を知っていますか？」

「どうしてそんなことを訊くんですか？」やや冷淡な反応になった。

「死亡したんです。わたしは警察の人間です」

「今朝、ラジオで聞いたような気がします。クロウ・ポイントで刺されたのだったかしら？」

「そうです。ここに来たことがありますか？」

「ええ。先週はほぼ毎日。でも長居はしませんでした。あの人は誰かを待っているように見えました。あまり混んでいないときには、頭のなかでお客さんの物語を考えるんです。時間をやり過ごすために。あの人は女性を待っているように思えました。決して現れることのない女性を。毎晩、あなたとおなじようにバスでやってきて、窓際の席に座るんです。そして待つ。誰に会いたかったのかはわかりませんけれど、その相手は一度も現れませんでした」

マシューはそれについて考えてからいった。「あなたは毎日バーで働いているのですか？」

「夫とわたしでこのホテルを所有しているんです。午後はたいていここにいます、ホテルがそんなに混んでいなければ」

「それで、この男性が誰かに話しかけるようなことはなかったのですね？」

女性は首を横に振った。「わたしがここにいたあいだは、そういうことはありませんでした。最後に見かけたときには、ふっと消えるようにいなくなってしまった。サンドイッチの注文を受けて厨房に伝えにいったんですけど、戻ってきたらもういませんでした。ふだんより早かった。待ち人がようやく現れたのならいいけれど」

「なにを飲んでいましたか？」

女性はその質問に驚いたかのようにつかのま黙りこんだが、答えたときには確信があるように見えた。「ダイエットコークでした。いつも二パイント」

外に出ると、マシューはその場の雰囲気をつかもうとして広場で足を止めた。夕暮れどきで、空気がひんやりしている。広場のまわりの家には、どこも明かりがついていた。食事の支度を待つあいだ、キッチンテーブルで宿題をしている子供たちの姿が見えた。先ほどの学生たちはいなくなっている。交通量が増えていた——バーンスタプルや、ビディフォード、トーリントンからの帰宅者だろう——が、歩道にはもう人が見当たらなくなっていた。マシューは広場を横切り、ルーシーとモーリスが住む公営住宅のある袋小路へと道を進んだ。訪ねる予定はなかったが、興味があったのだ。ネックレスのように連なる家々の明かりの向こうにはなにもない。田舎の土地が黒々と広がるばかりだった。バーンスタプルからほんの十キロ弱内陸に入っただけの場所なのに、世界の端にいるような気がした。

ホテルの女主人の想像どおり、ここに女性が来たのだとしたら、きっと誰か気がついたはずだ。その女性はウォールデンとおなじバスには乗っていなかった。もちろん、謎の恋人は単なる憶測に過ぎないが、女性に会いにきたのでなければ、ウォールデンはラヴァコットになんの用事があったのだろう？　なぜ完全に素面で、自制を保ったままでいたかったのだろう？

マシューはスマートフォンを取りだして、ロスに迎えを頼む電話をかけようと思った。停留所で停まることも回り道をすることもなければ、車でバーンスタプルへ戻るには十五分ほどしかからないだろう。突然、バスのヘッドライトがつき、エンジンがかかった。当然だ、ステーションに戻るにちがいない。一晩中ここにいるはずがない。マシューは運転手に手を振ってバスに乗った。

12

ジェンには夜のブリーフィングのまえに自宅に寄って子供たちの様子を確認するチャンスがあった。三人が住んでいるのはバーンスタプルの端のニューポート地区で、マシュー・ヴェンが子供のころ通った学校の近くだった。自宅はこの地区に似つかわしくない山小屋風のテラスハウスにすべてをギュッと押しこんだような場所だった。三階建てで、おなじ通りのほかの家よりは大きかったが、それでもとても狭く、問題を抱えた女と育ち盛りのティーンエイジャー二人が暮らすには小さすぎた。ジェンは裏の路地に車を停め、幅の狭い庭を進んだ。何カ月も手入れしていないわりには植物が育っていた。ちょうどラッパズイセンが咲きはじめたところで、もうすぐチューリップも咲きそうだった。ジェンは家のなかが散らかっていても気にしないが、庭いじりは大好きなのだ。次回休みの取れた週末に天気がよければ、枯れた葉を取り除くつもりだった。

裏のドアはまっすぐキッチンにつながっている。エラが食洗機に皿を入れておいてくれたにちがいない。いつものカオスに足を踏みこまずに済んで、ジェンは感謝の気持ちが湧きあがるのを感じた。リビングは暗く寒かった。部屋は通りに面していて、窓が小さいため日光がほとんど入らなかった。ジェンは小さな絨毯を敷いたり写真を飾ったりして部屋を明るくしようとし、暖炉に火の入る冬には居心地のよい場所になったが、いまはただ埃っぽくて雑然としているだけのように見えた。キッチンの端に、上階へつづく階段がある。

ジェンは声を張りあげた。

「二人とも、ただいま！」とても大きな声だった。子供たちの部屋は最上階だったから。かなり響いたようだった。階段に足音がして、エラが出てきた。まだスクールジャージ姿で、耳のうしろにボールペンを挟んでいる。

「夕食はなに？」

ジェンは答えられなかった。「ベンはどこ？」

「マックスの家。マックスのお母さんが、ごはんも食べていっていいって」エラは階段をおりてきて、一番下の段に腰をおろした。「家のなかに食べ物がなんにもないんだけど」

「もう、やだ、ごめんね。昨日、仕事帰りに買物をするつもりだったんだけど、あの殺人事件があって。テイクアウトの料理でいい？」ジェンは腕時計を見た。「いますぐ出れば、仕事に戻るまえに一緒に食べる時間ができる」

「戻るの？」

「そう。一日の最後のブリーフィングのために。でも、遅くはならない」ここのところ人生が妥協だらけで、どれも満足にできていないとジェンは思った。家族のことに気を取られるせいですべてのエネルギーを仕事に注げないといっては罪悪感を抱き、子供に充分な注意を向けられないせいでグレてしまうかもしれないといっては罪悪感を抱く。ベンは野生化したかのようにめったに家におらず、エラはいつも心配してストレスを抱えているように見えた。ときどき、思春期直前にひどい思いをしたエラは過度に真面目でまっすぐな、退屈な人間に育ってしまうのではないかと心配になった。エラは何カ月もおなじ少年とつきあっていて、しかも二人の楽しみはといえば、夜に居間でテレビを見ることなのだ。ジェンが娘に一番してほしくないのは、まだろくに人生経験もない若いうちに結婚してしまうことだった。なにせ自分がそのまちがいをおかし、完璧な男との完璧な人生という幻想に囚われてしまったのだから。その結果どうなったか見るがいい。

「心配しないで。家に誰もいないほうが勉強もはかどるし」エラは立ちあがった。「ねえ、わたしが食べるものを買ってくるよ。だから、さっとシャワーを浴びて、頭のなかを整理したら？　いつものでいい？」

「すばらしい。ありがとう」実際、ジェンの頭はウォールデンと、ホープ・ストリートに暮らす女性二人のことでいっぱいで、なにを食べたいか考えることなどまったくできなかった。

ジェンが警察署に到着したときには会議室はすでに満室だった。ジェンはブリーフィングがはじまるまえにロスが入手した情報を聞いておこうと思い、早く部屋に入ろうとした。会議室のドアにつながる石の階段を上るあいだも、ジェンは自分のなかに湧きおこる興奮を感じていた。家から、家族の要求から逃れられた安堵も。マシュー・ヴェンは部屋のまえのほうで犯罪現場の主任としゃべっていた。ロスがそのそばをふらふらしている。明らかに口を挟もうとしていた。邪魔されたら二人が気分を害するだけだと気づかないのだ。ロスの社交スキルはイモムシ並みだが、オールダムのお気に入りなのでそれを指摘する人間はいなかった。ジェンは近づいていってロスの肩をたたき、マシューたちの邪魔をすることのないように、ロスをふり向かせた。

「電話を受けていてなにかわかった？」

「ああ、ちょうど新しい情報が入ってきた。ボスに伝えようとしていたところだ」ロスはそういって肩越しにうしろを見やった。

「それなら、先にわたしに教えて」

ロスが口を開こうとしたところで、マシューが静粛を求めた。室内が即座に静まったので、警部は少しばかりショックを受けたような顔をした。まるで自分の権限に驚いたかのように。ジェンはマシューのそういうところがとても好きだった。くだらないマチズモのない、礼儀正しいところが。

マシューはみんなのまえに立ち、ちょうど全員に聞こえるだけの声の大きさで話した。大声を出す必要がないのをわかっていた。全員が耳を澄ましているのだから。「できるだけ手早く終わらせよう。みんな、今日は長い一日だったはずだから。ロス、きみは署内でいろいろと細かい仕事をしていたね。今朝の発表のあと、なにか価値のある通報があっただろうか？」

「なんとか全員に折り返しの電話をかけました。報告書と通報者のリストをあなたの机に置いてあります」

「事件当日の午後、砂丘のそばに何台か車が停められていたのを見たとコリン・マーストンはいっていたが、車の持ち主から自己申告は？」

料金所の管理人用コテージでマーストン夫妻から話を聞いたのが、ジェンにはもう何週間もまえのように思えた。捜査の最初はそういうものだ。たくさんの人や物事がほんの二、三日のなかに詰めこまれ、時間がゴムのように引き延ばされる。

りますが、ボルボ所有者の年配のカップルが見つかりました。しかしどうやら望み薄です。二人は反対方向に、川を下って現場から遠ざかる方向に歩いたといっています。詳細な連絡先が残っているので、またあとで誰かから連絡が行くといってあります」

「ほかには？」

「見込みのありそうな知らせがいくつか。ベイルという名の女性が、昨日ブローントンのカフェでウォールデンが女性と話しているところを見たそうです」

「それは重要かも。追跡調査の必要がありますね」ジェンはいった。「キャロライン・プリースによれば、ウォールデンは昨日の朝、バーンスタプルまで乗せていってもらう必要はない、グループセラピーを休むつもりだからといったそうです。片づけなきゃならない問題がいくつかあるからと。キャロライン・プリースは、彼がキングズリー・ハウス・ホテルに復職を掛け合いにいったのだろうと思ったようですが、じつはそうではなかったことがわかっています。ホテル側にはウォールデンを再雇用するつもりはありませんでした」

「ウォールデンがクロウ・ポイントへ向かうには、ブローントンを通るしかなかったはずだ」マシューはうなずき、それが重要かもしれないというジェンの意見に同意した。「ウォールデンが車の運転をやめたのはわかっている。しかしその距離なら、まあ、歩けないことはない。では、明日の行動が決まったね――その目撃者を呼びだして供述を取ること。ウォールデンが一緒にいた女性の外見がわかるかもしれない。運がよければ、目撃者が二人の会話を小耳に挟んでいるかもしれないし」マシューは間をおいてからつづけた。「そういえば、ウォールデン宛のメッセージが留守番電話に残されていたね。ジェン、イルフラクームの家の固定電話でそのメッセージを聞いてきた？」

「録音してきました」ジェンはスマートフォンを取りだして音声を再生した。例の男性の声は、大部屋で聞くとかぼそく、かん高かった。「単に昔の友人が連絡を取ろうとしているだけのようにも聞こえますけど、ただ、なんというか……」ジェンは室内を見まわした。「ただの想像かもしれませんが、わたしには脅しが含まれているように聞こえます」

誰も口を開かなかった。みんな深入りしたくないようだった。

「この人物の身元は判明しているんだろうか？」マシューが尋ねた。

ロスが挙手をした。ひどく熱心で、歓心を買おうと必死だった。自分もこんなふうだったことがあるのかな、とジェンは思った。

「スプリンガーという名前で登録された携帯電話からかけられたものです。アラン・スプリンガー。ブリストル在住」

「筋が通るね。ウォールデンが以前いた場所だ。もちろん、ただの昔の友人という可能性もあるが、ウォールデンを追ってイルフラクームの住所にたどり着くにはそれなりの手間がかかったはずだ。ぜひとも話をしたいと思っていたにちがいない。ジェン、きみのいうとおりだと思う。少しばかりおかしなところがある」マシュー・ヴェンはロスのほうを見た。「ミスター・アラン・スプリンガーについてほかにわかっていることは？」

「逮捕歴はなし。まだその程度しかわかっていません。電話会社から返事があったのも、ほんの三十分まえでしたから」

「ならば、それも明日だ。その人物について知るべきことがあるかどうか確認しよう。彼が自分の行動を説明できるかどうか調べるんだ。もし容疑者からは除外できることになっても、ウォールデンについてなにかしら情報をもらえるかもしれない。まだわからない部分があるから。オーナーとしてレストランを経営していた既婚男性が、なぜ野宿をして教会の情けにすがるまでになったのか」

「子供を死なせてしまったんですよ」ジェンはいった。「ひどく引きずるのがふつうです」

「そうだね。もちろん、そうだ」つかのま沈黙がおりた。「事故当時、その子の両親はどんな反応をしたんだろうか？　復讐を誓った？　補償を求めた？　これも殺人の動機になりうるのでは」

「それはないです」ロスがいった。「ネットで記事を探しました」ロスは間をおいてからいった。「両親はウォールデンを許したそうです。新聞に仰々しく書きたてられていましたよ」

「たぶん、それは子供が亡くなった直後の反応じゃないかな」マシューはいった。「だが、ときが経てば物事は変わる。死別の重圧に耐えかね、家族がばらばらになる。恨みが募る。その一家がまだ一緒に暮らしているかどうか確認したい」マシューはロスに鋭い一瞥を送った。「一家の名前はスプリンガーではないんだね？」

「ちがいます」ロスは自分のメモを見た。「サリー＆ジェイムズ・ソーン夫妻です。この二人は捜査対象から外していいと思います。移住したんですよ、サリーの家族のそばで暮らすためにオーストラリアへ移りました。彼女がオーストラリア育ちなんです。確認しました、二人はアデレードで暮らしています」

「夫妻と話をした？」

「二人とも仕事に出ていました。サリーの母親と話をしました。ウォールデンについては自分から二人に話しておくといっていましたが、死亡のニュースを聞いても平然としていましたね。大したことじゃない、という感じで。みんなもう踏ん切りをつけてまえに進んでいるから、と」

妙なことをいうものだとジェンは思った。子供と死別したあと、そんなに簡単に踏ん切りがつくものだろうか？　しかしたぶん、人によって生き延びる方法はちがうのだろう。

マシューはしばらく考えてからうなずいた。もう外は暗かった。室内の蛍光灯が一本切れかかってチカチカしていたが、誰もスイッチを切ろうとしなかった。「ジェン、チームの全員にウォールデンの同居人たちのことを説明してもらいたい。二人がどんな様子か、ウォールデンがどんなふうにそこに入りこんでいたか、もう少しわかったことがあったはずだ」

ジェンはまた立ちあがった。注目を集めるのはべつにかまわなかった。ロスほど必死にそれを求めていないだけだ。ジェンはイルフラクームの家の雰囲気を伝えようとして、親友同士の二人が個性のちがいをどう乗り越えて、どうやって一緒に暮らすようになったかを説明した。「二人とも聡明な女性です。仕事ができて、自信もあります。そこへウォールデンがやってきて、家のなかのバランスが崩れてしまった。ウォールデンはイースターのころには出ていくと二人は思っていましたが、キングズリー・ハウス・ホテルの上司は、ウォールデンの復職なんてとんでもないといっていました。だから、ウォールデンがべつの仕事を見つけたのでないかぎり、二人はウォールデンと離れられないはずでした」

「ホテルがウォールデンの再雇用を拒否した理由は？」

「シェフがウォールデンを嫌っているんです。それ以外の理由はないと思います。ウォールデンは不機嫌にふさぎ込んでいたそうで、相手のルールでゲームをするつもりなんかなかったのでしょう」

「ウッドヤードのシェフとはうまくやっていたみたいだけど」マシューはいった。「あちらでは信頼しあっているように見えた。それから、クリストファー・プリースとも話してみた。キャロラインの父親で、ウッドヤードの理事だ。プリースは以前、サービス業の世界にいて、あのころの自分ならウォールデンを雇っただろうといっている」

「たぶん、ウッドヤードのほうがプレッシャーが少ないんでしょう。キングズリーは高級レストランですから。大枚はたいても、ぜんぜんおなかがいっぱいにならないような店ですよ」

室内が一瞬静かになった。みんなヴェン警部がなにかいうのを待っているのだ。「このミスター・ウォールデンはどうやら複雑な性格のようだ」警部はようやく口を開いた。「一部の証人によれば気分屋で攻撃的だが、バスでルーシー・ブラディックの隣に座ってラヴァコットに向かうときには、ルーシーを笑わせ、幸せな気分にさせた。ウォールデンに反感を持っていたギャビー・ヘンリーでさえ、どこか惹かれるところがあったと認めている。ウォールデンのことをもっとよく理解できるようにと、彼を絵に描いていた」

「ウォールデンがラヴァコットで何をしていたのか、なにか考えがありますか、ボス？」

無礼と紙一重の質問だった。ロスは、性格分析には意味がないと思う、殺人者を見つけるためにそれがなんの助けになるのかわからない、という意見をはっきり示したかったのだ。捜査を先へ進めたい、事実のみにこだわりたいと思っているのだ。

「〈ゴールデン・フリース〉の女主人の話では、ウォールデンは女性を待っていたそうだ」マシューがいった。「しかしそれも憶測に過ぎない。ただ、ウォールデンが誰かを待っていたのはそうかもしれない」

マシューはまた机にもたれた。「そしてその誰かは現れなかった」

ウォールデンがあの朝家を出たあとの動きを追ってみよう。「ブローントンとイルフラクームでの捜査をつづける。どうやってブローントンに行ったのか？ バスに乗ったのか、会う予定だった相手の車に乗せてもらったのか？ イルフラクームの大通りとバスターミナルには防犯カメラがある。ブローントンでもなにか見つかるかもしれない。だが、被害者についてもっと知りたいし、それには被害者のそばにいた人々から話を聞く必要がある」マシューはいったん言葉を切って、ジェンを見た。

「明日ブリストルへ行くように、予定を入れてもらえないだろうか？ ウォールデンの妻と話をしてもらいたい。それから、向こうにいるあいだにアラン・スプリンガーと会う手はずも整えてもらいたい。ホープ・ストリートの家の固定電話にメッセージを残した男だ」

「わかりました」ジェンはそう答えながら、また早出の遅あがりになるから子供たちには自力で学校に行ってもらわなければと思っていた。だが、躊躇はなかった。

「ロスと一緒に行くんだ」マシューがいった。「視点が二つあると、なにかと役に立つから」

マジで、とジェンは思った。やれやれ。

13

翌朝、マシューは早めにオフィスに行った。太陽は今日もまたキャッスル・ヒルの丘の上に昇り、草や葉を生まれ変わったように、ありえないくらい鮮やかな緑色に輝かせていた。マシューは満潮の時間に目を覚ました。寝室の窓の外から聞こえる波の音が夢に入りこんできた。半分ほど目覚めかけたときにも、まだボートに乗っているような、崖とおなじくらい高くなった黒い波に呑まれて溺れているような一瞬があった。それからすぐ、いまどこにいるかわかり、今朝は自分がコーヒーを淹れる番だと思いだした。ジョナサンはほとんど身動きもせず、マシューが両手でマグを包んで寝室に戻ると、ベッドのなかで身を起こした。ドアのそばで立ち止まり、マシューはつかのまジョナサンを——ブロンドの髪と剝き出しの胸を——見つめた。美しい。

署でデスクにつくと、昨夜ロスが残していった連絡先リストを見た。追跡調査すべき人物が何人かいたので、その仕事はチームのほかのメンバーに回すつもりだった。ウォールデンが死亡した日の朝にブローントンのカフェで見かけたという女性の詳細を眺めた。名前はアンジェラ・ベイルで、携帯電話の番号が書かれていた。マシューは電話をかけた。

「もしもし？」怪訝そうな声が答えた。番号に見覚えがないからだろう。

「ミス・ベイルですね」

「ミセスです」

「マシュー・ヴェンといいます。サイモン・ウォールデンの事件を調べている警察の者です。供述を取りたいので、署まで来ていただけないかと思うのですが。殺害された日に被害者を見たそうですね。ブローントンのカフェで」

「今日は行けません」ミセス・ベイルは早口で答えた。「都合がつかなくて。仕事なんです」

「お仕事はどこで？」

「〈ランドマーク・トラスト〉です。イルフラクーム・ハーバーでオルデンバーグ号の切符を売っています。観光シーズンがはじまったばかりで、とても忙しいんです」オルデンバーグ号は本土とランディ島を結ぶフェリーだった。マシューとジョナサンも、秋のランディ島の小さなコテージで数日過ごしたことがあった。雨模様で海も荒れていた。マシューは島へ渡る船上で気分が悪くなったが、ジョナサンは荒れた海も大好きだった。二人は滞在期間の大半を、荒天を避けてベッドのなか か、島のパブ〈マリスコ・タヴァーン〉で過ごした。そして退屈しのぎに議論をしては仲直りをした。

「でも、昼休みがありますよね？　その時間にお話しできませんか」

電話の向こうでつかのま沈黙があった。「夫が、警察に話すべきじゃなかったっていうんです。連絡をしたのはまちがいじゃないのか、とにかく巻きこまれるようなことは避けるべきだって」

「あなたはどう思うんですか？」マシューは尋ねた。「まちがいだったと思っていますか？」

また沈黙があり、それから相手は口を開いた。「いいえ」

「それなら、供述をいただけると大変助かるのですが」

「あなたご自身が、わたしの話を聞いてくれるんですか？」

「そのほうがよければ」

「では、職場に来てください。十二時に」

マシューはオフィスを抜けだす口実ができたことに一瞬喜びを感じた。イルフラクームへ向かう途中に、チヴナーに寄ることを思いついた。犬の散歩をしていてウォールデンの死体を発見した人物から、まだ正式な供述を取っていなかった。彼女と話をする時間をつくるには、もうすぐここを出なくてはならない。そう思うと、肩の重荷がおりたような気がした。オフィスにいるときどき閉所恐怖症に襲われることがあり、最近ではそれが病的になってきた。なんとか対処する必要があった。職業人生のすべてを、バスに乗ったり、目撃者の家でお茶を飲んだりして過ごすことはできないのだから。

マシューが育ち盛りだったころ、チヴナーは英国空軍の駐屯地の一つだった。沿岸警備隊の捜索救助用の黄色いヘリコプターもそこを拠点としていた。あるクリスマスのこと、昼食後に冷たく澄んだ空気のなかを散歩していたとき、サンタクロースの恰好をした係官がヘリから浜辺へウィンチで降ろされ、大喜びの子供たちに迎えられていたのを覚えている。そのサンタは菓子でいっぱいの袋を持っていた。マシューはその光景に見惚れた。両親はいないといっていたけれど、マシューはサンタがほんとうにいると信じたかった。マシューの母親はぞっとしたような顔をして、あんなものは神への冒瀆だ、子供たちの頭に危険思想を吹きこんでいるだけだと大声で不平を洩らし、魔法の瞬間を台無しにしたことでほかの親たちから睨まれていた。

基地はいまでもそこにあったが、敷地の大部分はすでに住宅用に売却されていた。シャロン・ウィンストン——ウォールデンの遺体を発見した女性——が住んでいるのは、通りの行き止まりにある赤い日干し煉瓦の家だった。隣家とのあいだには十五センチ程度の隙間しかない。マシューの到着が早かったと見え、音楽が大音量で流れていた。リビングの窓越しに、シャロン・ウィンストンがフィットネスのDVDをかけながら熱狂的な音楽に合わせて激しい運動をしているところが見えた。顔は紅潮し、汗をかいていたが、茶色いヘルメットのように見える髪はほとんど動いていなかった。マシューは呼び鈴を鳴らした。しかし反応がなかった。マシューがさらに呼び鈴を押すと、ようやく騒音を越えて呼び鈴が耳に届いたようで、シャロンはふり向き、マシューに小さく手を振ってから、画面を消して戸口にやってきた。紫色の花柄のレギンスと長いTシャツという恰好だった。

「すみません、あなたが来るまえにシャワーを浴びる時間があると思ってました」シャロンはその恰好のままでいるのをいやがっているように見えたので、着替えるので待っていてくれといわれるだろうとマシューは思った。だが結局そのまま、さっきまでエクササイズをしていた部屋に通された。「クロウ・ポイントにいたかわいそうなあの人のことはテレビで見たから、警察から連絡があると思っていました」

シャロンはマシューにコーヒーを勧め、インスタントコーヒーを注いだマグを二つ持ってきて、白っぽい木のテーブルにコースターを敷いてから、マシューのまえにマグを置いた。小学生の男の子がいるとロスに話したようだが、ここに気配はなかった。おもちゃがあるとしても、見えない場所に片づけたのだろう。家のなかに汚れはなく、これといった特徴もなく、モデルルームのようだった。小さな犬がカゴのなかで横になっていた。カゴにはカーテンと合わせた花柄のクッションが置いてある。マシューが部屋に入ると犬は頭を持ちあげたが、すぐにまた寝てしまった。

「うちの刑事と話をされたのは知っていますが」マシューはいった。「あの日なにがあったか、ひととおりわたしにも話していただけますか？　わたしが供述のメモを取るので、それにサインをいただきたいのです」

「ええ、もちろん」浜辺で死体に出くわしたときには動揺したのだとしても、それはもうとっくにおさまっていた。シャロン・ウィンストンは誰かの注意を引いていることを、あるいは話し相手ができたことを、楽しんでいるように見えた。

「お仕事はしていないのですか？」

「いまはしていません」こわばった笑みが浮かんだ。「一時的な中断ですけど」

どういうことなのだろう。最近クビになったのか。ストレスが多くて辞めたのか。くよくよするタイプには見えなかった。さっきのエクササイズにはどこか突き動かされているようなところがあったけれど。「それで、あなたはクロウ・ポイントの浜辺で犬の散歩をしていた。車は有料道路のあたりに停めたのですか？」

「はい。海岸沿いの家の近くに停めてから、砂丘を越えてビーチに出て、クロウ・ポイントに向かって歩きました。男の人が砂の上に倒れているのを見たのは帰る途中でした」

「あなたは一人でしたか？」

間があった。シャロンが嘘でやり過ごせるかどうか考えているのが、マシューにはわかった。

「捜査をしているといろいろな話を耳にします。なかには事件に無関係なこともありますし、すべてが法廷で明かされるわけではありません。しかしわれわれは詳細まで知る必要があるのです」

「浜辺で友人と会っていました」シャロンはいった。「男性です」

「その人の連絡先が必要です」

「わかりました」シャロンは顔をあげ、挑むようにマシューを見た。「でも、彼は既婚者なんです。だから職場に連絡を入れてもらえますか？」

マシューはうなずいた。「そうします。問題の日はどこで会ったのですか？　おなじ場所に車を停めましたか？」マシューはコリン・マーストンの証言を思いだしていた。

シャロンはうなずいた。

「男性の車はパサート、あなたの車はフィエスタで、男性はあなたより年上ですね？」

「そうです」シャロンはびっくりした顔でいった。「職場の上司だった人で、つきあっていることがばれてしまって。ものすごく恥ずかしかった。それで仕事を辞めなければならなかったんです」

いや、辞めなくてもよかった。男のほうが辞めたってよかったのだ。供述へのサインはあとでジェン・ラファティに取りにこさせようかとマシューは思った。ジェンならこの女性に道理をいい聞かせることができるかもしれない。

シャロンはマシューを見た。「夫は知らないんです。わたしが仕事に退屈して辞めたと思っています。辞めるのはかまわないんです。夫はわたしが家にいて家事をこなしたり、息子のそばにいられたりするのを喜んでいます」シャロンは間をおいてからつづけた。「あの午後、ビーチでとくになにかがあったわけではありません。子供じゃありませんから。砂丘で情熱的に愛しあったりなんてことはありません」また間があった。「でも、ずっと会いたいと思っていました。一緒にいるのが好きなんです」

「クロウ・ポイントに向かっているときに死体を見かけたのですか？」

「いいえ。帰るときに初めて見ました」

「行きにもそこに死体があったとしたら、気がついたと思いますか？」

「それはわたしもずっと考えていたんですけど」シャロンはいった。「わたしたちは話しこんでいました、お互いの近況を知ろうとして。しばらく会っていなかったんです、ディヴが学期の中間休みに家族と旅行に出ていたので。だけどやっぱり、死体があれば気がついたと思うんです。死体はまったく隠されていなかったし、わたしたちは行きも帰りもおなじ場所を通ったので」

もしそれがほんとうなら、ウォールデンはシャロンと恋人がクロウ・ポイントに向かって歩いていたあいだに殺されたのだ。リスクもあっただろう。もしかしたら、かなり無謀な犯人、危険を楽しむような犯人を探すべきなのかもしれない。それとも、自暴自棄な犯人か。

シャロンは空(から)になったマグのなかを見つめながらいった。「死んだ人と一緒にビーチに残されるのがいやだったんです。自分一人だけで。死体のそばに留まるべきだったのはわかりますけど、どうしてもできなかった。だからディヴと一緒に車まで戻った。ディヴは車で職場に戻りました、会議があったから。わたしはそこから警察に電話をかけて、待ちました」

「時間についていくつか教えてもらえますか？」マシューは尋ねた。「あなたがそこに到着した時間は？それから、死体を見つけた時間は？」これがわかれば死亡時刻が突き止められるかもしれない。病理学者から得られる情報よりもはるかに正確な時刻が。

「デイヴとは正午に会うことになっていたんですけど、向こうがちょっと遅れたんです」

シャロンが車のなかに座ったまま、恋人は来ないのではないかと不安になっていく様子をマシューは想像した。「確か、デイヴが着いたのは十二時半近くでした。わたしたちが最初に死体を見たのは二時十分です。時計で確認しました」

「ビーチにはほかに誰かいましたか？」

「わたしにわかったかぎりでは誰もいませんでした。まあ、わたしたちは話しこんでいましたから。将来の計画を立てていたんです、子供が理解してくれるくらい大きくなったときのために」

マシューはうなずいた。男のほうは守るつもりのない約束をして彼女をつなぎとめているだけではないだろうか。いずれにせよ、この情事から道徳に反するがゆえの興奮がなくなっても、彼女は二人の関係を楽しむのだろうか？　しかし人間関係のカウンセリングはマシューの仕事ではなかったし、アドバイスをする立場にもなかった。マシューは立ちあがり、大変助かりましたと伝えて家を出た。車のロックを解除したとき、また音楽が聞こえてきた。取り憑かれたような、熱狂的な音楽。体を動かすことで倦怠感や不安を払いのけようとしているのだろうか。

イルフラクームのほうが風が強かった。風は渦巻くようにして狭い道路を吹き抜けた。朝に海上気象予報を聞いていたので西からの風だとわかっていたが、どちらへ向かって歩いても向かい風になった。マシューはここにも早めに着いた。時間厳守は母から受けついだ呪いだった。母は時間に遅れるのは罪だと思っていた。待ち合わせまで余裕があったので、車をホープ・ストリートの坂のてっぺんに停め、徒歩で大通りを下ってから港へ向かった。フィッシュフライのにおいがした。シーズンに入ったばかりのいま、楽観的なカフェが何軒か店をあけていた。ギフトショップの店主が商品をすべてフロアの一方に寄せ、モップがけをしていた。

〈真実(ヴェリティ)〉と題されたダミアン・ハーストの彫像が、突堤の先端に立っていた。巨大な妊婦像で、勝ち誇ったように一方の腕を高く挙げている。片側から内臓がすべて見えるつくりになっているので、マシューは解剖台の上で皮膚を剝かれた遺体を連想した。ランディ島連絡船のオフィスでは、チケットを予約する人の短い列ができていた。待合室に女性が一人座っていた。体を守るようにコートを掻きあわせ、窓の外を眺めている。

「ミセス・ベイル？」いや、訊かなくてもわかった。その女性はひどく緊張して、臆病に、世界を怖れているように見えたから。

女性はいきなり立ちあがっていった。「三十分しかないんです」

「かまいません。それより長くはかかりませんから。よければわたしが昼食を買ってきましょうか」

「いえ、そんな。いつもサンドイッチを持ってきていますから。あとで机で食べます」

結局、二人でベンチに座った。海を見やりながら、コートをしっかり体に巻きつけて。アンジェラ・ベイルは外に出られたのを喜んでいるようだった。人に話を聞かれる心配がないからだろう。

「ブローントンでなにをしているときにミスター・ウォールデンを見かけたのですか？」

「仕事が休みの日でした。休日にはいつも母に会いにいくんです。母はブローントンに住んでいるので、バスで向かいます。それで、母がコーヒーをおごってくれる。それくらいはしなくちゃね、わざわざ会いにきてくれるんだから、といって。わたしたちが行ったあの川のそばのカフェは——そこであなたのいう男の人を見かけたんですが——二人のお気に入りなんです」

マシューはうなずいた。母親に会うためにブローントンへ向かうこの小旅行が、アンジェラの一週間のハイライトなのだとわかった。彼女はまだしゃべっていた。

「コーヒーを飲んだあとは母のためにスーパーマーケットでちょっとした買物をして、荷物を家まで運びます。最近、母は手に関節炎が出ていて、重い荷物が持てないので」

「ふだんは何時ごろカフェに行くのですか？」きっと毎週おなじ時間だろうとマシューは思った。この小旅行は儀式のようなものなのだろうと。

「バスが十時四十五分に到着して、それからまっすぐ歩いて向かうので、十一時くらい？母が先に着いていて、お気に入りの席を取っておいてくれました」

「バスにはイルフラクームから乗りましたか？」

アンジェラ・ベイルはうなずいた。

「ミスター・ウォールデンがおなじバスに乗っていることに気づいたりはしませんでしたか？彼もイルフラクームから向かったものと、われわれは考えているのですが」

「いいえ」アンジェラは答えた。確信があるようで、内気そうなところがなくなっていた。

「彼はわたしより先にカフェにいましたから。わたしたちの隣のテーブルについていました」

「どんな服装でしたか？」

「ジーンズですね。あと、デニムの上着」アンジェラはつかのま目を閉じた。「ベーコンのサンドイッチを食べていました。とてもおいしそうに見えましたが、母とわたしはいつもミルクコーヒーとスコーンを頼むんです」

「ミスター・ウォールデンと同席していた女性は？」

「女性のほうははっきり見えませんでした。こちらに背を向けていたので」

「年齢はどれくらいでしたか？」マシューは答えを誘導してしまわないように、そして失望が顔に出ないように気をつけた。

「若かったですね。まあ、最近では誰でも若く見えるんですけど」アンジェラはさらに確信がある様子でいった。「黒髪。緑色のコート。顔はまったく見えなかったと思います」

間があった。アンジェラが懸命に思いだそうとしているのがマシューにもわかった。アンジェラはマシューを喜ばせたがっていた。「彼女はなにかハーブのお茶を飲んでいました。それはにおいでわかりました。特徴になるようなものは見えなかった。なにも食べていませんでしたし。トーストとか、ビスケットさえ食べていなかった。そういう人を見るといつももったいないと思うんですよ。せっかくカフェにいるのに、家だったらもっとずっと安く飲めるようなものしか頼まないなんて」

「とても役に立つ情報です。先に店を出たのはどちらですか？　あの二人でしょうか、それともあなた方でしょうか？」

それは考える必要もないようだった。「ああ、あの二人です。急ぐわけではありませんでしたから、母とわたしは。わたしたちはのんびりするのが好きなんです」

「誰が支払いをしたか見えましたか？　男性のほうでしょうか、それとも女性？」

このときは、答えるまでに少し時間がかかった。「テーブルでは払っていませんでした。お店を出るときにカウンターで払ってた。女性のほうが払ったと思います」

「現金で払ったか、カードだったかはわかりませんよね」マシューは軽い調子のままいった。どんな形であれプレッシャーを与えたくなかった。しかしテーブルの下では指をクロスさせて幸運を祈っていた。もしもカードで払ったなら、女性の名前がわかる。

アンジェラは首を横に振った。「ごめんなさい。それは見えませんでした」それから時計を見た。「もう行かなければ」

マシューは立ちあがった。「とても助かりました」それはほんとうだった。一緒にいた女性がカードで払った可能性は残ったのだから。若い人はたいていカードで払う。

歩道に出ると、アンジェラ・ベイルは急ぎ足でフェリーのオフィスへ戻っていった。マシューはつかのま佇んだ。ホープ・ストリートの女性たちのどちらかが緑色のコートを着ていたことがないか思いだそうとして。

マシューはバーンスタプルに戻る途中、アンジェラ・ベイルがウォールデンを見かけたブローントンのカフェに立ち寄った。マシューとジョナサンは常連だった。この店は週末にすばらしいブランチを出すのだ。土曜の午前中ともなると列をつくってテーブルが空くのを待たねばならない。いまは比較的空(す)いていた。女性の二人連れが早めのアフタヌーンティーを頼み、ビジネスマンがノートパソコンに集中しながらサンドイッチを食べていた。リジーがカウンターにいた。リジーは店のオーナーで、接客の大半をこなしていた。

「あら、こんにちは、マシュー！　なににする？」

もう一杯コーヒーを飲みたくなったが、そろそろオフィスに戻らねばならなかった。

「悪いんだけど、リジー、仕事で来たんだ」マシューはウォールデンの写真をカウンターに置いた。「この男性に見覚えはある？」

リジーはぎゅっと目を細くして見つめた。伝票を扱うときには眼鏡をかけるのだが、見かけを気にして接客のときには外すのだ。「常連さんではないと思う」

「月曜日の午後にクロウ・ポイントで殺された男性なんだ。月曜の午前中にここでコーヒーを飲んだことがわかっている」

リジーはエプロンのポケットから眼鏡を取りだし、もっとじっくり写真を見た。「何時ごろ？」

「だいたい十時半ごろ。もしかしたらもう少し遅いかも。緑色のコートを着た女性と一緒だったはず」

「覚えてないわ。ここが午前中どんなだか知ってるでしょう。人の入れ替わりが激しくて大忙しなのよ」

「男性はベーコン・サンドイッチを食べながらコーヒーを飲んで、女性はなにも食べずにハーブティーを飲んだ」

「ああ、思いだした」リジーは勝ち誇ったようにいった。「人じゃなくて、注文のほうを。だけど、あなたがもう知ってることくらいしか教えてあげられないかも。その二人の外見はわからない」リジーは眼鏡を外した。「これがないと、わたしがどんなふうか知ってるでしょ」

「支払いはカードだった？　それとも現金かな？」

「わからない。確認しましょうか？」リジーは答えを待たずにレジに向かい、またもや眼鏡を鼻の上に載せた。「ごめん、現金取引だったみたい」

「いいんだ。ほかのスタッフにも訊いてみてもらえるかな？　なにか役立つことを覚えているかもしれない」マシューは名刺を差しだした。「なにか思いだしたら連絡して」

警察署のオフィスに戻ると、机にメモが残されていた。きれいな筆跡で、マシューはつかのま、チームの誰が書いたものだろうと考えこんだ。それから内容を読んだ。**お母さまから電話がありました。家に向かえますか？　緊急の用件だそうです。**

14

マシューの母親は、小ざっぱりとした平屋建ての家に住んでいた。七〇年代にできた家の建ち並ぶ、町の隅の小さな区画にある一軒だった。丘の上の土地で、河口までの景色が見渡せた。平屋建ての家は老人の住まいのように見えるが、一家はマシューが子供のころからそこに住んでいた。両親が結婚したときに買ったものだ。階段に苦労するようになるときのことを母がまえもって考慮に入れていたのだとしても、マシューは驚かない。母は生きるためのヒントを現在だけを見て拾ったりはしないのだ。

マシューはつかのま家の外に留まり、不安を抱えたまま車のなかに座っていた。母は緊急の用件で会いたいといってきたが、もしこれがなにか医療上の緊急事態なら、マシューではなくブレザレン教会の友人に連絡したはずだった。父の病気も第三者から聞いて知ったのだ。いま、マシューは緊張していた。もし母がまたいいたい放題のことをいうつもりだったら、そのために電話をかけてきたのだとしたら——おまえが父さんを殺したのだと責めるつもりなら――どう反応したらいいだろう。

マシューはこうなった経緯を思い返した。信仰がべつの確信に取って代わられ、それまでの人生が粉々に砕けた瞬間を頭のなかで再現した。それは大学一年生のときのことで、マシューはイースターの休暇で実家に戻ることになっていた。両親は、戻った翌日の夜の会合にマシューを連れていき、息子のことを自慢したいと思っていた。ブリストル大学に入った聡明な青年は、ブレザレンの全員にとって名誉であるはずだった。しかし、そのときにはすでにすべてが壊れはじめていた。マシューの自信はほつれ、不安が心に根づいていた。バーンスタプルで中等教育を受けていたころは優秀な生徒と見なされていたかもしれないが、知識と理解のあいだに溝があった。ブリストル大学でがんばって友達をつくろうとしたが、見えないところで笑われているのがわかって落ち着かず、ありのままの自分でいられなかった。なんでも一人で考えること、幼いころから身近にあった信念の体系を疑うことを余儀なくされた。

会合は、エクスムーアの端にある村の公会堂を借りておこなわれた。湿気があり、埃っぽく、ヒーターから灯油のにおいがした。けっこうな人数が集まっていた。おそらく五十人くらいはいただろう。郡のあらゆるところからブレザレン教会の会員がやってきた。べつにマシューの顔を見るためではなく、さまざまな物事が決まる四半期ごとの集まりだったからだ。デニス・ソルター――マシューの父親の葬儀を執りおこなった人物――が、会合を仕切っていた。当時はいまより若かったが、それでも広く認められたリーダーだった。デニスは会場に入った一家を出迎え、マシューを抱きしめて、しばらくそのままでいた。「このうえなく誇らしい気持ちだよ、きみ（サン）」まるでマシューがほんとうの息子であることを願うかのように、デニスはいった。

集まってきたグループを――たくさんの家族や、入信したての熱心な若者たちを――見ているうちに、マシューは突然理解した。夕方の日射しが土埃にまみれた草の葉のあいだを貫くように、宗教体験に近いビジョンの訪れがあった。ここにあるのは偽りだけだ。マッシュルーム形の帽子をかぶったひたむきな年配の女たちも、虚勢を張った、ほんとうは温厚な男たちも、みんな自分自身を欺いている。誰もがそれぞれ独自の理由でここにいた。権力を誇示するために。あるいは、ブレザレンとともに育って、臆病なせいか、単に習慣からか、自由になることができないから。理解とともに、解放が――自分はもう自由になんでもできる、なりたい人間になれるという感覚が――訪れた。

たぶん若いせいで傲慢だったのだろう。それとも、ストレスで弱りかけていたのか。いずれにせよ、マシューはこの突然の新しいひらめきについてしゃべらずにはいられなかった。この考えをぜひとも広めたかった。いままでとはちがうと感じ、自分に酔い、興奮していた。そこに座って、一言も信じていないと自覚しながら祈りの言葉を聞いていると、全員に向かって叫びたくなった。信じているふりをしたまま、ただ座っていることなどできなかった。最後に、全体への発言がある人はいますかとデニス・ソルターが尋ねたとき、マシューは挙手をして立ちあがった。

「ここにはほんとうのことなど一つもない。悪いけど、ぼくはなに一つ信じていない。もし信じている人がいるなら、その人は頭がおかしいんだ！」

沈黙がおりた。人々の戦慄した顔、信じられないという顔が次々に自分に向けられたところが、いまも頭に浮かぶ。母は小さく喘ぎを洩らした。その後のことは、あまりよく覚えていない。混乱と狼狽にまみれた曖昧な記憶があるだけだ。母と父に引っぱられて公会堂を出た。デニス・ソルターが悲しそうな、それでいて厳しい顔つきで戸口に立っていた。

「気は確かなのか？　ブレザレンに背を向けるというのかね？」

「嘘はつけません」マシューはそのときもまだ少々反抗的だった。

「きみが納得したらいつでも戻ってきてかまわない。だがそれまでは、われわれは赤の他人だ」それから一家を外に残してドアが閉ざされ、三人は車で家に帰った。母は道中ずっと泣いていた。

翌日、マシューはブリストルへ向かい、担当の指導教官に会って大学を辞めると告げた。

次の日には保険会社でデータ入力の仕事をはじめた。生活費を稼がねばならなかった。翌週になると、警察に応募書類を出した。自分に必要なのは規則や、正義の概念だと気がついたからだ。混沌をまえにするとパニックに陥るのだ。両親とは、気乗りはしないながらも努めて連絡を取るようにし、バースデイカードやクリスマスプレゼントを送った。返事はなかった。最初のころはときどき父から電話があり、信仰を捨てることについて考えなおしてくれないかといわれた。「母さんのためという理由だけでもいいから、つづけることはできないのか？　母さんの心は粉々だ」

しかしマシューは頑固だった。「嘘はいけないと教えてくれたのは母さんだよ」バーンスタブルに移ったとき、マシューは一筆書き送ったが、連絡を取りあうようにはならなかった。離れていた時間があまりにも長かったので、溝にどう橋をかけたらいいか、どちらにもわからなくなっていた。

近隣の人から父の状態を聞いたとき、マシューはすぐ母に電話をした。母は怒りで言葉も出ないようだった。

「わたしに電話をかけてくるなんて、どういう神経をしているのかしら。あの心臓発作は自分のせいだとわかっているでしょう？　《ノース・デヴォン・ジャーナル》で見たわ。男と結婚するなんて」最後の言葉は爆発さながらだった。まるで電話に向かって、マシューに向かって、唾を吐きかけているかのようだった。

病院へ父の見舞いにいきたかったが、その勇気が持てなかった。母の非難に一抹の真実が混じっているのではないかと不安だったし、病棟で母に出くわすのもいやだった。母はどこでも平気で騒ぎを起こすから。しかし父には会いたかった。あの夏の日に、一緒に沿岸の農場を訪れたときにしたように、ラグビーや音楽の話をしたり、手を握ったりしたかった。

窓の向こうでレースのカーテンが動いた。母に見られていたのだ。マシューは車を降り、呼び鈴を鳴らした。窓からこちらを見ていたことは知られたがらないだろうから、カーテンが引きつるように動いたのは見なかったふりをしたほうがいいだろう。

母とはもう二十年会っていなかった。最近町なかで、偶然遠くから何回か見かけたのを除いて。母はあまり変わっていなかった。小柄で、年齢のわりに健康だった。健康的な食事へのこだわりが父を助けることはなかったようだが、母には効いたらしかった。いまでもほぼ毎日町まで歩いて買物にいっていた。運転は覚えなかった。母はさっと脇へどいてマシューを通した。マシューのことをひどく恥じているので、息子がここに来たことを近所の人に知られたくないらしい。

「もっと早く来ると思ってたわ」

「さっき伝言を受けとったばかりなんだよ。仕事で外に出ていたから」マシューはけんか腰にならないように努め、楽しかったころを思いだそうとした。ごく幼かったときに読み聞かせをしてくれたこと、馬鹿げた声を出して笑わせてくれたこと、運動会のときに声援を送ってくれたこと、ビリから二番めでもよくやったといってくれたこと。マシューに、そして聞いてくれる人なら誰にでも、うちの息子はきっと立派な牧師になるといっていたこと。

「スーザン・シャプランドが来ているの」母はいった。「心配で頭が変になりかけてる」

その言葉はちょっとした謝罪のように聞こえた。

二人は玄関ホールに立っていた。木材チップの壁紙が以前とおなじだった。壁紙は昔から、父が二年ごとに新しいものに貼り換えていた。いまもまだきれいで明るい色をしていたので、きっと病気になる直前に貼り換えたのだろう。母親が囁き声でつづけた。「スーザンはほかにどうしたらいいかわからなくてここへ来たの。おまえが助けてくれると思って」

スーザン・シャプランドは寡婦で、母の親友だった。父の葬儀のときもマシューの代わりに母のそばにいてくれた。マシューはなんと答えていいかわからなかった。

「入ってちょうだい」母がいった。「スーザンが自分で説明するでしょうから」

居間に足を踏み入れると、過去に戻った。プルーストの小説で主人公がマドレーヌの香りに触れた瞬間とはちがう。ここでの記憶は味やにおいではなく、いくつかの小物が引き金となってよみがえった。コーヒーテーブルの上に、タンポポの綿毛を丸ごとガラスに封じこめたペーパーウェイトと、ペグソリティアの木製ボードがあった。盤上の球はなめらかで、所定の位置に収まっている。暖炉の上には両親の結婚写真があり、その隣にはパーク・スクールへの登校初日に撮ったマシューの制服姿の写真と、十一歳のときに陶芸の授業でつくったマグが飾ってあった。スーザンはガスストーブの横の安楽椅子に座っていた。そこはいつも父が座っていた場所だったので、マシューは一瞬むっとした。しかしスーザンが泣いていたので、苛立ちはすぐに消えてなくなった。

「スーザンのところのクリスティンが」マシューの母がいった。「行方不明になったのよ」

そういわれてようやく、スーザンに自分とおなじ年ごろの娘がいることをマシューは思いだした。ときどき一緒に遊んだものだった、ブレザレンの会合が長引き、会員たちが教義や実践の難解な点について長々と議論していたときなどに。会合のときに帽子はかぶったままでいるべきか、それとも脱ぐべきか？　処女懐胎は、ほんとうはなにを意味するのか？　マシューの記憶するかぎり、こうした疑問がどれも等しく真剣に論じられた。

クリスティンは物静かな子供だった。黒髪に、茶色い目。ぎこちない歩き方をして、ゆっくりしゃべった。やがてマシューは成長して大人になったが、クリスティンはならなかった。いつも人とちがって見えた。十三歳のときにまだ人形を持って会合に現れ、親指をしゃぶっていた。クリスティンは今後も成長しない、ダウン症だから、そういうふうに生まれついたからと、マシューの母は説明した。スーザンとセシルが背負った十字架だったが、祝福でもあった。クリスティンはずっと無垢なままなのだから。マシューが覚えているかぎりでは、クリスティンは家を出たことがなかった。

マシューはスーザンの隣の椅子に座った。「なにがあったか、話してもらえますか?」

「あなたのお父さんのお葬式に、クリスティンを連れていきたくなかったの。退屈して、ふらふら歩きまわって、ほかの人たちを驚かしたり、邪魔になったりするんじゃないかと心配だったから。グレイスを覚えてる? わたしの妹の。彼女はすごく社交的というわけじゃないから、家で留守番をするのもいやがらなかった。デニスが二人の代表として行けばいいからって」

マシューはうなずいた。グレイスのことはもちろん覚えていたが、ひとえにデニス・ソルターの妻だったからだ。グレイスはやさしかったが内気で、デニス・ソルターの陰にいるだけで満足そうだった。デニス・ソルターは影響力が大きく温厚でもあったので、ブレザレンをまとめる適役だった。マシューが例の会合で爆発するまでは、幼かったマシューのことも庇護し、力づけてくれた。グレイスについてマシューの記憶があやふやだったとしても驚くにはあたらなかった。ときどき会合に子供たちのためのお菓子を持ってきて、ほかの大人が見ていないと思うとそれをこっそりバッグから渡してくれたが、いま、それ以外に思いだせることはほとんどなかった。「もちろん」

スーザンは話をつづけた。

「それで、デニスが月曜日の朝にうちのクリスティンを迎えにきたの。昨日の夜まで向こうにいることになっていた。就寝時間のまえには戻ってくると思っていたのよ。でも、あの子は送られてこなかったから、二人がもう一晩泊めてくれることにしたんだと思ったの。わたしを休ませてくれようとしたのかと。電話をかけたんだけど、グレイスはいつも出ないから。あの家は寝る時間が早くてね。もしなにか問題があれば知らせてくるだろうと思ったのよ」話が進むにつれ、スーザンはまた動揺し、アクセントが強くなった。「それで、今日の朝一番に電話をかけたら、クリスティンはいないとグレイスにいわれた」

「いついなくなったのですか？」一番起こってほしくなかった事態だとマシューは思った。殺人事件の捜査の最中に、自分の身を守るすべのない行方不明者が出るとは。偶然の一致なのかどうか疑問に思い、つながりを疑いもした。ルーシー・ブラディックもラヴァコットに住んでいて、おなじくダウン症だったからだ。

「それはわからない。正確には」

「よければ説明してみてください」

「あの子は週に三回、ウッドヤードに通っていた。デイセンターに。なにより、わたしが休めるように」

マシューはうなずいたが、脈拍が速まるのがわかった。

「昨日も、いつもどおりデニスがあの子を連れていった。それで、午後に迎えにいってクリスティンを待ったんだけど、ほかの子たちと一緒に出てこなかったから、マイクロバスに乗って家に帰ったんだろうと思ったって」スーザンの声が突然温かみを帯びた。「かわいそうに、デニスはひどい状態になってる。クリスティンがいなくなったことと、わたしに確認の電話を入れなかったことで自分を責めているの。だけど、デニスはデニスでべつの緊急事態に巻きこまれていた。昨日の午後、ブレザレンの会員に具合が悪くなった人がいてね。だからラヴァコットに戻ってすぐにまた出かけなきゃならなかった。昨夜わたしが家に電話したときには、その人と一緒に病院の救急医療科にいたんですって」

「では、クリスティンは昨日のうちにいなくなったということですか？」マシューは間をおいてからつづけた。「デイセンターには確認しましたか？」昨日は一日の大半をあそこで過ごした。わたしが日の当たる場所に座って夫とおしゃべりをしていたあいだにクリスティンが姿を消した可能性もある。マシューはディセンターのなかを通ったのを思いだした。あのときクリスティンはキッチンにいて、シンクのまえでじゃがいもの皮を剝いていたのかもしれなかった。

「わたしはなにもできなかった！」スーザンがいった。「どこから手をつけていいかわからなかったの。ドロシーの家に来たのは、あなたが刑事だって知っていたから。どうやってあの子を探したらいいか知っていると思って」

クリスティンがいなくなったことがわかったとき、なぜすぐに警察に通報しなかったのか尋ねようかと思った。しかしスーザンの気分はすでにどん底なのだ。いま責めたところで意味がなかった。スーザンはここに来て、その結果マシューもここにいる。家族の家に戻り、ようやく誰かの役に立とうとしている。

「クリスティンの写真はありますか？」

「ここにはない」スーザンがひどく動転して見えたので、また泣きだすのではないかとマシューは心配になった。「思いつきもしなかった」

「車で送りましょう」マシューはいった。「母が一緒に行ってもいい、話し相手として。もしクリスティンが自力で戻るようなことがあれば、あなたは自宅にいたほうがいいでしょう」

「ああ、もちろん！」スーザンはショックを受けたように顔をあげた。「それも考えもしなかった」スーザンはみるみるうちに恐慌をきたし、パニックに呑みこまれた。

「そのあいだに、わたしは署に電話を入れて、捜索に取りかかります。クリスティンを見つけるためになにができるか確認しましょう」

スーザン・シャプランドは小さなコテージに住んでいた。ブローントン・マーシュに近い低地で、トー川の支流の小川沿いに三軒並んだテラスハウスのうちまんなかの一軒だった。マシューの家からも、ウォールデンの遺体が見つかった場所からも、三キロほどしか離れていなかった。スーザンはクリスティンが行方不明だと気づいてすぐに、タクシーを呼んでマシューの母の家へ向かったにちがいない。衝動的な行動だ。この危機に一人で立ち向かうことはできないとわかっていたのだろう。マシューが子供だったころ、ここの小川は放置されて草木が生い茂っていて、工業用地だったころの名残りがあった。石炭用の波止場と、小さなクレーンの錆びた残骸。十九世紀には、この郡に石炭を運んできた船はここに係留され、近くで掘りだされた粘土を積んで出ていった。いまでは自然保護区の一部になっている。おそらくコリン・マーストンが毎日のように土手に沿って歩き、鳥の個体数を調べていることだろう。

シャプランド家のコテージは低い場所にあり、湿っていた。スーザンは外から染みこんでくる湿気と闘うのをとっくにあきらめているようで、窓台に生えたカビが天井まで広がっていた。クリスティンと一緒に引っ越したらどうかと勧める人はいないのだろうか。ここを買い取って住みやすいように改修したいという新参者もきっといるだろう。しかしいまのままではとても住みやすいとはいえなかった。こうした家のことについてはおそらく夫のセシルがまとめ役だったのだろう。母が最後にここへ来たのはいつだろう。母が大喜びで窓を開け放ち、漂白剤をスプレーして、ぴかぴかになるまで磨いているところをマシューは想像した。

二人は散らかったリビングに座って待ち、そのあいだにスーザンは急いで写真を探しにいった。

「二、三カ月まえにウッドヤードに男の人が来て、この写真を撮ったのよ」

クリスティンには、マシューが一緒に遊んだ少女だったころの面影がまだあった。短い黒髪、ぽっちゃり気味の体形。やっぱりウッドヤードで調理実習をしていた女性だとマシューは思った。クリスティンは恥ずかしそうに笑みを浮かべながらカメラを見ていた。

「とても助かります。クリスティンのいまの年齢は？」

「四十二歳」スーザンは答えた。「だけど頭のなかはちがう。頭のなかでは、あの子はまだ小さな女の子だから」

「最近、誰かに痛いことをされたり、不快に思うようなことをさせられたといっていませんでしたか？」

ジョナサンはときどき、ウッドヤードのサービス利用者が性的虐待を受けている可能性があると家で話した。親類や介護者に対する申立てだった。マシューは一度も起訴まで持ちこめたことがなかった。一人の被害者の言葉に頼るしかないのだが、被害者はたいていの場合、なにがあったか説明する言葉を持たなかった。裁判を脅威に感じるのはまだいいほうで、進行中の事態に対して理解の限られたクリスティンのような人にとっては、もっとひどい経験になることもあった。

ここではなにかふつうでないことが起こっている。マシューの頭を思いつきや可能性がよぎったが、それははっきりした形をなさず、しっかり捉えるのは困難だった。ルーシー・ブラディックは勇敢で、ウォールデンと一緒にいて不快なことはなにもなかったとはっきりいっていた。しかしウォールデンは、ルーシーを手なずけ、つけ回していたようにも見える。もしかしたら、ルーシーは無垢な目で世界を見ているせいでそれに気づかなかったのかもしれない。話に聞いたかぎりでは、ウォールデンは保護の必要な成人（ヴァルネラブル・アダルト）とセックスをすることに興奮を覚えるタイプではなさそうだったが、マシューは実際に会って確かめたわけではない。もし心が壊れそうだったのなら、従順で容易に支配できそうな女性と一緒にいることがなにかしら励ましになっていたのかもしれない。しかしウォールデンにクリスティンを誘拐することはできない。クリスティンが姿を消した時間には、ウォールデンはすでに死んでいたのだから。だったら、これはどういう話なのだろう？　ほかの人々を巻きこんだ虐待の輪があるのだろうか？　もし学習障害のある成人がウォールデンに襲われたのなら、そして家族がそれに気づいたなら、殺人の動機にならないだろうか？

スーザンはまだ答えなかった。恐怖をたたえた目でマシューを見つめていた。それからようやく口を開いた。「クリスティンはいい娘よ。あの子はそんなことはしない」

「クリスティンの責任ではありません」マシューはいった。「そういうことがあるとすれば、それは全面的にクリスティンのせいではないのです。わかりますか？　保護の必要な女性につけいろうとする男たちがいるのです。最近、変わったところはありませんでしたか？　幸せそうでしたか？」

また長い沈黙があった。

「わたしたち、あまり話をしないのよ」スーザンはいった。「そういう話はぜんぜんしないの。感情の話なんかは。父親のほうが仲がよかった。あの二人はそういう話もしていたと思う。わたしたちは実際的な話だけ。ごはんに何が食べたいかとか、洗濯してほしいものがあるかとか。それから一緒にテレビを見るの。わたしたちはお互いの存在に慣れきっていた。決まった手順があった。あの子が動揺するのは、予定外のことが起こったときだけ。それはほんとうに嫌いだった。いま起きていることもいやがっているはず。決まった手順を外れたせいで、ウッドヤードで過ごしたり、テレビで連続ドラマの〈コロネーション・ストリート〉を見たりできなくなって」スーザンは顔をあげた。「あの子を見つけて」

マシューはうなずいた。そしてここを出たら、署にいる警官たちにこれがどれほど重要な事件か知らせるといった。マシューはスーザンを狭くて暗い居間に残して立ち去ろうとした。だが、母がドアまで見送りについてきた。

「あとで戻ってきてほしい？」マシューは尋ねた。「家まで乗せることならできる」

「いいえ」母はきっぱりといった。「一晩泊まるかもしれないし、もしバーンスタプルに戻る必要があれば、タクシーを使えばいいんだから」信仰を捨ててブレザレンから離れたのを許されるほどのことはまだしていないと、はっきり告げられたも同然だった。

15

モーリス・ブラディックは、ウォールデンを殺した犯人が捕まるまでルーシーを家から出さないことに決めた。警察は明らかにウッドヤードがなんらかの形で関係していると思っているようなので、娘を危険にさらす気になれなかった。絶対に駄目だ。たまには二人一緒に庭で一日を過ごすのもいいだろうとモーリスは思った。ルーシーにとっては、ソーシャルワーカーにいつもいわれているように運動をすることになるし、気候がよくなってきたのでモーリスも庭に出たくて仕方なかったのだ。手を土まみれにし、肺に新鮮な空気を入れたかった。そのあと、自分たちへのご褒美として〈ゴールデン・フリース〉にお茶を飲みにいってもいい。それならルーシーも喜ぶだろう。おしゃれをする口実ができるといつだってうれしがるのだから。

だが、ルーシーにはべつの考えがあった。ルーシーはいつもとおなじように起きて身支度をし、朝食の席に着いたときにはバッグを持っていた。

「おはよう、ルーシー。今日はウッドヤードは休んだらどうかと思ったんだがね」モーリスは自制しつつ、努めて明るい声を出した。

「どうして？」ルーシーはシリアルの箱に手を伸ばし、ボウルを縁まで満たすと、答えを求めてモーリスを見つめた。

「家で一日を過ごして、それから〈ゴールデン・フリース〉に行ったらどうかと思ったんだ。ちょっとした贅沢だ」

「〈ゴールデン・フリース〉には、わたしがウッドヤードから帰ってきてから行けばいいじゃない」ルーシーは、問題はもう片づいたといわんばかりにシリアルを食べはじめた。こういうところは母親譲りだった。こういう頑固さや、説得を充分聞こうとしないところは。だが、ルーシーが決まった日課を好むことはモーリスにもわかっていた。なにかいつもとちがうことが起こると途方にくれてしまうのだ。

それでも、もう一度だけいってみた。「しかし、あそこの男の人が殺されただろう」

「ウッドヤードで殺されたわけじゃないでしょ、父さん。ビーチだった」モーリスはこれにはなんとも答えられなかった。

「だったら、私が車で送り迎えをするよ。無事に施設のなかまで入るところを見届けないと」

もちろん、ルーシーは送り迎えには賛成した。広場にあるバス停とのあいだを歩かなくて済むからだ。それに、ウォールデンから話しかけられたりお菓子をもらったりすることがなくなったので、バスに乗るのももうそれほど楽しくないのだ。ルーシーはとっておきの笑みをモーリスに向けた。

風が強くなってきた。バーンスタプルに向かって運転していると、川に突風が吹きつけるのが見えた。天気が変わりかけているいま、もう土いじりをする気は失せてしまったが、やはり雨が降りだすまえに少々庭で過ごしたほうがよさそうだとモーリスは思った。ウッドヤードに着くと車を停め、ルーシーと一緒にドアまで歩き、ルーシーがガラスのトンネルを抜けて安全にデイセンターに入るまでそのまま少し離れてついていった。馬鹿げているとわかってはいた。こんなに人目のあるここで、いったいなにが起きるというのだ？

しかしデイセンターのなかにいたって、事故が起こることはときどきあった。ルーシーの友人のローザについて、ローザの両親はセンター通いをやめさせて安全な家に留めようと考えたわけだが、もしかしたらそれが正しかったのかもしれない。ルーシーのような人々をもっと自立させようとする昨今の風潮は行きすぎだとモーリスは思っていた。もちろん、彼らが恥ずべき存在であるかのように施設に監禁されていた暗黒時代に戻るべきだとは思わない。だが、彼らは守られる必要がある。適切なケアを受ける必要がある。昔は、デイセンターは安全な場所に思えた。いまはそこまでの確信はなかった。

モーリスはまっすぐ帰宅する気になれなかった。気持ちが落ち着かず、なにをやっても集中できそうにない。そこでカフェに行き、ソーセージのホットサンドを注文して席に着くと、窓の外を眺め、満席になってテーブルを空けてほしいといわれるまで、風に流れる雲が水面に映るのを見つめていた。

16

二人は朝早くから仕事に取りかかった。ジェンは階級が上であることを盾に、自分が運転するといい張った。そうすれば旅費が支払われるからであり、ジェンにはとにかく現金が必要だった。町外れのしゃれた新しい住宅地に建つ非の打ちどころのないこぢんまりした家にロスを迎えにいくと、メラニーがなかへ通してくれた。

「入って、ちょっと待ってて。もうすぐだから。朝、ロスがどんなふうか知ってるでしょう？　わたしより長く洗面所にいるんだから」メラニーはいかにも絶望的といった顔で目をぐるりと回してみせたが、きっとロスがなにをしても許してしまうのだろうとジェンは思った。メラニーにもどこか、嫌いになれるようなところがあればいいのに。メラニーはその家とおなじように非の打ちどころがなかった。染み一つない肌も、仕事用にすでにスタイリングの済んだ髪も完璧。そのうえやさしかった。そして高齢者の施設でマネージャーとして働いていた。十六歳で学校を出てすぐにケア・アシスタントの仕事をはじめ、人手が足りないときはいまでもみずからおむつを替えたり、葬儀の手配をしたりしていた。ジェンが知るかぎり、メラニーの唯一の欠点は男の趣味の悪さだった。メラニーとロスはティーンエイジャーのころからつきあっているのだが、メラニーはいまでもロスを崇めていた。

階段の一番下までやってきたロスは、ジェンに対して待たせたことへの詫びらしき短い会釈をし、妻にハグをした。愛情に満ちていながらセクシーでもある本物のハグだった。その瞬間、このカップルに対して自分がほんとうに抱いている感情は嫉妬だとジェンは気がついた。

高速道路のM5号線を走っているあいだじゅう、ロスはとりとめもなくおしゃべりをした。先週末にあったコーンウォール・チームとのラグビーの試合のこと、試合終了間際にドロップゴールを決めて土壇場で勝利をもたらした自分の栄光の瞬間のこと。ジェンの元夫もラグビーをやっていた。ロスの話は、かつて家で興味のあるふりをしながら聞かなければならなかった話と大差なかった。しかしいまはちがった。ロスはただの同僚だし、なによりジェンが以前とはちがった。関心のあるふりをする必要はなかった。だからロスが息継ぎをした瞬間に口を挟んだ。

「知ってるでしょ、そういうスポーツみたいなクソには一ミリも興味ないんだけど？」

ロスは驚き、気分を害して口をつぐんだ。その後の数キロは沈黙のうちに進んだ。馬鹿なことをしたとジェンは思った。ロスはロビーじゃないし、二人でやらなければならない仕事もあるのに。ロスとうまくつきあうためにもっと努力をするべきだった。

「それで、ウォールデンの妻とアラン・スプリンガーに約束を取りつけてくれたんでしょう。どっちと先に会うの？」

「スプリンガーだ。なかなか面倒だった。自宅には来てほしくないというもんだから」

「なにか隠し事があるような感じ？」

「もしかしたら。だが無理強いすべきじゃないと思った。姿を消されても困るし、いまおれたちの手もとにあるのはあの留守番電話だけだから。携帯電話の位置情報を見ても、ウォールデンが死んだとき、ノース・デヴォンのあたりにいたという記録もないわけだし」

「だったら、どこで会うの？」ジェンはそういって、高速道路を降りた。

「地元の警察署。ベドミンスターの。取調室を押さえてある。ボスがあそこの警部を一人知っていて、手を回したんだ」

「スプリンガーは自宅で話すより、警察署に出向くほうがいいっていうの？」

「そうだ」

時間稼ぎのためにいい加減なことをいってるんじゃない？　ちゃんと現れるといいけど。

ジェンはそう思った。

ふたをあけてみれば、スプリンガーは二人よりも先に到着していた。二人が署に入るとすでに待っていて、受付にいた警官がスプリンガーのほうを向いてうなずいた。背が高く、筋肉質でがっしりした体つき。髪は砂色で、目は青だった。取調室に入ると、スプリンガーは見るからに気楽そうな、くつろいだ様子で、テーブルを挟んで二人の向かいに腰をおろした。

「今日はわざわざありがとうございます」

「いいんですよ。サイモンのことは残念です」ジェンが留守番電話で聞いたのとおなじ、ブリストルのアクセントだった。

「サイモン・ウォールデンとはどんなふうに知りあったんですか？」二人のあいだでは、ジェンが話を進めることに決めてあった。

「一緒に軍隊にいたんです。そこで友達になりました、同郷だったのもあってね。結婚したのもだいたいおなじころだったし、サイモンが辞めてすぐにおれも軍隊を辞めた。サイモンが元妻のケイトと一緒にビジネスをはじめたとき、少しばかり投資もしたんですよ」

スプリンガーはまっすぐにジェンを見ていった。「大きなまちがいでした。友達とビジネスをしてはいけない」

「詳しく話してください」

「ケイトのほうがビジネスの中心でした。もともとサービス業に従事していたし。サイモンが軍隊を辞めると、ケイトはサイモンにもっと家にいてほしいといったんです。軍人の妻になるのはすごくいやがっていましたからね。一人で家に残されたり、数年ごとに引っ越したりするのはまっぴらだって。それで、サイモンが辞めると二人で小さなレストランを買ったんです。サイモンがシェフを、ケイトが経営と接客をやればいいといって。共同経営で」スプリンガーは間をおいてからつづけた。「サイモンはそのアイデアにほとんど口出しもしませんでした。どこかの厨房で働いて、それで一日を終えられるなら満足だったんでしょう。大きな責任もないとなればなおのこと。サイモンは野心的なタイプではなかったし、市民生活に戻るための時間も必要だった。一番望まないのが、ストレスが増えることだった」

スプリンガーはいったん口を閉じて、脚を伸ばした。「だけど最初はうまくいっていたんですよ。サイモンは腕のいいコックで、地元の常連客もついた。そのあとですよ、いろいろなことが崩れはじめたのは。レストランが急激に忙しくなったせいかもしれない。責任ある立場に置かれるようになったプレッシャーのせいかもしれない。サイモンは酒を飲みはじめました。元兵士によくあるプレッシャーへの対処方法ですね」

「子供を死なせてしまったからお酒を飲みはじめたんでしょう」

スプリンガーは首を横に振った。「反対です。酒を飲んでいたから子供を死なせてしまった」

「でも法定基準値を超えてはいなかった」

「そうです。まあ、運が悪かったんでしょう。その日、一緒にいたんですが、おれなら運転して帰ったりはしなかった」

室内に沈黙がおりた。外の廊下で誰かが悪態をついていた。

「どうして電話をかけたんですか？」ロスが我慢できなくなって割りこんできた。ジェンは二人で飲んでいたというその日のことをもっと知りたかったが、スプリンガーはすでにロスの質問に答えかけていた。

「金を取り戻したかったんです。どうしても必要だったんですよ」

「レストランに投資した金ですか？」

スプリンガーはうなずいた。「ケイトに会いにいったんですが、レストランも家も売って半分に分けたそうで、支払いは拒まれました。サイモンは現金を持っているし、あれはあなたとサイモンのあいだの個人的な取り決めだったでしょう、といわれて」

これでウォールデンがホープ・ストリート二十番地の家賃を払えた理由がわかった。残りのお金はどこに貯めこんでいたのだろう。だが、チームの誰かがすでに銀行口座を調べているはずだった。だからすぐにわかるだろう。

「どうやってサイモン・ウォールデンの居場所を突き止めたんですか？」

「それもケイトからです。向こうから連絡があったといっていました。サイモンが固定電話からかけてきたので、番号をメモしておいたと。心配だったのか、それとも居場所を知っておきたかったのか」スプリンガーは間をおいた。「ケイトはべつの男を見つけました。今度は彼女自身と似たタイプですよ。ソフトウェア関係のビジネスをしていて、クリフトンのでかいフラットに住んでいるような。両親からも反対されないような男」

「ご家族は、ウォールデンとの結婚には反対だったんですか？」

スプリンガーは肩をすくめた。「おれはそんな印象を受けました。サイモンはつねに実力を証明しなきゃならないと感じているようだった。ずっと不全感につきまとわれていた」

「あなたがメッセージを残したあと、ウォールデンから折り返しの電話はありましたか？」

「はい。しばらくあとに」スプリンガーはそれだけ答えてピタリと口を閉じた。

「それで、お金は返してもらえたんですか?」

また沈黙があった。「いずれ返すと約束はしてくれました。だけどそのいい方にどこか……完全には信じられないようなところがあって。いまはあるプロジェクトのせいで金が動かせないんだといっていました。どうしてもやらなきゃならないことなんだ、と。だから、返すけど、少し待ってもらうことになるかもしれないって」スプリンガーは間をおいてからつづけた。「おれは待てないといったんです。妻が子供をほしがっていて。いや、二人とも子供を望んでいるんですが、妻のほうが必死で、でもまだできなくて。国民保険サービスの範囲で一回だけ体外受精を試しました。プライベート医療サービスに入ろうという話もしましたが、補助教員をしている妻と、ジムで働いているおれの収入では金銭的に厳しいんです」スプリンガーは顔をあげて二人を見た。「おれたちは友達でした。一緒に軍務にも就いた。サイモンは、おれがどんなにあの金を必要としているか知っていたし、おれにとって結婚生活がどれほど大きな意味を持っているかもわかっていた」スプリンガーは間をおいた。「サイモンは、わかるよ、金はいずれ返すといっていた」

「でもその約束を果たさなかった?」

スプリンガーはうなずいた。「そう、果たさなかった。少なくとも、まだ果たしていない。果たさないまま死んでしまった。いまとなってはもう取り戻せない」

「直接会いにいきましたか？　ケイトから住所を聞きましたよね」

スプリンガーは顔をあげた。「おれがサイモンを殺したと思うんですか？　たった二万ポンドのために？」

今度はジェンが肩をすくめた。「もっと少額のために殺す人だっている」

「だけど金は戻ってこなかった」スプリンガーは、とうとう憤慨して立ちあがった。「サイモンがあの金をどうしたのかはわからない。きっともうわからないまま終わるんでしょうね」

ウォールデンの前妻のケイトは夫の姓を名乗っていなかった。新しいパートナーと暮らしているフラットはクリフトンにある。道路に沿って湾曲した石づくりの大きな建物の一室だった。ケイトは戸口に立ち、握手の手を差しだした。

「ケイト・ディキンソンです」冷静で上品。スキニージーンズに包まれた長い脚。上は白いリネンのシャツ。髪も上品に整えられてつやつやだ。季節労働のコックと一緒にいるところはちょっと想像がつかなかった。

ベドミンスターは混雑していた。歩道は買物客、ベビーカー、流れの速い車道を避けて違法に乗りあげた自転車で混みあっている。〈エクスプレス〉チェーンのスーパーマーケットや一ポンドショップが建ち並び、募金活動をしている人や大道芸人の姿もそこここに見られた。まるで別世界だった。穏やかで、明るかった。ケイトのアパートメントは二階で、家の幅いっぱいに広がるリビングがあって、まえを向けば丘陵の景色が、うしろを向けば屋根の並ぶ町が見渡せた。磨きこまれた硬材の床の上には高級な家具が並んでいる。色がほとんどなく、雑多な感じはまるでしない。さまざまな濃さのグレーが並んだパレットのようだった。

「サイモンのことでいらしたんですよね」ケイトにコーヒーを勧められ、ジェンはちらりとキッチンを覗いた。思ったとおりのキッチンだった。御影石とクロムメッキでできていて、見えたかぎりでは汚れた鍋など一つもない。ここもやはり、ホープ・ストリートにある芸術家の家とはかけ離れていた。バーンスタプルにあるジェンの家ともかけ離れていた。コーヒーも、高級志向に似合う上品な音をたてるマシンから出てきた。ジェンは油性のワックスクレヨンで壁に落書きしたいという欲望に打ち負かされそうになった。

「最後に連絡があったのはいつですか？」

ジェンとロスはソファに座り、ケイトは向かいの椅子に座って、曲げた脚を体の下にたくしこんだ。

「何カ月もまえです。クリスマスよりまえなのは確かですね」

「もっとはっきりした時期がわかりませんか？」

ケイトは小さく勝ち誇ったような笑みを浮かべて顔をあげた。思いだしたのだ。「ああ！　十月の終わりごろでした。隣のフラットにアメリカ人が住んでいるんですけど、外にハロウィーンのカボチャを飾っていましたから。出かけるときにそれを見かけたのを覚えています。ガイと一緒に――わたしのパートナーです――劇場に行こうとしていたんです。わたしが越してきて間もないころでした」ケイトは間をおいてからつづけた。「わたしの携帯電話が鳴りはじめて。サイモンからで、ひどい状態でした。もちろん酔っていて。それには慣れていましたけど、そのときは錯乱状態でした。自殺行為に近いというか。なにをしてあげるべきか、どうしたら助けられるのか、まったくわかりませんでした」

「ほんとうに自殺願望があったんですか？」

「そう思います。罪悪感に押しつぶされそうだ、自分を赦すことができない、といっていました。この苦痛を終わらせるには自殺するしかないと。なだめようとしましたが、ぜんぜん聞いていませんでした。わたしでは役に立たないとわかりました」

それに、恰好いい、新しいパートナーが待っていたわけだし。最初のチャンスを逃したくなかったんでしょう。

ジェンはそう思いかけてから、それは理不尽だと自分にいい聞かせた。ケイトになにができたというのか？　それに、ウォールデンにはケイトに罪悪感を抱かせる権利などないではないか。

「では、それが彼と話した最後ですか？」

「いいえ」ケイトはいった。「ちがいます。先に説明するべきでしたね。サイモンはその数週間後に電話をかけてきました。わたしのほうは携帯電話にかけて連絡を取ろうとしていたのですが、あの晩酔って携帯をなくしてしまったそうで。固定電話からかけてきたんです」

「では、アラン・スプリンガーがお金を返してくれとあなたのところに来たときに伝えた番号はそれだったのですね？」

ケイトはその質問に面食らったようだった。たぶん、意地が悪いとか薄情だとか思われたくないのだろう。とりわけ、すばらしく眺めのいい、この広大なアパートメントにいるいまは。「それをご存じなんですね。そうです。わたしたちは、サイモンにかなり有利な条件で離婚しましたから、アランにお金を返すのはサイモンの責任だと思ったんです。アランは彼の友人ですし」

「お二人の共同事業に出資したのに？」

「そういうことではありませんでした。正式なものではなかったんです。以前の同僚で、友達でもある人間からサイモンがお金を借りただけでした」

「二番めの電話について教えてください。イルフラクームの固定電話からかかってきたほうです」

ケイトは一瞬遅れて答えた。「まるで別人と——最初に好きになったときのサイモンと——話しているようでした。元気な声だった。穏やかな声。人生が持ちなおしてきたといっていました。もう自己憐憫も怒りもないし、お酒も控えていると。住む場所も見つかった、そんなに広いところではないけれど、立ち直るまではそこで充分だって。また料理の仕事をしていました。コミュニティセンターのカフェでボランティアをしていたんです」

また間があった。

「もう心配しないでくれといっていました」

「すごい変化ですね」

「そうかもしれません。でも、さっきもいいましたけど、もとのサイモンに戻ろうとしていただけなんです。怒りと自己嫌悪にまみれたサイモンのほうが、変わってしまった結果だったんですよ」

「お二人はどこで出会ったんですか？」

「学校です。幼なじみで、恋人でした。サイモンはわたしより二つ年上で、わたしのほうが彼に夢中になったんです。しばらくは遠くから崇めるだけで。サイモンがわたしに気づいてくれたときは、自分の幸運が信じられなかった」ケイトはコーヒーを一口飲んだ。思い出に耽っているようだった。「サイモンにはそのころから、どこか脆いところがありました。精神面で。体が弱いという意味ではなくて。だけどそこも魅力の一つでした。そういう脆さも。わたしに二人分の強さがあるからそれでいい、彼の面倒くらい見られる、そう思いました」ケイトは顔をあげてつづけた。「若いがゆえの傲慢、ですよね？」

どこか遠くで学童たちがボールを使って遊んでいた。クリフトンの土地柄からして、おそらくラグビーだろう。歓声が、少年たちの叫び声が、ジェンの耳に届いた。ジェンは口を挟まないように目で制しながら、ケイトがつづきを話すのを待った。自分のペースでしか話せない、ときにはそういうこともあるものだ。

「サイモンは学校を出るとすぐ軍隊に入りました。理解できなかった。だって、ぜんぜんマッチョなタイプではなかったんですよ。だけどいまになって思うのは、たぶんサイモンは安心感を、家族を求めていたのだろうということです。サイモンの母親は自分勝手で、家庭は機能不全でした。二年まえに亡くなっています。サイモンとわたしは連絡を取りあい、サイモンが休暇で戻ってくるたびに会っていました。わたしは大学に入って、一年で退学しました。両親からは、サイモンのせいだろう、夢中になって浮わついているからだと責められましたが、関係ありません。サイモンはむしろ、大学に残って課程を修了するようにと勧めてくれたんですから。学究生活が性に合わなかっただけなんです。その後、管理職見習いとしてブティックホテルのチェーン企業に入り、少しずつ昇進しました。それからサイモンに結婚してくれといわれて。十六のときからそれを夢見ていたんですよ。もちろん、わたしはイエスと答えました」

「でも、思ったのとちがっていた?」若くして結婚するのがどういうことか、ロマンティックな理想に囚われて結婚相手の堅固な実像から目を逸らすとどうなるかを、ジェンは知っていた。

「ええ、完全に思いどおりとはいかなかった」ケイトはまた微笑んでみせた。「サイモンは連隊に食事を出す責任を負った将校でした。交戦地帯に送られ、兵士たちが演習で現場を離れるときもついていきました。どこへ行こうと食事は必要ですからね。サイモンはたいてい前線のそばにいました。あるときおしゃべりをしていた仲間の将校が、次の瞬間には乾杯を捧げる対象になるようなこともあったかもしれません。その人が亡くなったり、傷病兵として故郷へ戻ったりしたせいで。サイモンがいないあいだは、そばにいて支えることができませんでした。サイモンの人生において、わたしには役割がなかった。兵舎で夫の帰りを待つような、従順な軍人の妻にはなれませんでした。わたしは仕事をつづけました。徐々に心が離れても不思議はなかった」ケイトは間をおいてからつづけた。「実際のところ、学校を出てからあまり一緒に過ごす時間を持てませんでした。ようやく会えたとき、サイモンが見知らぬ人のように思えても意外ではなかった」

「だから彼は除隊することにした」ジェンはそういいながら気がついた。この女性に対する第一印象はまちがっていた。高級住宅街のしゃれた家に住んでいるからといって厳しく、冷淡にこきおろしてしまった。人はいつだってわたしが思うより複雑なのに、わたしはつねに結論に飛びついてしまう。

「ええ、二人で一緒にビジネスをはじめることにしたんです。小さなレストランを。サイモンの料理の腕と、わたしの経営のスキルを使って。どこでまちがったのかしら。わたしには少しだけ貯金があって、ここ、ブリストルのレッドランドにいい物件も見つかった。完璧だと思ったのに」間があった。「実際、最初は完璧だった。仕事はやたらときつかったけど、二人一緒だったから。なのに成功しはじめると――いい評価がついたり、ドアの外に行列ができるようになったりすると――亀裂があらわになってきた。サイモンはストレスに対処できなかった。さっきもいったとおり、サイモンは昔から精神的にちょっと脆いところがあったから」

「それで、今回はあなたにも修復できなかった？」

ケイトは顔をあげて虚ろな目でジェンを見た。失敗に慣れることができないのだ。「ええ。サイモンは自分で修復しようとした。お酒を使って自分で自分を治療しようとしました。わたしたちの業界ではよくあることですけど」

「そのころに子供を死なせてしまった」

「そう」いまやケイトの目には涙が浮かんでいた。「自分には母性なんかまったくないと思っていたのに、子供があんなことになってショックで。ひどく無力で、幼い子が」ケイトはポケットに手を入れてティッシュペーパーをごそごそ探した。「別れると決めたのはサイモンでした。わたしはそばにいるつもりだったのに。刑務所にも会いにいった。だけど出所するとすぐにサイモンはいなくなった。どこに行ったのかまったくわかりませんでした」

「それで、ノース・デヴォンのホテルで仕事を?」

ケイトは首を横に振った。「いいえ。それはもっとあとでした。さっきいったように、サイモンはしばらくのあいだいなくなって、ほんとうにどこにいるかわからなかった。もちろん、離婚の手続きをするあいだ、短期間だけブリストルに戻ってくることはありました。レストランはまだ営業していて、妥当な金額で売却できた。自分一人で経営する気にはなれませんでした。いまは企業を顧客としたサービス業に従事しています。自営の小さなビジネスなんです。家も売りました」ケイトは顔をあげた。「その後、ガイと出会った。

わたしを雇って、クライアント向けのパーティーの運営を任せてくれたんです。夢中になるようなことはありませんでしたけど、やさしい人です。信頼できる」

「それで、家とビジネスを売却したときの利益はサイモンと分け合ったんですね？」

「もちろんです。きっちり半々に」

「どれくらいの金額になりましたか？」

「ええと、家のローンがまだ済んでいなかったので、手もとに残ったのは二十万ポンドを少し下回るくらいです」

「二人合わせて？」一体全体サイモン・ウォールデンはその十万ポンド近いお金をどうしたのだろう？　アラン・スプリンガーに借りていた分も返せないなんて、なににそんなにかかったのだ？

「まさか」なにを馬鹿なことを、といわんばかりにケイトは否定した。「一人分です」

ジェンはロスを引っぱって道を渡り、犬の散歩やジョギングをしている年配の人たちとともに丘陵を散歩した。帰路につくまえに新鮮な空気を吸いたかった。実際、ここの空気は新鮮だった。西から風が吹きつけ、雨のにおいがした。

「で、どう思う？」

　ロスは腕時計を見た。たぶん、そんなに遅くならずに帰るとメラニーに約束したのだろう、そう思いかけてジェンは考えなおした。もっと寛容にならなければ。ロスは若くて、熱心で、幸せなのだ。口を開いたときには、難詰するのではなく、冗談めかした声を出した。

「もしもーし、メイ刑事、注目願いまーす。殺人事件の捜査中ですよー」

　ロスにもきまり悪そうな顔をする程度のわきまえはあった。「ウォールデンの金がどこへ行ったのか調べないと。友達に返すつもりがほんとうにあったなら、金はいったいどこへ消えたんだ？」

　ジェンはロスをからかうように、小さく拍手をしてみせた。「だったら、その立派なスマートフォンで署に連絡を入れてみたらいいんじゃない？　署内にいる誰かから聞きだすの。どうしてまだお金の行方がわからないのか、探ってみて」

17

母とスーザンを沼地のそばの小さな湿っぽいコテージに残し、マシューはバーンスタプルに戻って車を警察署の外に停めた。建物に入ると、チームによるクリスティン・シャプランド捜索の初動でどれくらい進展があったか確認した。

「重要なことなんだ。クリスティン・シャプランドは保護の必要な成人(ヴァルネラブル・アダルト)で、学習障害があり、精神年齢は子供と同等だ」クリスティンはルーシーとちがい、自信のあるタイプではなく、より多くの保護が必要なのだ。「少なくとも一晩のあいだ行方不明になっている。さらに、クリスティンの失踪はクロウ・ポイントの殺人事件とつながりがあるかもしれない」最後の一言は、事態をより深刻に捉えてもらうためにつけ加えた。若い刑事たちは殺人事件を刺激のある、恰好いいものと見なしている。彼らの目からすれば、学習障害のある中年女性の行方不明事件はそうではない。「クリスティンの住まいは沼地のそばにあるコテージの一つで、ウォールデンの遺体が発見された場所からそう離れていない。しかしその日はそこにいなかった——ラヴァコットのおばのところにいたんだ。だから場所が近いのは単なる偶然かもしれないが、とにかくクリスティンを見つける必要がある」

「病院や開業医は確認しましたよ。クリスティン・シャプランドが医師を要請した形跡はありません」そういったのはゲイリー・ルークだった。チーム内では最年長で、父親のような落ち着きのあるメンバーだ。

「誰かウッドヤードに連絡は？」

「しました。クリスティンが昨日一日センターにいたのは確実です。朝、おじが車で連れていったので、職員たちは帰りもおじが拾うものと思っていたようです。クリスティンはほかの利用者と一緒にセンターの受付エリアまで出ていき、戻らなかったので、拾われたか、いつものようにマイクロバスで帰宅したと思われたようで。センターでは自立の度合いを高めることを奨励しているそうで、だから職員が車までついていったりはしなかったと」そういったヴィッキー・ロブは若く熱心な刑事だった。マシューが感心するような働きがすでに何度かあった。

「おばとおじから話を聞いた者は？」

「それはまだです」ヴィッキーがいった。「よければわたしが行けますが」

「いや、わたしが行こう。どのみちラヴァコットにもう一軒行かなければならない場所がある」こんなに経ってからまたデニス・ソルターと話をすることになるとはおもしろい。それに、オフィスを出るためのいい口実になる。車に戻ろうと階段をおりながら、もしクリスティンをスーザンのもとへ連れ戻せたら、母が警察の仕事を見る目は変わるだろうかとマシューは思った。反対に、もしクリスティンを見つけ損ねたら、人としての自分の欠点がもう一つ増えたと見なされるのだろうか。

ちょうどマシューが外に出ようとしたとき、オールダムが階段のてっぺんに現れ、オフィスに来るようにと呼びかけた。「ちょっといいかね、マシュー……」

オールダムのオフィスは持ち主とそっくりだった。使い古され、だらしがなかった。マシューは以前からこの男を警戒していた。マシューに対する態度にどこか、嫌っているとはいわないまでも、嫌悪感に似たものが感じられたからだ。オールダムにとって自分ではどうしようもない、コントロールできないもののようだったが、表面下につねに偏見が潜んでいた。ホモフォビアなのか、それとも単に自分の縄張りに新しい警部が来たのが気に入らないのか、マシューにも確かなところはわからなかった。マシューにとっては、この主任警部は憐れみの対象でもあった。二年まえに妻をがんで亡くしていて、噂ではその後酒に溺れるようになったらしい。毎晩ラグビークラブで仲間とビールを飲むことを仕事よりも優先していた。妻とのあいだに子供はいなかった。親友の息子であるロスが、息子に一番近い存在だった。

「クロウ・ポイントの殺人事件だが」オールダムは椅子の背にもたれた。「被害者はウッドヤードで働いていたそうだね？」

「ボランティアをしていました」

「それで、ウッドヤードを運営しているのはきみのパートナーだったな？」

「ええ、わたしの夫です」一瞬の沈黙を挟んでマシューはつづけた。「そしてどうやら、行方不明になっているダウン症の女性は、ウッドヤードからの帰路で誘拐されたようです」マシューは深く息を吸っていった。「わたしはこの事件から手を引くべきでしょうか。明らかに、利害の抵触があります。捜査主任としてあなたに引き継いでいただくべきかもしれません」

また沈黙があった。オールダムはつかのま目を閉じ、それからひどくゆっくり開いた。まぶたがあがるのを見て、マシューはトカゲを、いや、もっといえばクロコダイルを連想した。「その必要はない」オールダムがようやくいった。「私はチームを信用している。ただ、報告は怠らないように」

ジョナサンのいったとおりだった。怠惰と、静かな生活を求める気持ちが勝ったのだ。しかしマシューがオフィスを出ようとしたところで、オールダムがまた口を開いた。

「ドジを踏まないでくれ、いいな？　きみがドジを踏んだら、われわれは二人ともクソまみれだ。それが一番望ましくない」

マシューはさっきおりかけた階段を最後までおり、車を回収して、昨日の午後にバスでたどったのとおなじ道を走った。日射しが消え、天気が変わりつつあった。まだ暖かくはあったが、空気が雨の気配を孕んで重く感じられた。思ったより早くラヴァコットに到着し、突然村にはまりこんだような気がして驚いた。バスに乗っていたときには見えたはずの目じるしに、一つも気づかなかった。クリスティンのおばとおじは、広場の正面にある、まっすぐでかなり高い堅牢なつくりの家に住んでいた。かつては商人がここにとどまり、羊毛の取引をしてかなり繁盛したのだろう。いまではここはバラム・ブレザレン教会の熱心な信奉者であるソルター夫妻、グレイスとデニスの住まいだった。マシューは子供のころから二人を知っていた。出席した最後の会合で独立の宣言をしたあと、マシューはソルターに拒絶され、傷ついた。そんなことになるまえは、マシューはソルターが好きだった。ソルターは子供だったマシューのいうことを真剣に受けとめて質問に答えてくれた、数少ない教会員の一人だった。グレイスのことはほとんど覚えていなかった。マシューはつかのまえもって電話をかけずに来たが、居間に明かりがついていたので、ま佇み、なかを覗いた。あの部屋には両親と一緒に入ったことがあった。ときどき、そこで会合が開かれることもあった。デニスが礼拝を主導し、ブレザレンの最年長のメンバーであるアリス・ウォーゼンクロフトがキーキーとかん高い音をたてるキーボードを弾いた。あんまりゆっくり弾くものだから、いつも歌のほうが何小節か先に進んでしまった。ニスのかかった黒い羽目板の壁に囲まれた室内には、磨きこまれた長いテーブルがあった。両親はいつもそこを少し怖がっていた。その部屋は、長老たちが集まってさまざまな決定がなされる場所でもあったからだ。

マシューの記憶では、ソルター夫妻は大半の時間を奥の部屋――キッチンの隣の部屋――で過ごしていて、付き合いでこの家を訪れたときにマシューもそこに通されたことがあった。夫妻にとって私的空間であるそちらの部屋のほうが、より歓迎されているように感じられ、居心地がよかった。マシューが呼び鈴を鳴らすとデニスが出てきた。もちろん老けてはいるが、そんなに変わっていなかった。鷹揚なライオンのような顔が、たてがみさながらの白髪のせいでより大きく見えた。

マシューは握手の手を差しだした。「マシュー・ヴェンです。もしかしたらご記憶かもしれませんが」

「もちろん覚えているよ。さあ、入って。そんな玄関ステップなんかに立っていないで」

歓迎するように両腕が広げられている。その反応にマシューは驚いた。教会に戻るとでも思われているのだろうか？　それとも、時間の経過がソルターの態度を軟化させたのか。ことによるといまのソルターは、権威的立場にありながら、マシューの母ドロシーほど頑なではないのかもしれない。罪人のことも選ばれた民とおなじく歓迎するのかもしれない。

「クリスティンのことで来たんだね」

「ええ、まだ見つかっていないので心配です」

当然、ドロシーがデニス・ソルターに電話をかけ、警察にいる息子に連絡するつもりだと告げたのだ。おそらく、先に許可を取ったのだろう。この男にとっては、自分が訪ねてくることなど驚きでもなんでもなかったのだ。

「スーザンがわたしの父の葬儀に出席できるように、あなた方がクリスティンを預かったそうですね？」

「そうだ。少なくともグレイスが。当然ながら、私は葬儀に出たからね。欠席はできなかった。ドロシーから式を執りおこなうよう頼まれたから。こんなまちがいが起こってしまって、われわれがどんなに動揺しているか口ではいい表せないほどだよ。どうしてこんなことになったのか、いまもまだよくわからない」デニス・ソルターはマシューを暗い居間へ通した。ということは、これは家族の問題というよりは、事務手続きのようなものなのだ。こんなに悔いているように見えても。

「ミセス・ソルターはご在宅ですか？　もしいらっしゃるなら、彼女からも話が聞けると助かるのですが」

「グレイスと話す必要はほんとうにあるのかな？　今回のことは妻も私同様ひどく気に病んでいるんだよ。妻の責任ではないのに。ほんとうに。すべて私のせいだ」ソルターは間をおいてからつづけた。「妻は頑丈な女ではないからね、予期せぬことが起こるとすぐにバランスを崩してしまうんだ。今回のことでまた病気になってしまったらかなわない」

そういえば、グレイス・ソルターをめぐって噂が囁かれていたことがあった。グレイスには、会合に参加しない時期が何度かあった。〝神経〟関連の不調という話で、郡の向こう端にある精神科の病院に入っていた時期があった。教会の女たちは喜んでデニス・ソルターの面倒を見た。ちょっとした食べ物の包みやキャセロールを届けたりした。しかしマシューの記憶では、誰もグレイスの見舞いに行こうとはしなかった。

「そんなに長い時間煩わせるつもりはありませんが、お尋ねしたいことが二、三あるのです。クリスティンは一昼夜姿を消したままです。わたしたちはこれを非常に深刻な事態と捉えています」

「もちろんだ。妻と話すのがそんなに重要なら……われわれはみんな、クリスティンが早く見つかってほしいと思っているからね」

マシューは一人で長テーブルのまえに座った。そのあいだに、デニスは妻を呼びに奥へ消えた。この家は、川の端に建つ小さなコテージとはまったくちがった。父の葬儀の晩、クリスティンはここで落ち着いて過ごせたのだろうか。ソルター夫妻に子供はおらず、マシューが知っているかぎりでは、グレイスは外で働いたことがなかった。グレイスにとって数少ない外の世界との接点は、仕事から帰ってくるデニスと、ブレザレンのほかのメンバーだけだった。姪とはうまくいっていたのだろうか？　いま、ブレザレンに若い人はどれくらいいるのだろう。もしかしたらグレイスは、自分や夫と年齢の離れた人間を、どう扱ったらいいかわからないのではないか。いま、教会のメンバーはみんなマシューの母と同世代で、徐々に亡くなっている。子供のころはあんなに強大に見えたバラム・ブレザレン教会も、あと二十年もすれば存在しなくなるかもしれない。

夫妻が戻ってきた。グレイスは案山子のようだった。背が高く、棒のように痩せ、灰色の髪はぼさぼさだった。目も灰色だった。ズボンを穿き、手編みのセーターを着ていたが、そのセーターに完全に呑みこまれていた。どうやら泣いていたようで、両手でハンカチを握りしめている。

「こんなにひどいことが起こるなんて」意外にも、姉より教育のある正確な話しぶりだった。三人は長テーブルの一方に寄って座った。まるでこれから委員会を開くところで、ほかの出席者が来るのを待っているかのように。

「ここ数日のうちにあったことを話してもらえますか？　葬儀のまえに、デニスがクリスティンを自宅から車で連れてきたと聞きましたが」

「そうだ、クリスティンは月曜日はデイセンターに行かないから」デニスが答えた。「昼間と夜をここで過ごした」

「そのときの様子は？」

「あの子は学習障害がある」デニスがいった。「私には、クリスティンがなにをどれくらい理解しているのか、きちんとわかったためしがなくてね。もしかしたら、私の辛抱が足りなかったのかもしれない。あの晩、葬儀から戻ったあとは、会話らしい会話はなかった。あの子はテレビが大好きだから、つけっぱなしにしておいたんだ。私たちはあまり見ないんだが」クリスティンは充分落ち着いているように見えた。「そうじゃないかね、グレイス？　われわれのことはよく知っているし、まえにもここで過ごしたことがあったから」

「クリスティンのことは赤ん坊のころから知っていますよね」マシューはいった。「もしどこか様子がおかしければわかるのでは？」

「あの子はスーザンに会いたがっていました」グレイスがいった。

「ああ、もちろん母親に会いたがっていた」デニスは一連の質問に苛立っているようだった。昔とおなじように、自分のほうが会話をコントロールできると思っていたのかもしれない。それとも、クリスティンが無事ラヴァコットに戻ったのを確認しなかったことへの罪悪感から、つい自己弁護に走ってしまうのだろうか。「セシルが亡くなってからずっと二人きりだったからね。とても仲がいい。クリスティンは、幼い子供だったころから一度もここに泊まったことがなかった。スーザンは過保護なんだ」

「火曜日の朝、ウッドヤードには喜んで出かけましたか？」

「それはもう」グレイスはいった。「クリスティンはウッドヤードが大好きなんですよ。お友達のローザが行くのをやめたときは、まえほど楽しめなくなってしまうかもしれないと思ったものですけど、あの子は変わらずウッドヤードが好きでした」

「クリスティンがローザの家へ行った可能性はありませんか？」マシューは尋ねた。「もしクリスティンとデニスがウッドヤードで行きちがった結果、クリスティンがどこへ行ったらいいかわからなくなったとしたら？」

グレイスがそれについて考えるあいだ、沈黙があった。グレイスはすばやく夫を一瞥してから答えた。「あら、それはないと思うわ。ローザの家は、ウッドヤードから見たらバーンスタプルのちょうど反対端でしょう。クリスティンは一人でそこまで行けませんから」

マシューはうなずいたが、ジョナサンからローザの住所を聞いて、部下の一人に確認を頼もうと思った。

「その日の朝、センターに行きたがらなかったり、不安そうに見えたりはしなかったのですね？」

「ええ」グレイスは夫を見た。「わたしはそうは思わなかったけど。あなたが連れていったのよね、デニス？ あの子の機嫌が悪いとは思わなかったでしょう？」まるで夫の同意なしには簡単な質問に答えることさえできないようだった。しかしブレザレンではこれが当たりまえだった。女はいつでも男に従う。

うちは例外だったけど、とマシューは思った。うちではつねに母がボスだった。

「わたしにはまったく問題ないように見えた」デニスは落ち着きを取り戻したようだった。おそらく、クリスティンがいなくなったことについて自分が責められているとはもう感じていないのだろう。「ほんとうだよ、マシュー、ふだんとまったく変わらなかった」

「当初の計画では、デニスがクリスティンを拾って連れ帰ってきて、もう少しこの家にいるはずだったのですよね？ スーザンが夕方一人で過ごせるように」

「そう、わたしたちはそのつもりでした」グレイスがいった。「だけどクリスティンが出てこなかったから、デニスはあの子がいつもの習慣でマイクロバスに乗ってスーザンのコテージに帰ったと思いこんでしまったのね」

「ウッドヤードのなかには入らなかったのですか、ミスター・ソルター？ クリスティンを探しに」

「かなりあとになるまでね」デニスは顔をひどく紅潮させた。「時間がわからなくなっていて、あの子を探しにいったときにはもう誰もいなかった。デイセンターは空っぽだったよ」沈黙があり、そのまに虚勢はどこかへ行ってしまったようで、突然告白がはじまった。「車のラジオで、クリケットの実況中継を聴いていたんだよ。バルバドスで開催された国際試合だ。しかしね、車は建物のすぐ外に停めてあったんだ。クリスティンが見逃すはずはないと思う。あの子はうちの車を知っている。スーザンは運転しないから、週に二回は私が夕方の買物に二人を連れだしているんだ。私がもっと注意を払うべきだったといわれれば、それはもちろんだが。あの子がいなくなったと聞いて、ひどくこたえているよ」

もう少しでデニス・ソルターを気の毒に思うところだった。今回のことがどんなふうにして起こったかはおおよそ理解できた。

気詰まりな沈黙があった。グレイスがそれを破った。「デニスが帰宅したあとは、すぐにまた出かけなければならなかったんです。友人を――ブレザレンの人よ――救急外来まで乗せていくことになって。わたしたちも夕方から夜にかけてずっと一緒にいたの。だから、スーザンからの電話にも出られなかった。今朝になってまた姉が電話してくるまで、クリスティンがいなくなったなんて知らなかったのよ」

デニス・ソルターに見送られて外へ向かう途中で、マシューはクリストファー・プリースがいっていたことを思いだした。「退職まえは、デヴォンシャー住宅金融組合の所長をしていましたよね？」

「そうだよ」自慢に思っているのは明らかだった。「ラヴァコット支所のね」

「あなたもウッドヤードの理事なのですか？」

「そうだ。仕事を通じてクリストファー・プリースと知りあったんだ。きみも入ってくれないかと頼まれてね。私のスキルが役に立つと思ってもらえて、うれしかったよ」デニス・ソルターはつかのま口をつぐみ、その後もう少し説明が必要だと思ったようだった。「私はね、最初はウッドヤードの開発に反対を表明していたんだよ」ソルターは皮肉っぽい笑みを浮かべた。「芸術家気取りのヒッピーが集う無用の城だ。確かそんなふうに講演で話したと思う。自治体が支援すべき案件ではない、予算を割く必要のあるものはほかにたくさんあるというのに、とね。地元の新聞で読んだ内容を鵜呑みにしていたんだ」

「でも、考えが変わった？」

「そうだ、ウッドヤードでおこなわれる活動の範囲を理解して、デイセンターもその一部だとわかったから。自分がまちがっていたなら、それを認めるのは悪いことじゃない。クリストファーが健全なビジネス感覚の持ち主であることは知っていたし、それにもちろん、グレイスと私はクリスティンが赤ん坊のころから一緒にいたわけだからね。とても価値のある目的に思えたんだよ」

外に出て歩道に佇んでいると、なぜクリスティンがラヴァコットでもう一晩親戚と過ごそうとしなかったのかわかる気がした。クリスティンが母親と暮らしているコテージはここと比べると埃っぽくじめじめしているかもしれないが、自分のものがたくさんある。クリスティンとスーザンは一緒にテレビを見て、食事をともにするのだろう。そこには母娘で一緒にいる温かみがある。この家には、夫婦のあいだに、マシューにもよくわからない緊張感があった。夫婦関係は緊密ではあるが冷たく見えた。クリスティンはここでもう一晩過ごすのがいやなだけだったのかもしれない。もしデニスが車のなかでクリケットに気を取られていたなら、クリスティンは気づかれずにそばを通り過ぎ、ほかの利用者と一緒にマイクロバスに乗ることもできただろう。彼女の一存で。バスの運転手に確認しなければ、とマシューは思った。もしクリスティンがブローントンへ向かったとわかれば、捜索エリアを狭めることができる。マシューはジョナサンに電話をかけ、状況を説明した。

「聞いたよ」ジョナサンは切羽詰まったような声でいった。「クリスティンがここからいなくなったなら悪夢だ。ウッドヤードは安全対策の問題を抱えることになる。メディアやほかの保護者からの問い合わせがあるだろうね。現状でも、利用者のさらなる自立を推奨するポリシーに抵抗を示す人がいるから」

「しかし、クリスティンをきちんと見ていなかったのは、明らかにデニス・ソルターの責任じゃないだろうか」

「残念ながら、メディアはそんなふうには思ってくれない」

ジョナサンがこんなに緊迫した声で話すのはかなり珍しかった。「ローザという名の女性の住所をテキストメッセージで送ってもらえるかな？　クリスティンの友達だったらしい。まさかとは思うけど、クリスティンがローザの家へ行った可能性もなくはない」

「そうだね、わかった。ローザ・ホールズワージーだね。まだファイルにあるはずだ」

「それから、マイクロバスの運転手に、クリスティンを見たかどうか訊いてもらえないだろうか？」

「いいよ」ジョナサンはいった。「もちろん」それからつづけた。「クリスティンが無事であることを心から祈ってる。いい子なんだ。何年もまえから知っている」

マシューは車を先ほど停めた場所に置いたまま、昨日の夕方にも見かけた袋小路の公営住宅へ歩いて向かった。街灯がつきはじめていた。

モーリス・ブラディックがドアをあけた。料理のにおいがした。魚とポテトのフライ。

「すみません」マシューはいった。「食事中にお邪魔してしまって」

モーリスは首を横に振った。「入って。ちょうど食べ終わったところだから。うちの夕食はいつも早いんだ。センターから帰ってきたルーシーがひどく腹を空かせているからね。馬一頭だってぺろりと食べられるんじゃないかって、よくいっている」モーリスは戸口を離れた。ずいぶんくたびれたスリッパを履き、擦り切れたセーターを着ていた。バーンスタプルから戻ってから着替えたのだろう。「〈ゴールデン・フリース〉にお茶を飲みにいくつもりだったんだが、それは週末のために取っておこうと思いなおしてね」モーリスは間をおいてからつづけた。「今夜はルーシーが好きなテレビ番組があるから」

「ルーシーと話をしたいのですが」

「かまわないよ。番組はまだはじまらないし、はじまってしまっても追いかけ再生だってできる。あの子は私よりもあの機械の使い方をよく知っているから」

ルーシーは小さなリビングでソファに座っていた。すぐ横のローテーブルには紅茶の入ったマグが置いてある。快適そうで、とてもくつろいでいた。テレビはついていたが、マシューが部屋に入ると顔をあげた。「ハロー」昔からの友人のように声をかけてくる。

「また話を聞かせてもらってもいいかな？」

「バスにいた男の人のこと？　誰があの人を殺したかわかったの？」

「ちがうんだ」マシューはいった。「きみの知っているべつの人のことなんだけど」マシューは間をおいた。「少しのあいだテレビを消してもいい？　すぐにまたつけるから」

ルーシーはあまり気が進まない様子でリモコンのボタンを押した。

「クリスティン・シャプランドを知っているね？　黒髪の」

「ええ。センターに来てる。でも、毎日じゃない。今日はいなかった」間があった。「親友なの」

「昨日はウッドヤードで会った？　ぼくがお邪魔して、きみとお父さんと三人で話をした日だけど」

ルーシーはしばらく考えてからうなずいた。「わたしたち、午前中に調理実習をした」

「ルーシー、クリスティンがいなくなってしまったんだ」マシューはいった。「いまどこにいるかわからない。昨日の午後、みんなが帰ろうと外に出たときに、ウッドヤードから姿を消したようなんだ。クリスティンを見なかったかい？」

「センターはあの子の安全を守れなかったということかね？」モーリスが不安そうなかん

高い声を出した。「私たちは安全に守ってもらえると思って子供を預けているのに。ルーシー、しばらく休みなさい。こういうことが全部片づくまで」

「ルーシー？」マシューにもモーリスの苛立ちは理解できたが、いまは情報が必要だった。「昨日、ウッドヤードから出てきたときにクリスティンを見かけた？」

「いいえ」ルーシーはいった。「父さんしか見てなかった。父さんは今日とおなじようにわたしを待ってた。それで、車で帰ってきたのよ」

「だけど、クリスティンもきみと一緒にセンターを出なかった？　お父さんが待っていた広い玄関ホールまで、ガラスの廊下を一緒に歩いたんじゃないかな？」

「わからない」ルーシーはだんだん集中力を失っているようだった。目がちらちらとテレビの暗い画面のほうを見ていた。もう帰ってほしい、そうすれば落ち着いて好きな番組を見られるのに、と思っているようだった。

それでもかまわず、マシューはつづけた。「昨日、クリスティンはどんなふうだった？　覚えているかな、ぼくもウッドヤードに行って、バスにいた男の人のことを話したんだけど。きみとクリスティンは一緒に料理をしていた。昨日の夜はラヴァコットのおばさんとおじさんのところに泊まったんだって、いっていなかったかい？」

ルーシーは首を横に振った。彼女からはこれ以上なにも聞きだせないだろうと思ったので、マシューはモーリスのほうを向いた。「少しお話しできませんか？」

二人はキッチンに腰を落ち着けた。モーリスはなにも訊かずに電気ケトルのスイッチを入れ、ポットで紅茶をつくった。

「こんなことはまちがっている。あの娘の両親は心配で頭がおかしくなりそうだろうね」

「母親だけなのです。スーザン・シャプランド。彼女を知っていますか？」

「何度か会っている。あの子たちが古いほうのデイセンターに通っていたころだ。それに、ウッドヤードのクリスマスパーティーでも。家族なら誰でも参加できた」モーリスは少し落ち着いたようだったが、マシューにはそれでもまだ憤りが感じとれた。これはうちの娘に起こってもおかしくなかったと考えて動揺し、怖れている。しかしどこかにほっとする気持ちもあるようだった。今回いなくなったのはべつの娘だったから。ルーシーは無事で、お茶を飲みながらテレビを見ていたから。「妻のほうがよく知っていた」

「クリスティンも？」マシューは尋ねた。「クリスティンにも会ったことがありますか？」

「ああ、あの娘とルーシーはずっとまえからの付き合いだからね。子供のころからってわけじゃないが。クリスティンは特別支援学校に通っていた。あの子の両親はそのほうがいいと思ったんだよ。それにスーザンには、うちのマギーにあったような闘志はなかった。

子供に普通クラスの教育を受けさせるために闘ったりはしなかった」

「あなたも昨日の午後あそこにいて、ルーシーを連れ帰ろうと待っていたのですよね。クリスティンを見ませんでしたか？　あるいは、誰かがクリスティンを待っているところを？」

モーリス・ブラディックは少しのあいだ考えた。必死で助けになろうとしてくれているのがマシューにもわかった。「わからない」モーリスはとうとうそういった。「ただ、ルーシーが出てこないかと見ていただけだったからね。私が迎えにいったことに気づいてもらいたかったんだ。あの日は早くからいろいろあったから。バスで会った男が死んでしまったと聞いてひどく動揺していた。それから警察と話もした。あの子にとっては大混乱の一日だった」また間があり、それからモーリスは告解のようにつづけた。「馬鹿げたことだとわかってはいるが、私はルーシーが心配なんだ。あらゆる事態を想像してしまう。肩にバッグをかけたあの子が部屋から出てくるのを見たときには、たいそううれしかったよ」モーリスは顔をあげてマシューを見た。「もしあの子になにかあったら、どうしたらいいかわからない。マギーが亡くなって、私に残されたのはあの子だけなのだから」

マシューはうなずいた。そしてこの言葉でモーリスがマシューに責任を持たせようとしていることに気づいた。**あの子の安全に気をつけてくれ。頼りにしているよ。**

マシューは立ちあがった。ジェン・ラファティとロス・メイも、もうブリストルから戻っているだろう。向こうのほうが情報を取れているはずだ。しかし十三歳のころのクリスティン・シャプランドが——人形を握りしめ、迷子のように見えた姿が——頭から離れなかった。

「またルーシーと話をしてみてください。なにか覚えていないかどうか」クリスティンがいなくなったことについて、ルーシーがあまり心配していないように見えたからだ。二人は友達なのに。ただ、ルーシー・ブラディックがクリスティン・シャプランドの失踪に一枚嚙んでいると考えるのは馬鹿げていた。

「やってみるよ」モーリスはいった。二人は並んでドアまで歩いた。「明日は休ませるつもりだ。こういうことがみんな片づくまで。ウッドヤードが安全だと思えるまで。ジョナサンに伝えてもらえるかい？」

マシューはうなずいた。外はとても暗かったが暖かく、穏やかな雨が降りはじめていた。マシューは村の中心部へ、先ほど車を停めた場所へと歩いた。途中、ソルター夫妻の大きな家のまえでつかのま足を止めた。カーテンが閉まっていて、見るほどのものもなかった。

18

ギャビー・ヘンリーは職場から誰もいない家に帰宅した。一人の時間を持てたことがうれしかった。サイモンがいないと家の印象がちがう。空っぽで、以前よりずっと静かだ。サイモンがとくに騒がしかったわけではない。料理をするときに音をたてたくらいだったし、その音は心地よかった。包丁がまな板をたたくリズミカルな拍子。フライパンで魚が焼けるときのジュージューいう音。カタカタと鍋がぶつかる音。最近はお酒をまったく飲まなくなっていたので、そういう物音さえ小さくなり、まえほど熱を帯びたものではなくなっていた。だが、サイモンの存在が発する熱は強烈だった、とくになにかをしゃべるわけでなくても。どこか注目を求めるようなところがあった。ギャビーは突然、熱を奪われたように感じた。

今日のウッドヤードは妙だった。ジョナサンがギャビーを探してスタジオまでやってきて、デイセンターの利用者の一人が行方不明になったといっていた。ジョナサンはボスだったけれど、ときどきぶらりと立ち寄って、仕事の話をするでもなく、コーヒーを飲んでギャビーの作品を眺めるのがつねだった。

「クリスティン・シャプランド。穏やかな人だ。ダウン症。物静か。少しばかり引っ込み思案。その彼女が忽然と姿を消した」

「ごめんなさい。その人とは、先週会ったのが最後です」ジョナサンは施設内の喧騒から逃れるためにスタジオに来たのだ、少しのあいだ静かに過ごすために、とギャビーは思った。ほんとうにその女性を最近見たことを期待しているわけではないのだろう。ギャビーは週に一度アートのクラスを教えているだけで、デイセンターとはほとんど無関係だった。

「連絡不足があったらしいんだよ。クリスティンのおじは、母親が彼女を拾ったと思い、当の母親であるスーザンはおじが拾ったと思った。昨日から誰もクリスティンの姿を見ていない」ジョナサンは窓辺に立っていた。外光が顔の片側に当たり、ブロンドの髪が銀色の糸のようだった。「まったく、なんて悪夢だ。そのおじというのはデニス・ソルターなんだよ。ここの理事の一人なんだし、もっとわきまえていてしかるべきなのに。クリスティンのことをなかまで探しにくるべきだったんだよ。少なくとも、もっとよく見ているべきだった。それでも責められるのはウッドヤードなんだ。メディアはさぞかし騒ぎたてるだろうね」

そういってジョナサンはギャビーをふり返った。こんなに緊張した、切羽詰まったような顔のジョナサンを、ギャビーはいままで見たことがなかった。

「クリストファー・プリースに話したらいかがです？　メディア対応がうまそう」

「まあ、そうだね」しかしジョナサンはあまりそう思っていないようだった。「とにかく、クリスティンが無事な姿で見つかってほしい。うちのボランティアの一人が殺されたうえにこんなことになって、悪夢そのものだよ。ウッドヤードのことはずっと聖域のように思っていたのに。ここに来る人にひどいことが起こる、そんな場所ではなかったはずなのに」

ホープ・ストリートに帰ってきたいま、ギャビーにはジョナサンの不安が理解できた。デイセンターから女性がいなくなったのは心を掻き乱す出来事だった。ギャビーの頭のなかでは、女性の失踪はサイモンの殺人事件と絡まりあっていた。二本の撚り紐が一本のロープになるように。もっとも、その二つがどうつながるのかはわからなかったが。唯一のつながりはウッドヤードだった。サイモン・ウォールデンと、学習障害のある女性のあいだに、ほかにどんなつながりがあるというのだ？

ギャビーは階上(うえ)に行き、自室から汚れた衣類を回収した。床に落ちていたものも拾う。

シーツも交換しようかと思いかけたが、そこまで手をかける気にはなれなかった。地下の家事室（ユーティリティルーム）へ行くと、洗濯機にはすでに誰かの衣類が入っていた。洗いたてではないが、まだ湿っていたので、たぶんしばらくまえに洗い終わったもので、忘れられているのだろう。ギャビーは中身を引っぱりだしてプラスティックのかごに入れた。ふだんは自分のほうが放置することが多いのを思えば、腹も立たなかった。

服がサイモンのものであることに気づいたのはそのときだった。死んだ日の朝か、まえの晩に洗濯機に入れたにちがいない。下着に靴下、シャツとジーンズが何枚か。ギャビーは湿った服をたたみはじめた。そうするのが正しいことのような、敬意を表することになるような気がした。次はどうしたらいいだろう。警察はこの服を見たがるだろうか？

シャツを振ると、胸ポケットから何かが落ちた。エール錠の鍵だった。リングと、鳥の形をしたプラスティックのタグがついている。首のタトゥーのアホウドリと似ていた。この家の鍵ではなかった。サイモンが越してきたときに玄関と裏口の合鍵をつくったが、完全に形がちがう。ギャビーが鍵を洗濯機の上に置いて見つめていると階段から足音が聞こえ、キャロラインが姿を現した。ギャビーの真うしろに立っている。キャロラインは湿った洗濯物を見て即座に状況を呑みこみ、次いで鍵に気がついた。

「それは？」

「たぶんサイモンの鍵」そう答えるほかなかった。

「警察に見せないと」キャロラインは偉そうな、姉ぶった声でそういった。ふだんなら気にならなかった。しかし今日はそれがギャビーの神経を逆撫でし、悪態をつきたくなった。

「重要かもしれないでしょう」

「たぶんね」半分ほどたたんだ衣類のかごのそばに佇み、ギャビーは無力感に襲われた。まえはあんなにサイモンに憤慨していたのに、いまは泣きたい気分だった。

「わたしが持っていく」そういって、キャロラインが鍵を小さな黒いハンドバッグに押しこんだ。ギャビーが答えられずにいるうちに。

19

バーンスタプルでの夜のブリーフィングのあと、マシューは気落ちしていた。昔よく感じていた心もとなさが足もとに迫ってきて、おまえは役立たずだ、この事件の捜査主任などといっても上辺だけだといわれているようだった。たぶん、オールダムでももっとうまくやるだろう。いまは情報だけが多すぎて、誰がウォールデンを殺したかについてある程度考えをまとめるか、少なくとも強力な動機をはっきり形にしなければならないのに、核とするに足るもの、それに基づいて行動できるようなものはなにもなかった。中途半端な手掛かりばかりがたくさんあって、どれも追跡調査が必要だった。それにクリスティン・シャプランドがまだ行方不明だった。クリスティンの母親にとってはまた苦悩の一夜になるだろう。マシューの母も裏切られたように感じるはずで、マシュー自身もそれを知りながら一夜を過ごすのだ。

署を出ようとする途中で、ジェン・ラファティに呼び止められた。「一杯飲みたくないですか？」間があった。「少しおしゃべりでもどうかなって思って。ウォールデンのことでちょっと伝えておきたいことがあるんです。今日ブリストルで聞いた話からは、酔っぱらって教会に現れたホームレスの男とはまるで別人のように思えました。でもあのなかでは話したくなかったので」ジェンは署の建物をふり向いてうなずきながらいった。「すごく複雑で、人まえで話しながらきちんと考えをまとめるのは無理だと思ったから」

「わかった」

「よければうちに来てもらえませんか？　今回の捜査がはじまってからほとんど子供たちの顔を見ていないんです。たぶん今夜も見られそうにありませんけど。この時間にはもう自室にこもっているでしょうから。だけど少なくとも、そばにいると実感できるので。ワインもありますし」マシューがためらっていることに気づいて、ジェンはにっこり笑った。「デカフェのコーヒーも、ハーブティーも……」

マシューは時計を見た。すでに十時近くになっていたので、早く帰宅してジョナサンと一緒にいたかった。しかしマシューはジェンの直感を信頼していたし、子供のころにたたきこまれた義務感にいまだに押さえつけられてもいた。「わかった。でも三十分でお暇するよ。わたしにも美容のための睡眠が必要だからね」

マシューはジェンのコテージに腰を落ち着けた。ジェンは薪ストーブに火を入れ、電気ケトルをつけてから階上に子供たちの様子を見にいったので、小さな部屋はすでに暖かかった。ロウソクに火が灯され、大きなライトは消えていて、部屋の縁は影のなかだった。マシューはうとうとして、ジェンがマグとビスケットのパックを載せたトレーを持って戻ってきたときには眠りに落ちそうになっていた。リバプールのアクセントの強いジェンの声に揺り起こされた。

「ダイジェスティブビスケットしかありませんけど。チョコがついたやつは子供たちが食べちゃって」

マシューは伸びをし、努めて気持ちを集中した。「それで、なにがそんなに気にかかっているんだい?」

「ウォールデンのことです。最初に身元がわかったときは、酔っぱらった路上生活者が、善意のおせっかい焼きに拾われて、生活を立てなおす手伝いをしてもらっているものと思いました。でもいまは、そんな人間じゃなかったように思えるんです。確かに酒飲みではあったし、教会に現れてキャロラインと出会ったときには危機的な状況だったのでしょうけど、それでもどこかにお金があったはずなんです。二十万ポンドを全部お酒に使ってしまうなんて無理ですよ。大金じゃないですか。それに、キングズリー・ハウス・ホテルで働いていたあいだはまだ収入もありましたし」

「ギャンブルをしていた可能性もあるよ。無謀なギャンブラーだったのかも」

ジェンは首を横に振った。「誰もそうはいっていませんでした。ウォールデンのビジネスが破綻しはじめたのは、急激に大きくなりすぎたからなんですが、それはケイトに野心があったからで、ウォールデンの金遣いが荒かったわけではないとみんないっていました。もしウォールデンがギャンブルで問題を抱えていたなら、妻か友人がそう話したはずです」

「つまり、具体的にはどういうことかな？」

「教会に行きついたとき、ウォールデンがホームレスだったとは思えないってことです。孤独で、落ちこんではいたかもしれない。だけどノース・デヴォンでシーズンの終わりともなれば、貸別荘に住まわせてくれる大家を見つけるのはそうむずかしくはないはずです。それに、ホープ・ストリートのあの狭い部屋には、ウォールデンが住んでいたときも、ほとんどものがありませんでした。もっとたくさん私物があるはずです。わたしが一時間まえの通知で急いで夫から逃げたときには、スーツケース二つとゴミ袋一つ分の荷物を家から持ちだしました。まあ、子供が二人いたせいもありますけど、誰にだってジーンズ二枚よりはたくさんの持ち物があるはずでしょう」ジェンは間をおいてからつづけた。「ギャビー・ヘンリーは、ウォールデンがいまでも妻を愛しているという印象を持っていたようですが、部屋のなかに妻の写真は見つかりませんでした。軍隊時代からの友達の写真も。そこがわからないんです。それに、ウォールデンがキングズリーを辞めてからホープ・ストリートに移り住むまでに時間的な隙間があります。ホープ・ストリートの女性たちの話では、ウォールデンはそのあいだ路上生活をしていたそうですが、あの通りの端をよくぶらぶらしているホームレスの男性に話を聞いたら、二十番地に移り住むまでのあいだにウォールデンを一回しか見ていないというんです。イルフラクームには路上生活者のコミュニティがあって、ホームレスの人同士で気を配りあっています。だからもしウォールデンがほんとうに路上で生活をしていたなら、もっと何回も会っているはずです」

「ウォールデンがどこかに家かフラットを持っていて、私物がまだそこにあると思うんだね?」

「その可能性はあると思います」

「ウォールデンに部屋を貸したという申し出は、誰からも出ていないようだけれど」マシューはマグをトレーに戻して、ビスケットをもう一枚取った。

「でも、ウォールデンのことがわからないんじゃないでしょうか? こんなに時間が経っていては。ましてや賃貸の仲介業者を通したとすれば」

沈黙がおりた。ジェンは薪ストーブの扉をあけ、薪を足した。マシューは考えていた。ウォールデンは、ギャビー・ヘンリーの説明によれば、生まれながらの料理人だった。もし金があったなら、自分のキッチンをほしがっただろう。自分の包丁くらい持っていたはずだが、ホープ・ストリートの家にはなかった。あの家の女性たちは、ウォールデンがときどきいなくなるといっていた。どこかで一人で過ごしていると。

「ウォールデンはなぜホームレスのふりをしたんだろう？　それに、ほかにもっといい住まいがあったなら、なぜホープ・ストリートのあの気の滅入るような部屋に甘んじていたのだろうか？」

「わかりません」ジェンはいった。「それについてはブリストルから戻ってくるあいだもずっと考えていたんですけど。同居人がほしかったとは考えられませんか？　女性の同居人が。不適切な目的で。たとえば、バスルームを鍵穴から覗いたりするために。ギャビーはウォールデンのことを、ちょっと不気味だといっていましたし」

「不適切といえば、ルーシー・ブラディックに話しかけていたのはどういうつもりだったんだろう？　あんなふうにラヴァコットに通って、どこへ行っていたんだ？　あの村に住まいがあったと思うかい？」マシューの頭はまだクリスティン・シャプランドに取り憑かれていて、妙な、筋の通らない飛躍をした。もしウォールデンがホープ・ストリートから離れたところに自分だけの住まいを持っていたなら、行方不明の女性はそこに匿われているかもしれない。いや、しかしそんなはずはない。ウォールデンはクリスティンがいなくなるまえに殺されたのだから、誘拐に関わっているはずがない。藁にもすがろうとしているだけだ。

「明日、ロスに賃貸仲介業者をすべて当たらせよう」マシューはいった。「家を購入していた場合も考えて、不動産業者も。大金の行方を追跡できるか確認しよう」

マシューが車で自宅に向かったときには、また雨が降っていた。ブローントンに人けはなかったが、有料道路の管理人用コテージには明かりがついていた。マーストン夫妻はあのなかでどんな暮らしをしているのだろう。もっと好みに合った場所を見つけて引っ越せばいいのに。マーストン夫妻は一番近くに住む隣人だったが、自分でも驚くほどあの夫妻のことが嫌いだと、車で通りかかったときに気がついた。ジョナサンはカーテンを閉めていなかった。車のヘッドライトが見えたらしく、外でマシューを出迎えた。顔を小雨に向けながら、ドアのすぐ外に立っていた。

「なにかニュースはある？」クリスティン・シャプランドのことをいっているのだ、もちろん。いままでの事件には、こんなに関心を持ったことがなかった。マシューが捜査に関する心配事をざっと話すのを聞いてアドバイスをくれることならときどきあったが、今回はちがった。今回の事件には個人的な関わりがあった。ジョナサンも例の女性を知っていたし、それにウッドヤードの評判が、ジョナサンのライフワークが懸かっていた。マシューが答えを口にするまえに、ジョナサンがつづけた。「すまない。家に入ろう。こんな待ち伏せみたいなことをするべきじゃなかった」ジョナサンは腕をマシューの肩に置いて引き寄せ、しがみついた。溺れてしまい、支えを必要としているかのように。

20

翌朝は、早くから捜査員が警察署に集まった。カフェインが燃料代わりだった。やるべきことがあまりにも多くてざわついていた。手掛かりや可能性が多すぎた。だが、なにか新しいことが持ちあがるまで待つだけという拷問よりはましだった。

ジェンはぐっすり眠ったので気分がよかった。昨夜も一人だったら、ワインのボトルをあけていただろう。エラに声をかけて一杯飲みたいか尋ねたことだろう、一人で飲まなくて済むように。そして結局は一本の大半を自分で飲んだだろう。しかし昨日はマシューがいて、カモミールティーが飲みたいというので、ワインの栓が抜かれることはなかった。マシューはジェンの話に耳を傾け、ウォールデンに関する直感を信頼してくれて、今朝はそこからはじまった。

「いまのところ、ウォールデンがかなりの大金を持っていたことが判明している。それがどこにあるか突き止めてもらいたい。いますぐに。なぜまだ金のありかがわかっていないのか、理解できない。誰か一人はこれに専念してもらいたい。詐欺担当の課と話をしてみてくれ。銀行とつながりがあるはずだから。最近は偽名で口座を開くのはむずかしいから、追跡はそう大変ではないはずだ。ウォールデンはホープ・ストリートに移るまえに自分のフラットか一軒家に住んでいた可能性が高いと思う。銀行口座を見つければ、そこから住所がわかる」マシューは部屋の正面に立っていた。話し声は穏やかだったが、全員の注意を引いていた。ジェンは少しだけマシューの経歴を知っていて、彼にはいまもどこか熱狂的な信者のようなところがあると思っていた。知り合いの修道女たちにも同種の熱、同種の存在感があった。ジェンはこの世の果てまで彼女たちについていくつもりだった。彼女たちのいうことをすべて信じた。大人になるまでは。

「さて、こちらはさらに重要だ」マシューはクリスティン・シャプランドの写真のコピーを配った。「クリスティンについては昨日話したね。行方不明になってから二晩経つ。ダウン症の女性が、ウッドヤードの施設の一部であるデイセンターから姿を消した。それが火曜日の午後だ。昨日、クリスティンのおじと話をした」もう一枚、べつの写真が配られた――マシューがこれを探すために早出して、ソルターの引退を報じた《ノース・デヴォン・ジャーナル》の記事から取ったことをジェンは知っていた。「デニス・ソルターだ。たまたまウッドヤードの理事でもある。経済界での経歴から選ばれた。ソルターはウッドヤードでクリスティンを拾うはずだったが、行きちがいがあったといっている。ここを少し掘ってみて、なにがわかるか確認しよう。ソルターの車が、火曜日の午後遅い時間から夜にかけて、防犯カメラに捉えられていないだろうか？」

マシューは言葉を切って息を継いだ。室内に沈黙がおりた。「クリスティンが意図的におじを避けて自力で帰宅しようとした可能性もあると思う。センターが使っている交通会社に確認したところ、該当日の午後にはクリスティンを乗せていなかった。自宅はブロートン湿地の端にあるコテージ。そちらの方面へ向かう公共のバスを確認してもらいたい。メディアにも情報を流して、クリスティンを車に乗せた人間がいないか確かめたい。海岸へ向かって川沿いの歩道を歩いている人はいつだっている。ロス、きみはそちらに出向いて、近辺の人たちから話を聞いてくれ。もしクリスティンがそこまで到達した痕跡が少しでもあれば、川沿いを組織的に捜索する。市民を巻きこむことも考えている」

それを聞いてジェンは笑みを浮かべた。マシューは人目を引く、これ見よがしの行動をひどく嫌っている。メディアから関心を寄せられるのも嫌いだったが、善意の人々が何列にもなって塩湿地を歩く絵面はきっとメディアを引き寄せるだろう。マシューは、今度はジェンのほうを向いた。

「ジェン、きみはウッドヤードを担当してくれ。出勤してくるスタッフを捕まえて話を聞くんだ。あそこは妙な、入り組んだつくりになっている。デイセンターは庭の奥の独立した建物のなかにあるんだ。残りの施設とはガラスの廊下でつながっている。だが、利用者は出入りのときに正面の玄関ホールを通る。そこはみんなが使う場所だ。カフェの客も、学校単位の一団も、成人教育のクラスにやってくる人々も。見知らぬ人間がクリスティンに近づいて話しかけるところを、誰かが見ているかもしれない。クリスティンは人の話を信じやすい。もし、きみのことを家まで送ってくれとお母さんから頼まれたんだ、とでもいわれれば、おそらくついていってしまうだろう」

ジェンはうなずいたが、刺すような憤りを感じた。サイモン・ウォールデンがどこかに自分だけの部屋を保持していたという新しい説を思いついたのは自分なのに、脇に追いやられたような、殺人の捜査から外されたような気がしたのだ。マシューはまだ話をつづけていた。まるで心を読んだかのような言葉がジェンに向けられた。

「クリスティンの失踪とウォールデンの殺人は、どこかで結びついていると思う。どう結びついているかはまだわからないが、ウッドヤードは捜査の中心なんだ」

ジェンはまたうなずいた。一瞬、自分は馬鹿だと思われていて、うまく丸めこまれたのだろうかとも思ったが、そういうのはマシューの流儀ではないと思いなおした。

ウッドヤードの受付エリアで待つのは、ジェンにとっては居心地がよかった。スタッフの大半が同年代の女性で、服装も見かけもジェンと似ていた——アーティスト風で、印象的だった。ここにわたしを送りこむとは、マシューも仕事を心得ているものだとジェンは思った。上司を見くびらないほうがいい。ジェンはドアのそばに立ち、入ってくる一般人を捕まえてはクリスティンの写真を見せた。みんな興味を示し、同情的な反応をしてはくれるが、役に立つ情報は出てこなかった。クリスティンはあの日の午後に跡形もなく消えてしまったようだった。けれども、それぞれの教室へゆるやかに移動しながら、人々は行方不明の女性のことをしゃべっていた。そのうち噂が広まるだろう。

遠くにギャビー・ヘンリーの姿が見えた。建物に近づいてくるところだった。ジェンはギャビーに集中しすぎて、すれちがった男性を見逃すところだった。見覚えがあったが、一瞬どこで見たのか思いだせなかった。小柄で、禿げ頭で、高齢者に近い中年で、コーデュロイのズボンにブーツという、アートセンターを訪れるよりも田舎歩きに適した恰好をしていた。クリップボードを手にしている。結局、首からさげた双眼鏡のおかげで正体がわかった。コリン・マーストンだ。クロウ・ポイントへ向かう途中にある、有料道路の管理人用コテージに妻と住んでいる。ジェンは顔をそむけ、見られていませんようにと思った。乱れた髪と奇抜な服装の女がまた一人いるだけだと思われていますように。コリン・

マーストンと話をするまえに、彼とウッドヤードとの関係についてもう少しよく知っておきたかった。マーストンはジェンのそばを通り過ぎ、建物の奥へ消えた。

ジェンはギャビーに注意を戻した。今日は黒ずくめだった。黒の長いワンピースに、黒いタイツ、黒のバイカーブーツ。赤い革のバッグをホルスターのように体に掛けている。それから、トレードマークの赤い口紅。ギャビーが建物に入ってくるとすぐに、ジェンは手を振った。

ギャビーも手を振り返し、ジェンに近づこうとするそぶりを見せた。だが思いとどまったようで、すぐに人混みへ姿を消した。ジェンが追いつけずにいるうちに電話が鳴った。見覚えのない番号だった。「ジェン・ラファティです」

「ラファティ部長刑事、キャロライン・プリースです。名刺をくれて、なにか役に立ちそうなことがあったら電話するようにといっていましたよね」

「ええ」

「見せたいものがあります。でも、わたしは聖カスバート教会を抜けられません。こちらに来てもらうことはできますか？」

聖カスバート教会はバーンスタプルのちょうどまんなかで、石畳の通路に面して建っていた。この通路は救貧院の建ち並ぶ場所へつづいている。救貧院は古色蒼然とした黒と白の木造建築だったが、いまも当初の目的どおり、年配者のケアをするために使われていた。通路は狭くて車で入れなかったが、歩行者は混雑した二つの通りを行き来するのにここを通っていた。教会そのものは比較的新しく、立地のわりに大きすぎるヴィクトリア朝様式の建物だった。通りに背を向ける形で建っており、車の騒音を遮断している。隣には、雑草に囲まれ、入口にオークの成木が二本並んだ昔の私塾があった。救貧院とおなじ時代にできたその建物は長いあいだ教会堂として使われてきたが、最近になって改修され、キャロライン・プリースが働く慈善団体が入った。ジェンは以前から町のこのエリアがとても好きだった。時間を遡ったような気分になれる。安らぎに満たされたオアシスだった。

痩せて肌の荒れた若者が昔の私塾の建物の外に立ち、紙巻煙草を吸っていた。若者はジェンに見向きもしなかった。アーチ形のドアには鍵がかかっていた。呼び鈴はない。若者がようやく顔をあげた。「奥に回らないと駄目なんだよ」

建物は奥へ向かって増築されており、石と木でできた新しい回廊で教会とつながっている。増築はすばらしい仕上がりだったが、都市計画の規則をよくすり抜けたものだとジェンは思った。古い私塾の建物はきっと取り壊しのリストに載っていただろう。もしかしたら、クリストファー・プリースの影響力が議会に及んだのかもしれない。あるいは、道路から直接見える位置にないから生き残ったのかもしれない。ジェンが建物の新しい部分につながるドアに近づくと、聖職者用の襟のついた服を着た若者が現れた。若者はジェンに会釈をし、回廊を歩いて教会へ入った。この人がエドワード、キャロラインの恋人の助任司祭だろうとジェンは思った。

なかに入ると机を置いた受付スペースがあり、中年女性がパソコンの画面を見つめていた。その女性が顔をあげて微笑んだ。「どういうご用件ですか？」

「キャロライン・プリースさんに会いにきました。ジェン・ラファティです」

「もちろん伺っています。あなたがいらしたと知らせてきますね」

キャロラインの案内で部屋をいくつも通り過ぎた。各部屋でさまざまな形のグループセラピーがおこなわれているようだった。ある部屋では、女性たちが床に横たわっていた。ヨガか、瞑想の一種だろう。ジェンはヨガの考え方は好きだったが、実践する忍耐力は持ちあわせていなかった。建物のなかは、見かけだけは広々としていて明るかった。壁にはポスターが貼ってある。やや宗教的な虹や鳩の画像。力を手に入れよ、内なる自分を愛せといったスローガン。ここには希望や贖罪の可能性が溢れているようだった。ここにいると、ジェンは誰かを殴りたい気分になった。

キャロラインのオフィスは私塾の建物のなかにあった。昔は小さな教室だったような部屋だが、キャロラインのデスクや棚やファイリングキャビネットは新しく、ぴかぴかだった。中庭が見え、オークの木が眺められる。デスクのこちら側に小ぶりなコーヒーテーブルがあり、それを挟むようにして安楽椅子が二つ置いてあった。キャロラインはそこに座り、ジェンも座るのを待っていた。キャロラインは、相談者――自暴自棄になった人々、自殺願望を持つ人々、病気の人々――とここで話すのだろうとジェンは思った。

「わたしに会いたいっていうのは？」いずれにせよキャロラインに話をさせるつもりだったが、ジェンは自分が厚意でわざわざここまで会いにきたのだとキャロラインに思わせようとした。

キャロラインは、リングでプラスティックの鳥とつながったエール錠の鍵を引っぱりだし、テーブルの上に置いた。「昨日、これが見つかりました。サイモンが洗濯機のなかに入れっぱなしにしていた衣類のなかから、ギャビーが見つけたんですけど。もしかしたら重要かと思って」

鍵は二人のあいだのテーブルの上に横たわっていた。ウォールデンはどこかに家を持っていたというジェンの持論を裏づける証拠品。ジェンはそこを秘密の隠れ家のように思っていた。ウォールデンはその場所のことを口にしなかった。そのはずだった。だからみんな彼をホームレスだと思い、施しの対象と見なしていた。しかしもう一度確認しておいてもよさそうだった。「どこの鍵かわかりますか？　ウォールデンがべつの住まいについてなにかいっていたことは？」

キャロラインは首を横に振った。「この鳥。アホウドリでしょう？　サイモンの首のタトゥーとおなじ。これは絶対サイモンのものです」

「もしかして、以前住んでいた家の鍵とか。妻の家の鍵とか」ジェンはいった。それがほんとうだとは一瞬たりとも信じていなかったが。「感傷的な理由で取っておいたものかも」

「それはないと思います」キャロラインはまた首を横に振った。「昔の人生は置いてきたっていつもいっていたから」

この鍵とキーホルダーの写真を撮って、確認のためにケイトに送ってみようとジェンは思った。

「じつはわたしのほうもあなたに会おうと思っていました」ジェンはいった。「もう一度、サイモン・ウォールデンについて話す必要があって」

「いいですよ」キャロラインは大きくて円い眼鏡の向こうでまばたきをした。「もちろん。できるお手伝いならなんでもします」

「例の夜、酔っぱらって、自暴自棄になって教会に現れたとき、この人はホームレスだという印象を受けたんですよね？」

「ええ」そうはいいながら、いまでは確信がないようだった。ジェンにはそれがわかった。

外の廊下から、誰かが行ったり来たりしている足音が聞こえてきた。

「住む場所がないって本人がいっていたんですか？」

「あの晩のサイモンはひどく混乱して、疲れてもいて、ほとんどなにもいいませんでした。意味のあることはなにも」キャロラインは思いだそうとするかのようにまた目を閉じた。「わたしたちはサイモンを聖カスバート教会に泊めました。一人で放りだすのは危なかったから。サイモンは自己嫌悪でいっぱいだった。明らかに自殺願望があった。自分なんか死んだほうがマシだといっていました」

「それが十月の終わり、ハロウィーンのころだった」

「教会では、それをお祭りとは見なさないんですけどね」キャロラインはいやな顔をしてみせた。「でも、そう、ミーティングに出かけるまえに、ホープ・ストリートで子供たちが〝いたずらか、ごちそうか（トリック・オア・トリート）〟をしていたのは覚えてる」間があった。「ギャビーは魔女の扮装をして子供たちを盛りあげてた。ドアをノックしてきた子供たちを怖がらせようと、飛びついたりして」また間があった。「サイモンがホームレスだというのは、わたしの思いこみだったかもしれません。翌朝、サイモンは最悪の二日酔いを抱えたまま出ていったけど、翌週にまた教会に来たんです。九時にわたしが着いたとき、サイモンはドアの外で待っていた。わたしは評価のためにオフィスに招きいれました。病歴を確認する必要があった。サイモンは、軍を辞めてから医者にかかったことはないといっていました」キャロラインは顔をあげてジェンを見た。「そのときに、住所も訊いたんです。記録のために必要だからといって」

「サイモンはなんと？」

「答えなかった」キャロラインはいった。「ちゃんとした答えは返ってこなかった。そのときは、住む家がないのが恥ずかしいんだと思いました。長いこと路上生活をつづけているようには見えなかったけれど、知人の家のソファを渡り歩いているのかもしれないと思ったんです。あるいは、一応プライドがあったから、どこかシャワーが浴びられる場所を見つけたのかと。スポーツセンターでシャワーを浴びる人もいるでしょう。サイモンは九月の終わりにホテルを辞めて、そこの部屋も仕事と一緒になくなったといっていました。その後、まだきちんと住む場所を決めていないという含みがあった。たぶん、そのときにもっと強く訊いておくべきだったんでしょうね。当面、どこで暮らしているのか」

「お金はあったようです。だから警察は彼がどこかに部屋を借りることもできたと考えています。すでに自分だけの部屋があるのに、ホープ・ストリートの部屋のオファーを受けいれた理由に心当たりは？」

沈黙がおり、窓の外のカモメのかん高い鳴き声と、執拗につづく廊下の足音だけが聞こえた。

「もしかしたら、寂しかったのかもしれない」キャロラインはいった。「一人で暮らしていたら、なにか馬鹿なことをしでかしてしまいそうで心配だったのかもしれない。聖カスバート教会にはうまくなじんでいたけれど、ここは日中しかあいていないから。夜がすごく長くて、すごく寂しく思えたんでしょう、きっと」

ジェンはうなずいた。それなら筋が通る。それにウォールデンは、すでに住む場所があるのを知られたらホープ・ストリートに迎えいれてもらえないと思ったのかもしれない。ギャビーはもともとあまり同情していなかった。サイモンを追いだす口実があれば喜んだことだろう。

「学習障害のある女性が――彼女もウッドヤードのデイセンターを週に三回利用しているんですけど――行方不明になりました」窓の外で、そよ風が新緑を揺り動かした。「女性の名前はクリスティン・シャプランド。この名前になにか心当たりは？　サイモンの口から聞いたことはないですか？　サイモンがルーシー・ブラディックと親しくなったのはわかっているんです。デイセンターに通うべつの女性ですけど」

しを受けたのだという新事実をまだ消化している最中なのだろう。裏切られたように感じているのだろうか？　すべてを打ち明けるほど信頼してもらえなかったことで。キャロラインは、部屋と話し相手を差しだしてサイモンを救ったと思っていた。それなのにいま、思っていたほどサイモンに必要とされていなかったことがわかったのだ。

「もちろん、偶然かもしれない」ジェンはつづけた。「でも奇妙にも見えるんですよ。ほんの数日のうちに、ウッドヤード絡みでこんな劇的な出来事が二つも起こるなんて」

ジェンはキャロラインの反応を待ったが、相手がなにもいわないのでつづけた。

「亡くなるまえの二週間くらい、サイモンはルーシーとおなじバスに乗り、彼女の隣に座ってラヴァコットまで通っていました。理由を説明できますか？」

「まさか！」いまやキャロラインは取り乱していた。完璧な相談者が――自分が立ち直らせた、回復させたと思った男が――自分に隠し事をして、学習障害のある女性を家までつけていたのだ。もしかしたらサイモンは弱者につけこむ捕食者で、ストーカーで、思っていたような人間ではまったくなかったのかもしれない。

この一件のせいで、キャロラインの仕事に対する信念が蝕まれたりするだろうか。そしてウォールデンがなにもかも正直に打ち明けていたわけではないと知ったいま、キャロラインは彼のことをもっと率直に話すだろうか。不作為であろうと、罪は罪なのだから。

「サイモンはなぜこういうことを全部あなたから隠しておきたかったんだと思います？」

「隠すとかそういうことじゃないと思う」キャロラインはいった。「サイモンはあまり自分のことを明かさない人だった、それだけのことです。ただプライバシーを守りたかっただけなんじゃないかしら」

それは馬鹿げてる、サイモンは自身について事実とはかけ離れた物語をつくりあげていたじゃないの、といおうとしたところでジェンの電話が鳴った。ロスだ。「ごめんなさい、これは出なきゃ」ジェンはオフィスを出て廊下に立った。

ロスが興奮しているのがわかった。ロスは確か沼地に出かけ、保護地区のボランティアやいつも犬の散歩をしている人々にクリスティン・シャプランドの写真を見せて話を聞いているはずだった。

「行方不明の女性を見かけた人がいたの？」

「いや」ロスはいった。「そっちは行き詰まってる。完全な時間の無駄だよ。だが、たったいまバーンスタプルから連絡があった。見つけたってさ」

ロスのいいたいことはだいたいわかったとジェンは思ったが、それでも訊いてみた。

「なにを？」

「サイモン・ウォールデンの部屋だ」

「それなら、わたしがいったとおりだったわけね」

しかしロスは聞いておらず、もちろんジェンに勝利の瞬間を味わわせるつもりもないようだった。「ブロートンだった。賭け屋の階上のフラットだ。大通りから離れた道にある。おれはいま向かってる」

「場所はだいたいわかる」

「まだ入れないんだけどな。賃貸業者しか鍵を持っていないんだが、そいつが一日中外出していて。マシューはできるだけ早くそっちで落ちあおうといっている。部屋に入る方法を見つけられるかもしれないからって。賭け屋の店員が鍵を持ってるかもしれないと思っているんだよ」

「その必要はない」ジェンは一拍おいて、勝利の瞬間を味わった。「わたしの手もとにある鍵がそれだと思う」

21

マシューは、ローザ・ホールズワージーとその両親を訪ねているときに知らせを受けとった。サイモンにはべつに自分だけの家があったはず、というジェンの持論が正しかったのだ。マシューがホールズワージー一家を訪ねたのは衝動的な行動で、前夜、ほかの誰かに頼むのを忘れたからだった。それに、警察署から近いからでもあった。かつて家畜市場だった広場に面して建ち並ぶテラスハウスのうちの一軒で、散歩がてら行けるのがマシューにはうれしかった。

ローザはルーシー・ブラディックより年下で、ルーシーより痩せていて、髪は黒かった。ルーシーほどの落ち着きはなかった。一見しただけでは、ローザに学習障害があることに気づかないかもしれない。ただ、目を見ればわかった。ローザの目は漠然とした不安をたたえ、自分にとって世界は謎で、決してくつろげる場所ではないと語っていた。脚は、じっとさせておけないかのようにつねに揺れている。マシューに紹介されるとローザはにっこり笑ってみせた。「大丈夫？」自分のまわりの人がみんな落ち着いて、快適でいることを確認したいようだった。相手を喜ばせたいと思っているのだ。あるいは、ただの口癖なのかもしれない。両親は、二人ともローザと一緒に家にいた。ロン・ホールズワージーは杖をついて歩いた。

「関節炎なんです」妻がいった。「若いころからなんですよ。ひどく痛むもので、仕事を辞めなきゃならなかったんです。なのに給付金はもらえませんでした。がんばれば働けるだろうっていうんです。わたしは老人ホームで夜勤をしています」

「それは大変ですね」

一家はマシューを警戒していて、強く申しでなければ家に入れてくれなかった。いままでずっと大変な思いをしてきたのだろう——役所や医師、ソーシャルワーカーを相手にして。だから誰であろうとなにかの権限を持った人間が戸口に現れると疑ってかかるのだ。

「ローザをウッドヤードに行かせるのをやめたのですね」

「まあ、ローザもあまり好きではありませんでしたし」ロンがいった。「古いほうの大きい場所にあったときほどにはね。まえのセンターのときとは変わってしまった」

「なにかあったのですか？　ローザをやめさせようと思うようなことが？」

「いいえ、そういうことはありませんでした」母親のジャネットがいった。「ただ、この子は家にいたほうがいいと思っただけで。わたしが仕事に出かけているときは、ローザがロンの話し相手になってくれますし、この子はいい子だから。ロンの世話をしてくれるんですよ、お茶を淹れたり、必要があればバスルームに行くのを助けてくれたり」

マシューはうなずいた。なぜ夫妻が娘を手もとに置くことにしたかは理解できた。ローザは面倒を見てもらう必要のある子供であると同時に、介護者でもあるのだ。「昔のセンターにいたとき、ローザはクリスティン・シャプランドの友達でしたね。クリスティンが行方不明になったのです。それで、クリスティンが行きそうな場所に心当たりがないかと思いまして」

夫妻は恐怖に駆られて顔を見合わせた。たぶん、娘を家から出さないことにした自分たちの判断は正しかった、その裏づけができたと思っているのだろう。

「いや」ロンがいった。「ローザがウッドヤードに行くのをやめてから、クリスティンには会っていません。うちはふだん、ほとんど家族だけで過ごしていますからね。ときどきモーリス・ブラディックから連絡があって、モーリスが娘を連れてお茶を飲みにきますが、それだってめったにあることじゃない。何日も、誰にも会わないことのほうがふつうなんだ。ジャネットは夜勤のために昼間眠らなきゃならないから、ローザしかいないようなもんです。この子がいなかったら、どうしたらいいかわからない」

夫妻がローザを家から出さないことには彼らなりの理由があるのだなとまた思いかけたときに、ウォールデンの秘密の住みかが見つかったという連絡が入った。

マシューはいま、ロスとともに賭け屋の外に立ち、ジェンが現れるのを待っていた。ロスが警察署でマシューを拾い、一緒にブロートンまでやってきた。気乗りのしないギャンブラーが歩道でぶらぶらしているだけに見えるにちがいない。ロスはすっかり先になかへ入る気で、賭け屋の店長が階上のフラットの鍵を持っているんじゃないですかといっていたが、マシューはしばらく待つことにして──まずは近隣の雰囲気をつかみたかった──人目を引かないように道の少し先へ移動した。ここは地元の人間しかいない場所で、二人はすでに人々の注意を引きはじめていた。角にはコンビニエンスストアがあり、隣に金物店とベーカリーが並んでいる。ベーカリーでは色とりどりのアイシングのケーキが売られていた。健康的なものはない。ここにあるのは観光客向けの品物ではない。いまもまだ穏やかな西風が吹いていた。マシューは想像した。ウォールデンがフラットで暮らし、ときどき外に出て食べ物や酒を買うところを、マシューは想像した。ウォールデンはここで問題を抱えていた。落ちこみ、罪悪感を覚え、大酒を飲んだ。でなければ、なぜ救いを求めてバーンスタプルの教会に現れたりするのだ？　なぜホープ・ストリートの家に移ったりする？

マシューはロスを外に残したままコンビニエンスストアに入った。店内にはほとんど誰もいなかった。通学途中の子供たちが立ち寄って菓子を買うような時間は過ぎていたし、人々が昼の軽食を買いにくるにはまだ早すぎた。カウンターの向こうの棚に、昔ながらの菓子類の入った瓶が並んでいた。シャーベットレモン・キャンディや、ルバーブ&カスタード味のソフトキャンディ、縞々のミントキャンディ。ウォールデンがルーシーにあげた菓子を買ったのはこの店にちがいない。マシューはカウンターの向こうの男性にウォールデンの写真を見せた。

「この人に見覚えはありませんか?」

店主はつややかな髪と整った顔立ちをした南アジア系の男性だった。彼はスマートフォンから顔をあげ、じっくり写真を見た。「ええ。以前は常連さんでしたけど、その後しばらく来なくなりました。引っ越したのかと思っていたんですけど、最近また何回か来てましたね」

「クロウ・ポイントの殺人事件の被害者なのです。このあたりに住んでいたはずなんですよ」

心当たりはまったくないというように店主は首を振った。カウンターの上に《ノース・デヴォン・ジャーナル》の束があり、大きく印象的な見出し——地元の名所で男性殺される——が見えていた。しかし店主は新聞を売っているのであって、自分で読みはしないのだろう。

「彼について何か知りませんか？　このへんに友達がいたのでしょうか？」

「すみませんけど」心からの言葉のようだった。いま、店主はマシューとの会話に集中していた。「最初のころは二日おきくらいに店に来てました。お話しできるのはそれだけです」

「なにを買いましたか？」

店主はこれには答えることができた。「紅茶、牛乳、パン。それに酒ですね。いつも酒を買った」店主は間をおいてからつづけた。「でも、酒はやめたと思いますよ。最近になって戻ってきたときには、菓子しか買いませんでしたからね。たぶん、甘味が助けになるんでしょう。煙草をやめるときみたいに」

ガラスのドアの向こうに、通りを歩いてくるジェンが見えた。ジェンはくるぶしに届きそうなほど長いレインコートを着て体にぎゅっと巻きつけ、小雨をしのいでいた。頭は剥き出しで、赤い髪が灰色の背景のなかで爆発するように色彩を放っていた。途中で歩道をおり、ショッピングカートを押した年配の女性を通した。マシューは店主に礼をいい、外に出た。

「お待たせしてすみません。聖カスバート教会でキャロラインと話をしている最中だったので、別れの挨拶もせず駆けつけるわけにもいかなくて」ジェンは奇術師が帽子からウサギを取りだすときのようににっこり笑い、大仰なしぐさでポケットから鍵を引っぱりだした。「ここまで来たら、これであいてほしいですけどね。じゃないと、また正しい鍵穴を探さなきゃならなくなる」ジェンは二人にもアホウドリのキーホルダーが見えるように鍵を差しだした。「ギャビー・ヘンリーが見つけたんです、ウォールデンが洗濯機に入れっぱなしにした洗濯物のなかから」

うまくいった。鍵は錠のなかで容易に、なめらかに回った。フラットへ通じるドアは直接歩道に面しており、賭け屋の入口の真横にあった。あけるとすぐに狭く飾りけのない階段だった。三人はドアの内側に立って、人目につかないように、窮屈な廊下で苦労しながら現場保護用のカバーを身につけた。明かりは頭上で揺れている裸電球だけだった。

「こんにちは！」マシューは階段の上へ向かって大声をあげた。ここでクリスティン・シャプランドが見つかるかもしれないという筋の通らない考えがまだ頭にあり、クリスティンを怖がらせたくないと思ったのだ。保護スーツを着てマスクをした三人の警官はホラー映画から抜けだしてきた宇宙人のようで、とても人間には見えないから。なんの反応もなかったので、マシューは階段を上った。

イルフラクルームにあったウォールデンの寝室のように、ものが少なく、清潔で、整頓されたスペースだろうとマシューは予想していた。ウォールデンは軍隊にいたのだ。たとえ鬱状態にあった時期でも、整理整頓の習慣は抜けなかっただろう。しかし三人が足を踏み入れた先はカオスだった。階段を上りきるとそこがリビング――キッチンと居間が朝食用のカウンターで区切られた場所――だった。床には銀器や割れた食器が散らばり、引出しは抜かれ、ひっくり返されていた。乾燥食品はすべて中身をぶちまけられ、灰色のリノリウムの床には粉末洗剤が青い粉雪のように散っていた。朝食用カウンターの向こうには、小さなソファと、テレビの据えられた棚があった。クッションのカバーは剝がされ、ソファの座面は切り裂かれて、棚の中身は床に落ちている。刑事たちはその場に立ち尽くした。

「どう思います？」ロスがいった。「ウォールデンがキレたのかな？ 精神に破綻をきたして部屋をめちゃくちゃに壊したとか？」

「ウォールデンがやったわけじゃないと思う」手当たり次第の破壊行為にも見えるが、これは捜索の跡だとマシューは思った。ものすごく急いでいたか、注意深くも静かにもできないほど必死な誰かが、ここを家捜ししたのだ。徹底した捜索だった。なにか特定のものを探していたなら、きっと見つけただろう。いまとなっては警察が捜索しなおしてもなにかが見つかるとは思えなかった。マシューは思考をゆっくり、整然と進めようとしたが、無分別な散らかりようが神経に障ってまともにものが考えられなかった。

マシューは、ロスとジェンがついてくるのを意識しながら寝室へ向かった。ウォールデンはひどくいやがるだろうなと突然思った。こうした侵入と、乱雑さを。殺されるまえに、この部屋を目の当たりにしたのでなければいいが。その思いつきが、この部屋が荒らされたのはいつなのかという疑問につながった。きっとウォールデンの死後だろう。押し入った形跡はなかった。たぶんウォールデンの洗濯物のなかにあった鍵はスペアで、ここを荒らした人間は、まだ見つかっていないスマートフォンや財布、クレジットカードと一緒にここの鍵も遺体から盗んだのだろう。二十番地のあの女性たちが関与しているのでなければ。あの二人が非常に抜け目なく、鍵がとっくに用済みになったあとで、ギャビーが洗濯機のなかから見つけたふりをしたのでなければ。

ウォールデンは写真をすべて寝室に置いていたが、これは触れられた形跡がなかった。捜索者は、写真の裏に隠せるような紙切れよりは大きいものを探していたようだ。フレームのガラスも壊されていなかった。これもまた、復讐や憎しみによる行為ではなく捜索だったことのしるしだ。一人の女性のさまざまな成長段階の写真があった。学童姿からはじまって、レストランのまえで誇らしげに立っているおしゃれなビジネスウーマンに至るまで。

「ウォールデンの妻?」

ジェンがうなずいていった。「ええ、そうです。まだ少し愛情が残っていたみたいですね」

ほかの写真は二枚だけだった。一枚は年配のカップルのもの。もう一枚は、兵士仲間に囲まれた軍服姿のウォールデン。兵士たちはお互いの肩に腕を回し、みんな笑っていた。

ジェンが写真の男たちのうち一人を指差していった。「これがアラン・スプリンガー、ブリストルで話を聞いた男性です。ウォールデンにお金を貸しているという人ですね」

あとは衣類と寝具の山があるだけだった。狭いバスルームに入ると、浴槽のパネルが剝がされ、水洗タンクのふたが外されていた。ほかに壊れるようなものはなかった。

「鍵をかけなおして、科学捜査班を入れよう」もともとこれだけ混沌としているのだから、警察の捜査で少し余分に散らかったところでなんのちがいもないだろう。「ここをこんなふうにした人間が指紋を残しているとは思えないが、ほかに誰がここに来たかわかればおもしろい」

ロスが連絡を入れているあいだ、二人は外に立っていた。雨は先ほどより本降りになっていた。土砂降りではないが、見かけによらずしっかり濡れるような降り方だった。マシューはシャツの襟から水が入りこんでくるのを感じた。賭け屋のドアをあけてなかに入った。中年の女性がカウンターの向こうにいた。男性二人が機械のまえに立ち、もう一人は競馬を放映しているテレビに釘づけだった。全員がマシューに一瞬目を向け、すぐに自分たちがやっていたことに戻った。カウンターの女性以外は。女性はマシューのほうを向いていった。「ハイ！」

マシューは魅惑的な別世界に迷いこんだような気がした。もちろんブレザレンは、姦通や男色――それに、会合に帽子をかぶっていかないこと――の悪徳を責めるのと同様に、ギャンブルの罪を説くことにも熱心だった。この店は暖かく、居心地がよかった。子供のころは誘惑に引きこまれてしまうのが心配で、賭け屋のドアのまえは急ぎ足で通り過ぎたものだった。いまでさえ、店内にいるだけでうしろめたい喜びを感じていた。

店長はマリオンと書かれた名札をつけていた。マシューは自己紹介をしたが、階上のフラットに興味を持っているほんとうの理由はいわなかった。この店長がメディアにしゃべるような事態はぜひとも避けたかった。「階上で家宅侵入があったようなんです。それで、あなたがなにか物音を聞いていないかと思って」

「いいえ」店長は興味を持ったが、階上の住人をクロウ・ポイントで死んだ男と結びつけてはいないようだった。「近ごろじゃどこにいても安全じゃないのね、そうでしょう？　たくさん盗られたの？」

「なんともいえませんね」しばらく黙っていたあいだに競馬が一レース終わり、賭けていた男がうんざりしたように馬券を破いた。「では、なにも聞こえなかったのですね？」

店長は首を横に振った。「そもそも、まだ階上を借りてる人がいるかどうかさえよく知らないんですよ。人があがっていくのを見たことがなくて。一日中働きに出てるんだろうと思ってましたけどね」

「誰かが外でぶらぶらしているようなことはありませんでしたか？」

店長は声をたてて笑った。「外でぶらぶらしてる人がいたら、それはうちのお客が煙草を吸ってるだけですよ」

マシューが笑みを返して出ていこうとすると、店長に呼び戻された。「ちょっと待って。その人のところに届いた手紙があったんです。二、三日まえに届いたんですよ。大きすぎてポストに入らなくて、受領のサインも必要だったし、郵便配達の人がうちに持ってきたんです。店員の一人がここにいて受けとりました。もしあたしがいたら、受けとってもしょうがないっていったんですけどね。階上の住人には会ったこともないし、鍵も持ってないんだから」

また一つ、疑問に答えが出た。

店長は奥の部屋へ姿を消し、大きな白い封筒を持って現れた。マシューはそれを店長から受けとり、暖かく快適な店を出た。ロスとジェンはまだ歩道にいて、みじめなありさまだった。二人の肩に手を置くと、上着がぐっしょり濡れているのがわかった。「さあ、行こう。なにを待っている？」

三人はマシューのオフィスにいた。マシューが全員分のコーヒーを淹れた。部下にお茶くみを要求するようなボスにはなりたくなかったし、いずれにせよ、この二人に任せたらまともなコーヒーが飲めないのはわかっていた。マシューはロスとジェンを、ジェンの車で先に行かせ、ロスが乗ってきて道端の駐車場に停めておいた車のなかで、科学捜査班が〝到着したので部屋に入れてくれ〟とテキストメッセージを送ってくるまで待った。いま、マシューはまだあけていない封筒を、三人のあいだの机に置いた。

「賭け屋に届けられていたウォールデン宛の封筒だ。消印を確認した。一週間以上まえに発送されている」

マシューはペーパーナイフを手に取り、フラップを剝がすのではなく、てっぺんを切ってあけた。最近では、たいていの封筒はあらかじめ糊のついたワンタッチ式だが、もしなめる必要のあるものだったら、粘着剤についた唾液からDNAが検出できるかもしれない。

分厚い中身は光沢紙でできたA4サイズのパンフレットで、エクセターにある〈モリッシュ&サンドフォード〉という法律事務所が提供するサービスを説明したものだった。パンフレットと一緒に、クリーム色の厚手の紙に書かれたメッセージが入っていた。書き手はその会社の事務弁護士の一人、ジャスティン・クレイマーだった。

本日の電話でのお約束の確認です。弊社のサービスにつきまして詳しく書かれたものを同封いたします。懸念事項のご相談のため、三月十一日の十時三十分に当オフィスにおいでになるとのこと、お待ちしております。

約束の日付まで一週間もなかった。ウォールデンが弁護士に連絡しようと思いたった理由の〝懸念事項〟についてはなんの説明もなかった。ウォールデンはなぜ事務弁護士を必要としたのだろう。もしかしたら、全財産をはたいて不動産を買うことにしたのかもしれない。しかしなぜエクセターの弁護士を選んだ？　少なくとも車で一時間はかかるのに。裕福な事務所が見込み客に光沢紙のパンフレットを配る、営業活動の一環なのだろうか。手紙にあった番号に電話をかけて確認しようとしていると、若い巡査のヴィッキーがオフィスのドアをノックした。ヴィッキーはクリスティン・シャプランド捜索の責任者だ。顔を紅潮させ、興奮している。

「お知らせしておいたほうがいいと思いまして。目撃情報がありました。ラヴァコット行きのバスの乗客が、クリスティンを見たといっています。なんでもないかもしれません。バスが通り過ぎたときにちらりと見えただけだそうですから。森になった区画のそばに池があるんです。昔は大きな屋敷だった場所で、何年もまえに焼け落ちていて、いまはほとんどなにも残っていないんですが。その水辺に誰かが座っていた。遠くて顔は見えなかったけれど、服装に見覚えがあったそうで、正確に説明してくれました」

22

ラヴァコットに向かっているうちに雨がやんだ。車から降りたときには、雲間から光の筋が差していた。ただ、足もとは濡れていたし、木々の枝から水滴が落ちるので、ジェンのコートはバーンスタプルでウォールデンのフラットの外に立っていたときに濡れてから、まだ湿っていた。ジェンはものすごく空腹だった。最後に食事をしたのがいつだったか思いだせない。チョコレートかサンドイッチでも買いに食堂に立ち寄りたかったが、時間がないとボスにいわれた。ボスはこの行方不明者のことを私的な事情で心配しているようだった。

車を道路脇に寄せ、ほかの車が通れるように、雑草の伸びた空き地の縁ぎりぎりに停めた。マシューはジェンに運転を任せて助手席に座り、陸地測量局の地図を膝の上に置いて大声で行き先を指図した。マシューはこういうところは古風で、カーナビを信用していなかった。ロスは署に残ってエクセターの弁護士事務所に電話をかけている。全員がこの分担に満足していた。マシューは、大挙して押し寄せるべきではないといっていた。もしクリスティン・シャプランドがほんとうにそこにいるなら、すでに相当怯えているはずだからだ。

外に出ると、なにもかもがぎらぎら光って奇妙だった。雲の切れ間から洩れる日射しはふだんより明るく、焦点が狭く、風景の一部にスポットライトが当てられているようだった。二人は横木を五本渡したゲートを越え、並木道を池に向かって歩いた。かつては緑地庭園で、大邸宅から牧歌的な眺めが楽しめるように人工的につくりあげられていた。それがいまではなんの意味もなかった。どこかしらまともでない、シュールな印象を与えた。

ジェンは車を停めた瞬間から無駄足になるだろうと思っていた。クリスティン・シャプランドのような女性がどうやってこんなところまで来るというのだ？　自宅からは何キロも離れている。それに、もしここへ連れだされたのだとしたら、よい結果になるはずがなかった。人とちがう、信じやすい性質の人々に屈辱を与えて楽しむ輩（やから）はいるものだ。恰好の餌食なのだ。もしクリスティンが、支配欲の強い、残酷な行為に興奮を覚える男のターゲットになったのなら、見つかったときに空腹だったり感謝したりする生きた女性ではなく、遺体を探していると思ったほうがいい。この捜索は自分にとっても私的なものなのだと気づくと、ジェンはどきりとした。自分だって大変だったのだ、女を殴らなければおのれの力を証明することもできないお粗末なエゴを持った男の支配に対抗するのは。クリスティンのような混乱しやすい女性、庇護者ぶった人々に貶められることに慣れてしまった女性にとっては、事態はもっと悪いだろう。

マシューは大股で先へ進み、すでに池に着いていた。並木道は、手つかずの森まで――黄色い日射しのなかでは目に不快なほど鮮やかなクサノオウの繁みまで――つづいていた。しかし池は目を楽しませるためにつくられていた。一方の端が細い水路になっており、そこに石の橋がかかっている。ただの飾りだ。池はアヤメに縁取られ、小さな木の突堤があって、手漕ぎボートがつながれたままになっていた。そばに寄るまでわからなかったが、突堤の厚板は腐り、水は雑草で堰き止められて、藻で緑色になっていた。

「クリスティンは橋のそばで目撃された」マシューはいった。「目撃者はでたらめをいったわけではないと思う。彼の説明は完璧だった。火曜日に自分でもバスに乗って通り過ぎたけれど、そのときもよく見えた」

マシューはわたしではなく自分を納得させようとしているのだと、ジェンにもわかった。「それなら、このへんを歩きまわってみましょう」ジェンはそう提案した。「もうここにいないとしても、なにか痕跡があるかもしれない」

「ああ、確かに、誰かが最近ここに来たようだ」かつて水辺の小道だった場所には草が生い茂っていた。敷石の隙間からも雑草が生えている。その雑草が、ところどころ踏みつぶされていた。

「誰であってもおかしくないですよ。ここはちょっと特別なので。いかにも地元の人たちが散歩しに来そうじゃないですか」マシューが期待を膨らませ、そのあと失望するようなことになってほしくないと思い、ジェンはいった。

最初に見つけたのはジェンだった。橋のすぐ向こうに、脇に立った石壁に隠れるようにしてベンチがあった。錬鉄のベンチ。昔は黒かったのだろうが、いまでは錆び、塗装も剝がれかけていた。その女性はベンチに仰向けに横たわり、顔を太陽に向けていた。日射しの温かさを楽しむかのように。メディアに送られた説明どおりの服装をしていた。濃紺のズボンに紫色のニットのカーディガン、黒のアノラック。足には青いソックスと白いスニーカーを履いている。ズボンは少し短くて、白い脚が十五センチほど見えていた。全身濡れており、靴とズボンには泥が跳ねていた。

マシューが先に駆けていった。すぐそばにしゃがみ、女性の手を取って脈を確かめる。

「生きている」マシューは女性の顔から湿った髪をよけながら話しかけた。「クリスティン。マシュー・ヴェンだよ。覚えているかな？　昔、よく一緒に会合に行ったね」

ジェンはスマートフォンを取りだし、救急車を呼ぶために九九九と打ちこんだ。「電波が届いてない。道路まで戻って、入るかどうか確認します」

クリスティンは目を開き、ゆっくりと身を起こして座った。怯えてはいないようだったが、弱って震えていた。

「来てくれたのね」クリスティンはいった。「あなたが来るはずだって聞いてた」そしてまた目を閉じてしまったので、眠ったのか、意識を失ったのか、マシューにもジェンにもわからなかった。

結局、ジェンももといた場所に戻り、二人で挟むようにしてクリスティンを車まで運んだ。クリスティンは体がひどく冷え、混乱していて、脈も非常に弱かったので、救急車が到着するまで生き延びられないのではないかとマシューは心配になった。「道路まで出ても電波が入るとはかぎらないし、もし彼女が一晩中外にいたなら、低体温症になっているかもしれない」

二人はクリスティンを後部座席に寝かせて自分たちの上着をかけ、ヒーターを入れて温風を噴出させた。ジェンがまたハンドルを握り、猛スピードでバーンスタプルへ向かうあいだに、マシューが九九九番に電話をかけて指示を仰いだ。「ノース・デヴォン地方病院の救急外来に連れていくことになった。向こうでわれわれを待っていてくれる」

ジェンはクリスティンの言葉の意味をマシューに訊きたかった。来てくれたのね。あなたが来るはずだって聞いてた。誰を待っていたというのだ？　しかし尋ねるチャンスはなかった。マシューはジェンに背を向けて新たな同乗者を調べ、彼女がまだ息をしているか確認していた。そしてまたすぐに電話をかけた。「もしもし？　母さん？」

これは大事だとジェンにもわかった。マシューはいままで一度も自分の家族と話そうとしなかったのだから。キリスト教のちょっと変わった教派に属する家族で、マシューは不信心者として追いだされたはずだった。以前、ジェンが家族のことを尋ねたときに、冗談めかしてそんなふうにいっていた。なんでもないことのように、軽い調子で。しかしなんでもないはずがないとジェンは思っていた。マシューはいつもこちらの家族のことを訊いてくるのだから。ジェンが二日酔いで出勤したり、新しく知りあった不釣り合いな男の話をしたりすると、心配そうな目を向けてくるのだから。そういうのはよい母親の行動ではないと思っているのだ。母親とはつねに子供のことを第一に考えるべきなのだと。自分で子供を育ててからいってよね、とジェンはいいたかった。子供っていうのは親のエネルギーを枯渇させ、心を疲れさせるから、ときには自分だけの時間が必要なの。あなたに罪悪感を植えつけてもらわなくても、自分でもとっくに悪いと思ってる。

いま、ジェンは草の生い茂る曲がりくねった道を気が変になったかのように運転しながら、ボスとその母親のやりとりに耳を澄ました。幸いなことにわたしは女で、マルチタスクは得意だしと思いながら、聞いていないふりをした。都合のいいことに、マシューの母親はスマートフォンでしゃべるときは大声を出さなければ相手に聞こえないと思っている世代の人間だったので、ジェンは電話の両側のすべての言葉を聞き取れた。

「クリスティンを見つけたよ」マシューはいった。「それを知らせておきたくて」まるで大したことではないかのように。この女性が行方不明になったとわかってから取り憑かれたように探していたことなどなかったかのように。

「生きてるの？」たった一言。要求のような。非難のような。息子が首尾よくやってのけたのを信じられないのだ。

「ああ。だけどひどく体が冷えているうえに、少々混乱している。救急外来に向かっているところだ」

「やっとなのね！」見つけたことを喜ばれるのではなく、もっと早く見つけなかったといって責められるのか。

「母さんからスーザンに知らせてもらいたいと思って」マシューの声に憤りはなかった。

「警察が娘を見つけた、病院に向かっていると伝えてもらいたい」

「ええ、それならできる」

もちろんできるでしょうよ。感謝されて、マシューの代わりに褒められるんだから。これはマシューから母親への大きな贈り物なのだ。

マシューの母はまだしゃべっていた。「ブレザレンの誰かに電話するわ。スーザンを拾って病院に連れていってもらえるように。わたしも病院で落ちあえばいい」

一瞬の間があった。マシューが言葉を選んでいるのがジェンにもわかった。「スーザンを拾うのは、デニス・ソルターには頼まないで。彼に乗せてもらうのは、あまりいい考えではないと思う。デニスは警察の捜査から近すぎる場所にいるから」

電話の向こうが沈黙した。母親が理由を訊いてくると思ってマシューが緊張しているのがジェンにもよくわかった。スマートフォンを持つ手がかすかに震えている。だが、ドロシー・ヴェンが口を開いたとき、出てきたのは同意の言葉だった。「わかった。そうしたほうがよさそうね」また間があった。「スーザンを拾いにブローントンまで行くのに、ラヴァコットより近い人がきっと見つかると思う」

「そうだね、そう思う」

会話が終わったようだった。車は町外れまで到達していた。マシューが電話を切ろうとしたところで、母親がまた言葉を発した。たった一言、ぶっきらぼうといえるほど、きっぱりと。「ありがとう」

23

クリスティンと一緒にジェンを病院に残し、マシューは警察署に戻ろうとしていた。自分が一緒に残りたい気持ちもあったが、こんなに何年も経ったあとでは、クリスティンはこちらのことを覚えていないだろうと思ったのだ。十代のとき以来ずっと会っていないのだから、いまとなっては見知らぬ人間とおなじだった。見知らぬ男だ、女性ばかりのクリスティンの世界に侵入する男。ジェンのほうがスーザン・シャプランドにうまく対応できるだろう。ジェンは気さくで、脅威にならない。マシューの母親にもうまく対処できるだろう。マシューにとっては荷が重すぎて、母親のまえでくつろぐことなどとてもできなかった。ドロシーが来るまで待ってみたい気持ちもなくはなかった。いまならきっと、こちらに対する態度も少しは和らぎ、丁重に接する気になっているだろう。だがやはり心配だった。またがっかりさせられるのではないか。母はまた冷淡な、非難がましい態度を取るのではないか。父の病気と死について、また責めてくるのではないか。

マシューは時計を見た。思ったより遅い時間で、夜のブリーフィングまであと一時間しかなかった。一度帰宅してシャワーを浴び、清潔な、乾いた服に着替えようかと思った。そのほうがチームと向きあう心の準備ができる気がした。だがすぐに、ジョナサンが残業しているのを思いだした。まだウッドヤードにいるはずで、そうなると家まで帰ることにあまり惹かれなくなった。どうせ急がなければならないだろうし、マシューは急ぐのが嫌いだった。代わりにウッドヤードに行くことにして、いつものオフィスで夫が書類の山に埋もれているのを見つけた。

外の廊下にいても、ジョナサンがいまやっている仕事を一分たりともやりたくないと思っているのが伝わってきた。ジョナサンは現場仕事がものすごく得意で、配線工事や配管工事を自分ですることも辞さないし、友達のために凝った料理をつくったりもする。弱点は事務作業だった。何日もくよくよ思い煩い、最後にはアシスタントのロレインが整理してくれた。いつもそうだった。マシューは以前、手伝おうかといったことがあるのだが、ジョナサンはひどく怒った。彼にしてはとても珍しいことだった。「ぼくが自分の仕事をできないと思ってるの？　無能だっていいたいわけ？」声が大きくなり、顔が紅潮していた。

マシューはドアをあけた。「クリスティンが見つかったのは聞いた？　きみに知らせてくれるように、ロスに頼んだのだけど」

「もちろん！」ジョナサンは立ちあがってマシューに腕を回し、その腕にぎゅっと力をこめた。「なんてお礼をいっていいかわからないよ。クリスティンはもう戻ってこないんじゃないかと思いはじめていた」ジョナサンは椅子に戻ったときもまだ晴れやかな顔をしていた。「なにがあったかはわかったの？」

「それはまだ」マシューは机の向かいにある安楽椅子の一つに腰をおろした。外を見ると、街に光が降り注いでいる。満潮で川の水位も高く、向こう岸の土手に並ぶ街灯の明かりが水面に反射していた。「クリスティンは大丈夫だ。しかしなにがあったか、自分がそこでなにをしていたかを説明することはできない。体が濡れて冷たくなっているうえに、脱水症状を起こしている。どうやら誰かを待っていたらしい。たぶん、デニス・ソルターがいったことを誤解したんだろう。それで、自力でラヴァコットへ帰ろうとしたけれど、バスを降りるのが早すぎたとか」

「でも、それがほんとうにあったことだとは思ってないんだよね」質問ではなかった。

マシューは肩をすくめた。「まだなんともいえない。ルーシーがふだん乗るバスなら確認した。運転手は、クリスティンには見覚えがないって。おそらく、いれば目立ったはずだ」

その後の沈黙は、庭から漂ってくるむせぶようなサックスの音で破られた。カフェで恒例の〝ジャズの夕べ〟が開かれているのだ。自分たちもカフェに行くべきだ、薄暗い照明のなかに座って、目のまえのテーブルにワインのボトルを置いて。死んだ男性と謎の失踪から戻った女性のことでくよくよ頭を悩ませるのでなく。

「ぼくがクリスティンと話をしようか？」ジョナサンがいった。「今夜じゃなくて、病院から家に帰してもらえたら、明日にでも。クリスティンとその母親のことはずいぶんまえから知ってる。古いデイセンターのころから。クリスティンはルーシーみたいに自信満々なタイプじゃないし、とても人見知りなんだよ」

マシューはうなずいた。「うん、そうしてもらえると助かる」ジョナサンと話したい気持ちだけでここへ来たが、少なくとも一つは仕事のプラスになることがあったわけだ。

「さて、行かなきゃ。夜のブリーフィングだ」

「ぼくのほうはこの苛立たしい書類仕事を片づけてしまわないと。単純な数字の合計すら出せずにいるんだよ。じゃあ、また家で。この調子だと、きみのほうが先に帰れそうだけど」

「あまり遅くならないで」マシューにとってはこれが精一杯のわがままだったが、この程度でも口にするのが憚られた。

おなじみの警察署の会議室。ホワイトボードにコルクボード。捜査員たちはぐったりと椅子に沈みこんで、これが終わるのを待っている。早く帰って、眠れるように。オールダムはとっくの昔に帰ったが、誰もなにもいわなかった。チームのほかの面々は、全員が残業してクリスティン・シャプランドを探していた。わたしがクリスティンを見つけたことを、みんなは恨んでいるだろうかとマシューは思った。一見たいした努力もしておらず、オフィスに座って一般市民からの電話を受けただけだと思われているだろう。みんなは一日中小雨のなかでドアをノックして回り、沼地や川周辺の小道を探したりしていたのだ。

「クリスティン・シャプランドが見つかったのは大変喜ばしい。みんながこれほどすばやく、これほど正確に情報を広めてくれていなかったら、目撃者から連絡が入ることもなかったはずだ。さっき病院に確認したところ、クリスティンは問題ない。感謝の気持ちでいっぱいの母親から、ぜひともみなさんにお礼を、とのことだ」マシューは部屋全体を見まわした。話を聞く捜査員の態度に大きな変化はなかったが、マシューにはこれが精一杯だった。本心からの言葉だった。

「クリスティンの失踪とウォールデンの殺人につながりがあるのか、それはまだわからない。偶然の一致のようにも見えるが、ウォールデンは死ぬまえの数日、学習障害のあるべつの女性——ラヴァコットに暮らすルーシー——に話しかけているのを目撃された。さらに、クリスティンの家はウォールデンの遺体が見つかった場所から非常に近い。ただしウォールデンがクリスティンを知っていた証拠はないので、先入観を持たないでもらいたい。かなり捜査が進んだから、いままでにわかったことをまとめて、明日の計画を立てよう。今日はそれで終わりだ、パブが閉まるまでに少なくとも一時間の余裕をもって解散できるようにするよ」

後方の列からかすかに歓声があがった。

「ウォールデンにはホープ・ストリート二十番地以外に住む場所があったことが判明した。ブローントンのフラットだ。これはジェン・ラファティのお手柄だ。ジェンはいまここにいないから、こういっても彼女がのぼせあがる危険はないね」間をおくと、また小さな歓声があがった。「そこで非常に興味が湧くのは、なぜウォールデンが女性二人のいるイフラクームの家へ移ったかだ」

後方の席にいたヴィッキー・ロブが挙手をした。「ただ寂しくて、すがるものがほしかったんじゃないでしょうか？　たぶん自殺願望もあって、話し相手がいたほうが安全だと思ったのでは」

マシューはそれについて考えた。自分ならどうするかという観点で考えてみる。自分だったら話し相手よりも、一人でいることのほうがはるかに大事だが、誰もがそう思うわけではない。マシューはうなずいていった。「そうだね。いい指摘だ。筋が通っている」

ヴィッキーは喜びで顔を赤くし、マシューはつづけた。「誰かがウォールデンのフラットに侵入し、部屋のなかをめちゃくちゃにした。わたしが見たところ、蛮行というよりは家捜しをしたように思える。誰かが大急ぎでなにかを探したようだ。かなりの騒音だっただろう――ガラスや陶器が砕けていた。だから犯行は階下の賭け屋が閉まる夜間だったはずだ。あるいは早朝か。明日、戸別訪問の人員を何人かブローントンに送れるだろうか？ふだんとちがう物事を見聞きした人がいないか調べるんだ。押し入った形跡はなかったから、鍵を使ったのだろう。殺人犯がウォールデンの死後に盗んだ可能性もある。よって月曜から水曜までの夜も含む。ウォールデンのフラットに侵入した人物は殺人にも関与しているかもしれないから、これは重要だ」

ロスが手を挙げた。「犯人は、われわれが部屋に入るときに持っていったのとおなじ鍵を使ったかもしれません。ウォールデンがホープ・ストリートに残していったものです」

「その可能性もあるね、ロス。となると、あそこに住んでいる女性の関与が疑われる。戸別訪問の人員には、プリースとヘンリーの写真を持っていってもらおう。それを見せて、とくに問題の夜にブローントンにいなかったか尋ねるんだ」

マシューはふと、捜査は大詰めに近づいているのではないかと思った。それくらい簡単な話だったのかもしれない――ウォールデンのブローントンのフラット周辺をこそこそうろついていた人物に関する証言が出てきて、容疑者が捕まるかもしれない。マシューは頭のなかでありそうなシナリオをいくつか考えた。ウォールデンが、単にフラットへの侵入のために殺された可能性はあるだろうか？　聖カスバート教会で知りあった人のうちの誰かに？　麻薬一回分がどうしてもほしい依存症者が、殺人をおかすほど必死だったとか。もしかしたらいままでは考えすぎで、ありもしない複雑な動機を探しているだけだったのかもしれない。ウォールデンが裕福であることが噂になって、その金のために殺されただけという可能性だってあったのに。強欲は充分な動機になる。しかしウォールデンは現金をフラットに置いておくほど馬鹿ではなかったはずだ。

マシューは部屋に向きなおった。「ウォールデンの銀行口座は見つかっただろうか？」

ロスが首を横に振った。「すみません、その名前の口座はないようです」

「ホテルが銀行を通して給与を支払ったはずだ。いまどき現金で支払いを受ける人間などいない」

「明日確認します」

「それが最優先事項だ」マシューは苛立ちを隠そうとした。ブローントンのフラットに現金を隠していなかったとしても、侵入者が金にアクセスできるようになるための情報ならあったかもしれない。パスワードとか、資金を移すことのできる電子機器とか、預金通帳とか。金銭欲が事件の一番の動機というほうが、よりありそうなことに思えた。ウォールデンがルーシー・ブラディックに接近したことと、クリスティン・シャプランドが姿を消したことにはなんの関係もなかったのかもしれない。紛らわしい偶然というだけで。

マシューはつづけた。「ウォールデン宛に配達され、フラットの下の賭け屋に預けられていた手紙があった。エクセターの弁護士事務所からだった。ロス、きみが調べることになっていたね」

ロスは立ちあがった。まえもって聞いておく機会がなかったので、マシューもほかの捜査員とおなじく興味を持って待った。

「最初は遺言書をつくるつもりで弁護士に連絡したんです」ロスがいった。「しかし再度連絡したときは、なにかべつのことでアドバイスを求めていたようです。電話でそれ以上の詳細は教えてもらえませんでしたが、事務所のパートナーの一人が明日ノース・デヴォンに来るので、こちらの用件を〝スケジュールに組みこむ〟つもりはあるとのことでした」ロスは宙で指を動かして引用符を示した。「率直にいって、連中はおれがいままで相手をしたなかで一番横柄なクソ野郎どもですよ。受付から弁護士につないでもらうだけで一時間以上かかりました」

「先方は何時なら会えるって？」

「三時に駅に着くそうです」ロスは間をおいてからつづけた。「あなたに行ってもらったほうがいいと思います、ボス。下っ端の刑事なんかと話すつもりはないようでしたから」

マシューは同意してうなずいた。弁護士の偏見に迎合するつもりはなかったが、その弁護士がなにをいうか聞きたかったからだ。「では、明日はウォールデンの人生の経済的な側面に集中して捜査を進める。もう一度聖カスバート教会に行って、通ってくる人のなかに突然金回りがよくなった者がいないか確認する。ロス、きみは銀行に行って、口座がどうなっているか必ず確認してくれ。それから、ジェンには引きつづきクリスティン・シャプランドのほうを見てもらう。犯罪だった可能性が消えたわけではないからね——誘拐とか、虐待とか。三日間ずっとあの池のまわりをふらふらしていたとは思えない。それよりは、どこかで足止めされていて、その後、しばらく見つかりそうにない場所に放りだされた可能性が高い。では、明日もまたおなじ時間に集まってくれ」

多くが家へ、家族のもとへ帰りはじめた。独身の若い捜査官たちはパブへ行こうと集まっている。一緒にどうですかとマシューも訊かれたが、相手がイエスの答えを期待していないことはわかっていた。ちょっとお堅くて真面目すぎるから、一緒にいるとくつろげないと思われているのだ。

帰宅すると、家の外にジョナサンの車がすでに停まっていてうれしかった。自分が促したせいではないのだろうが、自分の言葉の効果だと思いたかった。昼間降っていた雨はもうすっかりやみ、川面に月光が反射していた。家のなかにいたジョナサンは落ち着かない様子だった。一日中座り仕事をするのは苦痛なのだ。数字や書類の山と向きあい、クリスティン・シャプランドを心配して過ごした一日はそれなりに負担だったようだ。マシューには、このあとどうなるかもわかっていた。ジョナサンはきっと遅くまでチャンネルを替えながらテレビを見て、ウィスキーを飲みすぎるだろう。

「散歩でもどう？　外は明るいよ」散歩がジョナサンの助けになると思ったし、マシュー自身もまだ眠れる気がしなかった。いずれにせよ、ジョナサンが眠るまでマシューも眠れないのだ。

庭を縁どる塀のゲートから外に出ると、まっすぐ海辺につながる道がある。このあたりでは、どこまでが川でどこからが海か見分けるのは不可能だった。腕を組んで歩くと、月明かりでできた影がくっついて、いびつで奇妙な形になった。

24

クリスティン・シャプランドが見つかったとギャビーが聞いたのは、スタジオで作業をしているときだった。ジョナサン・チャーチがわざわざギャビーの砦までやってきて話したのだ。ギャビーは邪魔されたことをつかのま腹立たしく思った。クロウ・ポイントの空の絵に完全に没頭していた。一度作品から引き離されてしまうと、集中力を取り戻すのはいつだってむずかしい。けれどもジョナサンがあまりにもうれしそうで、ギャビーもおなじように興奮するだろうと思いこんでいるようだったので、ギャビーは思わず笑みを浮かべた。

「どんな様子なんですか？」ギャビーは絵筆を洗った。集中力は失われたし、どのみち切りあげるべき時間だった。ギャビーはアマチュアながら歌手でもあった——人生のある時点では、パフォーマーに、裕福な有名人になることを夢見たこともあった——が、昔から絵が一番大事だった。毎月一回、ウッドヤードのカフェで〝ジャズの夕べ〟があり、今回はバンドと一緒に歌ってくれといわれていた。ギャビーがいいと思っているバンドだった。だからもう着替えて、ミュージシャンたちとおしゃべりがしたかった。そんなに大それたイベントではないが、友人の大半が見にきてくれる。キャズとエドも来るだろう。サイモンでさえ、来るといってくれていた。これについては判断に迷った。一瞬、辞退すべきだろうか、サイモンが死んで間もないのに歌うのは不謹慎ではないかとも思った。しかし歌ってくれと頼まれるのは名誉なことだったし、それにいいお金にもなった。現金はいくらあっても困らない。

「クリスティンは大丈夫。脱水を起こしていて、冷えてもいたから、一晩病院に泊まるけれど、あとあとまでつづくようなダメージはない。少なくとも体には。むしろ母親のほうに影響が出そうだ。以前からちょっと神経質なところがあったから、これで悪化するかもしれない」

「なにがあったか、警察にはわかっているんですか？」

「いや、警察はラヴァコットへ向かう途中の池のそばでクリスティンを見つけたんだ。クリスティンがどうやってそこに至ったのかは誰にもわからない」

「あなたの夫にも？」ジョナサンの夫のマシューが刑事なのはセンター周辺の噂で知っていたが、二人がウッドヤード・カフェの外でランチを食べているのを見かけたときも、マシューのことはサイモンの事件の捜査責任者の警部としか思わなかった。

「そう、ぼくの夫にもわからない」ジョナサンは間をおいてからつづけた。「きみは大丈夫？　同居人を亡くすのはつらいよね、仮にすごく仲がよかったわけじゃないとしても。いつでも休みを取っていいんだよ」

あんまり親身になってくれるので、ギャビーはジョナサンに全部ぶちまけて、懺悔したくなった。しかしギャビーは、ときには秘密こそがすべてだと思うような育ち方をしてきたので、ただ首を横に振った。「いいえ、大丈夫です。これを完成させたいんです」ギャビーは、ジョナサンに絵が見えるようによけて立った。

ジョナサンは少しのあいだしゃべらず、ようやく口を開いたときの声は意外なほど真剣だった。「自分でもわかっていると思うけど、これはほんとうにすばらしいよ。展覧会を開く方向で話をするべきだし、ロンドンから記者を呼べるか確認したい。クリストファー・プリースはメディアに知り合いもいるし、いつだってここを地図に載せるようなことには熱心だから」

ギャビーは顔をあげて、ただ親切でいってくれているだけなのか確かめようとしたが、ジョナサンはまだギャビーの作品を見つめていた。

ギャビーがカフェに顔を出すと、キャズとエドワードがもう来ていた。こういうのはエドには向かないんじゃないかとギャビーは思っていたのだが、どうやらキャズが魔法をかけて、エドをくつろがせているようだった。エドはワインを二杯飲み、恋人の肩に腕を回していた。ふだんより子供っぽく、愛情に飢えているように見えるとギャビーは思った。キャズは髪をおろし、短い赤のワンピースを着て、シルバーのイヤリングをつけていた。

ギャビーはキャロラインにハグをした。「すごくすてき」

「まあ、わたしも少しくらい努力しないとね。あなたの初舞台なんだから」

ギャビーには、自分の褒め言葉がキャロラインを喜ばせたのがわかった。室内はロウソクや豆電球が飾られて様変わりし、音楽もすでにはじまっていた。ギャビーたちはステージから一番遠い後方の小さなテーブルを囲んでおり、氷を入れたワインクーラーのなかにはカヴァのボトルが入っていた。見たところ、すべていつもどおりだった。

一曲終わると、しばらくのあいだおしゃべりをするチャンスがあった。

「行方不明の女性が見つかったって聞いた？」ギャビーがいった。「ジョナサンがスタジオまで教えにきてくれたんだけど」

「ええ」キャロラインの顔は陰になっていたので、なにを考えているか読みとるのがむずかしかった。「父が電話をくれた。わたしが知りたがっていると思ったみたいで」

「お父さんもうれしかったんでしょうね」

キャロラインはそれには答えなかった。「ホープ・ストリートまで来てわたしたちと話をしたジェン・ラファティっていう刑事が、今日、聖カスバートに来たの。あなたがサイモンの洗濯物のなかから見つけた鍵を渡しておいた。うれしそうだった」

「そう」ギャビーはそれをどう思ったらいいかよくわからなかった。「あなたのお父さんは捜査のこと、なにか知らないの？　警察は、クリスティンの誘拐とサイモンの殺人に関係があると思っているのかな？　ジョナサンには訊かなかったんだけど。あの人は捜査責任者と結婚してるから、もし警察が関連ありと思っているとしても、あたしにはなにもいわないだろうと思って」

「あら、父もぜんぜん知らないと思う。知ってるわけないじゃない？」

それはどうだろう、とギャビーは思った。ギャビーが見たところ、クリストファー・プリースは有力者で、いろいろなことに手を出している。

キャロラインはまだしゃべっていた。「ジェン・ラファティは、サイモンがわたしたちのところへ来たとき、じつはホームレスじゃなかったと思っているみたい。自分の部屋がどこかにあったんじゃないかって。わたしには、サイモンがそういう秘密を持っていたとは思えないんだけど。聖カスバートでのミーティングでも、自分の人生のいろんな側面についてすごくオープンに話していたし」

ギャビーはボトルに手を伸ばし、グラスにカヴァを注ぎ足した。「それはわからないじゃない。輪のなかに座って、落ちこんでるほかの人たちが本心を剥き出しにするのをおとなしく聞いていたからといって、サイモンが自分の人生を細かいところまで全部吐き出すつもりだったとはかぎらない。誰にでも秘密は必要なんだよ、ただ正気を保つために。自分は世界に支配されてるわけじゃないって実感するために」グラスを持つ手がかすかに震えているのが自分でもわかった。ギャビーはワインを飲み、グラスをテーブルの上に戻した。

キャズはなにもいわなかった。たぶん、自分自身の秘密を思い起こしているのだろう。

舞台に立つ番が来ると、ギャビーは立ちあがって、影のゆらめく部屋を歩いていった。突然ひどく緊張して、低いステージにたどり着くまで脚がもつかわからなくなった。カフェに来るまえにスタジオで着替えていた。色はおなじ黒ずくめでも、ぴったりしたワンピースにヒールだった。差しだされたマイクを受けとり、つかのま佇んで室内を見渡した。聴衆の顔はロウソクの炎で下から照らされ、仮面のように、非人間的に見えた。バンドがイントロを演奏しはじめるとギャビーはすぐに音楽に引きこまれ、いや、音楽のなかへ逃げこみ、喪失と愛を歌った。歌い終わると自分たちのグループが座っていた部屋の奥を見やった。驚いたことにクリストファー・プリースの姿があった。娘のうしろに立っている。ギャビーはクリストファーが支援の気持ちを示すためにわざわざやってきたことに心を動かされた。キャズとエドはお互いの手を取り、見つめあっている。ロウソクの明かりに捉えられた二人の顔を見ると、ギャビーは唐突に胸を打たれた。マイクを返し、自分の席へ戻りはじめる。そのときようやく、涙が頬を伝い落ちていることに気がついた。

25

ジェン・ラファティは病院にいた。もう夜で、明かりは落とされていた。クリスティンはあらゆる検査を受けた。とくに問題はなかったが、医長の判断で一晩入院することになった。ナースステーションの看護師たちは囁き声でしゃべった。ジェンはクリスティンの母や、マシューの母ドロシー・ヴェンと一緒に徹夜していた。クリスティン自身はぐっすり眠りこんでいて、ときどき大きないびきをかいては一瞬びくりとするものの、一度も目を覚ましはしなかった。

年配の女性二人はベッドの片側で患者や見舞い客のために用意された安楽椅子に座り、ジェンはその反対側で廊下から引っぱってきたオレンジ色のプラスティックの椅子に座っていた。まわりにはカーテンが引かれている。ひどい座り心地だったにもかかわらず、ジェンは気づくとまどろんでいた。クリスティンが役に立つ情報を伝えてきそうにないとわかったら家に帰るべきだ——そして朝になったら戻ればいい——とマシューからはいわれていたが、惰性でその場に留まっていた。スーザンとドロシーの会話を盗み聞きできるからというのもあった。二人はベッドの反対側にジェンがいることなど忘れているようだった。

「クリスティンがあんなところでなにをしていたのか、さっぱりわからない」スーザンがいった。

「グレイスとデニスの家からそう遠くないじゃない」ドロシー・ヴェンはジェンから一番遠いところにいたので、顔は陰になって見えなかったが、声ははっきり聞こえた。「直線距離にしたらぜんぜん遠くない。子供のころ、ラヴァコットからあの池のあたりまでよく歩いたものよ。ブレザレンの夏のピクニックで。あのピクニックはあなたも覚えているでしょう、スーザン。すばらしい時間だった。二人三脚で競争をしたり、かくれんぼをしたり。母親たちがみんなパンを焼いてきてくれて、野原はキンポウゲとクローバーでいっぱいで、見渡すかぎりピンク色と黄色だった」ドロシー・ヴェンは思い出に浸っているかのように口をつぐみ、それから棘々しい口調になってつづけた。「ぜんぜんたいした距離じゃないわよ、小さな子供でも歩きとおせるくらい」

「なにがいいたいの？　じつはデニスはクリスティンを連れ帰っていて、この子が逃げだしたってこと？　それならデニスが嘘をついたことになる」

二人とも黙り、居心地が悪くなるほど沈黙が長くつづいた。最後にはスーザンがまた沈黙を破った。

「グレイスは、デニスへの批判は一言も聞き入れない」

「グレイスは忠実な妻だもの」ドロシーは同意していった。また間があってから、ドロシーがつづけた。「マシューは、もうクリスティンをあの家に預けるべきじゃないといっている。死んだ男の捜査が終わるまでは」

「預けないわ」スーザンはいった。今回はなんのためらいもなく、声にも断固とした響きがあった。「クリスティンをわたしの目の届かない場所には行かせない。誰が面倒を見たがったとしても。これからはずっと一緒にいる」

ジェンがもうこの人に任せていいと思ったのはこのときだった。もし万が一クリスティンに保護が必要になってもスーザンがそばにいるだろう。明日話せばいい、クリスティンが一晩ぐっすり眠って、自宅に戻ったあとで。そのほうが、きっと情報も出てくるだろう。

ジェンは別れの挨拶をして立ち去った。帰宅したあとになって、コリン・マーストンを見かけたのを思いだした。その日の朝、行方不明の女性についてのチラシを配ろうとウッドヤードに行ったとき、コリン・マーストンが入ってきたのだ。もう真夜中で、マシュー・ヴェンに電話をかけるには遅すぎた。朝になったら伝えなければ。

26

また朝が来た。マシューはまたもやブリーフィングの準備をしていた。七時を過ぎたばかりで、外は灰色だったので、明かりをつけなければならなかった。マシューは空っぽの部屋に佇み、考えをまとめながら一日の計画を立てようとした。最優先事項は、クリスティン・シャプランドになにがあったか調べることだった。現時点では、クリスティンの失踪を殺人の捜査から切り離すことはできなかった。ウッドヤードでつながっているからだ。これが捜査の妨げになっていた。だからクリスティンが自分でさまよい出たのか、それとも連れだされたのか、そしてほんとうにウォールデンと関わりがあったのかどうか知ることが重要だった。マシューは責任の重みがのしかかってくるのを感じ、自分はこの仕事に向かないのではないかとまた不安になった。ストレスは大きくなるばかりだった。緊張で筋肉が痛み、気が短くなった。すぐにもそれを制御する努力が必要だった。

チームのメンバーが早めに到着しはじめた。熱心だ。もうすぐ結果が出そうなのを嗅ぎとっている。マシューにはそこまで確信はなかった。楽観主義は、マシューの初期設定には組みこまれていない。ロスが同僚とジョークをいいあって笑っていた。ジェンは時間ぎりぎりにうしろの席にすべりこんだ。疲れた顔をして、服装も少々乱れていた。昨夜、病院から帰宅してワインを飲んだのだろうか。そうであっても責められなかった。

「クリスティン・シャプランドだ」マシューは部屋のまえに置かれた机にもたれ、自分は学校にいた年配の教師のように見えるにちがいないと思った。教えることに飽き飽きして、ちょっとしたジョークを口にするような。「彼女になにがあったか調べるのが最優先事項だ。仮に殺人事件の捜査と無関係だったとしても、クリスティンは保護の必要な成人（ヴァルネラブル・アダルト）であり、もし誘拐されたなら犯人を見つけなければならない。先ほど病院に電話したら、クリスティンは大丈夫だそうだ。午前中のうちに帰宅の許可が出る。ジェン、クリスティンが帰宅するのを待って、家へ会いにいってほしい。ジョナサンが一緒に行ってくれる。ずっとまえからクリスティンを知っているし、母親もジョナサンを信頼している。事情聴取のあいだ、一緒にいてもらいたがるはずだ。きみは病院でスーザンと会っているし、いまの段階では新しい捜査員を引きあわせたくない」

ジェンはうなずいた。ウォールデンの捜査のほうに加わりたいだろうが、マシューの頼みに筋が通っていることはわかってくれるだろう。マシューは部屋全体に向きなおり、声のボリュームを一段階あげた。しばらく時間が経ったあとだったので、苛立ちを示してもかまわないだろうと思った。「ロス、ウォールデンの資金についてはどうなっている？ 行方不明の二十万ポンドは？ 跡形もなく消えたりするはずはないんだが」

「キングズリー・ハウス・ホテルの人事にメッセージを残してあります。これからまた電話をかけてみて、ウォールデンが働いていたあいだ、どうやって給与を支払っていたのか確認します」

「きっとこういうこまごましたことを調べるのは退屈だと思っているんだろうね、ロス。しかしきみが望むほどの刺激はなくても、これは重要なんだ。だから最優先で取り組んでくれと頼んだんだよ」

部屋中がショックを受けたように沈黙した。マシューが大勢のまえで部下を批判したのは初めてだった。ロスは顔を赤くし、椅子の上で身じろぎした。しかしロスについては、マシューの忍耐力は尽きかけていた。まだウォールデンの金が見つからないなど、話にならない。「ウォールデンの遺言作成を引きうけた弁護士が今日の午後到着する。ほかの捜査がすべて失敗に終わっても、資金については弁護士がなにか知っているかもしれない」

「おれが突き止めます」ロスは不機嫌な、憤慨したような声でいった。

「頼んだよ」マシューはジェンに注意を戻した。「スーザンとの話が終わったら、また聖カスバート教会に行ってもらいたい。キャロラインの相談者のなかに突然金回りのよくなった者はいないか？　あるいは、予想外のタイミングでプログラムから脱落した者は？　ウォールデンのフラットを荒らした人物を見つけられるかどうか当たってみるんだ」

マシューが全員を送りだそうとしたところで、ジェンが手を挙げた。「昨日、ウッドヤードの利用者から聞き取りをしていたときに、コリン・マーストンを見かけました。例の有料道路の管理人です。なにか公的な立場でそこにいるように見えました。わたしは話しかけませんでしたし、向こうもわたしに気づかなかったと思いますが、妙な偶然ですよね」

マシューはブリーフィングのあとすぐに車でマーストンの家へ向かった。沼地の端に住んでいるあの夫婦に関しては、最初から引っかかるところがあった。事件への興味も変に強かったし、家はシャプランド家のコテージからそう遠くない。ドアをノックしても反応がなかった。車もなかった。次にどうすべきかわからないまま佇み、いっそ自宅に寄っておいしいコーヒーとつかのまの平穏を味わおうかと思いかけたとき、遠くにいるマーストンの姿が目に入った。沼地と川を隔てる土手のてっぺんに立っている。外は静かで、霧が立ちこめてどんよりしていたので、ここからだと見えるのは輪郭だけだった。マーストンは河口のほうを見つめたまま動かずにいて、マシューが立っている場所には背を向けていた。マシューは車を道の先へ進め、マーストンの家のそばに停めた。付属の建物の一つである朽ちかけたボート小屋の陰になってマーストンが視界から消えると、ちょっと慌てた。マーストンが先へ進んでしまったかもしれないと思ったのだ。岬のほうへ歩いていってしまう可能性もあった。追いかけていって、息を切らし、汗をかきながら質問をするのは馬鹿馬鹿しいくらい情けないなとマシューは思った。

しかし車から降りるとマーストンがまだそこにいるのが見えた。水の上を凝視している。向こう岸の土手の輪郭は霧雨でぼやけていた。霧のなかから飛び立つ鳥がいてもシルエットしか見えないだろう。マシューが土手を上って近づく音を聞きつけ、マーストンがふり返った。

「あなたの姿が見えてよかった」マシューはいった。「家に行ったのですが、誰もいなくて」

「ヒラリーは仕事です」マーストンの気持ちはまだ海岸に向いていた。

「それはいいんです。お話をしたかったのは、あなたなので」

「ほう?」マーストンはやっと意識をマシューに向けた。

「昨日の午前中に、ウッドヤード・センターにいましたね」

「ええ、いました。毎週木曜日に行きます。フィールドトリップのときはべつですが。でもそれは月一回だけだから」

「センターでなにをしているんですか？」

「生涯学習の講座を教えています。第三世代大学(U3A)というやつです。科目は博物学。まあ大半は鳥類学ですが、最近植物学にも興味があるので、そちらを取りあげることもできます」マーストンは間をおいてからつづけた。「かなり楽しんでやっていますよ。自分の知識を、興味を持ちはじめた初学者に分けてあげるんですよ。クリスマスのころはじめたばかりなんですがね。もともといた講師が病気になったので、引き継ぐように頼まれて」

マーストンが教室のまえで写真を見せながら羽毛の詳細や鳥の分布などを説明しているところは容易に想像がついた。少しばかり偉そうな態度で、家庭内では満たされない承認欲求をそこで満たしているのだろう。

「ウッドヤードでサイモン・ウォールデンに会ったことはありませんか？　月曜日の午後にこの近辺で殺された男性ですが」

「ニュースは見ていますよ、もちろん。特別に興味のある事件です。家からすぐの場所で起こったんだから。しかし彼のことは知りませんでした。私たちのグループのメンバーではなかったので」マーストンは間をおいた。「U3Aに来るのはみんな五十歳以上で、私の受講者にはさらに年上の人が多いですからね」

「センター内のほかの場所で見ませんでしたか？　ミスター・ウォールデンは定期的に通っていました。カフェの厨房でボランティアをしていたのです。そこで見かけたこともありませんか？」

一瞬の躊躇のあと、マーストンは首を横に振った。「カフェにはめったに行かないもので。いつもざわついているし、少し値段も高いのでね。コーヒーは魔法瓶で持参するんです」

マシューの母親がいいそうなことだった。彼女の辞書では、〝倹約〟と〝敬虔〟はとても近い位置にある言葉だった。油断ならないと感じたのはそういう理由だろうか。マーストンは個人的な好き嫌いを道徳規範と混同するタイプの人間だった。自分がウッドヤードのカフェで金を使うことを楽しめないからという理由で、それができる人々のモラルを疑ってかかるのだ。ブレザレンもまったくおなじだった。あそこの人々は勝手なイメージで神をつくりあげている。強情で、冷酷で、融通の利かない神を。

「あなたのウッドヤードとの関わりはそれだけですか？　博物学の講座を担当しているだけ？」マシューは河口に目を向けていた。干潮で、少し霧が晴れてきて、遠くの海岸まで――波が砂浜につけた、畝のような模様まで――見えた。マーストンがウォールデンを殺したのなら、どんな動機がありえただろう。動機はわからないが、これはまたもやできすぎた妙な偶然だった。

「当面はそうですね。ただ、理事会に対して非公式に法的なアドバイスをしたことがありまして。バーンスタプルに引っ越したら、もっと積極的に関わりたいと思っています」マーストンは妻と離れているときのほうが自信を持てるようだった。そのせいでマシューはこの男が少し嫌いになった。憐れみが反感に変わった。「組織活動をまとめる私のスキルはきっと彼らの役に立つでしょうし、ヒラリーにもいつもいわれているんですよ。バードウォッチングより有意義な時間の使い方を見つけるべきだって」マーストンはマシューに向きなおってつづけた。「ほんとうに、現時点ではあそこの運営は完全にめちゃくちゃですからね。正式な会計監査を受けたら、おそらく閉鎖されてしまうでしょう」

「それで、あなたならそれをなんとかできると思うのですか？」

「まあ、そうですね。実際、あそこのシステムを整理するのはやりがいのある仕事になるでしょう。現在の明細発行のやり方は悪夢ですから。複数の組織がばらばらに部屋を借りて、べつべつにスタッフを雇っている。資金のほうは、政府の社会事業から来ているものもあれば、芸術振興や福祉関連の雑多な慈善事業から来ているものもある。きっとそのうちウッドヤードそのものが失敗に終わりますよ。全体をもっと簡略化する必要がある」

マシューはこれにどう答えていいかわからなかった。おそらくマーストンのいっていることは正しいのだろうが、同意するのはジョナサンへの裏切りのように思えた。マーストンもそのためらいを感じとったにちがいない。「ああ、すみません。気の利かないことを。忘れていましたよ、あなたの……」マーストンは口ごもり、正しい言葉を探した。「……パートナーがあそこを取り仕切っていたんでしたね」

悪いと思っているようにはぜんぜん聞こえなかったので、忘れていたというのもほんとうはちがうのだろう。先ほどまでの言葉にはどこか批判するような、責めるようなところがあった。いままでの話はすべて管理者の地位を狙った、使い回しの売り込み文句なのではないか。たぶん、マーストンは働いていたときの地位が恋しいのだろう。あるいは、この夫婦は金に困っていて、再就職先を探しているのだろうか。この男がヒラリーから逃れたいと思っているのはマシューにも理解できた。

「そうですね。しかしわたしの夫はただ日々の運営をしているだけです。さまざまな組織に満足してもらえるように努めています。取り仕切るというなら、それをしているのは理事会でしょう」マシューは無理やり笑みを浮かべた。「あなたが自分から進んで管理仕事の第一線に立ってくれるなら、理事会はきっと大喜びですよ。特別なスキルを持った理事候補者をいつも探していますからね」

「まあ、そういう話が出たこともありますよ」そうはいいながら、マーストンはうれしそうな顔をした。それから時計を見ていった。「そろそろ移動しなければ。次の観測ポイントに移る時間なので」

「ちょっと待ってください」

マーストンは動きを止め、ふり返った。「なんでしょう？」苛立っている。

「シャプランド一家を知っていますか？　自然保護区の近くにある川沿いのコテージに住んでいます。バードウォッチングに出かけるときに、毎日のように通りかかっていると思うのですが。クリスティン・シャプランドはダウン症の女性です。ウッドヤードのデイセンターに通っています」

「行方不明になった人ですか？」マーストンはいった。

「そうです」

「すみませんね、警部。ヒラリーと私はほぼ自分たちだけで暮らしているんですよ。お気づきかと思いますが、近所付き合いはほとんどないんです。残念ながら、力になれそうにありません」マーストンはすでに土手を歩きはじめていた。「もしほかにも質問があれば、また連絡をください」そういうと、土手をすべるようにして海岸へおり、クロウ・ポイントへ向かって遠ざかっていった。そしてすぐに霧のなかのただの影になった。マシューはしばらくのあいだ、水を眺めながら佇んだ。

車に戻ると、スマートフォンを確認した。モーリス・ブラディックから電話が来ていた。口ごもりながらしゃべった、ぎこちないメッセージが入っていた。「ちょっと会いにきてもらえないかと思って。このあいだの夜ここに来てもらったときに話しておくべきだった。それがずっと気掛かりで」

マシューは折り返し電話をかけた。「メッセージを聞きました。なんでしょう？」

「電話で話せるようなことじゃないんだ。今回のことが全部きれいに片づくまで、ルーシーは家に置いておきたかったんだが、あの子は母親に似て頑固でね。それで、私が自分で送り迎えをすることにした。さっきルーシーをウッドヤードで降ろして、いまは家にいるんだが、もしそのほうがよければバーンスタプルまで戻るよ」

「いえ」マシューはいった。「わたしがそちらへ行きますよ」自宅にいるほうがモーリスが気楽に話せると思ったからだった。それに、動いていると事態が進展しているように——少なくとも結果を手に入れる途中であるように——感じられた。

二人は前回とおなじくキッチンに座った。細長い裏庭に野菜がきちんと並んで植わっていて、端には鶏の囲いがあるのが見えた。雌鶏たちは餌を食べられるように放してあった。

お茶を淹れたあと、モーリスは話しはじめた。

「まえに、デニスとグレイスのソルター夫妻のことを訊いていたね」

「ええ。行方不明になるまえの夜、クリスティン・シャプランドは夫妻のところにいたのです。夫妻のことで、なにかわたしに話したいことがあるのですか？」

モーリスは目に見えて不安そうだったが、表情になにかべつのものも混じっていた。不快感？　怖れ？　あるいは、小さな宗教団体のメンバーに対する——奇妙で古くさく見える信条を持った、孤立した人々に対する——ただの偏見かもしれなかった。マシューも子供のころ、同級生から怖れや嘲りの目を向けられた経験があった。それがどう感じられるかはわかっていた。しかしモーリスの反感には、そういう不信感以上の理由があるように思えた。

「夫妻について、なんでもいいので知っていることを話してください」マシューはくり返した。「クリスティンを連れ去った人間を見つける助けになりそうなことならなんでも」

「話しづらいんだ」モーリスはいった。「私は陰口が嫌いなんだ。ラヴァコットの住人はみんな、ソルターは立派な男だという。人望を集める方法を心得ているというのかな。ソルターが口を開けば、人は耳を傾ける。町なかで会えば、昔からの友達のように挨拶をしてくる。こっちが特別な人間であるかのように」

マシューはうなずいた。「わたしも子供のときにソルターと出会いました。彼には昔からそういうスキルがあります。共感力というか。一種の温かさというか」

「あの男は妻を殴っていると思う」モーリスは顔をあげ、挑むように、信じられるかと問うようにいった。「少なくとも一度は殴ったのを知っている」

マシューはそれを呑みこもうとした。自分の知っているソルターに――誰にでも腕を大きく広げ、抱きあって挨拶するような男に――当てはめて考えようとした。マシューを笑わせ、十代のころには自信をつけさせてくれた男に。もうソルターのいう神を信じられないと表明したとき、マシューを排斥した男に。「それについて詳しく話してください」

モーリスはマシューを見つめた。まだ困った顔をしていて、口を開くのも気が進まないようだった。「妻のマギーがまだ生きていたころの話だ。グレイス・ソルターが、ある晩ここに現れた。涙を流しながら。真冬だったのに、コートも着ないで。私はマギーに追いだされたんだ。モーリス、〈ゴールデン・フリース〉で一杯飲んできたらどう？　バーが閉まるまで戻ってこなくていいわよ。そんなふうにいわれて、私は出かけた」モーリスはマシューに向かってちょっと笑ってみせた。「マギーが相手のときは、いつもいわれたとおりにしたんだ。妻はなんでも一番よくわかっていたからね」

「それで、なにがあったんですか？」

「わからない」モーリスはいった。「詳しいことはわからない。だが、私が家を出たときにはすでにグレイスの目のまわりにあざができていたし、鼻には乾いた血がこびりついていた。マギーは誰にもいわないとグレイスに約束して、絶対に洩らさなかった。いまこうして話していても落ち着かないんだよ。マギーを裏切るようで。だからなにもいわなかったんだ、前回ここに来てもらったときには」モーリスは間をおいてからつづけた。「それに、ソルターは親切な男だ、善良な男だと評判だからね。私の話を信じてもらえるか、わからなかった」

「話してもらえることはすべて知っておく必要があります」マギーはいまだにこの人の人生の一部なのだろう。耳に声が聞こえ、肩に手を感じるのだろう。マシューはずいぶんまえに信仰を失いはしたが、子供のころは死後の生を信じていた。もしかしたら、墓の向こうから影響を与えてくるというのはそれに近いのかもしれない。

「私がパブから戻ると、グレイスはいなくなっていた。マギーは見たこともないほど悲しそうな顔をしていた。おそらく夫と別れるように説得したんだと思う。だが、グレイスにとってそれはむずかしかった。夫妻はちょっと変わった宗教団体に属しているんだ。厳格なグループだ。たぶん、夫と別れたらその団体からも追いだされるのだろう。ほかの家族とも一緒にいられなくなる」

そのとおり。それがどんなふうに感じられるかはわたしもよく知っている。

「それで、ラヴァコットにその夜のことを知っている人はほかにいないのですか？」ここみたいな場所だったら、きっと噂になるだろうとマシューは思った。

モーリスは首を横に振った。「グレイス・ソルターが夫から逃げてうちに来たことは誰も知らないと思う。暗かったし、まわりに人もいなかった。それに、デニス・ソルターが妻に残酷な仕打ちをしているなどという噂は聞いたことがない。グレイスは昔から引っ込み思案なタイプだった。物静かで。しかしデニスはああいう大物だから、妻がさらに目立たなくなるのもわかるだろう。だが私はグレイスが夫を怖がっているんじゃないかと思うんだ。あんなに静かなのは、口を開く勇気がないからだと」

「正しい行動でしたよ。知っていることをわたしに話してくれたのは」すべてがひどく複雑になってきた。偶然の一致が多すぎる。大勢が、触れあうことなくお互いのまわりを回っているようなものだった。サイモン・ウォールデンがクリスティン・シャプランドやデニス・ソルターを知っていた証拠はなかった。唯一のつながりはウッドヤードで、マシューはまたもや痛いところを突かれた気がした。

27

ジェン・ラファティは、シャプランド家の狭くて暗い、沼地から生えてきたかのようなコテージにいて、ボスの夫がクリスティンに話しかけるのを聞いていた。ジョナサンには以前にも何度か会ったことがあった。職場のクリスマス会でも会ったし、緊急連絡が入ってマシューを自宅に拾いにいったことが一度あって、そのときにも顔を合わせていた。しかしマシューは家庭生活と仕事を分けたがるので、ジェンはほんとうにジョナサンのことを知っているとはいえなかった。ドロシー・ヴェンは、病院にいるあいだはずっとスーザン・シャプランドにくっついていたが、いまはいなかった。自分は結婚するずっとまえから家族に拒絶されていたとマシューはいっていたが、原理主義的なキリスト教徒にとってゲイのカップルというのは受けいれがたいのだろうとジェンは思った。たぶん、ドロシー・ヴェンは息子の夫とおなじ部屋にいることすら耐えられないのだろう。

外では霧が川にたれこめて、湿気が壁を通して部屋に入りこんでくるようだった。室内では格子のなかで石炭がたかれていて、ジェンは五十年以上まえに——スーザン・シャプランドが若い女性で、ノース・デヴォンがいまとはまったくちがう場所だったころに——遡ったような気分だった。レースの敷物の上にお茶のポットとスコーンの皿が置かれていた。スコーンにはすでにバターが塗ってある。

ジョナサンとクリスティンは火に一番近い椅子に座っていて、ジョナサンがとても低い声で話すので、ジェンはときどき二人がなにをいっているのか聞きとるのに苦労した。クリスティンはジョギング用のズボンと、グレーにピンクの縁取りのあるトラックスーツの上着を着ていた。火のそばにいるので顔がほてっている。外は寒いのに、ジョナサンはいまもトレードマークの短パンを穿き、Tシャツを着ていた。結婚式のときにも短パンを穿いていたのだろうか。おかしなペアだなとジェンは思った。マシューはいつもおしゃれなスーツ姿で、ジョナサンはたったいまビーチからやってきたばかりのような見かけなのだ。

ジェンはテーブルにつき、目のまえにスマートフォンとノートを置いていた。会話を録音しながらメモも取っている。自分の印象がクリスティンの言葉とおなじくらい役に立つからだ。

「一番いっておきたいのは、きみは困ったことになったりはしないということだ」ジョナサンの声は温かく、気安かった。励ますような声。「きみはなにもまちがったことはしていない。なに一つ。ぼくたちはただ、なにがあったか知りたいだけなんだ。だからこうして話しているんだよ。それに、ぼくにとってはウッドヤードをちょっと抜けだして、きみのお母さんのスコーンを食べられるのがうれしくもある」

クリスティンは顔をあげてジョナサンを見たが、なんとも答えなかった。これからどういう話になるのか、わからないようだった。

「じゃあ、最初からいこう。きみは火曜日の夜、デニスおじさんがウッドヤードに迎えにくると思っていたんだよね。月曜日はおじさんとグレイスおばさんのところに泊まって、朝はおじさんが送ってくれた」

クリスティンはうなずいた。

「だけど火曜日の午後、ウッドヤードから帰るときは、おじさんがいなかった？」

クリスティンは母親のほうを見た。母親はテーブルのまえ、ジェンの隣に座っており、皿の上でスコーンを崩していた。

「ほんとうのことを話して」スーザンはいった。「ブレザレンの人に知られることはないから」こんなことになってもブレザレンの人にどう思われるかを気にするのだなとジェンは思った。「おまえと母さんのあいだだけのことにしておくから」

「誰かが車で迎えにきたの」クリスティンはいった。「その人たちは、ラヴァコットまで送ってくれるといっていた。そういう取り決めになっているからって」

「クリスティン、それは男の人だった？　女の人だった？」ジョナサンが尋ねた。

「男の人」

「どんな見かけだったか教えてくれる？」

クリスティンは途方にくれたような顔をした。

「ええと、その男の人はぼくみたいな恰好だった？　短パンとTシャツを着ていた？」

そう聞いてクリスティンは笑った。「ちがう！　おしゃれだった、会合のときのデニスおじさんみたいに」

スーザンが割りこんだ。「ジャケットとネクタイという意味です」

「知っている人だった？　まえに会ったことがある人？　おじさんの友達だったら、一緒に会合に出たことがあるかもしれないよね」

クリスティンは首を横に振った。「まえに会ったことはない」

「そうか、わかった。きみはその人と車に乗った。まえに座った？　それともうしろ？」

「うしろ」

「じゃあ、タクシーみたいな感じだね？」

クリスティンはうなずいた。

「クリスティン、それからなにがあった？　物語みたいに話してくれるかな。きみの物語だ」ジョナサンは虫食いのある肘掛け椅子の背にもたれた。時間ならいくらでもあるといわんばかりに。外ではまだ水面に霧が立ちこめていた。冬の夕方のようだった。白い閃光が見え、羽ばたきが聞こえた。川から白鳥が飛び立ったのだ。

「わたしたちは家に着いた」クリスティンの言葉はあまり明瞭ではなく、ジェンは聞きとるのに苦労したが、ジョナサンには彼女のいうことがきちんとわかるようだった。

「おじさんとおばさんの家？」

「ちがう！　そういう大きい家じゃなくて」

「それなら、コテージかな、ここみたいな？　全部の部屋が一つの階にあるような？」ジョナサンが尋ねた。聖人さながらの忍耐力だとジェンは思った。自分なら、この女性からこんなふうに情報を引きだすことはできなかっただろう。証人の頭のなかに入りこんで、その人の目を通して世界を見るような事情聴取なら問題なくできるが、いま目にしているのはそれとはちがう特別なスキルだった。

「全部の部屋が一つの階にあった」クリスティンはいった。「でも、そこに行くのに階段を上らなきゃならなかった」

「ああ、フラットだったんだね？」

クリスティンはうなずいた。

「たくさんの階があって、たくさんのフラットが入っているような大きな建物だった？」

「ちがう！　お店の上にフラットが一つだけ」

ウォールデンのフラットだ、とジェンは思った。犯人たちはクリスティンをウォールデンのフラットに連れていった。ウォールデンはすでに死んでいるから、フラットにはいないとわかっていたのだ。わたしたちがあそこに到着したのは、犯人たちがクリスティンを池に連れだした直後だったのかもしれない。ジェンは口を挟まずにはいられなかった。

「フラットの下はなんの店だったかわかる？」

だがクリスティンは首を横に振っただけだった。

「フラットではなにをしていたの、クリスティン？」ジョナサンが質問を再開した。

「テレビを見てた」間があった。「テレビが好きなの」

「車できみを連れていった男の人も一緒に？」

「男の人はちょっとしかいなかった。ポテトチップとチョコレートバーをくれた。缶のソーダも」クリスティンは母親のほうをちらりと見た。たぶん、家では炭酸飲料を飲ませてもらえないのだろう。

「どうしてその人が迎えにくることになったのか、訊いてみた？」

「その人はなにもしゃべらなかった」

ジョナサンはまえに身を乗りだして、クリスティンの手を取った。「その人になにか痛いことをされた？　触れられたりした？」

「しない」クリスティンはいった。「その人はわたしにたくさん質問をした。テストみたいだった。なんにも答えられなかった」

「どんな質問？」

「わからない！」クリスティンは泣きそうになった。「その人がどうしたいのかぜんぜんわからなかった。わたしは家に帰りたいっていったの。母さんの家に。フラットにいるのはいやだったし、デニスおじさんとグレイスおばさんのところに行くのもいやだった。どうしても家に帰りたかったの」

スーザンが隣でなにやらつぶやくのが聞こえた。謝罪の言葉か、それとも祈りだろうか。顔を向けると、スーザンが泣いているのが見えた。ジェンはティッシュを引き抜いて渡した。

クリスティンがまたしゃべっていた。「その男の人は、母さんの家には連れていけない、もう行かなきゃならないからっていってた。大事な用事があるからって。おじさんが迎えにくるまで、ここでくつろいでいてくれって。眠くなったら寝室があるし、キッチンにはチョコレートもソーダもまだあるっていってた」

「それで、おじさんが迎えにきたの？」ジョナサンが尋ねた。

「誰も来なかった」クリスティンはまた動揺していた。パニックを追体験し、震える指で上着の布地にひだをつくっている。「一人きりで、どうしたらいいかわからなかった。外に出て誰か見つけようと思ったけど、出られなかった」クリスティンは顔をあげた。「鍵がかかってた。あの男の人はわたしを閉じこめたの」

「それはすごく怖かったね」ジョナサンはいった。「そんな思いをしなきゃならなかったなんて、ほんとうにかわいそうに」

「これからどうなるかぜんぜんわからなかった。とにかく家に帰って、母さんと一緒にいたかった」

「クリスティン、そこにいたあいだに、夜は何回来た？」

クリスティンはがんばって考えようとするあまり顔に皺を寄せた。けれどもまたパニックが襲ってきたようで、苦心して集中しようとしていた。

「暗くなったのは二回？」

「すごく長い時間そこにいた」わからないんだなとジェンは思った。怯えて、混乱していたから。クリスティンは顔をあげ、苦痛のうめきのような言葉を絞りだした。「誰も来なかった！」

「ぼくたちはきみを探していたんだ、ほんとうに」ジョナサンもクリスティンとおなじくらい動揺しているように見えた。「でもどうしても見つけられなかった」

「チョコレートもソーダもなくなって、食べ物がなにもなかった。下の道には人がいた。男の人たちが煙草を吸いながら笑ってたから、大声で話しかけたんだけど、窓があかなかったから聞こえなかったみたい」

「それからなにがあったの？」

「男の人が戻ってきた」クリスティンは、自分がどんな目にあったかわかってほしいというように二人を見つめた。

「男の人が来たとき、通りに人がいた？」

「いなかった」クリスティンは答えた。「通りは静かだった。誰もいなくて。まだ暗かった」

「それならきっと早朝だったんだね……」ジョナサンは独り言のようにいった。「それで、男の人はどうした？」

「わたしを車に乗せて、またドライブをして、それから散歩にいった」

「散歩しているとき、なにが見えた？　なにか目につくものはあった？」

「牛」クリスティンはいった。「牛は嫌い」

「ほかには？」

「花が咲いてた。黄色い花。それからどこかの水辺に出て、そこで待つようにいわれた。誰かが迎えにくるからって」クリスティンはジェンのほうを見ていった。「そうしたら、あなたたちが迎えにきてくれた」

でもフラットを出たのが早朝だったなら、何時間もあとだった、とジェンは思った。わたしたちが到着したのは午後遅くなってからだった。霧雨が降っていて、あなたにはろくにコートもなかった。きっと絶望的な気分だったでしょう。ジェンはジョナサンのほうを向いた。「一つだけ質問をしていいですか？」

ジョナサンはかすかに眉をひそめた。「一つだけなら。もうずいぶん話したから」

「あなたがいたフラットなんだけど、どんな状態だった？　片づいていた？　それとも、とても散らかっていた？」

「わたしがいたあとはずいぶん散らかってた」クリスティンはいった。「ゴミを全部どこに捨てたらいいかわからなかったから。でも最初に着いたときは片づいてた」

それなら、クリスティンがブロートンのフラットに閉じこめられていたとすれば、荒らされたのは三人であそこに到着する直前、つまりスーツ姿の男がクリスティンとそこを出てから、わたしたち三人が捜索のために到着するまでのあいだということになる。クリスティンから望む情報を引きだせなかったから、あんなに慌てて家捜しをすることになった？　クリスティンへの質問はすべてその探し物に関することだったの？

男からどんな質問をされたかもう少し尋ねたいところだったが、ジョナサンのいうとおり、クリスティンにはもう無理だとわかった。これ以上なにか訊いても、たぶん集中できないだろう。スーザンがそばに行ってクリスティンの椅子の肘掛けにもたれ、両腕を娘に回した。「心配しないで、かわいい子。そういうことはもう二度と起こらないから。ずっと一緒にここにいるのよ。わたしが守ってあげるから」

ジョナサンをシャプランド家のコテージに残して、ジェンは車でバーンスタプルに戻った。河口のほうまで川を見渡すと、一瞬、刺すようなホームシックが襲った。べつの川、べつの河口を、リヴァプールとマージー川を思いだした。生気と活力に溢れた街。しかし後悔しても仕方がないのはわかっていた。ジェンは警察署に車を停め、町なかを歩いて聖カスバート教会の裏へつながる敷石の路地へ向かった。車の騒音や人声が徐々に遠ざかる。昔の私塾の奥へ入っていくと、先日とおなじ女性が受付に座っていた。

「キャロライン・プリースさんに話があるのですが」

「申しわけありませんが、いまは講座の途中です」

「警察です。わたしはまえにも彼女と話をした警察の捜査官です」

女性が二人、ロビーの安楽椅子に座っておしゃべりをしていた。ジェンが名乗ると二人は顔をあげた。興味深そうに、と同時に少し警戒して。

「キャロラインに、わたしが来ていると知らせてもらえませんか？」

「それはどうでしょう」若い受付係は心配そうな顔をした。「彼女はいま、女性たちのためのセッションをしている最中で、グループ指導をしているときに邪魔されるのをいやがるんです」

「グループのなかの一人が殺人の被害者になったんです。キャロラインはわたしに会ってくれると思いますけど。それから、グループのほかの人たちとも話をしたいのです」

おしゃべりしていた女性たちは、いまはジェンを見つめていた。ジェンはべつの椅子をぐるりと引きだし、二人に向きあって座った。廊下を半分ふさぐような形になった。受付係はそばをすり抜け、部屋のなかへ姿を消した。「あなたはサイモン・ウォールデンを知っていました？」ジェンは女性のうちの一人に尋ねた。

「ええ」その女性はとても痩せていた。こしのないブロンドの髪と白い上着が顔を縁どっていた。

「瞑想のクラスにいた」

「どんな人だと思いましたか？」

相手は肩をすくめた。「目を閉じて仰向けに寝そべっていると、話すチャンスなんてあまりないから」

「あなたは？」ジェンはもう一人の女性のほうを向いた。年上で、保守党の議員のような身なりだった。「あなたはサイモン・ウォールデンを知っていました？」

「あんまり。たまたまここで出会っただけだから。仲間とよく、ここが終わったあとウッドヤードのカフェにランチを食べに行くんだけど、ときどきあの人が料理をしていた」間があった。「厨房にいるときは幸せそうに見えた」

受付係が少々うろたえた様子で姿を現した。「キャロラインがセッションを終わらせました。あなたのためにグループの人たちも引き止めています」

「すばらしい」ジェンはすでに立ちあがっていた。名刺を二枚取りだし、女性二人に手渡した。「なにか捜査の助けになりそうなことを思いだしたら電話してください」

部屋のなかでは、女性が十人ほど輪になって座っていた。ジェンが入っていくと、キャロラインが立ちあがった。「みなさん、こちらがラファティ部長刑事です。お話があるそうです」

これはジェンが考えていたやり方ではなかった。一人ずつべつべつに会って噂話を聞き、突然金回りがよくなった人がいないかどうか訊きたかったのだ。この女性たちは仲間のまえで、しかもソーシャルワーカーが聞き耳を立てているとなれば、きっとなにもしゃべらないだろう。しかしみんなすでにそわそわしていて、煙草を吸ったりコーヒーを飲んだりしにいきたい様子だったので、このままやってみるしかなかった。さもなければ、すぐにまったく注意を払ってもらえなくなるだろう。

「みなさんもう、サイモン・ウォールデンのことは聞いていますよね。ここに通っていたうちの一人で、月曜日の午後に殺されました」

「わたしたちのなかに殺人犯がいるとでも？」若くて背の高い、押しの強い女性がいった。「ただここに通っているからというだけで。わたしたちが精神の健康に問題を抱えているからというだけで」

「ちがいます。ただ、サイモンはいつも特定の人と一緒にいたわけではないので、誰が彼のことを知っていてもおかしくないですから」

沈黙がおり、反感の壁のようなものができてしまった。戦いに負けそうなときにはわかるものだ。「とにかく思いだしてみてください。なにかふだんとちがうことに心当たりがあったら、たとえそれが些細なことに思えても電話で知らせてください。とくに興味があるのは、あなた方の仲間内で突然金回りのよくなった人がいた場合です。わたしの名前はジェン・ラファティで、これが直通の電話番号とメールアドレスです」ジェンは名刺をコルクボードにピンで留めた。すぐ横には、ヒッピー風の友人たちがフェイスブックに投稿するような、動機づけのメッセージが貼られている。「なにかあったら連絡をください」

女性たちは揃って部屋を出ていき、キャロラインとジェンだけが残った。

「あの人たちが無礼なように見えたなら、ごめんなさい」キャロラインがいった。「なかには警察でいやな思いをした人もいるから。それに、自分に自信がないんです。攻撃が自己主張の唯一の方法だと思っている人もときどきいます」

ジェンはうなずいた。そのとおりだと思った。自分がマージーサイドで働いていたころ、不機嫌で怒りっぽいいやな女だったことを思いだした。反撃できるのは仕事をしているときだけだった。

「サイモンは殺されたときに財布を盗まれたんですか？」キャロラインが尋ねた。「だからお金について訊いたんですね？」

「わたしたちは、サイモンにはべつの収入源があって、窃盗の被害者だった可能性もあると思っています。ここに来ている人たちのなかに、突然収入をひけらかすようになった人はいませんか？　新しい服を着てきたりとか。いきなり住む場所を移ったりとか」

キャロラインは首を横に振った。「悪いけど、心当たりはありません」そういって立ちあがり、ジェンの先に立って部屋を出た。キャロラインはおしゃれな黒い靴を履いていた。低いヒールの靴で、ジェンがうしろを歩くあいだ、木の床に当たってコツコツとリズムを刻んだ。部屋の外の廊下で二人は足を止めた。おしゃべりをしていた女たちはいなくなっていた。キャロラインがなにかいいたそうにしていたので、ジェンは待った。

「お葬式について考えていたんです」キャロラインはいった。「サイモンのために葬儀をしてあげたいと思って。もしほかに誰もやる人がいないなら。いろいろ手配するって意味ですけど。エドが手伝ってくれますし。サイモンの妻にそのつもりがないなら……」

ジェンは、丘陵を見晴らす大きなフラットでケイトと話したときのことを思いだした。サイモンが学童だったころや、兵士だったころの思い出話。「どうかな。わたしから訊いてほしいですか？」

「ええ！」うれしそうな、感謝のこもった声でキャロラインはいった。「生きていたときには、サイモンの期待にそむいてしまったような気がするから。少なくともいまならなにかできると思うんです」

28

ラヴァコットから署に戻ったマシューには、エクセターの事務弁護士、ジャスティン・クレイマーがやってくるまえに、サンドイッチを一つ詰めこむだけの時間しかなかった。署に戻る車のなかではずっと、モーリスの説明にあった、ブラディック家に到着したときのグレイス・ソルターの様子について思いを巡らしていた。絶望し、あざをつくり、血を流していたという。なにがあったのか、べつの説明ができないか考えようとした。子供のころに心酔していた、信念を持った真面目な男の思い出と、この新しいイメージ――威張りちらして妻を殴る男のイメージ――を重ねあわせるのはやはりむずかしかった。

クレイマーは時間ぴったりに到着した。赤ら顔の陽気な男で、午前中はゴルフをし、ランチタイムはそこのクラブハウスで過ごしたらしい。ゴルフコースから、アルコールの出るランチを経てバーンスタプルにやってきたのでないといいのだが、とマシューは思った。しかしながら、机を挟んで座り、話をはじめてみると、クレイマーは完全に素面で非常に頭が切れた。陽気な外見は仕事用の見せかけであり、相手が自分を見くびるように仕向ける策略なのだとマシューは判断した。

「海岸で男が殺されたというニュースは見ましたが、それを自分の依頼人と結びつけようとはまったく思いませんでした。しかしたぶんそうすべきだったのでしょうね、こういう状況では。私とミスター・ウォールデンとの関わりはどうしてわかったのですか？」

「彼の住まいの一つに手紙を送りましたね」

「ええ、送りました。日程調整の手紙です」

「彼があなたになにを相談していたのか、話してもらえますか？」

「詳しいことは申しあげられませんね」クレイマーは椅子の背にもたれた。「なにも気むずかしいところをお見せしようというのではなく、私にもミスター・ウォールデンの望みがはっきりわかっていないからです」

「彼と会いましたか？」

「いいえ。電話で二回お話をして、その後、彼がエクセターのオフィスに来るという約束の確認のために手紙を書きました」

「われわれが見た手紙はそれですね」マシューは手紙を手に取った。そして透明なビニール袋に入ったままのその手紙を机の上に置いた。

クレイマーはそれを一瞥した。「そのようです」

「ミスター・ウォールデンは、なぜ地元の弁護士ではなく、あなたのところへ行くことにしたのか、なにか理由をいっていましたか？」最初に手紙を見たときからずっと引っかかっていた。ウォールデンは車を運転しないが、トー渓谷沿いを走るバーンスタプル－エクセター間の列車の旅は、眺めはよくても相当時間がかかる。

クレイマーは肩をすくめた。「おそらく口コミでしょう。たいていの人はそうやって弁護士を選ぶのですよ」クレイマーは声をたてて笑った。「私たちはとてもよい仕事をしていますから」

ウォールデンには、州都に拠点を置く弁護士を勧めるような知り合いがいたのだろうか。

「彼がなぜあなたの助言を必要としたか、いくらかわかっていることはあるのでしょう？二回も電話で話をしたのなら」

「いや、ほんとうに、よくわからないのですよ。かなり変わった人であるような印象を受けました。ちょっと強情なところもありましたし。最初はただ遺言を書くだけの単純な依頼に思えました。存命の親類がいなくて、慈善事業への寄付を考えていたのです」

「彼が資金をどこに遺そうとしていたか知っていますか？」

「ウッドヤード・センターですね。調べました。慈善信託によって運営されている施設です。じつはあなたのおっしゃるとおり、もし莫大な資産を持っているのでなければ、地元の弁護士事務所に相談するほうが理にかなっているのですよ。実際、私はそう提案しましたし、ミスター・ウォールデンが私の助言を受けいれたと思ったのです。しばらくのあいだ連絡が来なかったもので。その後また電話をかけてきて、私に会いに来てもいいかと尋ねた。かなり強引でしたし、差し迫った問題なのだといっていました。遺言について考えなおしたのだ、と。それに、関連のあるべつの問題についても助けてもらえると思ったようです」クレイマーは顔をあげて微笑んだ。「私は料金体系について説明しました。それで彼があきらめるのではないかと思いましてね。私どもの料金は相場より少々高くなることが多いので。まあ、あの段階では、私は彼のことをちょっと空想家のように思い、見くびっていたところもあったかもしれません。ノース・デヴォンは風変わりな人々を引き寄せるような気がして。そうは思いませんか？　もちろん、いますでにいる人は除いて」

「空想家というのは？」

「はっきりした根拠はないのですが、被害妄想があるように感じました。妙な陰謀論にはまってしまいそうなタイプだなという印象がありましたね」クレイマーはパッと顔をあげた。「しかし被害妄想の気があるからといって、狙われていないということにはならない。そんな言い回しがありませんでしたか、警部さん？　どうやら私はミスター・ウォールデンについて判断を誤ったようです。確かに誰かが狙っていたわけですからね。そしてその誰かは実際に成功してしまった」

つかのま沈黙がおりた。マシューがつくりあげたサイモン・ウォールデンのイメージは、会話を重ねるたびにどんどん実体のない、変わりやすく不安定なものになっていくようだった。「あなた方が話したことについて、ほかになにかありませんか？　ミスター・ウォールデンがなぜあなたに会いたがっていたのか、理解する助けになるようなことが。被害妄想の原因はなんだったのでしょう？　どんな細かいことでも助かるのですが」

「すみませんね、警部さん。私とミスター・ウォールデンの会話についてはなにも。彼が秘書を通して予約を取らずに、私と直接話をしたいと言い張ったので、私はかなり苛立ちました。電話ではっきり話したがらないのも、被害妄想の延長線上にある態度のように思えましてね。あるいは、もしかしたらミスター・ウォールデンは、立ち聞きされたり邪魔されたりする可能性のある場所から電話してきたのかもしれない。うしろから騒音が聞こえましたし」

「どんな騒音が？」

クレイマーは首を横に振った。不満の表現だった。助けになりたいとは思っているのだ。

「すみません、警部さん。大人数がつぶやくような声でしょうか。通りにいたのか、あるいは大部屋のなかにいたのか。それ以上のことはわかりません」

マシューはそろそろクレイマーを解放しようと思った。時間を取ってくれたことに礼を述べ、ゴルフクラブの友人たちのもとへ戻ってもらおう、彼らのところでジンと仕事関係のゴシップを楽しんでもらおう。そう思ったところで、クレイマーがテーブルの上に封筒を一枚置いた。びっくりさせたい、喜ばせたいと思っているような、いたずらっぽい笑みを浮かべながら。

「しかし、これがあります。火曜日の午前中にオフィスに届きました」

クロウ・ポイントの海岸でウォールデンの遺体が発見された次の日だ。死んだ日の朝に投函したにちがいない。

封書はすでにあけられていた。なかに入っていたのは手書きのメモと、住宅金融組合発行の小切手だった。額面は二十万ポンド、振り出し先は弁護士事務所の屋号〈モリッシュ&サンドフォード〉に指定されている。メモにはこう書いてあった――

これを安全に預かってもらいたい。事情は会ったときに説明する。

「忙しい週でしたので」クレイマーはいった。「クライアントの口座に入れておいてくれと秘書に頼む暇もなくて。これでおわかりでしょう？　なぜ私がミスター・ウォールデンをかなり変わった人だと思ったか。ふつうなら、顧客からお金を預かるにも一苦労なんです。こんなふうに大きな額面の小切手が郵送されてくることなどないんですよ」
マシューはもう一度小切手を見た。発行元はデヴォンシャー住宅金融組合だった。

クレイマーが立ち去ったあとも、マシューはしばらく机のまえに座っていた。ウォールデンが、死に先立つ数週間のうちになにかしらの危機を経験したのはまちがいない。ルーシー・ブラディックと一緒にラヴァコットへ向かうバスに乗ったり、クレイマーに会うために予約を入れたり、大きな額面の小切手を弁護士宛に送ったりといった行動につながるなにか。なにがこうした奇妙な行動の引き金になったのだろう。弁護士がほのめかしたように、精神疾患の発作のようなものを起こした可能性はあるだろうか？　しかしイルフラクームの家に住む女性たちは、その時期にウォールデンが安定を欠いたり冷静さを失ったりしたとはいっていなかった。しかもキャロラインはそういうことを見分けるプロなのだ。なにかふつうでないことや危険なことがあれば、きっと気がつくだろう。

オフィスのドアにノックがあり、ロスが入ってきた。部屋に入るまえから話しはじめている。上司の目のまえで名誉を回復することに懸命になっているようだった。

「ウォールデンがどこに金を預けていたかわかりました」

ああ、やっとか！　しかしそれならわたしももう知っている。マシューはなにもいわなかった。ロスの報告を台無しにする必要はないし、いずれにせよ、ロスは人のいうことを聞くような状態ではなかった。

「詳細までわかった？」

「もちろんです」ロスは印刷された用紙を二人のあいだの机に置き、椅子を引っぱってきた。髪のスタイリングに使ったジェルのにおいがわかるほど、ロスはマシューのそばにいた。「じつは口座は二つありました。ナットウエストに当座預金の口座が一つ。ここにキングズリー・ハウス・ホテルからの給与が払いこまれていました。それから定期預金口座が――」

ここでマシューは自分を抑えられなくなった。「デヴォンシャー住宅金融組合の口座だね」

「そうです！　どうしてわかったんですか？」ロスがひどくがっかりした顔になったので、マシューはほんの少しかわいそうになった。

「クレイマーと話してわかったんだ。例の弁護士だよ」そのニュースへのロスの反応はほとんど気にも留めなかった。マシューは頭のなかで問いを立てるだけで精一杯だった。なぜウォールデンは、その金を全部クレイマーに送る必要があると思った？　ウォールデンがブリストルの家とレストランのビジネスを売却して得た現金を、以前デニス・ソルターが支配人をしていた住宅金融組合に預けていたのは、単なる偶然の一致だろうか？　なぜウォールデンはそれを全額引きだすことにした？　すべての金をウッドヤード・センターに遺すとした遺言を、書き換えようとしたのはなぜだろう？

29

ギャビーはその日の午後を、キャズとその父親のクリストファー・プリースと一緒に過ごすと約束していた。どうしてそんなふうに説得されてしまったのか、いまもよくわからなかった。昨夜、カフェで〝ジャズの夕べ〟に出演したあとに、キャズに脇へ呼ばれて持ちかけられたのだ。

「明日の午後はなにをする予定？」

「とくになにも。金曜日の午後は仕事もしないし」

「わたしと父と一緒に出かけない？」キャズは妙な、懇願するような声でそういった。キャズが頼みごとをしてくるなんて珍しいとギャビーは思い、同行することにしたのだが、それにしても変なお願いだった。「父が散歩しようっていうの」キャズはいった。「そのあとは、バーで食事でも」

「親子水入らずで過ごしたいんじゃないの？」二人がしゃべっていた場所からは、バーカウンターのそばに立って全員分の飲み物を買っているクリストファーが見えた。ああいう父親なら悪くない、とギャビーは思った。

「母の命日なの」キャズはいった。「母のことで父が感傷的になったら耐えられない。あなたがいてくれれば、そんなことにはならないと思う」

歌ったあとだったし、カヴァを何杯か飲んだこともあって、ギャビーはなんでも受けいれられる気分になっていた。「オーケイ。かまわない」最低でも一食分のお金が浮くと、そのときは思った。

いま、静かな家のなかで、クリストファーに会いに出かけるまえに一緒にコーヒーを飲んでいると、キャズが初めて母親の死にまつわる詳細を話しはじめた。ギャビーはただ耳を傾けた。

「わたしは家を離れていた」キャズはいった。「教会の施設に若者グループで週末のあいだ引きこもっていたの。みんな携帯電話を置いてきてた。それも行事の一環だったから。センターの管理者がわたしの部屋にやってきて、お母さんが亡くなったと告げた。詳細はなし。どうやって死んだかもわからなかった。友人が家まで車で送ってくれたんだけど、家には入らないでといって追い返したわ。父がいて、わたしを待っていた。お母さんは自殺したんだ、首を吊ったんだよって、父から聞いたの」キャズは一瞬黙ってからつづけた。

「わたしは感情を抑えられなくなって、叫びはじめた。父を責めた」

ふだんはとても控えめで自制心の強いキャズが感情を抑えられなくなるところなど想像もつかなかった。キャズはまだしゃべっていた。

「憎たらしいことをいくつか口にした。二人で一緒にがんばってると思っていたのに。母さんの安全を確保するために。父さんがいながら、どうしてこんなことになったのよ？父はわたしを腕のなかに包みこもうとしたけれど、わたしは父を押しやった。父を赦すべきだってわかっていたけど、心の一部でどうしても赦せなかった」キャズは顔をあげてギャビーを見た。眼鏡の向こうの目が大きく見開かれている。「もう十年になる。たぶん仲直りするべきなんでしょうね。でも、父と二人きりになりたくないの。とくに今日は。わかってくれる？」

ほんとうにわかったかどうかは怪しかった――クリスチャンというのは、人を赦すものじゃないの？――が、ギャビーはとにかくうなずいた。

約束したとおり、二人はナショナルトラストの駐車場でクリストファーと会った。海と断崖の見える駐車場だ。観光シーズンになるかならないかの時期だったので、ほとんど人がいなかったし、車もまばらだった。崖を海岸までおりられる小道があって、空気が薄く、明るく見えた。

「ここは母のお気に入りの場所だった」キャズがいった。

クリストファーは二人よりまえに到着しており、すでに車から降りて、見るからに物思いに耽った様子でランディ島のほうを眺めていた。ギャビーを見て驚いたようだった。一緒に来ることをキャズが伝えていなかったのだ。キャズのやり方は思いやりに欠けるのではないかとギャビーは思った。だが、クリストファーはショックをうまく隠した。

「さて、どうしたい？」クリストファーがいった。「岬までの散歩でいいかな？ それからパブで食事？」クリストファーは田舎の資産家のような恰好だった。チェックのシャツに、丸首のセーターを着ていた。

「そうね。いいわね（クール）」キャズが答えた。言葉だけじゃなくて態度まで冷たい（クール）のね、とギャビーは思った。凍りついてしまいそうなくらい。キャズがどうして自分にここにいてほしいと思うのか、ギャビーにはまだよくわからなかった。仲直りの証人として？ 文明人らしい態度を保つため？ 理由はどうあれ、ギャビーはなんとなく利用されているような気分になった。

雲と霧が晴れ、春がまた戻ってきた。太陽が低いところにあってすべてを温め、金色に変えていた。岬につながる小道に入ったとたんに、キャズがしゃべりはじめた。ハリエニシダの蜜のにおいがする。

「ここには母さんとのすばらしい思い出があるの。あのころの母さんは体の具合がよくて、気楽で、くつろいでいた。父さんが仕事をしていたあいだに、よく二人で海岸に来たのよ」キャズはギャビーのほうを向いた。「当時、父は完全に仕事モードで、取引をしたり、企画を立てたりしていたの」クリストファーは黙ったまま歩き、キャズがつづけた。「潮溜まりを覗くのが大好きだった。ねえ、母さんが小さなサーフボードを買ってくれたときのことを覚えてる？　あのときはすごくワクワクした」

「もちろん覚えているよ」

「ほんとに？　あのころわたしたちがなにをしていたかなんて、父さんはほとんど気にも留めていないと思ってた。いつも心ここにあらずって感じだった」

どうしてキャズはこんなに残酷なことをいうんだろう。それに、どうして観客を必要とするのだろう、とギャビーはまたもや思った。「あたし、戻ったほうがいいかも」ギャビーはいった。「あとは二人でどうぞ」

「駄目よ！」キャズは例によって偉そうな、姉のような態度になっていた。「お願い、ギャビー、あなたに一緒にいてほしいの」三人はしばらく黙って歩いた。「頭のなかに母さんとの光景があってね」キャズが話をつづけた。「わたしは下のビーチで海に入っていて、母さんはそれを見てるの。裸足で、ズボンを膝までまくりあげて、ゆったりした白いシャツから茶色く日焼けした腕が出ていて、サングラスが顔の大部分を隠している。それで、笑ってるの」

ギャビーはクリストファーに目を向けて反応を待ったが、彼は無表情で、いぶかしげにも見える顔をしていた。クリストファーにも、なにがなんだかよくわかっていないみたいに。ギャビーはあまりにも居心地が悪くて気絶しそうだった。下のほうから聞こえてくる水音にも、カモメがぐるぐる回りながら飛ぶ様子にも、どこかめまいを起こさせるようなところがあった。

ようやくクリストファーがキャズに話しかけたと思ったら、サイモン・ウォールデンのことだった。

「警察がまた話をしにきたって？　警察は犯人に近づいているのか？」

「あの赤い髪の女性、ラファティ部長刑事に聖カスバートで会った」キャズがいった。「わたしたちのところに通っている誰かが急にお金回りがよくなったりしていないかって訊いていた。理由は説明しなかったけど」

キャズはサイモンの洗濯物のなかから出てきた鍵のことをいうだろうか、とギャビーは思ったが、それについてはなにもいわなかった。それどころか、キャズにはほかのことをいう機会もまったくなかった。クリストファー・プリースが突然立ち止まり、小道をふさぐような形で娘と向きあったからだ。

「わかっているね、私はすべてをおまえのためにやっている。世界中のなによりもおまえが大事なんだよ」間があった。「おまえのためならなんだってする」

魅入られるように、と同時に最高に恥ずかしい気持ちを抱きながら、ギャビーは二人を見つめた。いまここでなにが起こっているのだろう？　告解のようにも聞こえるけれど。

クリストファーは小道を離れて草の上に腰をおろした。クリストファーに関しては非の打ちどころのない服装をしているところしか見たことがなかったので、ズボンに染みがついてしまう、とギャビーは心配になった。クリストファーは娘のほうを向いた。

「私はおまえの母さんを愛していた。知っているだろう」

「最初は愛してた。それは知ってる」キャズは答えた。「母さんが病気になるまえのことね。つらい状況になるまえ」

また沈黙がおり、波の音とカモメの長い鳴き声だけが聞こえた。

「だったら、おまえは最後まで母さんを愛していたのかね？」クリストファーはキャズと向きあった。責めているわけではなく、ほんとうに興味があって尋ねたように聞こえた。

「母さんがひどく怒ったり、行動の予測がつかなかったりしたときも？」

「自分の母親なのよ！　もちろん愛してた！」その言葉は悲鳴になって出てきた。カモメの金切り声とおなじ高さの悲鳴。

「そうかい？　ほんとうに？　ベッカがおまえの学校にいきなり現れたときも愛していた？　先生方にはなんといったっけ？　おまえを連れて帰らなきゃならない、世界の終わりが来るから二人で海岸に行って災害から身を守らなければならない、そういったんだったか？　私が学校にベッカを迎えに行ったときには、おまえは母さんを愛しているようには見えなかった。恐怖に襲われたような顔をしていた。母さんが、ほんとうに気が変になったように見えたからだ、そうじゃないかね？　髪を振り乱して、発作のときにいつも着ていたベルベットのワンピースを着て、校長のオフィスの片隅で泣いていたね、ベッカは」

キャズは答えなかった。二人とも、もうギャビーがいることなど気にもしていなかった。ギャビーなどいないかのようだった。

「私は実際、ベッカを助けようとしたよ。彼女が体感していることを理解しようとした」クリストファーがようやくいった。「だが、おまえのいうとおりだ。最後はあまりにもつらかった。私は仕事に逃げた。おまえたち二人の面倒を見られるだけの金を、おまえの母さんのケアに必要な金を稼がねばならないからと自分にいい聞かせて」

「それに、ほかに女がいたでしょ？」キャズはクリストファーに向かって怒鳴った。「それも逃避の一つだったの？」

クリストファーは平手打ちをされたかのような顔をした。しかしそれでも声を平静に保ち、とても静かに話したので、カモメの鳴き声や波音に邪魔されて聞きとるのに苦労した。「おまえはどうなんだい、キャロライン？　自分なりの逃げ場がなかったかね？　最初は乗馬クラブで、次は教会だっただろう。おまえはいつだって組織的に整った形のお楽しみが好きだった。かっちりしたヒエラルキーとか、儀式的なものが好きだった。自分自身のことをあまり考えなくて済むからね」

キャロラインの目から涙が溢れそうになっていたが、ギャビーは口を挟む気になれなかった。衝突がくり広げられるのを、ひどく魅了されながら見つめていた。

「すまなかった」クリストファーがいった。「フェアじゃなかった。おまえは幼かったし、もちろん生活のなかになにかしら骨組みになるものを求めて当然だった。家庭内にはなかったし、それに、おまえにベッカの世話をする責任はなかった。それは私の肩にかかるべきものだった」クリストファーは間をおいてからつづけた。「私たち二人が聖カスバート教会でやり遂げたことを見たら、母さんは自慢に思ってくれたんじゃないかな？　ウッドヤードも気に入ってくれただろうね。あそこでつづいているすばらしい仕事の数々を。音楽や演劇を。アートを。昔、母さんがよく踊っていたのを、おまえは覚えていないかな？」

「ええ、ええ、きっと喜んでくれたはず」キャズはクリストファーと向きあった。「だから父さんはあんなに関わろうとしたの？」

「もちろんそうだ。おまえは気づいていると思ったのに」

「そういう話はしてくれたことがなかったから」

「話そうとしたことはあったよ」

「そうなんでしょうね。だけどわたしはずっと忙しかった。Aレベルの学力試験があって、それから大学へ行って」

「大学を出たあと、おまえがなぜノース・デヴォンに戻ってきたのか不思議だったよ。ここに住んだってよかったのに。ここは、おまえにとってはいやな思い出のある場所だろうに」

「いい思い出もある。ここは一番よく母さんを思いだせる場所だから。それに、離れていたときは、家が恋しかった」突然、キャズがなにかを決心したように見えた。キャズは父親に向きなおった。まだ立っており、責めるようにクリストファーを見おろしていた。

「母さんを殺したの？」

自分がここにいる理由はこれだったのか、とギャビーは思った。証人のようなものとして呼ばれたのだ。クリストファーが十年まえの犯罪を認めざるをえなくなった場合に備えて。

「まさか！　もちろん殺していない」クリストファーはショックを受けた様子で即座に否定した。「ずっとそんなふうに思っていたのか？　いままでずっと？」

「父さんを見たの」キャズはいった。「女の人と一緒にいるところを。二人でべたべたしてた。バーンスタプルのバーで。父さんは、わたしが家にいると思ってた。でも友達と会うために家を抜けだしたのよ」間があった。さらなる本音。学生のときにやった、ほんとうのことをいいあうゲームみたいだとギャビーは思った。「父さんはわたしが家で母さんを見ていると思ったんでしょうけど、母さんは眠っていたし、わたしはまた一晩家に閉じこもっていることに耐えられなかった」

しばらく沈黙があった。「ソフィーという名前だった」クリストファーはとても静かに話した。「美しい女性だと思っていた。一緒に働いていたんだ。法律の学位を持っていて、契約に関わる仕事を一手に引き受けていた。とても聡明で、アイデアの宝庫だった」

「彼女の頭脳に惚れたのね」キャズはいった。ギャビーにはそれが安っぽい嘲りのように聞こえた。

「恋に落ちた。しかしソフィーと一緒になるためにおまえの母親を殺すなんてとんでもない」

「母さんは知っていたの？　父さんは必ずしも慎重だったわけではないようだけど」

クリストファーは首を横に振った。「知らなかったと思う。そのころのベッカはもう、友人たちとも会っていなかったから。告げ口する人間など誰もいなかった。それに、私は家では非常に用心深かった」クリストファーは娘に向きなおった。「ベッカを傷つけたくはなかったんだよ」

「でも、都合がよかったのよね、突然母さんがいなくなって。その後どうなったの？　ソフィーと一緒になるのも自由だったわけでしょう。いまでもつきあっているの？　わたしが家に行くときは屋根裏に隠れてもらったりして？」

「ソフィーにとって、私とのことはちょっとしたお楽しみというだけだったと思う。長くつづく関係は望んでいなかったし、十代の連れ子を迎える心の準備などまったくしていなかった。それに、私には幸せになる資格なんかないんだよ。私が直接手を下したわけではないが、おまえの母親が死んだのは私のせいだ」クリストファーは飛びだした長い雑草を見つけ、枯れた種を一つ一つ引き剝がした。「私はまた仕事に没頭しようとした。仕事が進展していくさまにスリルを求めた。しかしうまくいかなかった。だから数年後には売却して、聖カスバート教会に関わりはじめた。その後、ウッドヤード設立のための運動にも参加した。資金と気力をすべてそれに、おまえの母親とおなじように苦しんでいる人々に安全な居場所を与えることに注ぎこんだ」クリストファーはキャズを見た。「おまえに、私のことを誇りに思ってほしかった」

少しのあいだ沈黙がつづいた。

「思ってる」キャズがいった。「もちろん誇りに思ってる」

クリストファーはすばやく立ちあがり、また歩きはじめた。キャズもそれに倣った。ギャビーは少しためらったあと、二人につづいた。崖の一部に当たった光に注意を引かれた。地衣類が生え、棘だらけの繁みがあった。シーベリーだろうか？　絵にするならどう描いたらいいだろう。しばらくそう考えたあとで、前方の二人がまた話しはじめているのに気がついた。

「サイモン・ウォールデンには会っていた」クリストファーがいった。

「知ってる。金曜日のご馳走の日に何回か来たじゃない」

「そのまえだ」また告解のように聞こえた。そもそも今日の会話全体に告解の雰囲気があった。「会っておきたかったんだよ、あの男が二十番地に住みはじめるまえに。うちに来てくれるように頼んだ」

「父さんの家に？」

クリストファーはうなずいた。「一緒に住んでも大丈夫な人間だと確認したかった。人殺しかもしれないだろう。頭のおかしい人間かもしれないし」

「もう、父さん、わたしは大人なのよ。そんなことする必要なかったのに」

「そうだね、いまになってみればそう思う」間があって、また本音を洩らすタイミングが来たようだった。「だが、おまえまで失うことには耐えられなかった」

その後、三人は海岸から離れた村にある藁葺屋根のパブに行った。道の反対側の果樹園には小さなキャンプ場があり、夏にはかなり賑わった。いまはまだ料金の安い時期だったので、試験が終わって大学を卒業したばかりの自由な若者たちを惹きつけていた。ギャビーは、ウッドヤードで働きはじめたすぐあとに、美術学校の友人たちのグループをここに連れてきたことがあった。全員がロンドンからやってきて、ギャビーは彼らの羨望を集めることになった。「ここはすごくいいね。ほんとにこれから三年間ここで働くの?」殺人事件の捜査に巻きこまれていると知ったら、友人たちもきっと驚くだろう。ここは都会とはちがう、暴力とは無縁な場所だとみんな思っていたから。

金曜の夜だったので、ほんとうならキャズと二人きりでホープ・ストリートにいて、食事をつくり、サイモンがいた金曜の夜を思い返すべきだった。ここで上司と世間話などしているべきではなかった。ギャビーは罠にはまった気分だった。自分の車はなかったし、家までは何キロもある。勇気を奮い起こして抜けだしたところで、タクシーに乗るお金もない。

最後には、キャズが帰るといいだした。「父さん、わたしたち、ここで食事をしなくてもかまわない？　今夜は、できればギャビーと二人で過ごしたいんだけど」

クリストファーはむしろほっとしたように見えた。「もちろん、かまわないよ」けれども二人は立ち去るそぶりを見せず、話をつづけた。いまはキャズの母親のことではなく、ウッドヤードについて、クリストファーの計画についての話をしていた。ギャビーは意識をさまよわせた。崖に当たった光のことを――地衣類の色を、シーベリーの鋭く鮮やかな棘を――また思い描いた。写真を撮ってあったので、スマートフォンで画像が見られるのだが、いまそれをするのは無礼に見えるとわかっていた。

常連客らしき年配の男性が二人、隅の席に座っていた。あの二人は、ロンドンからギャビーの友達がキャンプをしにきたときもここにいた。あのときは、ここの店主に雇われた客寄せのためのサクラだろうかと思った。いまは、ただこの場所にいる権利を主張しているだけなのだと思う。まだ時間が早く、パブは静かで、クリストファーの声はギャビーにとって思考の背景のホワイトノイズになった。

「とにかく、早く警察の捜査が終わるといいんだが」クリストファーはそういっていた。「チームがふだんの仕事に戻れるように。立ち止まっているわけにはいかないんだよ。あそこでは多くのことが成し遂げられているが、いずれメディアがウォールデンとウッドヤードのつながりに気づくだろう。評判はとても重要なんだ。企画の成功を左右することもあるくらい」

ギャビーは椅子の上で身じろぎをし、友人の視線を捉えた。キャズはメッセージを受けとった。「父さん、そろそろ失礼していい？　今週は大変だったの」

もしがっかりしていたとしても、クリストファーはそれを顔に出さなかった。そして立ちあがった。「もちろん。だが、また連絡してほしい。いつでも」

キャズも立った。「ありがとう。それと、さっきの話ができてよかった」

クリストファーはうなずいた。「さっきいったことは本心だよ。私はおまえのためならなんだってする」クリストファーはテーブルの上に現金を置いた。コーヒーを頼んだところだったが、それを待たずに店を出て、三人で駐車場まで歩いた。

30

マシューが警察署を出たときには六時になっていた。ジョナサンはたぶんもう家にいて、ビールをあけ、食事の準備をしているだろう。そういえば、今日の夕食に友達を招いたと聞いたような、ぼんやりとした記憶があった。デニス・ソルターに会いにいくのは明日に延ばすべきかもしれない。ジョナサンは寛容で、マシューの仕事に必要な物事は理解してくれているが、今夜すっぽかすのは一歩行きすぎかもしれない。しかしモーリス・ブラディックの説明を思いだし――グレイス・ソルターが殴られ、恥をしのんで逃げこんできたという様子が頭に浮かび――ジョナサンにテキストメッセージを送った。たぶん遅くなるから、自分抜きで食事をしてほしいと。車を発進させ、いまや見慣れたラヴァコットへの道を走りはじめると、いずれにせよ今日の夕食は楽しめなかっただろうと正直に認める気になった。メリルとジョーはジョナサンの友人で、長い付き合いの人たちだった。マシューは紹介されて夫の友人の輪に入ったにすぎない。この二人の女性は陶芸家で、エクスムーアの外れに集まって活動している同業者集団のなかで仕事をしていた。二人とも政治活動家で、警察に対する不信は深かった。

広場に面した家の外に車を停めたときには、外は暗くなっていた。向かいの〈ゴールデン・フリース〉では、人が集まってなにかのお祝いをしていた。若い女性たちはタイトで露出の多いワンピースを着ており、年上の女性たちはスパンコールのついたロングドレスをまとっていた。男性のフォーマルウェアは多種多様だった。思いがけず、スコットランドのキルトを穿いている男性も目についた。笑い声が溢れている。60という数字がプリントされた銀色の風船の束を持って入ってきた人がいた。ということは、バースデイ・パーティーなのだろう。マシューが大嫌いなたぐいのパーティーだった。

こんなふうに気を散らしているのはソルター夫妻と向きあうのがいやだからだと、自分でもわかっていた。車を降りて呼び鈴を鳴らす。玄関ホールの明かりがついた。ドアの横の長い上げ下げ窓からそれが見えた。グレイスが窓を半分ほどあけたからだった。逆光になったグレイスの顔は骨ばって、やつれて見えた。灰色の目がマシューを見つめていた。

「はい？」

「マシュー・ヴェンです。ちょっとお話をしたいのですが」

「クリスティンのこと？　あの子が見つかって、わたしたちもとても喜んだんですよ」グレイスは、マシューを招きいれるような動きはしなかったし、声にもほとんど抑揚がなく、ほんとうに喜んでいるようには聞こえなかった。グレイスにはどこかロボットのようなところがある。

「デニスはいますか？」

「いいえ」グレイスは答えた。「会合に出かけているわ。ここの小学校の理事をしているのよ」

「よければなかで、あなたとお話ししたいのですが」

「どうかしら。デニスはまだしばらく戻りそうもないし」痩せこけて青白い顔をしたグレイスが、戸口に足を踏んばるようにして立っていた。

「どうしたんですか、グレイス？　デニスは自分がいないときにあなたが誰かと話すのをいやがるのですか？　彼はなにを怖れているんですか？」

そういうと、グレイスはマシューを通した。今回も公式の用向きに使う正面の大きな部屋に通された。暖房がついておらず、なかに入ると寒かった。キッチンから、録音された笑い声が聞こえてくる。ラジオでコメディを聞いていたのだろう。

「紅茶でも淹れましょうか？」グレイスは落ち着かないようで、すぐにまた立ちあがった。

「それはありがたいですね」自分がグレイスに極度の不安をもたらしているのだと思うと、

マシューは残酷な気分になった。

グレイスがあまりにも長くキッチンにいたので、隠れているのだろうかとマシューは思った。ラジオが切られ、突然家じゅうが静かになった。それから押し殺した声が聞こえてきた。夫の携帯に電話をかけているのだろうか。たぶん、早く帰ってきてくれとメッセージを残したのだろう。マシューを家に入れたことをデニスに怒られた場合に備えて、事前に手を打ったということか。

ようやく、グレイスがトレーを手にして戻ってきた。グレイスは紅茶を注ぎ、ミルクを勧めた。スーザンとずいぶんちがう。まったく似ていない姉妹だった。共通点はブレザレン教会だけ。どう促したらグレイスが話をしてくれるか、マシューにはよくわからなかった。

「お姉さんとは仲がいいのですか？　若いときは大親友のようだった記憶があるのですが」

バーンスタプルからの狭い道を運転していたあいだは、簡単なことに思えたのに。

「そうね。大親友みたいだった」グレイスはつかのま目を閉じた。

「いまはどうですか？」

「いろいろなことが変わったわ」グレイスはマシューを見ずにそういい、それ以上の説明をしなかった。

「クリスティンを預かることはよくあるのですか？」

グレイスは目をあけて、警戒するようにマシューを見た。「昔ほどはないわね」

「なぜですか？」

「わたしたちも年を取ったから。まえほど簡単にできなくなった。たぶん、自分たちの習慣を乱されたくないのね」

「誰のアイデアだったのですか？ わたしの父の葬儀がおこなわれているあいだ、あなたがここでクリスティンと留守番をするというのは」マシューは間をおいてからつづけた。「あなた方は二人とも葬儀に出たいのだと思っていました。デニスは父のよい友人でしたから」

「デニスは行った。わたしは喜んでクリスティンと留守番をした。あの子がウッドヤードに行く日じゃなかったから。スーザンがドロシーと一緒にいたいのはわかっていたし」

「では、クリスティンをここに招くというのはあなたのアイデアだったのですね？」

グレイスはすぐには答えなかった。「どうかしら？ 覚えていない」グレイスはテーブルの向こうからマシューを見た。「こんな質問に意味があるかどうか、よくわからないのだけど。クリスティンは無事だったんだから、ほかのことはどうでもいいでしょう」

二人は見つめあった。グレイスは、暗に干渉しないでくれといっているのだろうか。おそらく、マシューが立ち入ってきたことにデニスが怒りをぶちまけるのではないかと心配しているのだろう。広場の向こうの〈ゴールデン・フリース〉から、ディスコビートを刻むベースの重低音が伝わってきた。

「デニスについて、お尋ねしたいんですが」これはいま話すべきだった、当人が会合から戻ってくるまえに。「デニスが怒りを制御できないという噂を耳にしましてね。過去に、あなたに手をあげたことがあると」

「デニスのことは知っているでしょう」グレイスの声は平板で、まったく感情がこもっていなかった。「あの人がそんなことをするはずがない。善良な人間よ」

「その善良な人間が、学習障害のある姪が誘拐されるのを、そして本人の意志に反して二晩留め置かれるのを許してしまった」

「注意が散漫になっていたのよ。クリケットの試合に聞き入っていて。そのあとは、ブレザレンの人から来てほしいと連絡が入った」

「確かですか？」外の広場で、かん高い笑い声があがった。「デニスが誘拐事件の背後にいたわけではないと確信できますか？　少なくとも、デニスは誘拐については知らなかったと？」

「馬鹿なことをいわないで！」

グレイスが結婚まえは教職に就いていたことを、マシューは思いだした。母が非常に感心しながら、グレイスが幼児学校の校長に就任したと話していたことがあった。母はその話を、まるでマシューが愚かな四歳児かなにかのように、激しい憤りとおかしく思う気持ちの混じりあった声で口にした。

「デニスはあなたを殴るのですか、グレイス？　われわれが助けになりますよ、どこかべつの住まいを見つけられます」

「馬鹿なことをいわないで！」グレイスはくり返した。「あなたはブレザレンを去ることで、そして男性と家庭を持つことで、お母さんに胸の張り裂けるような思いをさせたかもしれないけれど、それでも物事がどんなふうに動くかはわかるでしょう。不可能なこともあるのよ。わたしはデニスと結婚できて運がよかった。デニスはわたしを必要としている」グレイスはまっすぐマシューを見て、断固とした、力強い声でつづけた。「わたしはデニスと結婚したままでいたいの」

ほんとうのことをいっているのがわかった。グレイスは結婚したままでいたいのだ。彼女の小さな世界では、デニスの妻であることで地位と、安心と、目的意識――仕事を辞めたときに手放してしまったもの――がもたらされるのだ。グレイスはおそらく、自分がデニスを改心させればいい、あるいは、デニスの癇癪は自分のせいだからと、自身を納得させたのだろう。それとも、デニスが彼女を服従するように洗脳し、納得させたのだろうか。

グレイスがブラディック家に現れたときのように殴られて絶望的な気持ちになったのが、あの一回だけとは思えなかった。

鍵が錠に差しこまれて回る音が聞こえ、デニスが入ってきたかと思うと、大きなライオンのような顔とたてがみさながらの白髪がすぐに目を引いた。またもや両腕は歓迎するように大きく開かれている。いまとなっては意味のない、見せかけだけの儀式に思えた。マシューがいることに、デニスは驚いていなかった。思ったとおりだった。グレイスが電話で夫に警告を与えたのだ。

「マシュー！　会えてうれしいよ！　すばらしいニュースだよ、私たちの姪が無事に母親のもとへ帰ったというのは。神の恵みであり、大きな喜びだ」

「クリスティンは二晩のあいだ閉じこめられていました」マシューはいった。「われわれは、ブローントンのフラットに監禁されていたものと見ています。重大な犯罪です。もちろん捜査をつづけています」

ブローントンという発言に対して、即座に目につく反応はなかったが、この男はなにに対しても無意識に反応することはないのだろうとマシューは思うようになっていた。デニスの人生はパフォーマンスであり、顔は仮面以外のなにものでもなかった。いま、デニスはまた両腕を大きく広げていた。

「当然、そうしてもらわないと！」

「クリスティンはここからそう遠くないところに置き去りにされていました。ラヴァコットの池のそばです」マシューはつづけた。「母の話では、あなたは昔、あそこでブレザレンの夏のピクニックを開催していたそうですね。あの場所を知っているでしょう」

「もちろんだ。とてもよく知っているよ。あのころはよかった！　またああいうピクニックの開催を考えてもいいかもしれないね、グレイス。われわれの多くがいまでは年寄りだから、全員をあそこまで連れていくのは一苦労かもしれないが」デニスは小さく笑ってみせた。「もう二人三脚ができないのは確かだね」

「いや、そんなに遠くないと思いますよ」マシューはいった。「直線距離にすれば。地図があればお見せできるのですが」

本気で見せようとしているわけではないとわかっているのだろう。デニスは笑みを浮かべただけで済ませた。

グレイスは立ちあがり、お茶の道具をトレーに載せた。「あとは紳士方でどうぞ。わたしにお手伝いできそうなことはもうないでしょう、マシュー？」夫が戻ってきたいま、グレイスはリラックスしていた。少女めいて見えるほどに。

自分は二人の関係を読みちがえていたのだろうかとマシューは思った。ブラディックは、グレイスが家に来てマギーと話したときのことを大げさにいったのだろうか。あるいは、少しばかり誤解したのだろうか。グレイスはドアのそばで立ち止まった。トレーを運んでいてハンドルが回せなかったからだ。マシューが立ちあがってグレイスのためにドアをあけると、トレーをつかむ手が真っ白になって震えているのが目についた。たぶん、グレイスも人目を欺く技術を身につけているのだろう。

デニス・ソルターは、マシューがテーブルに戻ったとたんにしゃべりはじめた。「なにか私にできることがあるかね、マシュー？　もちろん私たちも、事件ができるかぎり早く解決してくれるといいと思っている。ウッドヤード周辺を嗅ぎまわっているメディアが、センターの運営や資金調達にも影響を与えるからね」

「サイモン・ウォールデンはデヴォンシャー住宅金融組合の定期預金口座を持っていました」マシューは手探りで進んでいることを自覚していた。この話がどこへ向かうかは自分でもよくわかっていなかった。

「そうなのかい？　まあ、珍しくもないだろう、このへんでは。地元の金融機関だし、顧客はみんな義理堅いから」

「ウォールデンは地元の人間ではありませんでした。それに、自分の金をそこに入れておくのは安全ではないと思ったようです。死ぬまえに、小切手を書いて弁護士に送っていたんですよ」

「いや、デヴォンシャーはこのうえなく安全だよ。その点に関しては心配ない。私も自分の金を預けているくらいだからね」

「ウッドヤードもそこを使っていますよね、確か」答えがなかったので、マシューは顔をあげた。「あなたが退職してどれくらいになりますか？」

「二、三年だ。最良の決断だったよ、少しばかり早く退職したのは。グレイスと一緒に過ごせる時間がいくらかできたからね」

「あなたはウッドヤードの理事でもある」マシューは濃い霧のなかを、行き先も決めずに手探りで進んでいるような気分だった。「クリストファー・プリースを知っているといっていましたよね」

「ああ。まあ、知りあったのはずっとまえだがね、もちろん。ノース・デヴォンの実業界は狭いんだよ」デニスは顔をあげ、いつもの笑みを浮かべてみせた。「ジョナサン・チャーチも全部知っていたはずだ、私を理事会に招くというクリストファーの決断については。ほかの理事に紹介してくれたのもジョナサンだったし、彼はウッドヤードの影の実力者なんだ。いや、もちろん、そんなことは知っているね。ジョナサンのことはよく知っているはずだ」

言葉に棘があり、脅しに近いように聞こえた。たぶん、デニスが嫌悪する関係についての遠回しな当てこすりなのだろうが、マシューにとってはもっと攻撃的なものに聞こえた。積極的な非難というか。

「昨日の午前中はどこにいましたか？」馬鹿げた質問だとマシューにもわかっていた。ラヴァコットの池までクリスティンを連れていった男は、ソルターではありえない。おじだったらクリスティンにわかったはずだ。しかしブローントンにあるウォールデンのフラットを荒らした人物ではあるかもしれないと、ふと思ったのだ。

ソルターが初めて少し動揺したように見えた。「なぜ知りたい？」

「警察はたくさんの線を追っています。ただの型どおりの質問ですよ。理解していただけると思いますが。われわれはミスター・ウォールデンと関係のあった人全員におなじことを訊かなければならないのです」

「しかし私はミスター・ウォールデンとは関係がなかった。覚えているかぎりでは、会ったこともない」ソルターの口調から気楽で陽気なところが消え、困惑しているようにさえ見えた。「それに、彼が殺されたのは月曜日じゃなかったかな？　きみも知っているだろう、私はその日はきみの父上の葬儀に出ていた」

「しかしあなたは、クリスティン・シャプランドとは関係があります。われわれは、この二つの犯罪につながりがあると見ています」

その後しばらく沈黙がつづき、今度もまた、広場の向かいのパーティーの人声と、絶え間なくつづく音楽のビートが耳についた。

「ここにいたよ」ソルターがいった。「グレイスが証言してくれる。妻に訊きたければ、呼んでこようか?」

「その必要はありません」グレイスが証言するのはわかりきっているのだから。グレイスは夫のいうことならなんでも裏づけるだろう。

マシューが帰宅すると、ジョナサンの客人がまだいた。みんなリビングにいて、一人の女性はソファにゆったりと座り、もう一人はクッションに肘をついて床の上でくつろいでいた。ジョナサンは肘掛け椅子で体を伸ばしている。みんなすでに食事を終え、皿はキッチンの大テーブルに置きっぱなし、鍋類は水に浸けもせずそのままになっていた。放置された洗い物をまえに、マシューは必要以上に苛立ちを感じた。三人はウイスキーを飲みはじめていた。

「メリルとジョーに、今夜は泊まっていってくれといったんだ」ジョナサンが椅子から声をかけてきた。「いまから帰るのは大変だし、週末なんだし」

わたしはちがう。まだ仕事だ。マシューはむっとした。ジョナサンと二人きりで過ごしたかった。ジョナサンを交えてほかの人々と過ごすことに、社交的な振る舞いをすることに、マシューはまだ慣れていなかった。バーンスタプルの町にマシューの友人は数えるほどしかいなかったが、ジョナサンの友人はクイーンズ・シアターを埋め尽くすほどいた。

「食べるものを残しておいたよ」ジョナサンはそういって椅子からすべり降りると、少々ふらつきながらキッチンへ向かった。マシューもあとにつづき、ジョナサンがオーブンの一番下からキャセロールを取りだして、中身をスプーンで皿にあけるのを見つめた。「すごくおなかが空いてるよね」

ソルターとプリースのことを訊きたかった。ジョナサンは内部の情報源なのだから。捜査に従事しているほかの誰よりもよく二人のことを知っているはずだった。けれどもドアがあいたままになっていて、これから観ようとしている映画かなにかについて、女性たちが大声でジョナサンと会話をしていた。

「それをトレーに載せて持ってきて」ジョナサンがいった。「こっちに来て、仲間に入ってよ。ワインを注いであげるよ」

マシューはその場にとどまり、ドアをしっかり閉めてキッチンで静かに食べるつもりだったのだが、ジョナサンのあとにつづいてリビングに戻り、火のそばの椅子に座った。

「そうだね」マシューはいった。「そうしよう」

31

土曜日の朝、マシューは早い時間に目を覚ました。昨夜はほかの面々より先にベッドに入ったのだが、キッチンに行ってみると、三人は寝るまえに汚れ物を食洗機に入れたらしく、テーブルがきれいになっていた。すべて片づいている。不合理なことに、ぷつぷつと泡立つような憤りを感じた。これでぐずぐず怒っている理由がなくなってしまったからだ。コーヒーを淹れ、ジョナサンに一杯持っていこうとしたところへ、当の夫が短いドレッシングガウンを着て裸足のまま入ってきた。

「昨夜はごめん」ジョナサンがいった。「捜査の大変なときに突然の泊まり客なんて、一番いやだろうって気づくべきだった。でも何杯か飲んだらいつもどおり、気分がよくなっちゃって。それに金曜日だったから。金曜の夜を一人で過ごすなんていやなんだ。冒瀆みたいに思える。金曜日は誰かと一緒に過ごして、お祝いをするべきなんだよ。だけどきみの仕事がいつ終わるかわからなかったから」ジョナサンは女性二人が眠っている寝室のほうを顎で示した。「二人はもうそんなに長くいないよ。朝のうちに帰らなきゃならないんだって。朝ごはんをつくってあげる約束をしたんだ。きみは昼食に帰ってくるなんてどう？　そのころには、お客さんたちはもういないから」ジョナサンは冷蔵庫に手を伸ばして、マッシュルームの袋と卵を取った。

「抜けられないと思う」マシューはそういってから、ぶっきらぼうだったと気づいていい添えた。「でもいい考えだね。努力してみる」

「じゃあ、ぼくは許してもらえたってこと？」ジョナサンは心配そうな声でいった。ただ軽口をたたいているだけではないようだった。養子に迎えられた少年が、捨てられることを怖れて、自分のほんとうの居場所を探っているようだった。

「もちろん」いつだって許してきたのだから。ジョナサンのことは、きっとなにがあっても許してしまうだろうなとマシューは思った。

警察署は静かだった。ロスはすでに出勤しており、パソコンの画面を睨んでいた。マシューが机のまえに落ち着いたところでジェンから電話があって、少し遅れてもかまわないかと尋ねられた。

「どうしても、ちょっとだけ子供たちと過ごさなきゃならないんです。エラとベンはもうすぐわたしの顔を忘れそうだし、食料品の買出しもしておかないと二人が共食いをはじめそうで」

「そうか、わかった」ただの口実でないといいのだが。大騒ぎの夜を過ごしたあと、いましがたよろよろ帰宅したばかりでつらくてとても仕事に行けない、などということではないといいが。

「ジョナサンとクリスティン・シャプランドの対話の件と、キャロラインや聖カスバート教会の集会参加者と会った件について、メッセージは受けとってもらえましたよね？　役に立ちそうなことはありませんでした。すみません」声からすると二日酔いではなさそうだった。

「ああ」マシューは昨夜ジョナサンとウッドヤードの内情を話しあい、意見を尋ねたり、考えを共有したりしたかった。慌ててラヴァコットに出かけていってソルター夫妻と話をするよりも、ジョナサンと話しあっておくべきだった。いまになって考えると、ラヴァコットまで行ったのは無駄足だった。充分に考えるまえにグレイスに挑んでしまい、不満と苛立ちだけが残った。それに、マシューが家庭内の事情を知っていると、デニス・ソルターに警告を与えてしまったようなものだった。今後デニスはいっそう閉鎖的になり、より多くを隠すだろう。

「ありがとうございます」ジェンがいった。「それでは、のちほど。もしなにか重要なことが持ちあがったら電話してください」

マシューは受話器を置き、ぶらぶらとロスの机に向かった。「ブロートンにあるウォールデンのフラットをさらったあと、科学捜査班からなにかいってきたかい?」

照合システム上にない指紋、誰のものかわからない指紋が出たかどうかに興味があった。ソルターがあのフラットにいた証拠をぜひとも見つけたかった。ソルターを署に呼びだして指紋を採るところ、ソルターの指に不名誉のしるしのようなパウダーがついているところを思い描いた。だが、ソルターは馬鹿ではない。もしほんとうにソルターがフラットの捜索を実行したのなら、当然手袋をはめていただろう。注意しなければ、とマシューは思った。ソルターへの反感が判断を曇らせている。ソルターが虐待をしている証拠も、ウォールデンの死にいずれかの形で関与している証拠も、実際には一つもないのだ。

「ちょうどせっついてみようと思ってました」

あとは任せることにした。ほかの捜査官たちのまえでロスに苛立ちをぶつけたことにはまだ罪悪感があった。自制心を失うのはほんとうにいやだった。罠にはまったような落ち着かない気持ちのまま、ワンフロア形式のオフィスのガラスで仕切られた隅に戻った。デニス・ソルターとサイモン・ウォールデンのあいだにもっと具体的なつながりが見つかればいいのだが。いまは会ったことがあるという証拠すらなかった。ジョナサンを捜査に巻きこむこともできる、夫を守れるかどうかはマシュー次第だという脅しにも似たソルターのほのめかしのせいで、自分はこの件から手を引くべきだろうかとマシューはまたもや考えていた。しかし腹立たしくもあった。ジョナサンが殺人や誘拐に関与していないことについては、信仰に近いくらいの確信があった。

この週末が終わるまでやってみよう。それまでに解決しなければ、この件は階上に持っていこう。ジェン・ラファティが一人で完璧に仕切れますと、ジョー・オールダムに話すのだ。

ガラスのパーティションを通して、ロスが電話をかけるのを見た。突然、興奮を示すパントマイムが目についた。拳を宙に突きあげている。ロスに手招きされ、マシューはもう一度、机やコンピューター端末のあいだを縫って歩いた。

「なんだい？　宝くじでも当たった？」

「もっといいことですよ！」

「だったら早く教えてくれ」マシューは暴力的な質(たち)ではなかったが、ロスが相手だとときどき引っぱたいてやりたくなることがあった。いまも手が出そうな気分だった。

「科学捜査班がウォールデンのブロートンのフラットに関して最初の報告をあげてきた

んです。指紋の一致が二件あったそうです。クリスティン・シャプランドがあそこにいたことが確定しました」

「ああ、それはもうわかっていた」

「だけど、もう一つ一致があったんですよ」

「名前をいうんだ、ロス。焦らさないでくれ」

「ホープ・ストリートで女性二人の指紋を採ったのは知っていますよね？　除外するために」

「知らなかったが、理にかなっている。妥当な判断だ」

「どうやら、ギャビー・ヘンリーがブローントンのフラットに行ったようです。まちがいありません。バスルームと寝室の整理簞笥から彼女の指紋が発見されました」

マシューはそれについて考えてみたが、不思議とそう大きな驚きはなかった。

こぢんまりした自分のスペースに戻り、ホープ・ストリートの固定電話に連絡を入れた。誰もいないか、二人とも寝ているかで、留守番電話につながるだけだろうと思っていたら、誰かが出た。「キャロライン・プリースです」疲れて具合の悪そうな声だった。

「マシュー・ヴェンです。ギャビーと話がしたいのですが」

「ここにはいませんよ、警部さん。土曜日のお昼には、ウッドヤードの生涯学習の講座で水彩画を教えているんです。あまり乗り気ではないようだけど、必要に迫られて。三十分まえに家を出ました。生徒が来るまえに少し自分の仕事をしたいそうです——描きあげたい絵があるんですよ」

マシューは、ギャビーがウッドヤードのスタジオに一人でいるところを見つけた。クロウ・ポイントの絵に取り組んでいた。「もう仕上がり間近なのかな」マシューには、どうしたらこれ以上よくなるのかわからなかった。すでにすばらしい出来だった。雲のうしろの光。マシューは少しのあいだわれを忘れて絵を見つめた。

「ええ」ギャビーは筆をおろしたが、絵から目を離すことはできずにいた。まだ完全にマシューに意識を向けているわけではなかった。

「あなたはあの朝、サイモンとコーヒーを飲んだ。そうではありませんか？　少なくともサイモンはコーヒーを飲んでベーコン・サンドイッチを食べ、あなたはハーブティーを飲んだ」

ギャビーは絵筆をイーゼルの一番下の横木に置いた。そしてようやくマシューと向きあった。

「どうしてわかったんですか？」

マシューは肩をすくめた。「型どおりの警察の捜査で」そのときになってようやく緑色のジャケットが目に入った。ドアの内側のフックにかかっていた。「二人がブロートンのカフェで一緒にいるところを目撃した人がいて、あなたが着ていたものを説明してくれました」ギャビーはなにもいわず、マシューがつづけた。「恋愛関係にあったのですか?」

「あれをそういっていいかどうか」

「でもブロートンのフラットに行きましたね。サイモンにほかにも住む場所があったことを、あなたは知っていた」

ギャビーは答えなかった。

「あなたがあの部屋に行ったことはわかっています。あなたの指紋が見つかりました」

それでもギャビーは黙ってマシューを見つめ返すばかりだった。

「あなたが殺したのですか?」

「ちがう!」ようやく返事が引きだされた。「まさか! もちろんちがう!」

「しかしあなたはかなり効果的に捜査の妨害をしたうえ、いまになってあのときあそこにいたと認めている」マシューは間をおいた。「それがどう見えるかはわかるでしょう、ギャビー。あなたは嘘をついた」

「いいえ」ギャビーはいった。「嘘はついていない。ただ、知っていることを全部は話さなかったというだけ」

二人は睨みあったまま立っていた。「あなたを署に連行するべきでしょうね」マシューがいった。「警告し、弁護士同席のうえで尋問します」

ギャビーは顔にかかった髪をぎゅっとうしろへ押しやった。頬に小さな絵の具の汚れがついているのが見えた。緑色だった。上着とおなじ色合いの緑。

「お願いだからやめて。この仕事が必要なの。泣き言に聞こえるのはわかっているけれど、この仕事がなければ生き延びられないんです」

「警察の取り調べに協力したからという理由でクビにすることはできませんよ」

「ジョナサンのことじゃないの。あの人はわかってくれている。問題は理事会なんです。地元の実業家たち、大半が男性。それに政治家たち、こちらも大半が男性。あの人たちはアートのことなんかわかってない。このスペースだって、ほんとは観光客向けの安っぽい土産物をつくりたがっている人に手工業の作業場として貸したいんです。そうすれば使用料を徴収できるから。だからあたしを追いだす口実を探してる。初めてここに来たときからずっとそう」

マシューは椅子を引っぱりだして座った。「生徒が来るまでにどれくらい時間がありますか？」

「一時間」

「だったらコーヒーを淹れてください。それから話をしましょう」

二人は座った。コーヒーの香りが、絵の具とテレピン油とチョークの粉のにおいに重なった。

「なぜウォールデンのことで嘘をついたのですか？　なぜ彼を嫌いなふりを？」

「いったでしょう、嘘はついてません。最初はサイモンのことが嫌いだった。そういうふりをしていたわけじゃない。サイモンが家のなかにいるのがいやだった。こっちが不安になるような感じが、あの陰気さがいやだった」ギャビーは絵の具で汚れた指でマグの縁を撫でた。

「それでも魅力的だと思った？　前回話したとき、そういっていましたね」

「興味深い人だと思いました」ギャビーは認めた。

「なぜわたしに二人の関係を隠したのですか？　友達にも？」

ギャビーは少し時間をかけて言葉を探した。「恥ずかしかったんです。サイモンが家にいることに大反対だったのに、その後こんなふうに、サイモンの夢を見るなんて。サイモンのことを考えているなんて。元兵士でアルコール依存症で、アートのことなんかなにも知らない人のことを」ギャビーはまた間をおいた。「それに刺激的でもあった、秘密を持っているというのは」恥ずかしく思う気持ちならマシューも理解できた。愚か者のように見えるのではないかという不安は、大人になってからのマシューにずっとつきまとっていた。ジョナサンとつきあうようになって、それがやっと治りはじめたのだ。

「いずれにせよ、警察には話すべきでした。これは殺人事件の捜査なのですから。あなたが恥ずかしく思おうが、それは重要ではない。殺人犯を見つけることが重要なのです」

「一度嘘をつきはじめると、やめられなくなりました。あたしがサイモンを殺したと思われるのが心配で」

マシューはマグの縁越しにギャビーを見た。「殺したのですか?」

「殺してない! 二人の関係をずっと秘密にしていただけ。あなたに対しても、友達に対しても」

「サイモンはそれをどう思っていたのでしょう? あなたは彼と一緒にいることを恥ずかしがっているように見えたかもしれませんね」男はきっとそういうことをいやがるだろうとマシューは思った。

「それはない」ギャビーはやさしい笑みを浮かべた。「サイモンもそのほうがよかったみたいだから。自分にはたくさん秘密があるから、一つくらい増えたって変わらないといっていました」

「それはどういう意味だったのでしょう？」

「わかりません」ギャビーは少しのあいだ口をつぐんだ。物思いに耽っているように見えた。「ある日、何週間かまえに二人でブロートンのフラットにいたとき、サイモンが秘密についてしゃべりだしたんです。結婚していたのはとっくに知ってましたけど、秘密っていうのはほかのこと、なにかまったくちがうことだった。うわの空で、なにか悩んでいるのがわかりました。どうしたのか訊いたんですけど。一瞬、話そうとしていたと思います。気がかりなことを明かしたいと思っているように感じました。でも、結局ただ笑っただけだった。もしあたしに全部話したら、秘密がなくなってしまうといってました。そうなったら自分がどう感じるかわからない、秘密こそ自分を形づくっているものだからと。まえとおなじ自分とは思えなくなりそうだ、罪悪感をなくしてしまうようなものだって」

マシューはそれについて考えた。「それで、何を悩んでいるのか、サイモンはあなたにまったく話さなかったのですね？」

「ええ。自分でなんとかしなきゃならないといっていました。喜んでさえいるようでした。これは自分の責任であり、償いをするチャンスなんだって」

マシューはコーヒーの残りを飲みほした。明らかに、サイモン・ウォールデンの人生には、最後の何週かのうちに劇的な出来事がいくつかあったらしい。なにか自身の死につながるような発見をしたのだ。そのおなじ期間中にラヴァコットに通いはじめ、自分の金をエクセターの弁護士に送り、弁護士との会見を要求した。そのときのウォールデンの人生は、聖カスバート教会と、ウッドヤードと、イルフラクームの家を中心に回っていた。ブローントンのフラットはギャビーと会うためだけに使っていたようだった。

「それがどういう意味だったかはわからないのですね？」

ギャビーは首を横に振った。「あたしはたくさんのことを打ち明けたけど、サイモンのほうはまだ個人的な物事を明かす心の準備ができていなかった。あるいは、謎めいたままでいるのが好きだったのかも」

「二人の関係はどうやってはじまったのですか？」二人が恋人同士だったところが、まだうまく想像できなかった。しかしそれをいうなら、自分とジョナサンが一緒になると想像できた人間もいなかったのではないか。

「まえにも話した、金曜日の夜のことでした。サイモンが料理をする金曜日。キャズがベッドに入ったあと、サイモンの寝室のドアをノックして、彼の部屋に入ったんです。酔っぱらっていました。サイモンの頬骨とか、背中の筋肉を指でたどりたかった」ギャビーは顔をあげてマシューを見ると、にっこり笑った。「そんなふうに自分にいい聞かせたんです。ただ骨の構造を理解したいだけだって。自分のアートのために。いま描いている絵のための情報として」

「そして恋人同士になった」

「その夜じゃありませんでしたけど。その夜は、ただサイモンのベッドに横になっておしゃべりしてたんです」

「でも、サイモンが秘密を明かすことはなかったのですね？」二人が狭いベッドで囁き交わしているところが目に浮かんだ。通りの騒音が朝の近いことを告げ、ギャビーが自室に戻らねばならなくなるまで。

「ええ。さっきもいったとおり、だいたいあたしのほうがしゃべってました。ロンドンで住んでいた場所のこととか、母と、母が連れこんだ虐待魔でろくでなしの男たちのことととか、帰属意識を持てたことが一度もないとか。サイモンは聞き役でした。すばらしく聞き上手だった」

「彼はいつ、あなたをブローントンのフラットに連れていったのですか？」

「最近になってから。だいたい三週間くらいまえ。その後何回か行きましたけど」ギャビーは、非難されるならそれでもかまわないといわんばかりに笑みを浮かべた。「サイモンにウッドヤードでのボランティアの仕事がなくて、あたしも講座がないような昼下がりに、愛しあうために」

「サイモンは説明しましたか？　なぜその部屋を借りているのか。なぜそれをほかの人々に――聖カスバート教会のキャロラインのように、彼を助けた人々に――秘密にする必要があったのか」

「いいえ。自分だけの部屋があるのに、なぜあたしたちと一緒に住むことにしたのか尋ねたことならありますけど」ギャビーは話せるのがうれしいようだった。一人でこっそりウォールデンの死を悼むのは、きっとつらかったにちがいない。たとえ仮に彼女が嫉妬に駆られて、もしくは拒絶されて、ウォールデンを刺した本人だとしても。マシューはギャビーに好感を持っていたが、だからといって殺人犯の候補から彼女を除外することはできないと思った。

ギャビーはつづけた。

「サイモンは、孤独のせいで死にそうだからといっていました。くよくよ考えこんでしまい、罪悪感に溺れそうになるんだって。もしこれ以上長い時間一人でいたら、酒で身を滅ぼすだろうって。サイモンには聖カスバート教会のグループセラピーによる支えが必要だったけれど、もし自分の部屋があって、少しはお金も持っているとなると、キャロラインにあまり同情してもらえないんじゃないかと思ったそうです」ギャビーはまた歪んだ笑みを浮かべた。「あたしも同情しなかったと思う、とサイモンにいいました」

「サイモンが自分の資産について話したことはありましたか？　かなりの貯金があったことがわかったのですが、預金していた住宅金融組合を信用していなかったようなのです。あるいは、なにか使う予定があった可能性もありますが」

ギャビーは首を横に振った。「あたしたちはそういう関係ではなかったから。共有の銀行口座をつくるつもりも、お互いに相手をイケアに引っぱっていくようなこともなかった。終わりの見えている張り詰めた関係で、長くつづかないことは二人ともわかっていた。どちらも家庭的な幸せなんて似合わなかった。いずれ自然と燃え尽きるはずの関係でした」

「亡くなるまえの二週間ほど、サイモンがバスでラヴァコットに通っていた理由を知っていますか？　警察は、そこで誰かに会おうとしていたものと見ています。あなたですか？」

「ちがいます！　ほかにも女がいたってことですか？」

「その証拠はありません。もしそうだったら意外ですか？」「傷ついたと思うし、嫉妬もしたでしょうけれど、そう、驚きはないですね。サイモンがなにをしていても驚かなかったと思います」

ギャビーは小さく、悲しそうな笑い声をあげた。

「彼が死亡した一日のことを話してもらえますか?」

ギャビーが椅子の背にもたれると、縦長の窓からの明かりが顔に当たった。なんて疲れた顔をしているんだろう、一気に年を取ってしまったように見えるとマシューは思った。

「さっきあなたがいったように、待ちあわせてコーヒーを飲みました。あたしは午前中空いていて、サイモンもウッドヤードに行くつもりがないのを知っていたから、お茶のあとはサイモンのフラットに戻って、もう少し一緒に過ごせると思っていた」

マシューが口を挟んだ。「ブローントンまでは一緒に行ったのですか?」

ギャビーは首を横に振った。「いいえ、サイモンは早い時間のバスに乗って、あたしはあとから行きました。サイモンは、ちょっとやらなきゃならないことがあるからって。それに……」ギャビーの声が小さくなって途切れた。

マシューが言葉を継いでいった。「それに、お互いを嫌いなふりをつづけなければならなかった。それもドラマの一部だった」

「そう、そんな感じでした。いまになってみれば馬鹿みたいに、意味がないように思えますけど。一緒に過ごせたはずの時間を無駄にしてしまった」

「それで、その日、カフェで会ったあとはなにがあったのですか?」マシューは時間の経過を意識していた。もうすぐ熱心な中年の生徒たちがスタジオのドアをノックして、講座の時間ですというだろう。

「車で海岸に出て、絵にするのにいい風景を探して過ごしました。スケッチをしたり、写真を撮ったりして、時間を忘れていました。夜にウッドヤードで講座があったんですけど、キャズとの待ち合わせにぎりぎりで間に合うように戻って、生徒たちが来るまえにカフェで早めの夕食をとりました」ギャビーは顔をあげた。「カフェを出たあとは、サイモンとは会っていません。クロウ・ポイントまで車で一緒に行ったわけでもないし、あたしはサイモンを殺してません」

マシューはギャビーを信じたかった。もしギャビーがウォールデンを乗せて車で岬へ向かったなら、マーストンが見かけていたはずだと思った。しかしそれでも、ギャビーがどこかべつの場所に車を停めて、海岸をぐるりと歩いて恋人に会うことができなかったとはいいきれない。そしてそのときに殺すことだってできたはずだ。「サイモンのほうはどうですか？　なにをするつもりだったのでしょう？」

「そうね、世界を救うつもりだったんじゃないかな。そんな印象を受けました。ようやく大きなプロジェクトが、ずっとサイモンを悩ませていたものが、山場を迎えたみたいな。ようやくやっとこの首についたアホウドリから自由になれるよ、ギャビー。これでようやく、また世界と向きあえる。そんな話でしたけど、具体的なことはなにもいっていませんでした。

役に立ちそうなことはなにも」

沈黙がおりた。ギャビーが口を開いたとき、出てきた言葉は告解のようだった。「サイモンを愛していたんです。馬鹿みたいだし、うまくいったとは思えないけど、ほんとうに愛してた」

32

モーリス・ブラディックは土曜日が好きだった。たいてい、ルーシーと一緒にバーンスタプルの町なかに出かけてちょっと買物をしたり、いたるところにあるカフェのうちの一軒でコーヒーを飲んだり、ときには川沿いを歩いて公園まで行ったりもした。そこで日向に座り、アイスクリームを食べながら、遊び場にいる子供たちを眺めた。マギーが生きていたころもおなじようなことをしたが、いつだってマギーのほうがモーリスより体力があって、ルーシーを泳ぎに連れていくこともあった。そんなときモーリスは階段状に並んだ椅子に座って、女二人が水しぶきをあげているあいだ、プールを眺めながら熱い空気と塩素のにおいを吸いこんだものだった。家族の時間であり、三人ともそれが大好きだった。

ルーシーは寝室で出かける支度をしていたので、モーリスは出かける時間だよと声をかけにいった。踊り場に立つと、ルーシーが一人でなにやらつぶやいているのが聞こえてきた。ときどきそういうことをする。ソーシャルワーカーはそれを独り言と呼ぶが、ルーシーによれば架空の友達に話しかけ、つくったお話を聞かせているのだそうだ。今日の話は活劇のようで、ルーシーがアクションの中心にいるのがモーリスにも聞きとれた。ルーシーは昔からちょっと芝居がかった話が好きだった。子供のころは、学校の劇に出るのも大好きだった。モーリスとマギーは最前列に座って声援を送り、ほかの親たちにどう思われようと気にしなかった。

町へ向かう車のなかで、モーリスはルーシーにクリスティン・シャプランドの話を聞かせようとした。「わかるね、ルーシー、おまえも気をつけなければ駄目だよ。あの子は運がよかったんだ。一大事になるまえに警察が見つけたからね。だが、外には悪い人たちがいる。ルールは全部わかっているね？　人についていってはいけないよ、たとえそれが知っている人でもだ。私から離れないように」

けれどもルーシーはちゃんと聞いていないようだった。車のラジオから聞こえてくる音楽に合わせて頭を揺り動かしている。BBCのラジオ2がお気に入りだった。

天気は回復し、そよ風が吹いていた。モーリスは出かけるまえに二人分のシーツの洗濯を済ませていた。マギーは毎週シーツを取り替えていたが、モーリスはそこまで頻繁に手を煩わせはしなかった。しかし今日は完璧な洗濯日和だったし、ルーシーが干すのを手伝ってくれた。二人で苦労しながら洗濯ひもに干した。濡れたコットンを風が捉えてシーツがよじれ、幕のようにルーシーに巻きつきそうになるのをなんとか洗濯ばさみで留めた。

「私たちの姿を見てごらん、ルーシー。どんなふうに見える？　年寄りの二人組だよ」モーリスは認めたくはなかったが、関節炎が出て肩が引きつれ、腰まで痛みを引き起こしていた。医師は腰を一新する手術の順番待ちリストに載せることもできるといっていたが、モーリスはそこまでする価値はないと答えた。入院しているあいだ、誰がルーシーの面倒を見るのだ？

モーリスは知っている細い脇道に車を停め、二人で町の中心部へ向かってゆっくり歩いた。ルーシーは決して速く歩くことをしないし、モーリスはまだ腰に刺すような痛みを感じていたからだ。

最初にコーヒーを飲みにいった。買物はおもに、帰宅途中で町外れの大きなスーパーマーケットに寄ってするつもりだった。バスターミナルが移転した跡地に川を眺められるカフェがあったので、二人は店に入ってお気に入りのテーブルについた。年老いた人々はみんなこういうことをするのだろうか――行く先々のあらゆる場所に過去の影を見るのだろうか――とモーリスは思った。過去の場所に、過去の人々。ルーシーのことはいまでもティーンエイジャーのように思っていた。それに、未来よりも過去のことを夢見たいと思った。自分が死んだらルーシーがどうなるかわからなかったから。この問題は解決しておく必要があった――マギーにもなんとかすると約束した――が、どこからはじめたらいいかさえわからなかった。今回のウッドヤードの騒動が片づいたらジョナサンと話をして、どんな提案があるか聞いてみよう。

ルーシーの目がガラスのショーケースのなかのチョコレートケーキに捉えられ、モーリスは一切れ注文した。それくらいしてやってもいいと思ったのだ。友達が行方不明になり、バスに乗りあわせて知っていた男が殺されたのだから。いずれにせよ、ルーシーがほしがるものを拒否するなど、モーリスにはできなかった。カフェは混みつつあった。ルーシーは入ってくる全員に笑いかけ、手を振った。まるで昔からの友達みたいに。

また通りに出ると、さまざまな店を見ながら歩いた。ルーシーは服を見るのが好きだった。光り物に引きつけられる鳥みたいだとモーリスは思った。ルーシーは濃い色と大きな柄が大好きだった。ときどき知り合いに出くわし、足を止めておしゃべりをした。

車に戻る途中、目抜き通りの端近くまで歩いたところで、モーリスはパムを見かけた。モーリスが職業人生の大半を過ごした精肉店で一緒に働いていた女性だった。モーリスは気がつくとまた過去にスリップし、思い出や過去の逸話をしゃべりあっていた。パムもいまでは年配で、寡婦だったが、以前と変わらず元気でおもしろかった。昔の同僚の大半と連絡を取りあっていて、最新情報を教えてくれた。誰それが亡くなったとか、誰それがケアホームに入ったとか、誰それはとても健康で元気いっぱいだとか。

「宝くじみたいなものだわよねえ、自分たちの身になにが起こるかなんて。そうじゃない？」パムはいった。「あんたのところのマギーだってさ、いつも健康で、永遠に生きていそうだったのにねえ」

そのときだった、ルーシーがいなくなっていることに気づいたのは。モーリスはふり返り、そばの店のウィンドウを覗きこんでいるルーシーの姿を探した。すぐに戻ってきて、おねだりをするときの声でほしい物を並べたてるだろうと思って。父さん、あのスカーフを見て。あの靴を見てよ。

しかし影も形もなかった。遠くまでふらふら歩いていってしまったにちがいない。自分が会ったこともない人々について、父親とその友人が長々と話しているのに退屈して。モーリスは時間を忘れていた。

「ルーシーはどこへ行った？」ルーシーから目を離すはめになったことで、パムを責めずにはいられなかった。ほんとうに責められるべきは自分だとわかってはいても。「ルーシーがどこへ向かったか、見ていなかったかね？」

パムは首を横に振った。パムもモーリスとおなじくらい会話に没頭していたのだ。たぶんおなじくらい寂しいのだろう。

モーリスはパニックで息が詰まりそうだった。「ここにいてくれ、あの子が戻ってくるかもしれないから。私は探しにいってくる」

「わかったわ、あなた」パムはふざけた、甘ったるい声でいった。「きっとそのへんにいるでしょう。こんなところでなにが起こるっていうの？」

それを聞いた瞬間、モーリスはこの女が大嫌いになった。ルーシーの身に起こりうる危険がまるでわかっていないのだ。モーリスはできるかぎりの速さで通りを進み、いくつもの店のドアをあけ、なかの人々に大声で呼びかけた。頭のおかしい男のように見えてもかまわなかった。ふと見ると、ルーシーがいた。黒髪と紫色のカーディガンが見えた。宝飾店のウィンドウを覗きこみ、鮮やかな色の宝石のついたシルバーのペンダントか指輪をほしがっているのはまちがいなかった。

「ルーシー」モーリスは声をかけた。「私がどんなに怖ろしい思いをしたかわからないのかね。二度とこんなふうにいなくならないでくれ」

ふり返って笑みを浮かべた女性は――モーリスの心配そうな声は聞こえたのだろうが、言葉そのものは耳に入らなかったようだ――ルーシーではなかった。ルーシーとは似ても似つかない赤の他人だった。

その後、自宅に戻り、マシュー・ヴェン――ジョナサンの夫――に話をしたが、モーリスにはなにがあったからうまく説明できなかった。「あの子は私と一緒にいて、次の瞬間にはもう消えていたんだ」

「あなたがパムと話しはじめたとき、ルーシーが一緒にいたのは確かなのですね？」ヴェンは辛抱強かった。モーリスに急げといわなかったし、起こったことについて罪悪感を持たせるようなこともしなかった。だがモーリスは時間が過ぎていくのを、時計がチクタクと鳴るのを意識していた。こうした質問が長引けば長引くほど、暗くなるまえにルーシーを見つけるための時間が減っていく。

モーリスは質問に集中すること、正直に答えることに努めた。「道の向こうにパムを見かけて、彼女が行ってしまうまえに捕まえようと、急いで道を渡ったんだ。パムは私に気づいていなかったんだよ、そばに行くまで。私はパムを逃がしたくなかった」昔からパムのことがちょっと好きだった――結婚していたときでさえ――ということはいわなかった。二人のあいだではなにも言葉にしなかったし、ましてや行動などまったく起こさなかったが、それでも変わらずそれは――二人のあいだのつながりは――そこにあった。「たぶん、そのときルーシーを置いていってしまったんだ。私はあの子がついてくると思っていたが、ルーシーは店を見ていて、私が道を渡ったことに気づかなかったのかもしれない」

「ルーシーはどんな行動を取ると思いますか？　ふり返ったとき、あなたがそばにいないとわかったら」

「わからない」モーリスは泣きそうになりながら、必死で落ち着きを失うまいとしていた。「いままではいつもそばにいたから」

「ルーシーは携帯電話を持っていますか？」

「ああ、しばらくまえに買ってやったんだ。ずっとほしいといっていたから。あの子はあれが大好きで、帰宅途中、バスに乗ったときにテキストメッセージを送ってきたし、友達と連絡を取るのにも使っていた。だが、今日は持っていかなかったんだよ。置いていくようにいったんだ。たまには趣向を変えて、父さんに気持ちを集中してくれてもいいんじゃないかってね」

「それを見せてもらえますか？」

「もちろん。あの子の部屋にあるはずだ。取ってくるよ」

モーリスは寝室のドアのまえにつかのま佇み、それから部屋に入った。出かけるまえにルーシーが独り言をいっていたのを思いだし、娘がすぐに戻ってこなければ自分は完全に正気を失うかもしれないと思った。モーリスは携帯電話を持って戻り、警官に手渡した。

「あの子を見つけてくれ」モーリスはいった。「絶対に見つけてくれ」

33

ジェン・ラファティは家で子供たちとの時間を楽しんでいた。子供たちがもっと小さかったときには、仕事でしばらく家を離れたあとに戻って子供の相手をするのがきつかった。また子供たちに会えて喜ぶべきだとは思ったが、決してそんなふうにはならなかった。いい母親なら子供たちを恋しがり、一緒にいることが大好きなはずだとわかってはいたが、毎回家に戻るたびに、騒音や混乱が衝撃となってぶつかってきた。子供たちのけんか——床をごろごろ転げまわり、異常なほどの興奮状態で、いうことを聞かない——に慣れるにはしばらく時間がかかった。子供たちがわたしを苛立たせるのは、たぶん家にいないことや、父親から引き離したことへの罰なのだろう、とジェンは思っていた。しばらくすると子供たちも落ち着き、扱いが楽になったが、帰宅後に改めて顔を合わせたときの数時間は悪夢だった。ジェンは職場では感情を抑えることができた。しかし家ではそれがまったくできなかった。

いまはもっと楽だった。正直にいえば、楽になったのは子供たちとあまり顔を合わせなくなったからだ。二人は自立しつつあった。多くの時間を自室で過ごし、放っておけば昼まで眠っていた。ジェンも子供たちの要求にそんなに圧倒されなくなった。一緒にいて楽しい相手になってきた。ジョークをいいあうこともできた。おもしろいと思うものがおなじだった。自分の子供だから愛しているというのと同程度に、人として二人のことが好きだった。

今日は、十時には二人をベッドから引っぱりだして、インストウまでブランチを食べにいった。ちょっとしたご褒美だった。そこの小さなカフェは世界一おいしいソーセージサンドと最高のコーヒーを出した。インストウは二つの川が交わる場所で、幅広い水の向こうにクロウ・ポイントが見えた。男の遺体が発見された場所だ。そこからの眺めのおかげで新しいものの見方ができた。風景だけでなく、事件についても。エラとベンに百パーセント意識を向けようと決めていたのに、気づくと頭が勝手に捜査の最初の午後を思いだしていた。ウォールデンについての思い込みや、その後に浮かびあがってきた複雑さを思い返していた。

昼どきになっていた。家に着いたとたんに電話が鳴った。マシューだ。

「もう出てこいっていうわけじゃありませんよね、ボス」ジェンは食事のあと、子供たちと一緒に浮かれ歩いてまだリラックスしていた。「これから一時間くらい庭の手入れをして、そのあと署に出ようと思っていたんですけど」

「また行方不明者だ。ルーシー・ブラディック。忽然と姿を消してしまった。土曜の午前中、買物客でいっぱいのバーンスタプルの目抜き通りで」マシューの声からはなにか絶望に近いものが感じられた。「モーリスはぼろぼろだ」

「どこへ向かったらいいですか?」もうジョークをいっている場合ではなかった。

「わたしはモーリスと一緒にラヴァコットにいる。モーリスはここに戻るのが一番いいと思ったんだ。ロスが最近の写真を持っている。町なかでロスと合流してもらえるだろうか? 誰かがルーシーを見かけているはずだ。ルーシーは目立つし、人目につくだろう。店主や通行人から話を聞くんだ」

子供たちはすでにそれぞれの寝室へ姿を消していた。ジェンは、仕事に行かなきゃならなくなったからと大声で階上に呼びかけた。子供たちは返事をしたが、とくに気にしている様子もなかった。

町なかはランチタイムだった。ジェンは結局、家から歩いた。そのほうが早いし、道々ルーシーを探しながら行けると思ったからだ。マシューの話では、ルーシーとモーリスは買物が済んだら公園でアイスクリームを食べるつもりだったらしい。だからもし父親を見失ったら、ルーシーは一人で公園へ向かったかもしれない。

そよ風が川の水面にさざ波を立て、土と塩性湿地のにおいが、草原と掘り返されたばかりの花壇の上を渡ってジェンのところまで届いた。野生と手入れされたものの融合だ。それがデヴォンのこの地域をつくっている。ジェンは少しのあいだ足を止め、遊び場に目を凝らした。親たちがブランコに乗る子供の背中を押したり、子供や孫が自分たちだけで楽しむあいだスマートフォンを見つめたりしている。自分は後者だったかも、とジェンは思った。悪い親。今日は大半が父親だった。シングルファーザーが子供と一緒に過ごしているのかもしれない。あるいは、子供の母親に一息つける時間をあげようという気の利いた男性か。世のなかには思いやりのある男性も少しはいるにちがいない。

ルーシーはいなかった。

ジェンは速度をあげて川沿いの遊歩道を歩いた。博物館を通り過ぎ、道路を渡って、目抜き通りに入る。ロスに電話をかけた。

「なにか見つかった？」

「なにも。いまどこ？」

「目抜き通りに入ったところ。途中でロック・パークを確認してきたけど、ルーシーはいなかった。急ぎ足で歩いてきたので、息を整えなければならなかった。

「すぐに落ちあえると思う」

ロスが気づくより先に、ジェンがロスを見つけた。ロスは写真を配っていたが、ひどく急いでいるかのように、時間をかけて店主たちと話をしてはいなかった。もう少し辛抱強さを身につければ、もっといい刑事になるだろうに。しかし自分だってたぶん、いまより若かったときはおなじだったのだろう。とにかく行動したくて。必死に進展を求めて。

「目抜き通りは済んだ」ロスがいった。「ルーシーに見覚えがある人が何人かいた。父親と一緒のところを見かけたそうだけど、一人でいるところは誰も見ていない。それに、揉み合いがあったふうでもない」

「それなら、なにがあったと思う？」ジェンはエラが三歳だったとき、どうしてもベビーカーに乗りたがらなかったのを思いだしていた。リヴァプールの混雑した店舗のなかでエラがいなくなったのだ。手品のように消えてしまった。ジェンは取り乱した。さらわれて怯えている娘の姿を想像し、夫がこの不注意にどう反応するかも想像して。これはジェンの責任であり、ジェンが代償を払わねばならなかった。店員が試着室でエラを見つけた。棚から取った帽子をかぶっているところだった。帽子は大きすぎてほとんど顔を隠していたので、エラは椅子の上に立って鏡を覗きこんでいた。安堵の気持ちが溢れ、ジェンは泣き笑いをした。ロビーには話さなかった。どうせまた爆発の口実になるだけだったから。

エラが離れていくのを誰も見ていなかった。明るいグリーンのワンピースを着て、赤い巻き毛をふさふささせていたのに。人の意識は買物や、友人としゃべることに向けられている。いまだって、バーンスタブルの目抜き通りのまんなかをゾウが闊歩したところで全員が気づくわけではないだろう。

「わからない」ロスがいった。「たぶん、ルーシーが知っている誰か、信用している誰かが……」

「たぶんね」ジェンにも確かなところはわからなかった。ダウン症の人々についてあまりよく知らないのだが、マシューの話では、ルーシーは活発で、怖いもの知らずで、親切だった。「もし誰かに助けを求められたらついていってしまうのではないか。たとえそれが見知らぬ人でも。「通りの防犯カメラを確認してもらえる？　わたしはもう一回りしてみるから。もしかしたら、あなたが見落とした人に出会えるかもしれない」

それに、わたしなら人々に考える時間を与えられる。相手が慌てたりパニックに陥ったりしないように。

ロスはうなずいた。ロスがパン屋へと姿を消すのを見て、署に戻るまえに昼食を調達するつもりなのだなと思った。それがルーシーについての考えにつながった。ルーシーは大柄な女性で、明らかに食べることが好きだった。ウォールデンも、バスで話しかけるきっかけとしてお菓子をあげていた。もしかしたらそれで気を散らされたのかもしれない。たとえば、ケーキやクッキーの無料サンプルを差しだされたりして、大通りの人混みからおびきだされたのかもしれない。

ジェンは通りを戻りながら、人々をルーシーの話に引きこんだ。服装を説明し、ルーシーの姿をリアルに想像させた。「もしかしたら、お父さんと一緒のところを見かけているかもしれませんね。土曜日はたいていここに来ているんです。ふだんはウッドヤードのデイセンターに通っています。笑顔のすてきな女性です。彼女がいなくなってしまって、お父さんがものすごく心配しています。想像がつきますよね」

ルーシーが一人でいたときの目撃情報が一件だけあった。モーリスがパムとおしゃべりをしていた場所から通りを隔てた向かいにあるギフトショップのオーナーが、ルーシーを見かけていた。

「すぐ外の歩道にいて、ショウウィンドウのディスプレイを覗きこんできたの。きれいでしょうって、頭のなかだけでそういったわ。こっちが手を振ると、向こうも振り返してきた。店内に誰もいなくて静かだった。一年のうちでもそういう時期だものね、クリスマスとイースターのあいだっていうのは。いつもちょっとした凪があるの。いいえ、彼女が誰かと話しているところは見なかった」ギフトショップの女性はおしゃべりができてうれしそうだった。本人もいっていたとおり、店内は静かだった。きっと退屈しているのだろう。「誰かが彼女に近づくのも見ませんでした？　あるいは、彼女と同時にウィンドウを覗きこんだところとか？」

店主は少しのあいだ考えた。「彼女はこちらに背を向けた。誰かが歩道で転んだから、ふり返って見ようとしたんだと思う。あるいは、助けようとしたか。そのあとのことは見ていないわね」

「転んだ人のことは見ましたか？」

「あんまり。細かいところまでは。突然小さく人だかりができて、誰かが救急車を呼ぼうといっていた。どんなふうかは想像がつくでしょう、ちょっとしたドラマが起こったときのことは。大勢の視線が集まりはじめて。店のドアがあけられたから、話が少し聞こえたんだけど」

「なにが起こっているか確かめに、外へ行かなかったんですか？」この女性なら見たがるのではないか。見た目どおりに退屈しているのであれば、きっと興味を持ったはずだった。

「いいえ、なにか手伝えることがあるか見にいこうとしたら、ちょうど奥の電話が鳴っちゃって。お客さんからの注文だった。店に戻ってきたときには、全部元どおりだった。救急車は来なかったから、倒れた人はそんなにひどい怪我をしたわけじゃなかったんでしょうね」

ジェンは頭のなかで悪態をついた。ベンでさえ顔を赤らめそうな言葉を使って。この女性が現場の見える場所にいたなら、きっといい目撃者になったはずなのに。アクシデントが防犯カメラに映っているといいけれど。そうすれば、少なくともどこから探しはじめればいいかわかるはず。

「でも、倒れた人は見えたでしょう？　男性でしたか、女性でしたか？」

「ごめんなさいね、あんまり見えなかったのよ。ドアのそばへ行ったときには、歩道で倒れていた人とのあいだにほかの人がたくさんいたから」店主は間をおいてからつづけた。「でも男だったと思う。ジーンズとスニーカーがちらっと見えた。だけどほんとに、確かなことはわからなくて」

「そのとき、ルーシーはまだいましたか？」

「ええ！　そこにいて、人だかりの端から見てた。電話が鳴る直前に見たわ」

「それで、あなたがお店に戻ったときには？」

「いったでしょ。そのときにはみんないなくなってた。もう誰もいなかった」

歩道に戻り、ジェンは通行人にさらに質問を重ねた。「今日の早い時間に、ここで人が倒れていたのを見ませんでしたか？　ダウン症の女性が助け起こしていませんでしたか？」

しかしそのアクシデントが起こったのは二時間近くまえで、いまいるのは通りすがりの新しい買物客ばかりだった。ジェンは近くの店の店員に質問をした。誰かが倒れるのを見た者はいなかった。

署内は混乱していた。保護の必要な成人（ヴァルネラブル・アダルト）は、性犯罪者や虐待者といった、支配欲を満たす必要のある弱くて憐れな人々から標的にされることがある。しかしそうした被害にあうのはたいてい、孤立していたり無防備だったりするせいで福祉関係者や警察にも顔を知られた、一人暮らしの人々だった。クリスティン・シャプランドとルーシー・ブラディックはきちんとケアされ、家族と一緒に暮らしていた。クリスティンはレイプされたわけではなかったし、暴力を受けてもいなかった。どちらの誘拐も動機がないように見えた。

マシューはバーンスタプルに戻っていた。モーリス・ブラディックのことは隣人に任せてきた。いま、マシューはチームの面々のまえに立ち、すべてに説明をつけようとしていた。ジェンはうしろのほうで聞いていた。

「クリスティン・シャプランドを誘拐した犯人は、彼女に質問を、たくさんの質問をしたことがわかっている」マシューはいった。「しかしそれはあまり役に立たない。クリスティン・シャプランドは犯人が求めているものを理解できなかったからだ。あるいは、犯人がクリスティンをひどく怖がらせてしまい、ちゃんと話が通じなかったのかもしれない。おそらく犯人は学習障害のある人々の扱いに慣れていないのだろう。せっかちだった」マシューが言葉を切り、ジェンにはマシューが考えをまとめようとしているのがわかった。

「また、誘拐とウォールデンの殺人のあいだにつながりがあることもわかっている。クリスティンは、ブローントンにあるウォールデンのフラットに閉じこめられていたからだ。いまはフラットは封鎖されているし、科学捜査班の人間が大勢いるから、ルーシーをあそこへ連れていくことはできない。誰か、なにがどうなっているのか考えがないだろうか。わたしにはない。ルーシーの父親、モーリス・ブラディックは、地獄の苦しみを味わっている」

マシューは全員を見まわした。この一件が重要であることを、もしかしたらウォールデンを殺した犯人を見つけるよりさらに重要であることをきちんと知らせたかった。

「この誘拐事件とわれらが殺人の被害者にはべつのつながりもある。ウォールデンは死ぬまえの週に、ラヴァコットへ向かうバスでルーシーの隣に座っていた。どういう関係があるのかは、まだよくわからない。誰か、なにか思いつかないだろうか？」

ジェンは手を挙げた。「ウォールデンが、なにか殺人犯の正体をほのめかすようなことをルーシーに話した可能性はないでしょうか？」

沈黙の瞬間が訪れ、部屋じゅうがボスの反応を待っているのがジェンにも感じとれた。学校の教室にいる子供みたいだった。友達の答えが正しいかどうか確信が持てず、自分から関わるのは気が進まないのだ。

「それはあるかもしれない」マシューがいった。「しかし、なぜクリスティンまでさらった？」

また沈黙がおりた。マシューは室内を見まわしてからつづけた。

「結局のところ、動機はそれほど重要じゃない。ルーシーを見つけることのほうが大事だ。クリスティンが解放されたラヴァコットの池の周辺を確認してもらっているが、まだなにも見つかっていない。ロス、きみは目抜き通りをカバーする防犯カメラを見ていたね。役に立ちそうなものがあっただろうか？　なにかとっかかりになりそうなものが」ボスのこんなに必死な声は聞いたことがない、とジェンは思った。

「まだなにも出てきません」

「通り沿いの店のオーナーから話を聞いたんですが」ジェンはいった。「ルーシーが彼女の店のウィンドウ・ディスプレイを覗きこんでいるのを見かけたそうです。その後、誰かが歩道で転んだらしくて。じつはそれが陽動だったんじゃないかと思うんですが。ほかのみんなの注意が倒れた人に向いているあいだに、ルーシーが連れ去られたのではないかと。あるいは、倒れたのがもしルーシーの知っている人であれば、近くに停めた車まで手を貸してくれるように説得されたのではないでしょうか」

マシューはうなずいた。「ロス、防犯カメラの録画にそのアクシデントが映っていないか確認してくれ。少なくとも、そこがとっかかりになる」マシューは間をおいた。「捜査で名前が出てきた人々全員のアリバイを確認する必要がある。ホープ・ストリートの女性たち、ソルター夫妻、クリストファー・プリース」

「マーストン夫妻はどうしますか？　有料道路の管理人用コテージに住んでいる夫婦です」

「ああ、彼らもだ。ギャビー・ヘンリーが今日の午前中にバーンスタプルにいたのは知っている。ウォールデンとの関係について確認するために、ウッドヤードに会いにいった。時間的にはタイトだが、関わった可能性はある」

ジェンはまた手を挙げた。「クリスティン・シャプランドともう一度話をするべきだと思います。帰宅してさらに一晩過ごしたので少しは落ち着いたでしょうし、役に立つ情報の断片がなにか出てくるかもしれません。クリスティンとルーシーは友達でした。もしルーシーがなにかを怖がったり、心配したりしていたなら、クリスティンが知っているかも」

「ああ」マシューはいった。「そうだね。いい考えだ」

今回は、ジョナサンと一緒に行ったらどうかとはいわなかった。署内で囁かれていることを耳にしたのだろうかとジェンは思った。噂が広まっていた。マシューは事件に近すぎるのではないか、ジョナサンが容疑者である可能性も考えるべきではないのかといった噂だ。なんといっても、ジョナサンはウォールデンが死んだとき海岸にいたのだし、誘拐された女性たちのことは両方とも知っている。ジョナサンは捜査の中心にいるといってもよかった。

34

マシューは割けるかぎりの人員を割いて町へ送りこんだ。人々に質問して、ルーシーの写真を見せるために。ロスにも一緒に行くように命じた。すでに何時間も防犯カメラの映像を見つづけていたので、集中力がなくなりかけていたからだ。一組の新鮮な目が必要だった。細かい点を見つけられる、ロスよりも忍耐強い誰かの目が。ロスとの関係を修復しなければならないのはマシューにもわかっていたが、いまはそのときではなかった。

すでにジョナサンとの電話がつながっていた。「ルーシーがどこへ行ったか、心当たりはあるかな？　ローザの家に電話してみたけど、ルーシーのことは見ていないそうだ。町なか近くに住んでいるべつの友達がいないだろうか？　もしルーシーが突然一人になったことに気づいたら、ほかに助けを求められる場所を探したかもしれない」

ジョナサンに電話をかけたのは、実際に役立つ情報ももちろんだが、精神的な支えを求めていたからだった。ルーシーまでいなくなったのは、偶然とは思えなかった。また、ルーシーが友達の家で見つけてもらえるのを待っている、というのも期待できなかった。むずかしい事件の真っ只中にあるとき、ジョナサンはいつもそばにいて、同情を示しつつ励ましてくれた。しかし今回はマシューのほうが支えになる必要があった。電話でさえ、ジョナサンのショックと恐怖が感じとれた。

「これはどう見てもきみの責任ではないよ」マシューはいった。「ウッドヤードとはまったく関係ない。ルーシーは父親と出かけていたんだから」

「そういうことじゃなくて！　ルーシーはすてきな人なんだよ。おもしろくて、怖いもの知らずで。それに付き合いも長い」それからようやく、ジョナサンはマシューの質問に答えた。「もしかしたらウッドヤードに行ったかもしれない。あそこなら、ルーシーにとって安全な場所だから。いまからぼくが行ってみる。スタッフ総出で捜索に取りかかるよ」

ジョナサンはいつでも、なにか前向きに取り組めることがあるほうが気が楽なのだ。

反対に、マシューは一人で小さなオフィスに閉じこもり、ルーシーがいなくなったことについてひととおり考えようとした。自分自身の疑念や懸念といった背景のノイズは締めだそうと努めた。これはマシューの問題ではなかった。ルーシー・ブラディックの問題なのだ。しかしマシューはここ数日の出来事を思い返さずにはいられなかった。かさぶたをつつくように罪悪感をつつきながら。昨夜ラヴァコットに行ってソルター夫妻を訪ねたことが、ルーシー誘拐の引き金になったのではないか？　あそこに行くことにしたのは、捜査というよりは自分のエゴを満足させるため、自分の子供時代の亡霊を鎮めるためだった。ルーシーが危険にさらされるかもしれないと知っておくべきだったのでは？　その後、こんなふうに無数の可能性をめぐってぐずぐず自分を責めていてもなにもいいことはないと思い、電話に戻った。

クリストファー・プリースはすぐに電話に出た。「プリースです」

「今日の午前十一時ごろ、どこにいたか教えてもらえますか？」

「なんだって？」

「学習障害を持ったべつの女性がいなくなったのです。サイモン・ウォールデンか、ウッドヤードとほんの少しでも関係のある人全員に、その時間の行動を説明してくれるようお願いしています」

「私はここにいましたよ」プリースはいった。「一人で」

「捜査官を送って、お宅を拝見してもかまいませんか？　供述も取らせてください」ふだんは慎重で礼儀正しいマシューが、いまは地元の名士を——キャロラインの父親を——怒らせることも厭わなかった。

「もちろんかまわない。それが役に立つと思うなら」間があった。「行方不明になったのは誰だね？」

「ルーシー・ブラディック、サイモン・ウォールデンが人生最後の日々に友達になったらしい女性です」

また間があった。「捜査官が到着するまでここにいる」プリースはいった。「もしほかにも私にできることがあったら、ぜひ連絡してもらいたい」

次に連絡したのはホープ・ストリートだった。誰も出なかったので、短いメッセージを残した。ギャビーがまだウッドヤードにいてスタジオで仕事をしているかどうか確認してくれるよう、ジョナサンに頼んであった。マシューはキャロラインの携帯番号にかけた。

キャロラインはほぼすぐに電話を取り、名乗った。

「今日の午前中、どこにいたか教えてもらえますか？」ずいぶん差し出がましく、ぶっきらぼうに聞こえるだろうなとマシューは思ったが、こうしているあいだにも時間がじりじり過ぎていくのを感じたし、モーリスの声がいまも頭を離れなかった。

「十時ごろから聖カスバート教会に来てますけど」

「センターは週末にも開いているのですか？」

「センターにいるわけじゃないんです」キャロラインはいった。「エドと一緒に教会にいます」

「では、お二人は午前中ずっと一緒にそこにいたのですね？」

「ええ。だいたいは。エドには少しまえにいくつか教区民との会合があって、わたしは一回町なかに行きましたけど、そのほかは二人とも教会にいました」

「あなたがバーンスタプルに行ったのは何時ですか？」

「お昼ごろです」キャロラインは間をおいてからつづけた。「なにかあったんですか？」

いまは知っている人が多ければ多いほどいいだろう。そのほうが、より多くの人にルーシーを探してもらえる。「ルーシー・ブラディックという、もう一人のダウン症の女性が、午前中の遅い時間にバーンスタプルの目抜き通りから姿を消したのです。町なかにいたとき、彼女を見かけたりはしていませんよね？」

「いいえ」キャロラインはそう答えてから、すぐにつづけた。「クリスティン・シャプランドとおなじように、誘拐されたと思うのですか？」

「わかりません」ほかになにがいえる？

「では、エドかわたしになにかできることがあったら……つまり、捜索に加わるとかそういうことがあれば、ぜひ知らせてください」間があった。「エドは以前、デイセンターを手伝いにいったことがあるんです。あそこに来る人たちのことが大好きなんですよ。エドもきっとお手伝いしたいはずです」

次の電話は有料道路の管理人用コテージだった。応答がなく、マシューはそれを意外に思った。日が落ちつつあった。きっとコリンのバードウォッチングにはもう暗すぎるだろう。それに、マーストン夫妻は社交的なカップルには見えなかった。たとえば友人たちとディナーに出かけたり、仲間と一緒にパブでビールを二、三杯飲んだりしているところは想像がつかなかった。コリン・マーストンから教わっていた携帯番号にかけてみたが、まっすぐ留守番電話につながった。応答がなくても不吉なことなどなにもないと、マシューは自分にいい聞かせた。ウッドヤードや今回の捜査の周辺にいる人々のなかでも、マーストン夫妻には動機がなかった。コリンはウッドヤードで年配の生徒に博物学の講座を教え、以前に一度、法的な問題に関して理事会の相談に乗ったことはあったかもしれないが、サイモン・ウォールデンには会っていないはずだったし、クリスティンやルーシーに出くわしたとも思えなかった。

マシューはまだソルター夫妻に関して心配していた。あの夜の会話がルーシー失踪の原因なのではないかと思っていた。不安を引き起こしたように見えた一つの質問を頭のなかで再生しようとしたが、返ってきた反応は自分の想像の産物かもしれなかった。これがウォールデンの殺人事件とどうつながるかはわからなかった。そして結局のところ、そのせいで一連の騒動がはじまったのだ。

それから、いずれにせよソルター夫妻に電話をかけるのはまちがいだと思った。グレイスがデニスのことで嘘をついたのは明らかだった。夫のアリバイをつくるためなら、きっとまた嘘をつくだろう。マシューはロスに電話をかけた。

「ラヴァコットにあるソルター夫妻の家に行ってほしい。制服警官を二人連れていくんだ。礼儀正しくふるまってくれ。ものすごく礼儀正しく、さも申しわけなさそうに。令状を取れるような根拠はまったくないから、家に入るにはなにか説得力のある説明が必要だ。わたしのせいにするといい。あるいは、ルーシーがこの近辺で目撃されたとかなんとか、曖昧な話をでっちあげるか。もし夫妻が家のなかをひととおり見せてくれたら、ルーシーはそこにはいないということだが、なにかしら役に立つものが見つかるかもしれない。ルーシーが行方不明になったころに夫妻がなにをしていたかも調べてくれ。もし昼どきにバーンスタプルにいたようなら、非常に興味がある」

「わかりました、ボス。行きます」町なかでの型どおりの聞き込みや電話番から解放されて、ロスが喜んでいるのがわかった。先ほどまでの不機嫌さがすぐに消えた。ロスはソルター夫妻に対して感情的な重荷を背負っているわけではないので、衝突を怖れる理由はなにもなかった。

マシューも解放されたいと思った。残っていたチームの面々に、一時間ほど出てくるがなにか情報が入ったらすぐに電話してくれと大声で告げ、町なかへ向かった。

マシューは教会にエドワードとキャロラインを探しに行った。途中、静かな敷石の路地で少しのあいだ足を止めた。救貧院の上に光が降り注いでいた。カーテンのかかっていない窓の向こうに老夫婦が見えた。一緒にソファに座り、テレビを見ている。夫のほうが横を向いて、妻の皺のできた頰に軽くキスをした。妻は微笑み、夫の手を取った。両親がこんなふうに愛情表現をするのは見たことがなかったなとマシューは思い、メアリー・ブラウンズコームを——子供のころ父と一緒に訪ねた農家を——また思いだした。父があそこで愛を見つけられたならいいのだが。

教会ではなにかの会合があったらしく、エドワードとキャロラインは椅子をたたみ、部屋を片づけているところだった。マシューは途中で中年の男性と三人のティーンエイジャーに出くわしたが、いま部屋に残っているのはエドワードとキャロラインだけだった。マシューが入ってきたのは聞こえていないようで、二人はしばらくのあいだ手を止めてなにやらしゃべっていた。

マシューはドアのそばで立ち止まり、なかを見た。ブレザレンの人々は埃っぽいホールや陰気な居間で礼拝をしたものだった。ここは福音派の伝統をくむ教会で、色彩が鮮やかだった。壁の垂れ幕――平和と贖罪のメッセージの添えられた虹や鳩の図柄。花の鉢。奥の一隅には、礼拝のあいだ退屈した子供たちが遊べるように、おもちゃ箱が置いてある。エドワード・クレイヴンは背が高く細身で、ほんの少し爬虫類のような雰囲気があった。ジーンズを穿き、開襟シャツを着ていたので、聖職者であると知らなければソーシャルワーカーだと思っただろう。

二人は熱心に、重要な件で話しこんでいるようだったが、マシューのところからは遠すぎて、なにをいっているか聞こえなかった。そしてマシューが身廊を進む足音が聞こえたとたんに二人は口を閉じ、ふり返ってマシューと向きあった。

キャロラインがマシューのほうへ足を踏みだした。教会内の人工の明かりが円い眼鏡に反射して、マシューにはキャロラインの目がよく見えなかった。「警部さん。いまちょうど、行方不明になったウッドヤードの女性のことを話していたんですよ。なにかわかりましたか？」

マシューは首を横に振った。「彼女を知っているのですか？」

「仕事を通してではありませんけど、ギャビーが彼女について話すのを聞いたことがあります。ギャビーは週に一回デイセンターに出かけていって、アートを教えているんです」

キャロラインはうしろでふらふらしている背の高い男性をふり返った。「こちらはエドワード・クレイヴン、わたしの友人でここの助任司祭をしています。聖カスバート教会のメンタルヘルス事業は彼のひらめきに負うところが大きいんです」

マシューはエドワードのほうを向いた。「あなたはウッドヤードでもボランティアをしているのですか？」

「以前はしていました、教会の諸々で手いっぱいになるまえは」エドワードの声は温かく、深みがあった。説教向きの声だ、とマシューは思った。もっとも、この男が説教壇に立っているところは想像がつかなかったけれど。ひどく遠慮がちで、不安そうに見えたから。しかし内気な人間がすばらしいパフォーマーになることもある。「その女性になにがあったのでしょう？」

「わかりません。ルーシーには学習障害があります。もちろん、みんな心配しています。とくに、べつのダウン症の女性が先週行方不明になったばかりですからね。ルーシーも誘拐されたように思える」三人はまだ祭壇の近くに立ってお互いを見ていた。「今日の午前十一時から十二時のあいだ、お二人はどこにいましたか？」

エドワードとキャロラインはショックを受けたようにマシューを見つめ返し、少しのあいだどちらもなにもいわなかった。「その件にわたしたちが関係していると思っているわけではありませんよね」キャロラインは恐怖のこもった声でいった。

「われわれは、サイモン・ウォールデンを知っていたすべての人におなじ質問をしています」マシューはいった。「警察は、ルーシーの失踪はサイモンの殺人事件と関係があると見ています。二人は友達だったのです」

「さっきもいいましたけど、わたしはバーンスタプルに買物に行きました。でも時間はもっとあとです。十二時近くになるまでここを出ませんでしたから」キャロラインは恋人をふり返った。「エドはここのオフィスの留守番をしていました。聖職者とボランティアが順番に担当するんですが、今日はエドが当番で」

キャロラインは結婚したら夫の代わりにしゃべるのだろうか、とマシューは思った。実際、二人は結婚しそうだったから。二人の関係にはどこか落ち着いた、動かしがたいところがあった。キャロラインは、夫を支えはするがかなり干渉もする妻になるのではないか。夫の世話をライフワークにするタイプの妻だ。教区の仕事も、形だけ夫をリーダーに据えたまま、彼女が仕切ることになりそうだった。

「約束が三件あって、五人と会いました」エドワードがいった。「結婚式の予定があるカップル。あとは洗礼式の予約と、夫の葬儀について話していった年配の女性が一人ですね」エドワードは間をおいた。「死に関わることが私の人生のすべてのように思える時期もあるんですよ。一年にどれだけ葬儀をおこなっているか、自分でもわからないほどです」

わたしにも、死にゆく者たちや死んだ者たちに取り憑かれているように思えることがある、とマシューは思った。もしかしたら、警察の仕事と聖職者の仕事はそう大きくちがわないのかもしれない。

キャロラインがやや非難めいた表情を浮かべたので、マシューは彼女がなにかいうものと思ったが、キャロラインはなんともいわず、手をエドの腕に置いただけだった。共感のしぐさ。あるいは、口にする言葉に注意するようにという警告か。

マシューはまたキャロラインのほうを向いた。「バーンスタプルにはどれくらいいましたか？」

「二時間くらい。これといって、買ったものはないんですけど。エドが仕事をしているあいだ、邪魔にならないように出かけていただけだから。遅めのランチをとるために待ち合わせをしていたんです。カフェに行って、それからぶらぶらお店を見て回りました。これは本来なら、土曜日の午前中を穏やかに過ごす方法ですけれど」

マシューは助任司祭に注意を戻した。「サイモン・ウォールデンが最初にやってきたとき、あなたはここにいましたね？」

「ええ。キャロラインと私は二人ともいました。礼拝の最中で、サイモンは外に座っていました。ひどく酔って、立っていられなかったんですね。そのときにはセンターは閉まっていたんですが、とにかくなかに入ってもらいました。外は土砂降りでしたし、サイモンは行くところがないというので」

「しかし、どうやら家はあったようです。ブロートンに、フラットが」

「あのときはそれを知りませんでした」

沈黙が訪れた。「サイモンと連絡を取りつづけていましたか？」マシューが尋ねた。それが彼の仕事のはずだから――聖職者として人々をケアするのが。

しかしエドワード・クレイヴンは悲しげに首を振った。「サイモンには、イルフラクームにあるキャロラインの家で何回か会いましたが、職業的な立場でお世話をすることはありませんでした。キャロラインは訓練を受けたソーシャルワーカーで、この聖カスバートでメンタルヘルス事業を運営しています。私はもちろんキャロラインを支えようとはしていますが――彼女はすばらしい仕事をしていますからね――エネルギーの大半は教区の仕事に注いでいます」

マシューはルーシーの写真を取りだした。「こちらが行方不明の女性です。今日、まったく見かけませんでしたか？　あなたとだいたいおなじころ、バーンスタプルにいたようなのですが」

キャロラインは写真を手に取った。「いいえ、見ませんでした、警部さん。お役に立てなくて残念です」

35

ジェン・ラファティは入江のそばにあるシャプランド家のコテージにいて、クリスティンとその母親との会話の糸口を慎重に探っていた。外はまだそんなに暗くなかったが、スーザンはすでにカーテンを閉め、明かりをつけていた。今回も火が格子のなかで燃えている。そしてやはりトレーで紅茶が出された。スコーンはなかった、ジェンの訪問は予定外だったから。弱い人工の明かりのなかでは、天井のカビはほとんど見えなかった。すべてが温かく、心地よかった。口にしなければならない話題を除いて。

「ルーシーが行方不明になったの」ジェンはいった。前回の訪問のときにジョナサンがいた椅子に座っていたので、手を伸ばせば触れられるくらいクリスティンに近かった。「警察は、ルーシーがあなたのときとおなじ犯人に連れ去られたと思っている。あのときのことをまた話すのはあなたにとって一番いやなことだとわかってはいるんだけど、わたしたちはあなたが助けてくれるかもしれないと思ってる」ジェンは間をおいてからつづけた。

「これから何人かの男の写真を見せようと思うんだけど。あなたを連れていった男がいたら、教えてくれる？」ジェンはコーヒーテーブルからお茶のトレーを持ちあげ、床に置いた。トレーの下にはレースのテーブルクロスが敷いてあり、ジェンはその上に写真を並べた。

まず、クリストファー・プリースの画像を見つけてあった。ウッドヤードのオープニングのときに撮られたものだ。金色のリボンを切っているところで、顔に大きな笑みが浮かんでいる。うしろのほうにジョナサンが立っているのだが、ジェンは二回見てやっとジョナサンだとわかった。珍しくスーツを着ていたからだ。

コリン・マーストンの写真を見つけるのは不可能だろうと思ったが、U3Aのウェブサイトに講師として載っていたので、ジェンはそれをプリントアウトした。元の画像が小さくて、拡大したらぼやけてしまったが、なにもないよりましだった。マーストンは防水ジャケットを着て、首から双眼鏡をさげている。

ワイルドカードとして、デニス・ソルターの写真も入れておいた。クリスティンがおじを見分けられないはずはないと思ったが、変装でもしていたら騙されるかもしれない。それからエドワード・クレイヴン。《ノース・デヴォン・ジャーナル》から取った写真で、聖職者用の襟をきちんとつけた司祭服（カソック）姿はかなり大きく見える。この教区に移ってきたお祝いの日に撮ったものだ。ジェンは今回の件に関係のある男をほかに思いつかなかったし、クリスティンは自分を連れていったのは男だとはっきりいっていた。もしマシューが正しければ、誘拐はサイモン・ウォールデンと関係があり、このうちの一人がルーシーを拘束しているはずだった。このなかにジョナサン・チャーチを大きく写したものも交ぜるべきだったかもしれないとちらりと思ったが、もし彼が誘拐犯だったらクリスティンにわかるだろうし、それに、そんなことをするのはマシューへの裏切りのようにも感じられた。

こんなに影のできない、もっといい明かりの下で見られればよかったのに、とジェンは思った。買う電球の強度を選ぶとき、スーザンは倹約家になるようだ。ジェンはそれぞれの写真を順番に持ちあげてクリスティンに見せ、一番よく明かりを捉えられるように傾けた。クリスティンが写真を見るのを眺めながら、かなり集中してくれているようだとジェンは思った。前日のパニックはおさまっていた。

「クリスティン、わたしを手伝ってくれる？　このなかに知ってる人はいる？」

「これはデニスおじさん」

「そうね。お見事」

クリスティンは褒められて笑顔を見せた。

スーザンがジェンに鋭い一瞥を送った。「なぜデニスがそのなかに？」

ジェンは微笑んで答えた。「お嬢さんの顔に関する記憶がどんな感じか、確認したかったんです」

「この子は昔から写真には強いんですよ」スーザンの口調が和らいだ。

「このなかにあなたが知っている人はいますか？」

スーザンはプリースを指差した。「この人はウッドヤードのお偉いさんでしょう。すごく裕福で、理事もしている。気前のいい人で、彼がいなければウッドヤードが設立されることはなかった」スーザンの太い指がテーブルの上を横切った。「そしてこの教区牧師が来て、ここに移ってきたばかりのころ何回かデイセンターを手伝った」スーザンは鼻を鳴らした。「もっとも、最近はぜんぜん見かけませんけどね。そういうことは多いんですよ。わたしたちみたいな人間の人生を変えてやろうと意気ごむのはいいけれど、すぐに退屈してほかの物事に移っていく〝善意の人たち〟」スーザンは顔をあげた。「クリスティンやルーシーみたいな人々には、すばやく起こることなんかなにもない。それでも働きかけようと思うなら、辛抱強くならないと」

「ほかの人はどうですか？」

「あとは知りません」

「クリスティン、あなたはどう？　あなたのことをウッドヤードの外で拾って、フラットに連れていった男の人はこのなかにいる？　あなたにたくさん質問をした人」

クリスティンはもう一度写真を見て、それから首を横に振った。自分が助けになれないことに動揺しているようだった。「ごめんなさい」

「謝らなくていいのよ、クリスティン。あなたはすごくがんばってくれてる」ジェンはいったん口を閉じ、慎重に言葉を選んでいった。「あなたはルーシーと仲がいいでしょう？　ルーシーが、べつの友達についてなにかいっていたことはない？　サイモン・ウォールデンという名前の人なんだけど。ルーシーはサイモンとバスで会ったの、家に帰る途中に何回か」

静寂が訪れた。完全な静寂が。大通りが遠いので、車の騒音も聞こえてこなかった。

「ルーシーは、彼を手伝うつもりだといっていた」クリスティンがいった。「なにか大事なことで」

「それはなんだったの？　ルーシーはどうやって彼を手伝うつもりだったのかな？」

クリスティンは首を横に振った。「教えてくれなかった。秘密だからって」

「ルーシーはぜんぜんヒントもくれなかった？　それがルーシーを見つける助けになるかもしれないのだけど」

クリスティンは顔をあげた。「ルーシーは、彼がウッドヤードを救うのを手伝うんだっていってた」室内はとても暖かかったのに、クリスティンは身を震わせた。

スーザンが寄ってきてクリスティンに腕を回した。「この子は今日一日ずっと震えているんですよ。あんなことがあったから、きっとショックのせいね。ほら、おいで、かわいい子、カーディガンを着せてあげる。あったかくしないとね」スーザンは椅子の背からニットの上着を取り、毛布のように娘の体に巻きつけた。

ジェンはそのカーディガンを見た。紫色だ。モーリスの話では、ルーシーもいなくなったとき紫色のカーディガンを着ていたはずだ。「ルーシー・ブラディックもこれと似たカーディガンを持っていませんか？」

「ええ」スーザンが答えた。「まったくおなじものよ！　クリスマスの直前にウッドヤードの行事があって、ちょっとした買物ができるような遠足だったんだけど、みんなでプリマスに行ったんです。そこで二人ともそのカーディガンを買ったのよ」

「センターから連れ去られたとき、クリスティンはこれを着ていましたか？」ジェンはラヴァコットの池のそばで彼女を見つけたとき、何を着ていたか思いだそうとした。あのときクリスティンの服は濡れていて、泥も跳ねていたのであまりよくわからないけれど、確かこれを着ていたのではなかったか。

「ええ。あのあと捨てようとしたんですけど、クリスティンがとっても気に入っていて。

この子とルーシーで双子みたいだね、なんてみんなにいわれていたから。それで、結局洗濯機に入れて洗ったら、新品みたいになって出てきました。本物のウールじゃないからなんでしょうね、お湯で洗ってもダメージがなかったんですよ」

暖かく、一緒にくつろいで座っている二人を残し、ジェンは車に戻って座るとマシューに電話をかけた。

「前回は人ちがいだったのかもしれません。車の運転手は紫色のカーディガンを着たダウン症の女性をセンターで拾うようにいわれて、ルーシーではなくクリスティンを連れていった。クリスティンには〝ラヴァコットまで乗せるようにいわれているんだ〟と話した。どちらの女性であってもラヴァコットへ帰るはずでした」

「だが、クリスティンはそれほどルーシーと似ていないよ。ルーシーのほうが髪が長いし」

「でもうしろから見たら、そして髪が紫色のカーディガンにくるみこまれていたら、二人を見分けることができなかったかもしれません。その後、クリスティンは後部座席に座らされたので、運転手はミラーでちらっと見ただけだったのでしょう。フラットに連れていったあとで気がついても、運転手にはどうしようもなかったのでは？　ひどいまちがいだったんだといって、ウッドヤードに送り返す？　誰かに見られるかもしれないのに？　運転手は、もしかしたらクリスティンもルーシーとおなじ情報を知っているかもしれないと思って、とにかく質問をしてみたんでしょう」外はもうかなり暗かった。月は出ていない。街灯の明かりも届かない。

「それで苛立ち、クリスティンがもともと向かっていたはずのラヴァコットへ連れていって、池のそばに投げだしたのか」マシューがいった。「筋は通っていると思う。ただ、その説だとこの件には二人以上の人間が関わっていることになる。誰かが命令し、誰かがそれを実行した」

「クリスティンに、ルーシーとウォールデンとの付き合いについて訊いてみたんですが。ルーシーは、二人で一緒にウッドヤードを救うつもりだといっていたそうです」

マシューはすぐには返事をしなかった。「わたしはこの事件の捜査から降りようと思う。最初からそうするべきだった。ずっと利害の衝突があったんだ。ウッドヤードは明らかに事件の中心だからね。朝になったら上に話すつもりだ。明日からはきみが責任者になる。少なくとも一時的には。お偉方が次にどうするか決めるまで」

ジェンはなんといったらいいかわからなかった。複雑な心境だった。こういう重大事件の捜査でトップに立ったことはなく、警察に入って以来ずっとやってみたいという野心はあった。しかし降りるのはマシューなのだ。善良な人間で、優秀な刑事だ。「だったら今夜のうちに解決しましょうよ、ボス。あとで署に向かいますから、そこで会いましょう」

36

ロスとジェンはだいたい同時に警察署に戻った。今日はいろいろなことがあったので、マシューにはもう遅い時間のように——夜中近いように——感じられた。しかし実際には、バーンスタプルの土曜の夜ははじまったばかりで、警察署にいても音楽と、レストランやバーに飲みにいく人々の話し声が聞こえてきた。

ジョナサンが電話をかけてきた。「ウッドヤードのなかは隅から隅まで探したよ。ルーシーはどこにもいなかった」

マシューはルーシーがいっていたことについて、センターを救うというウォールデンの秘密の計画について、ジョナサンと話がしたかった。きみにはなんのことかわかるだろうか？　なぜ、ウッドヤードに救いが必要なのだ？　しかしジョナサンのことはすでに捜査に巻きこみすぎている。マシューは昔からルールには意味がある、秩序は必要だと思ってきた。だからこそ警察に入ったのだ。警察で働くことにしたのは、カオスから世界を救おうとするマシューなりの小さな試みだった。そうでもしなければみんながカオスに呑みこまれてしまうと感じたのだ、信仰を失ったときに。ブレザレンでの無法の生活は、でたらめで意味がないように思われた。利己的で弱い人間がそれぞれに自分の道に従ったところで、まっとうな社会ができるとは思えなかった。法こそが社会の骨組みとなり、モラルをもたらすのだ。社会の安全ネットなのだ。

いまは、事件に関与しているかもしれない誰かに、犯人たちと近い場所にいることが確実な誰かに、進行中の捜査についての情報を伝えることはできなかった。

「今夜は遅くなりそうだ」

「気にしないで」ジョナサンはいった。「ぜひともルーシーを見つけてほしい。ぼくなら待ってるから」

ロスが飛びこんできた。蝶番が外れそうな勢いでドアをあける様子が、うんざりしたティーンエイジャーのようだった。不満を自分の内側にしまっておくことができないのだ。

「ソルター夫妻はいませんでしたよ。影も形もありません。完全に無駄足でしたよ」

「ルーシーの姿もなし？」

「家のまわりをひととおり見ましたが、明かりは一つもついていませんでした。一階の窓を覗いたんですが、そのときにはもう暗くなっていて。もしいたとしても、わかりませんでした」ロスはそこで言葉を切った。マシューがルールをどう思っているかはロスも知っていたので、無理な侵入の試みを警部にどう思われるか危惧したようだったが、とにかく先をつづけた。「侵入できそうな場所はありませんでした。もしかしたらと思って、ドアと窓を全部確認しましたが、不可能でした。ソルター家のセキュリティはすごく厳重ですよ。あそこまでいくとパラノイアに近いですね」

マシューはうなずいて、衝動的に母親の家に電話をかけた。自分が住んでいたときの番号をまだ覚えていた。母が電話に出ても、それほど驚きはなかった。

「ああ、いたんだね」マシューはいった。「今夜はブレザレンの会合かと思ったよ。あるいは、親睦会とか。ソルター夫妻に連絡を取ろうとしているんだけど、家に誰もいなくてね」

「いいえ」母親はいった。「わたしが知るかぎり、今日はそういう集まりはない」母の声にかつてほどのきつさはなかったが、なぜそれを知りたいのかと尋ねてマシューを満足させるようなことはしなかった。それがかえってありがたかった。マシューは受話器を戻した。思考が、河口の上空を舞うカモメのように旋回や急降下をくり返した。説明を手探りしながら、ウォールデンの死の背後に横たわるものがやっと解明できそうだと感じていた。

自分は〝傲慢〟の罪とは無縁だと思っていたが、今回はジェンのいうとおりかもしれないと気がついた。今夜のうちに事件を解決できるかもしれない。そう考えると、思ってもみなかった、ぞくぞくするような達成感が湧いた。しかしすぐにルーシーがまだ行方不明であることが頭に浮かび、誇れることなどほとんどないと思った。

ジェンが到着したのは、マシューがちょうど受話器を置いたときだった。「子供たちにいって聞かせましたよ、わたしは徹夜仕事になるかもしれないけど、だからってあんたたちがパーティーを開いていいってことにはならないんだからねって。朝になって帰宅したとき、ゲロの跡と酔いつぶれたティーンエイジャーたちに迎えられるなんていやですからね。寝袋に入った子供たちが特大のナメクジみたいにうちの居間にごろごろ転がってるなんてうんざり」

マシューはにっこり笑った。場の空気を軽くしてくれてありがたかった。こちらの気分を浮上させる能力一つ取ってみても、ジェンはチームに欠かせないメンバーだった。マシューがさっき落としておいたコーヒーがあったので、大部屋にあるテーブルの一つを囲んで座った。ロスも加わった。

「共犯者のいる事件だと思う」マシューがいった。「もしジェンのいうとおり、クリスティンが人ちがいで連れ去られたのなら、最低でも二人の人間が関与していることになる」

マシューはジェンのほうを向いた。「きみが持っていった写真のなかに、クリスティンが知っている人物がいただろうか？」

ジェンは首を横に振った。「でも、わたしが印刷できたものはすばらしい画質というわけではありませんでしたから。コリン・マーストンの写真なんて母親が見ても息子とわからないかも。それしか見つからなかったんです」

「マーストンの家には、夕方からずっと電話しているんだが」マシューはいった。「誰も出ない」

「マーストンがなぜそんなに重要なのかわかりません」ロスがいった。「ほかの人たちほどウッドヤードと強いつながりがありませんよね。週に一回の講座を教えているだけです。それに、もしマーストンがルーシーを誘拐したのなら、なるべく疑わしく見えないように電話には出るんじゃないでしょうか」

「マーストンは、非公式ではあるが理事会に法的なアドバイスを二、三したといっていた」マシューは海岸での会話を思い返した。ずいぶん偉そうな態度で、自分が重要人物であるように誇張しているのではないかとあのときは思ったが、もしかしたらマーストンは警察が思っているよりもウッドヤードに深く関与していたのかもしれない。またもやマシューの頭のなかで捜査の線が何本かまとまり、少なくとも動機が垣間見えた気がした。

「コリンとヒラリーのマーストン夫妻を見つける必要がある。それから、なにかありそうなのに都合よく消えてしまったソルター夫妻もだ。情報を広めてもらえるだろうか？　見つかり次第、署に連れてきてもらいたい。車のナンバーはわかっている」

「容疑者として連行するんですか？」ジェンはショックを受けたような声でいった。

「いや、それはまだだ」マシューはにっこり笑った。「きっと進んで事情聴取に協力してくれるよ。彼らのような立派な人たちなら喜んで警察に力を貸してくれるはずだ」

ロスが立ちあがって伸びをした。じっとしている時間が長すぎたのだろう。二人とも、答えを求めてマシューを見つめていたが、マシューの考えはこの段階ではまだ仮説にすぎなかった。言葉にしたら完全に立ち消えになってしまうかもしれない。

「お金ですか？」ジェンがいった。「例の二十万ポンドについてウォールデンには計画があったけれど、その後計画を変えて、安全に預かってくれと弁護士に送った。ウッドヤードに多額の寄付をする計画だったようですが、考えなおした。もしかしたら、なにか怪しげなことがおこなわれていると気づいたのかもしれない。ウッドヤードは組織としては少々込み入っていますから、不正行為も比較的容易だった可能性があります。プリースとソルターは二人とも理事で、二人とも金融関係の経歴がある。寄付金や慈善基金を自分たちで使うためにかすめ取ったりできたんでしょうか？　慈善事業では実際にそういうことも起こっていますよね。最近も報道でいくつか見かけました。ある男なんて、ものすごい額を持ち逃げしていましたよ。そしてどんな犯罪でも、明るみに出るまで何年もかかることがある。これなら共犯者がいるという説とも矛盾しません」ジェンはマシューを見た。「ジョナサンは気づいていないのでしょう。運営を担当してはいますが、財政管理にはまったく関わっていないのだと思います」

マシューはなんと答えていいかわからなかった。ジェンの思いやりに感謝していて、ほんとうはこう話したかった。自分はジョナサンほど正直な男を見たことがない。夫はウッドヤードをうまく回しつづけるためなら無給でも働くだろう。ジョナサンは、可もなく不可もないようなホテルのレストランでも、ウェイターにあげたチップが少なすぎたかもしれないとくよくよするような男なんだ、と。しかしウォールデンを殺した犯人を見つけるまでは、ジョナサンもまだ容疑の対象だった。

「プリースとソルターの銀行口座を確認してみたらおもしろいかもしれませんね。一見、裕福そうですが、なにか経済的な問題を抱えているのかも」

マシューは、プリースがホープ・ストリートの家の保証金を出したことについて考えた。プリースには娘の愛情を金で買おうとしているような印象があった。おそらく、いまでも娘の暮らしを援助しているのだろう。それにかかった分と、罪の意識に駆られて出したウッドヤード展開のための寄付金のせいで、貯金を使い果たしたのかもしれない。

「プリースにも来てもらおう。もしほかの人たちのように消えていないとしても。事情聴取をべつべつにして、彼らの話に一致しないところがないか確認する」デソルターの経済上の罪深い秘密とはなんなのか、マシューには想像もつかなかった。デヴォンシャー住宅金融組合に関することかもしれない。そちらからも金を盗んだのだろうか？

ロスがきまり悪そうに小さな咳ばらいをした。ロスがこれを持ちだそうと会話のはじめからいままで勇気を掻き集めていたのがマシューにもわかった。「たぶん、われわれはジョナサンの銀行口座も見てみるべきだと思います。万が一メディアがつながりをつかんだとき、あなた方二人に疑いのかからない状態にしておくために」

ジェンがけんか腰で割りこんだ。「それはあなたの考えなの？　それともオールダムの考え？　またご機嫌取りってわけ、ロス？　ビールでも飲みながら絆を深めてるんでしょ？　出世の階段をスピーディにもう一段上れればいいと思って」

マシューは同意と仲裁の意味をこめて両手をあげた。「きみのいうとおりだよ、ロス。法定会計士に細かい情報まですべて渡しておく。ジョナサンの分と、わたしの分と。われわれは透明性を保たなければならないからね。それから、被害者と証人の全員にウッドヤードとのつながりがあるようなので、利害の衝突についてすでにジェンと話をした。明日になったらジェンがこの事件を引き継ぐ。明日の朝一番から、報告はジェンにするように」

マシューは二人を送りだし、その後しばらくのあいだオフィスで座っていた。自分の経済状況について開示を請求されたことに憤りはなかったが、べつの形だったらよかったのにとは思った。決定は明らかにオールダムの判断だが、ロスというフィルターを通してそれが伝えられた。主任警部ともあろうものが、怠惰なのか、臆病なのか、自分で伝えることをしなかったわけだが、それはロスに対してもマシューに対してもフェアではなかった。とくにジョナサンは、自分が容疑者になるなんてちょっとおもしろいと思うのではないか。金銭に動機が金銭欲であることを考えると。ジョナサンにとってもマシューにとっても、金銭がそこまで大事だったことは一度もなかった。

マシューはオフィス内の気詰まりな空気を努めて脇へ押しやり、ソルターやプリースとの会話を再現しようとした。すると突然、見え方が変わった。あの二人にとっても金銭よりも大事なことがあったのだ。ウッドヤードの開所まで時間を遡って動機を探す。一件の殺人と二件の誘拐につながるなにかを。それからすぐにマシューは立ちあがり、ドアに向かって突進した。

「どこに行くんですか、ボス?」ロスが自分の机から声をかけてきた。いつもよりやや静かだが、まだここで、警察署のなかで待たねばならないことを恨んでいるようだった。

「証人と話をする必要がある」マシューは自分の疑念をチームに明かすのはまだ早すぎると思った。だが、失うわけにいかない大きなものを抱えている人物に心当たりがあった。

〈ローズバンク・ケアホーム〉は二階建てで、正面に狭い庭のある介護専用の施設だった。駐車場はスタッフ用も訪問者用も裏にあり、いまは駐車スペースの大半が空いていた。一部を除いたほとんどの部屋が暗くなっている。まだ九時だったが、入居者の多くはすでにベッドに入っているようだった。

ドアに鍵がかかっていたので、マシューは呼び鈴を鳴らした。ブーッという音がして、インターコムから雑音混じりの声が聞こえてきた。「どなたですか?」

「ヴェン警部です、ミセス・ジャネット・ホールズワージーにお会いしたいのですが」つかのま沈黙があった。「わたしなら、廊下の突き当たりのオフィスにいます」カチリと音がしてドアが開き、マシューはなかへ入った。

開け放たれたいくつもの寝室のドアの向こうで、ピンク色のチュニックを着た介護人が、最後まで起きている残りの入居者がベッドに入る支度をするのを手伝っていた。マシューは父がこういう場所にいるところを想像した——病棟はきっとここと大差なかっただろうから。そして、死ぬより悪いこともあると思った。一人の女性が寝室用便器に座っていた。マシューは目を逸らし、彼女がこちらに気づくまえに急いで先へ進んだ。ローザの母親は小さなオフィスにいた。皿を置いた机のまえに座り、皿には食べかけのサンドイッチとバナナの皮が載っていた。コーヒーの入ったマグを手に持っている。

「あまり時間がないんです」ジャネットはいった。「ちょうど休憩に入ったところで」しかしもう闘う気力は残っていないようだった。ジャネットは、マシューが机の反対側の椅子に座るのを待った。

「ローザについて知る必要があるのです」マシューはいった。「人が一人死んでいますし、ローザの友人のルーシー・ブラディックが行方不明になっていますから」

ジャネットはうなずいた。とても疲れているようだ。ほとんど眠っていないにちがいない。一晩中働いて、昼間は夫と娘の面倒を見ているのだから。

「ほんとうはなにがあったか、話してもらえませんか？　なぜローザがもうウッドヤードに行かないのか」

「あの子には会いましたよね」ジャネットはいった。「昔からあんなふうなんです。やさしくて。愛情に溢れていて。知らない人の手も握ってしまうんです。子供のころは、笑いかけてくれる人全員の膝に上りました。わたしたちも教えようとはしたんですよ、そういうことをするのはよくない、スカートを穿いているときは脚を閉じて座りなさい、抱きしめられるのが好きじゃない人もいるんだよって。でもあの子には理解できなかった。できるわけがなかった。あの子は純真だから」

マシューはなにもいわなかった。

「デイセンターがウッドヤードに移ったとき、安全には問題ないだろうとわたしたちは考えました。おなじスタッフがウッドヤードに行きましたから。それに、わたしたちはジョナサンのことが好きでした。いつも現場にいるわけではありませんが、変わらず責任者ではありましたし」またしばらく沈黙がつづいた。「訪問者がいたんです。誰かがやってきて、ローザの弱みにつけこんだ。あの子が人を信じて疑わないのをいいことに、つけこんだんです」

「何があったか、ローザはあなたに話しましたか？」

「最初は話しませんでした。午後になって帰ってきたとき、なにかあったのはわかりました。調子が悪いから明日は家にいたいとローザはいっていました。センターが移ったばかりで落ち着かないんだろうと思いましたよ。べつに深刻なことじゃないと」

遠くで入居者の一人が叫びだした。「助けて！　ママ！　お願い、助けて！」

「彼女のところへ行きますか？」マシューは尋ねた。

ジャネット・ホールズワージーは首を横に振った。「あれはユーニス。毎晩、寝るまえに叫ぶんです。すぐに落ち着きますから」

もう一度低く、悲しげな叫び声があがり、施設内はその後また静かになった。

「ローザが虐待されたことに、いつ気がついたのですか？」

「お風呂に入ればあの子の気持ちが静まるだろうと思ったんです。そのときに下着が破れているのが目につきました。青あざもあった」

「レイプされたのですか？」

ジャネットは肩をすくめた。「ローザには、あったことを詳しく話すことなどできませんでした。説明するための言葉だって知らなかった。でも、あの子は暴力を受けていました」

「なぜ警察に行かなかったのですか？　あるいは医師のところに？」しかしマシューにも答えはわかっていた。これは慎重な対応を要する、きわめて個人的な問題だった。よく知りもしない人間に聞かせたい話ではなかっただろう。「ジョナサンに話せたのではありませんか。彼のことは知っていましたよね」マシューは努めて感情を排した声でいった。

「ジョナサンはいませんでした。三週間の新婚旅行に出かけていたんですよ。だから大本のボスのところへ行きました。なにかしらの対応はしてもらうべきだと思って」

「大本のボス？」

「理事長です。クリストファー・プリースですよ」ジャネットはここで間をおいた。「最初は電話をかけました。家に来てくれといわれました、そこで話すのが一番いいだろうからと」

マシューは、公園のそばにあるあの家の外にジャネットが立っているところを思い描いた。緊張しつつ、それでも同情を期待し、なんらかの対応をしてもらえることを望んでいただろう。

「着いてみると、ミスター・プリースは一人ではありませんでした」ジャネットはいった。

「彼がいうには、これは非常に深刻な申立てだから同僚に相談しなければならなかった、ということでした。三人いました。男の人が三人」

「ほかに誰がいたのですか？」それがどれほど脅威に感じられたかは想像するしかなかった。

「一人はべつの理事でした。デニス・ソルター。それまで会ったことがありませんでした。それから法律顧問とかいう人がもう一人」

コリン・マーストンだ。自動車業界で契約の監督をしていた人物に、性的暴行のような刑事事件のなにがわかるのかは想像もつかないが。ただ威嚇するだけのためにその場にいたのだろう。

「怖かったでしょうね。そういう男たちと向きあうのは」

「申立てという言葉がね。まるで全部わたしのでっちあげみたいで。ミスター・プリースは、ウッドヤードではスタッフもまわりに大勢いるのに、どうしてそんなことになったのか理解できないというんです。わたしはカウンセリングの最中に起こったのだと話しました。カウンセリングはセンターがウッドヤードに移ったときにはじまったんです。小さな会議室で一対一のおしゃべりをして、利用者がウッドヤードでの生活や、将来の計画、希望について話すという名目で」ジャネットは顔をあげてマシューを見た。「ミスター・プリースは、証拠があるのかとわたしに尋ねました。もう医師に診せたり警察に行ったりしたのかと。まるでわたしが嘘をついているかのような口ぶりで。ローザをそんな目にあわせることはできない、まだ、いまのところは、とわたしいいました。だからあなたに話しているのだ、手順を踏んで進めるのを助けてもらいたいからと。サポートがなければローザには理解できないんです。混乱してしまって説明もできないでしょう。想像してみてください、あの子が法廷に出なければならないところを!」また間があった。「それでも彼に話しましたよ、破れたショーツを保管している、それには染みがついていると。だけどスカートのことはいいませんでした。スカートにも染みがついていたことも。それも保管してあります。わたしの秘密です」ジャネットは顔をあげた。「アメリカの大統領のことを覚えていたんですよ、あの若い女性とのスキャンダルを。彼女のほうがほんとうのことをいっていると証明したのはスカートだった。理事たちのことは信用しませんでした。DNAが採れるのでしょう？　下着とスカートの両方から？」

「可能性はあります」

「三人は、わたしが証拠を持っているとは思っていなかったようでした」

「なにがあったのですか、ジャネット？　なぜそのまま話を進めなかったのですか？」

ジャネットは顔をあげてマシューを見つめた。ジャネットが泣いているのが見えた。

「あの人たちがわたしを買収したからです。黙っているようにと、お金を差しだしたんです。ひどい時期でした。夫が失職したばかりで収入がなかったんです。生活保護が受けられるのを待っている状態でした。ローザの介護手当が出ていましたけれど、それはほんとうに少額で、なんの足しにもなりませんでした。家賃の支払いも何週間も遅れていて。そんなときにプリースがお金を払うといったんです」

ジャネットは首を横に振った。記憶を払い落とそうとするかのように。「こんなことはまちがっていると、わかってはいました。でも彼の話にはとても説得力があった。ほんとうのところは、これはお金の話なんかじゃないんだといっていました。ウッドヤードはとてもすばらしい事業だけれど、悪い評判がたてば寄付金が入ってこなくなる、そうなるとサービスの利用者がみんなケアを受けられないまま取り残されることになる。そんな話でした。ミスター・プリースは約束しました。加害者を遠ざけ、支援を受けられるよう手配して、二度とこんなことをできないようにするからと」ジャネットは小さな喘ぎを洩らした。「その後、彼は小切手を書きました。これでローザになにかいいものを買ってあげるといい。気分転換にどこかへ連れていくんだ、週末にでも。そんなふうにいいながら。大きな額ではありませんでしたが、未払いの家賃を清算するには充分でした。わたしたちがなんとか生活をつづけていくには充分な金額でした」また間があった。「だからですよ、あなたがクリスティン・シャプランドを探しに来たときに、ローザのことを話さなかったのは。あの人たちのお金を受けとったことを、いまも恥ずかしく思っています。わたしが小切手を手にしたとき、これは一種の契約だとあの人たちはいっていました。わたしは黙っていると約束しました。秘密を守ると」

「小切手にサインをしたのは、プリースだけでしたか？」マシューは尋ねた。「それとも、ミスター・ソルターもサインしたのでしょうか？」もし連署だったらプリースの個人口座ではなくウッドヤードの口座から振りだしたもので、それなら記録があるはずだった。その記録をウォールデンが偶然見つけたのかもしれない。建物内のオフィスのドアはどこも鍵などかけなかったし、ジョナサンは帳簿に矛盾があってもきっと気づかなかっただろうから。

「二人ともサインしました」

マシューはうなずいた。だが、まだ感情を顔に出さないようにしていた。「ローザの話を聞きにきた人がほかにいませんでしたか？　サイモン・ウォールデンという男性はどうですか？」

「クロウ・ポイントで殺されたあの男の人？」ジャネットはショックを受けたような顔でいった。

「そうです。ウッドヤードでボランティアをしていました。そのウォールデンが、ローザの身に起こったことに興味を持っていたと思うのですが」

「いいえ」ジャネットはいった。「その人には会ったことがありません」

マシューは刺すような失望を感じた。マシューの仮説は——捜査を終わりにできるかもしれないという希望は——ローザになにがあったかサイモンが気づいたことが前提だった。

ジャネットがつづけた。「ウッドヤードにいた人でわたしたちが最近会ったのはルーシー・ブラディックだけです。ローザの友達なんですよ」ジャネットはまたマシューを見た。ひどく疲れた目で、まわりにあざができているみたいに見えた。「ルーシーが行方不明になったっていいました？」

マシューはうなずいた。「ここに来て、あなたを煩わせたのはそのためです。ルーシーを見つけなければ」

「会ったのは二週間くらいまえでした。あの子たちはときどきテキストメッセージのやりとりをしていて。たあいもない内容ですけど。その後、モーリスが電話をかけてきて、ルーシーがローザに会いたがっているというんです。ウッドヤードのあとに連れていってもいいか、と。二人はお茶に来ました。近況についておしゃべりするのは楽しいし、娘たちは以前とおなじように仲よしでしたし。二人は階上に行ってしまったので、わたしが仕事に出かける時間になるまで見かけませんでした」

マシューは一瞬考えてからいった。「ルーシーがスカートを持ちだすことはできたでしょうか？　ローザはなにがあったかルーシーに話したと思うのです。たぶんその虐待が起こった直後に。ローザが動揺しているのを、ルーシーが見つけて」そしてもしルーシーがウォールデンにそれを打ち明けたなら、ウォールデンは証拠を見つけるのを手伝ってくれとルーシーに頼んだかもしれない。これがウォールデンの大いなる作戦であり、二人が共有した秘密だったのかもしれない。

「わかりません。スカートはビニールの袋に入れて、わたしのワードローブに入れてありました」ジャネットは考えてからつづけた。「そういえば、最近確認したことはなかった」間があった。「だけどあの日、娘たちはわたしの部屋にいました。天井から足音が聞こえたので、生意気な遊びはしないでちょうだいと大声で階上に呼びかけたんですよ。二人がわたしの服を着てみるつもりだと思ったんです。ローザはそういうことが好きだから。わたしの衣類でおしゃれをしたり、ハイヒールを履いてみたり。メイクを顔に塗りたくって降りてきたりもしますし」ジャネットはマシューを見た。「夫に電話して、確認を頼みましょうか？」

「もしそんなに大変でなければ」

「どのみちいまなら階上にいるでしょうから。寝る準備をしているはず」

マシューはじっと座ったままでいた。会話を耳に入れないように、感情が判断を曇らせることのないように気をつけながら。そしてジャネットが電話を切ってからようやくそちらを見た。

「スカートがなくなっています」ジャネットはいった。「夫は隅から隅まで探したって」

「ルーシーは、訪ねてきたときにバッグを持っていましたか？」

「ええ。ショルダーバッグを。階上へ行くときに、鞄を置いていきなさいとモーリスがいったんですけど、ルーシーは持っていきました」

そしてそのなかにスカートを隠し、ウッドヤードへ持っていってウォールデンに渡した。その後、クリスティンが行方不明になったときも、ウォールデンが死んだときも、ルーシーは約束を守った。秘密を守った。

「ありがとうございました」マシューはいった。「ほんとうに」

ジャネットはマグを皿の上に置いて腕時計を見た。「行かなければ。休憩は五分まえに終わっているので」

「誰だったのですか、ジャネット？　誰がお嬢さんを虐待したのですか？」

少しの間があった。ここまできてもまだいわないつもりかもしれないとマシューは思った。「牧師です」ジャネットは立ちあがった。「あの若い助任司祭ですよ。よりにもよって、一番に信頼すべき聖職者です」

37

マシューは驚いた。警察署に戻ってみると、四十分しか経っていなかった。時間が引き延ばされ、ルーシーを取り戻すチャンスが与えられたかのように思えた。生きていて元気なルーシーを見つける望みが与えられたかのように。

ロスが署内にいて、マシューを待っていた。「いまのところ、捕まえられたのはプリースだけです。ジェンが一緒にいます。まだ聴取をはじめたわけじゃなくて、ボスが戻るまで取調室でプリースの相手をしているだけですが。ソルターとマーストンは――それに彼らの車も――影も形もありません。まあ、マーストンの家にはまだ直接行ったわけではありませんが」

「いまはまだいい」頭のなかで事件の詳細が固まるまえにマーストンが怯えて逃げてしまうような事態は避けたかった。サイレンを高々と鳴らすパトロールカーを送りだすなど、絶対に駄目だ。「まずはプリースがどんな自己弁護をするか聞いてみよう。もしかしたらルーシーの居場所を知っているかもしれない。仮に今回の誘拐に関与していないとしても、最初のたくらみの一員ではあるのだから」マシューはジャネット・ホールズワージーから聞いた話を説明した。

「なぜそんなことを？　保護の必要な女性への性的暴行を隠蔽するなんて」ロスは吐きそうな顔をした。

「あの連中の名声がウッドヤードの成功に懸かっていたからだろう。連中が有力で尊大な男たちで、そういうことができたからだろう。その後、隠蔽のほうが最初の暴行よりもいろいろなものを蝕むようになった。三人全員が関与していて、三人とも失うものが大きすぎた。そしてプリースはキャロラインの父親で、キャロラインはクレイヴンの恋人だ。たぶん、プリースは娘の評判も守っているのだろう」

「クレイヴンを引っぱるべきですか？」

「そうだね。ルーシー・ブラディックのことで、少し圧力をかけてみよう。あとのことは朝になってからでかまわない」

クリストファー・プリースは動揺しているようには見えなかったが、過去には厄介な商取引をいくつも扱ってきたのだから、世間に向けて涼しい顔をして見せるのはお手のものなのだろう。ジェンはプリースの反対側に座って待っていた。黙ってそこにいることで室内の緊張感を高めようとしたのなら、ジェンは失敗しているようだった。

「ローザ・ホールズワージーのことはわかっています」マシューは部屋に入ったとたんに、立ったままそういった。

「いまなんと?」

「ローザの両親に金をつかませて、あなたのところのボランティアの一人に対して刑事責任を追及するのをやめさせたことはわかっています」

「ああ」プリースはいった。そしておもむろに政治家のような笑みを浮かべた。「残念ながら、それは私の記憶と少しちがう」

「あなたはどのように記憶しているのですか?」

「あの女性の両親は、娘を不安な裁判に送りだすことに乗り気じゃなかった。同意があったかどうかが問題になるはずだった。私の理解しているところによれば、ローザはディセンター内で評判だったんだよ、誰にでも……」プリースはここで間をおいた。「……色目を使うと」

「ローザは学習障害のある女性で、彼女が信頼していた――彼女の両親も信頼していた――大人から、安全であるはずだった場所で暴行を受けたのです」マシューは怒りが大きくなるのを感じた。一日のあいだに積もった緊張が強い怒りに変わりつつあった。

プリースは顔をあげてマシューを見ると、驚いたふりをした。「きみもわれわれとおなじく、こういう苦情が公になるのを望まないと——われわれのやり方に感謝してくれると——思っていたんだがね。きみの夫もあの施設のなかで権限のある地位にいるわけだから」

「もっとも、当時彼は不在で、なんの相談も受けていませんでしたが」マシューは強いて冷静さを保った。プリースはゲームをしている。マシューを挑発しようとしているのだ。

「ディセンターのべつの利用者であるルーシー・ブラディックが、今日の午後行方不明になりました。どこにいるかわかりませんか？　非常に心配しています」

「残念ながら、力になれることはなさそうだよ、警部」プリースは椅子の背にもたれた。腕を組んでいる。

マシューはジェン・ラファティの隣に座った。「お嬢さんが、あなたのウッドヤードでの仕事をサポートしていますね。ローザへの暴行についてキャロラインに話しましたか？　それとも話すまえから知っていたのでしょうか？　自分の恋人が関わるスキャンダルを揉み消してくれと、キャロラインから頼まれたのですか？」

「ちがう！　もちろんそんなことはなかった」プリースは少々動揺したように見えた。

「あれは経営幹部の決定だったんだ。娘は関係ない」

「キャロラインがそういうやり方に賛成したと思いますか？」こちらだって汚い攻め方はできる、とマシューは思った。

一瞬の沈黙があった。「当然、しないだろうね、警部。しかしキャロラインは若くて、理想主義者なんだ。あの子はおそらく理解していないと思うよ、もしあのとき起こったことが世間に知れ渡ったら、とりわけクレイヴンが裁判沙汰にでもなったら、聖カスバート教会のメンタルヘルス・センターのための公的資金のすべてと、民間資金の大半が引きあげられてしまうことを。クレイヴンは、キャロラインの仕事に出資している教会の助任司祭なんだ。キャロラインは仕事を失うだろう。それにあの子の友人のギャビーも、気がついたらクビになっているだろうね。事件はウッドヤード・センターで起こり、あそこもやはり慈善の寄付に頼っているのだから」

マシューはテーブルの上に身を乗りだした。そして歯切れよく明瞭にいった。「もちろん気がついていますよね。あなたがあのときミセス・ホールズワージーの告発に適切に対処していれば、サイモン・ウォールデンはいまも生きていたはずだ。二人の女性が誘拐のトラウマに悩まされることもなかった。事態はもう制御不能なのですよ、ミスター・プリース。いまも制御不能のままですが、わたしの考えるところでは、それはあなたの責任です。お願いですからよく考えてください」マシューは間をおいてからつづけた。「さて、わたしに話すことがほかにありますか？」

これでいいたいことは伝わったはずだとマシューは思った。一瞬の沈黙があった。それからプリースがまた口を開いた。

「大変申しわけないが、私に手伝えることはない」

マシューは部屋を出た。頭をはっきりさせる必要があった。新鮮な空気と考えるためのスペースがほしかった。しばらくのあいだ外に佇んだ。キャッスル・ヒルのこんもりとした丘の上で、土曜の夜のパーティーの騒音を背景にして、誰かがギターを弾いていた。悲しげなギターの音色がコンクリートの合間を縫ってマシューのほうへ漂ってきた。

ワンフロアのオフィスに戻っても、ソルター夫妻とマーストン夫妻に関するニュースはまだなかった。自分の席にいたロスが顔をあげた。「でもクレイヴンは捕まえました。いま連れてくるところです」電話が鳴り、ロスが取った。

「おそらくモーリスだろう」マシューはいった。「必死だからね。わたしがここにいた午後のあいだも、何度もかけてきた」

ロスは短く答え、二言三言礼を述べて受話器を戻した。ロスの顔つきと洩れ聞こえた会話から、相手はモーリスではないこと、そして重要な連絡であることがマシューにもわかった。

「九九九に緊急通報が入ったそうです」ロスがいった。「かけた女性はルーシーと名乗りました。姓はなし。しかも通報受付係が詳細を聞きだすまえに電話が切れたらしい。通報者の女性には、どういう対応を求めているのか説明するチャンスさえなかったようです。しかしコールセンターの係員は女性が行方不明になっているという広報を見ていました。それで、われわれに知らせるべきだと思った」

今回の件がすべて片づいたら、その係員を探しだして極上のスコッチを送ろうとマシューは思った。

「発信番号の記録があるはずだね」

「はい。固定電話で、名前と住所もわかったそうです」

「おいおい、ロス！　われわれの知っている人間か？」この日二度めになるが、マシューは情報の出し惜しみをするロスの首を絞めたくなった。

「コリン・マーストン」ロスはいった。「有料道路の管理人用コテージです」

38

ジェンを取調室から引っぱりだし、プリースのそばには制服警官を一人だけ残した。これから行く先で女性が必要になると思ったのだ。海岸へ向かう車のなかで、マシューの頭のなかに罪悪感が洪水のように押し寄せ、その日の朝からおかしたまちがいの数々が頭に浮かんで逃れられなかった。料金所のコテージにもっと早くチームを送っておくべきだった。ソルター夫妻に囚われすぎて、誤ったほうへ導かれてしまった。例のコテージはウォールデンが死んでいた場所からも近く、明らかに確認しておくべき場所だったのに。ルーシーへの称賛の気持ちにも圧倒されそうだった。なんとか電話に到達して、緊急通報番号にかけたのだ。途中で邪魔されたにちがいなかった。誘拐犯に気づかれないうちに自分で電話を切ったならいいのだが。もし誘拐犯が気づいたのなら、ルーシーがまだコテージにいる可能性は低い。

ロスが運転していた。覆面パトカーで回転灯もサイレンも切ったままだったが、狭い道路をものすごい勢いで走っていた。べつの状況だったら馬鹿な真似をするなといっただろうが、いまは頭のなかでもっとスピードを出せと急きたてていた。料金所のそばに着くと、車は速度を落とした。

「通り抜けるんだ」マシューはそういってロスに小銭を何枚か渡した。「わたしの家のそばに停めてくれ。そうすればそんなに怪しく見えない。プリースには電話で連絡する機会がなかったはずだから、マーストン夫妻はわれわれが追っていることに気がついていないかもしれない。ジョナサンとわたしのところには頻繁に人が来るから車が停まっていてもおかしくない。うちから歩いて戻ればいい」

コテージのカーテンは閉まっていた。マーストン夫妻の車はそこにあった。夫妻がまだ建物のなかにいる可能性もある。ルーシーもだ。スピンドリフトの家の明かりは全部ついていて、私道にジョナサンの車があった。家に入れたら——ジョナサンと二人、横長の部屋の火のそばにいられたら、この悪夢が終わったら——どんなにいいだろう。

三人は静かに歩いて料金所へ戻った。暗さに目が慣れるまで、署からもってきた懐中電灯を使った。フクロウが一羽、沼地の上で低く飛んでいるのを懐中電灯の光線が捉えた。コテージに着くと、マシューはロスを裏口に行かせてから呼び鈴を押した。返事はない。カーテンの隙間から正面の居間を覗いた。ウォールデンが死んだ日にもここに来たが、そのときと大して変わっていなかった。少し散らかっているだろうか。本やファイルが棚に詰まっていた。ローテーブルの上に汚れたマグが二つあった。しかし今回はなかに人がいなかった。マシューはまた呼び鈴を鳴らした。ただし今度はもっと強く、ボタンに体重をかけるようにして。やはりなんの反応もなかったので、玄関にジェンを残して家を一周し、窓を見つけるたびになかを覗いた。ロスはまだ裏口で待っていた。

「このフレームは完全に腐っています」とても低い声でいうので、ロスのほうへ身を屈めないと聞き取れなかった。「もし必要なら、力ずくで入ることは簡単にできます」

ほかのカーテンはすべてぴったり閉まっていた。マシューはジェンのいるほうへ戻った。ジェンはリビングを覗いていて、カーテンの隙間のほうへマシューを手招きした。「見てください。あれはルーシーが行方不明になったとき着ていたものではありませんか？」

擦り切れた肘掛け椅子の上に、紫色のカーディガンが投げだしてあった。

マシューはジェンを連れてロスのいる家の裏へ戻った。ロスはまだ二人を待っており、行ったり来たりしながら、行動を起こしたくてうずうずしていた。

「絶対、このなかにいたはずです」ジェンはパニックを起こしたような、上ずった声でいった。

ロスはドアに肩を当てた。木が裂けるような音がして、ドアはほぼ無傷のまま内側に落ちた。

マシューは通り道からドアをどけた。

「こんばんは！　警察です！」

裏口を入るとすぐにキッチンだった。やかんは温かいが熱くはない。汚れた皿が水切り台に並んでいる。ごみ箱のなかに、テイクアウトしたフィッシュ&チップスの残りが捨ててあった。

ジェンはリビングへ移動し、カーディガンを見ていた。そしてマシューに、繁華街にある安価な衣料品チェーン店のラベルを見せた。スーザンがいっていた、プリマスで買物をした店だ。「これは確かにルーシーのものです」

廊下のテーブルに固定電話があった。マシューがリダイヤルボタンを押すと、緊急通報サービスにつながった。「これでルーシーがここから電話をかけたことが確認できた」マシューは階段のほうに大声で呼びかけた。「ルーシー、いるかい？」沈黙。

マシューは階段を上った。ほかの二人には、いまいる場所にそのままいてくれと伝えた。犯罪現場の可能性があるのに、すでにずいぶん汚染してしまっている。狭い踊り場に出ると前方にバスルームが見えた。染みのできたホーローの浴槽がある。弁護士として働いていた人間なら、これよりずっといい住環境を整えられるはずだ。もしかしたら、マーストンはウッドヤードの理事会を含む全員を騙していたのかもしれない。資格や経歴について嘘をついたのだろう。それとも、沼地の野生生物がそんなに魅力的だったのだろうか？

全身の筋肉が張りつめ、心臓は早鐘を打っていた。パニック発作の前兆だろうか。学生としてブリストルに行った最初のころに何回か苦しんだことがあったが、もう何年も発作を起こしていなかった。階上の部屋でなにを見つけることになるかはわからなかった。またべつの刺殺体か。血か。もしルーシーになにかあったら、モーリスになんと話したらいいかわからなかった。気がつくとすでに説明の言葉を、言い訳を探しはじめていた。バスルームには誰もいない。あとで捜索隊が来るだろうが、いまはルーシーを見つけ、父親のもとに帰したいだけだった。

寝室のドアの一つをあけた。予備の部屋で、シングルベッドとハンガーラックのほかには家具もない。ルーシーはまだ見つからない。死体を隠す場所もなかった。最後の寝室は明らかにマーストン夫妻のものだった。きちんとたたまれたコリンの服が椅子の上にあり、ヒラリーの服は床に投げだされていた。キルティングの上掛けをめくってみたが、血の染みたマットレスはないし、ルーシーもいない。安堵感が、次いで期待のあとの失望がどっと押し寄せた。踊り場の天井に、屋根裏につながるらしき合板の小さなハッチがあったが、ルーシーはここを通り抜けるには大きすぎるし、体力的にも無理だろうと思われた。マシューは階下の二人に大声で呼びかけた。

「ここにはいない」

三人は窮屈な廊下に集まった。

「どう考えたらいい？」ジェンだった。「夫妻はルーシーが緊急通報サービスに電話をかけているところを見つけて、家から出さなければならないと気がついた？　わたしたちがここへ向かっていることはわかったでしょう。車がここにあるということは、どうやってルーシーを移動させたのか。タクシー？　誰かを呼んで、乗せてもらった？」

「もしかしたら」しかしマシューにはよくわからなかった。「マーストン夫妻は、誰かが車で町からやってくるのを待ったりするだろうか。夫妻は街の人間だし、警察が即座に反応することを予想しているだろう。「あるいは、徒歩でここを出たか。警察が家で誰も見つけられないことを期待して。もしかしたら、ルーシーが名前を告げたことに気がついていないかもしれない。あるいは、われわれにメッセージを伝えるだけの聡明さが係員にあったとは思っていないとか。そばで隠れていることだってできる。われわれがいなくなるのを待って、ルーシーを家に連れ戻すために。マーストンは沼地や海岸をよく知っている。あの男ならルーシーを隠す場所くらいいくらでも思いつくだろう」

三人は二手に分かれた。ジェンとロスは内陸へ向かって、沼地に沿ってつづく道をたどった。こちらのほうが、夫妻がルーシーを連れていった先としてより可能性が高かった。ルーシーがやわらかい砂の上をすばやく歩くのはむずかしいだろうが、夫妻はルーシーにさっさと動いてもらいたいと思うはずだ。マシューは海岸をクロウ・ポイントに向かって歩いた。マシューのテリトリーだった。この場所のことなら、マーストンとおなじくらいよく知っている。サイモン・ウォールデンの死体が発見された場所でもあった。

空には半月が浮かんでいたが、ほとんどの時間は雲や霧に覆われ、明かりはあまり届かなかった。マシューは砂丘を上った。右手に自宅があり、明るく輝いていた。木の燃えるにおいが漂ってきそうだった。ジョナサンは薪ストーブに火を入れて、心配でそわそわしながら待っているだろう。遠くの土手に、光の筋が並んでいる。あそこはインストウだ。トーリッジ川の河口の向こうはさらに明るい。ビディフォードとアップルドアの明かりだ。担当区の地図そのままだ。

バーンスタプルを出たときには引き潮だったが、いまは満ち潮に、水が流れこんでくるほうに変わり、海岸線の水位がじりじり上昇していた。波の砕けるところにできる泡の細い線だけが灰色のビーチのなかで白く見分けられたが、ほかにはほとんどなにも見えなかった。マシューはスマートフォンを見て、電波が入っているかどうか確認した。ジェンとロスがなにか見つけたとき、すぐに連絡を受けられるように。

無駄足だったかと思いはじめた。本部を通してもっと捜査員を呼んだり、沿岸警備隊の救助チームに応援を要請したりといったことをとっくにやっておくべきだった。この捜索には三人より多くの人員が必要になるだろう。背後の砂丘から、カサカサと音が聞こえた。砂の動く音。小動物かなにかが獲物を引きずって家に這い戻るところか。次いでもっと重い足音が聞こえた。ロスとジェンがもう道路までの道を歩き終え、こちらに来て海岸で合流しようとしているのだろうか。それとも、もしかしたらルーシーを見つけて、しかしそこには電波が届いていなかったので直接伝えに来たか。マシューはふり返って二人に声をかけようとした。砂丘のてっぺんにいる自分のシルエットは、この程度の明かりでも見えるだろうとは思ったが。しかし大声で呼びかけるまえにまた音がして、鋭い痛みに襲われた。その後はすべてが闇に沈んだ。

39

ジェンは暗い道に沿って進んでいた。足音が聞こえるので、ロスがいることだけはわかっていた。ジェンは街灯のない場所や、背景に流れるホワイトノイズのような車の騒音のない場所に住んだことがなく、マシューとジョナサンはどうして静寂に耐えられるのだろうと思った。音がないとジェンはパニックに陥り、ストレスで鼓動が速くなってしまう。子供のころはかくれんぼが、どこかの暗い片隅で見つかるのを待つあいだの緊張感が、大嫌いだった。いまも想像力が暴走しつつあった。見知らぬ人々に振りまわされて、暗がりで怯えているルーシーの姿が頭に浮かんだ。

なけなしの自制心にしがみつこうとして、ジェンはロスに矛先を向けた。「あなたとオールダムはどういう関係なの？　どうしていつもあなたがあの人のために汚れ仕事をすることになるの？」

二人は狭い道のそれぞれの端を歩き、有料道路の料金所からブローントンに向かいながら、ときどき懐中電灯で側溝のなかを照らしたり、ルーシーの名前を大声で呼んだりした。そして空っぽのスペースに響いては消えていく自分たちの声を聞いた。

「父が一緒に働いていたんだよ。二人とも訓練生(カデット)として警察に入ったんだ」

「お父さんも警官だったの?」初耳だった。ロスはあまり自分の家族のことを話さなかった。話すのはゴージャスな妻のことだけ。

「父は長くはもたなかった。警察の仕事をつづけられず、結局〈ラウトレッジ〉で働くことになった。町なかの店だよ、知ってるだろ? 紳士服部門の担当だった」ロスは、まるで恥ずかしいことのようにそれを話した。

ジェンはうなずいた。〈ラウトレッジ〉は、ジェンがバーンスタプルにやってきたときにはまだ営業していたが、小売業にとっては不況が厳しく、ずいぶんまえに閉店していた。

「だけどジョー・オールダムはそれでも友達だった。父が警察を辞めたあとも、まだそばにいてくれた。父が〈ラウトレッジ〉の仕事を失ったときも、うちの両親を助けてくれたんじゃないかな。おじみたいなものだった。子供のころは、毎年オールダム夫妻と一緒に休暇旅行に出かけたよ。ジョーとモーリーンのあいだには子供ができなかったんだ」ロスは言葉を切って、ルーシーの名前を大声で呼んだ。やはり反応はない。音がまるでしない。

ジェンは沈黙を埋めたくなったが、まだつづきがあることはわかっていた。「父よりも、ジョーのほうが共通点が多かった。警察の求人に応募してみろと勧めてくれたのもジョーだったし、ラグビー・クラブにも入れてくれた。自分がジョーの息子だったらよかったのにと思った時期もあったよ。そうしたら自慢できることが増えたのにって」

「だからオールダムが頼みごとをしてきたとき断れないと思ったの？」ジェンはロスが気の毒になった。

「ああ、そんなところ」間があった。「いまじゃ、どうしたらそれをやめられるのかわからない」

ジェンはオールダムの姿を思い浮かべた。赤ら顔で、前夜の酒のにおいをぷんぷんさせて、もう落ち目だった。「あの人はもうそんなに長く警察にいないと思う」

背後でエンジンの音がした。ノイズが静寂を引き裂く。ショッキングで、パニックを引き起こす騒音。車は雑木林に隠れるようにして、道のすぐ外れに停まっていたにちがいない。それがいま、背後から道を切り裂く勢いで迫ってきた。飛びのかなければならないほどの速度だった。暗いなかで、しかもあのスピードでは、車の色はまったくわからなかった。型などいうまでもなく。

ジェンは電話のボタンを押してマシューにかけた。電波は入っているのに応答がなかった。「すぐ戻ったほうがいい。ボスが無事か確認しないと。あの車は、いちゃついてるカップルなんかじゃないと思う」

ジェンは道を戻ろうと走りだした。思ったより遠くまで来ていたようで、すぐに息が切れて、歩くしかなくなった。ロスはジェンを追い越していった。ロスの走る足音が遠ざかり、やがて消えて静かになった。またパニックの瞬間が訪れた。闇のせいで喉が詰まり、ほとんど息ができなかった。その後、道のかすかなカーブに沿って進んだにちがいない。前方に明かりが見えてきた。明かりは遠く離れていたけれど、目指すべき場所を示し、慰めをもたらしてくれた。スピンドリフト、マシューの家だ。ジェンは料金所の管理人用コテージを通り過ぎ、砂丘と海岸へ向かって歩きつづけた。自分がどこにいるかわかったので、さっきより自信を持って進めた。ここから先は迷わず歩けるだろう。

ロスは影も形もなかった。もう道路を外れてマシューとおなじ小道を進み、砂丘を越えて海岸に出たにちがいない。二人のうちの一人が元気で好都合だった。ジェンは道路を外れ、砂丘のてっぺんを目指してよじ登りはじめた。てっぺんに着いたときには、呼吸を整えるためにまた立ち止まるしかなかった。海岸を見おろしても、見えるのはどこか遠くにある光るブイだけだった。そのとき茶色い雲が晴れ、少しのあいだ海岸に月明かりが溢れた。遠くの満潮線の下、だんだん満ちてきている水のそばになにかが見えた。色はわからない。明かりが充分ではなかったので、形しか見えなかった。たぶん捨てられた衣類の山か、通りすがりの船から落ちたがらくただろう。奇妙な彫刻のようにも見えた。海藻まみれのよじれた流木のような、発見された素材(ファウンド・オブジェクト)を使ってギャビー・ヘンリーがつくりそうなもの。ロスがそこに立って叫んでいた。

ジェンはスポーツが好きではなかった。ライクラのスポーツウェアやジムに魅力を感じたことは一度もなかったが、それでもいまは走った。強かった月明かりがまた消え、さっき砂丘から見えた物体は、周辺の平らな砂地よりわずかに暗いだけの灰色の影になった。ロスはまだ叫んでいた。ひどく切羽詰まった声だった。

40

目が覚めるとまぶしく、痛く、寒かった。マシューは悲鳴をあげることができなかった。口が開かなかったからだ。おかげで少なくとも威厳のかけらくらいは守られたと、あとになって思った。痛みで叫ぶことも、子供みたいにめそめそ泣くこともできなかったのだから。落ち着きを取り戻す時間が与えられた。騒音も聞こえた。誰かが叫んでいた。聞き覚えのある声。ロスだ。すぐにテープが口から剝がされた。さらなる痛み。ロスがまた叫び、マシューはそのときにはもうだいぶ正気に戻っていたので、ロスがジェンに向かって叫んでいるのだとわかった。「ボスだ！」

ロスは腕をマシューの背中に回し、引き起こして座らせると、マシューの両手を縛っていたテープを切った。

「ルーシーは？」モーリス・ブラディックの声が頭のなかに響く。責めている。じゃあ、彼らはあんたのことはなんとか助けたんだね。それで、うちの娘は？

「生きてます」

「どこにいる？」

「ここに。海岸です。あなたからそう遠くない場所にいました」

「頼むから、先に彼女の面倒を見てくれ」なんとか大声を出すことができたので、マシューはうれしかった。

「もうジェンが一緒にいます。おれからそう遅れずについてきたので。それに、あなたは意識がなかったんですよ。死んでいるのかと思いました」ロスの声が幼く聞こえた。まるで泣いていたかのように。ロスはくり返した。「死んでいるのかと思いました」それからマシューの足首に巻かれていたテープを切った。と同時に、また雲が分かれた。マシューはロスにつかまって立ちあがり、少しのあいだ手をロスの腕に置いたまま佇んだ。「ありがとう」マシューはいった。「よくやった」

自分が砂の上に横たわっていたのがわかった。二メートルほど先ではルーシーがジェンに助けられている。ルーシーもやはり口をふさがれ、手足を拘束されていた。マシューはふらふらとルーシーのほうへ向かった。ジェンの懐中電灯がスポットライトのように当たり、部分部分が小さく見えた――スニーカーが横向きになり、砂で覆われているところ。肉厚でやわらかそうな腕が、暗い海岸で真っ白く浮いているところ。目が開き、懐中電灯の明かりのなかでまばたきが起こるところ。生きている。ルーシーは自力では身動きがとれず、横向きに倒れていた。この姿勢では健康な人でも動けないだろうが、ルーシーは健康とはいえなかった。寒がって怯えていた。ジェンは、口から後頭部までぐるりと貼られたガムテープを剥がした。髪の房が巻きこまれていたので、ルーシーは痛みに顔をしかめた。

マシューは懐中電灯を自分の顔に向け、自分が誰か相手にわかるようにした。頬に涙がこぼれ落ちていたが、ルーシーはにっこり笑ってみせた。気丈で凛々しい笑みだった。いまでは水がほんの何メートルか先まで迫っていた。すべるように砂浜をあがってくる、ものいわぬ穏やかな殺人者だ。もしルーシー・ブラディックがあと一時間ここにいたら、きっと溺死していただろう。もしロスが見つけてくれなかったら、わたしも溺死していただろう。

ジェンはルーシーの手と足の拘束を解いた。ロスがコートを脱いでルーシーに巻きつけた。二人で一緒にルーシーを助け、もう少し浜辺の上まで歩かせた。満ち潮から安全な距離の取れる場所まで。そこでまた脚から力が抜け、ルーシーは砂の上にくずおれた。

「救急車を呼んでもらいたい」マシューは人生最悪の頭痛に襲われていたが、思考は鋭く明瞭だった。集中できた。まるでカフェインをとりすぎたときのように、世界を相手に戦うこともできる気がした。「あったことを正確に伝えて、ルーシーを動かすのに椅子かストレッチャーが必要だというんだ。誰かがルーシーのそばに残って、救急隊を待ってくれ」

ロスが救急車を呼んでいるあいだに、マシューはジョナサンに電話をかけた。

「ルーシーを見つけた。うちのそばの海岸だ。ずっと縛られていて、体が冷えているから、話を聞くまえに医師の診察を受けてもらいたい。いま、来てもらえるだろうか？　救急隊が到着するまでルーシーと一緒にいてほしい。ロスとジェンがここにいるが、ルーシーは二人を知らないから、彼らだけで残していきたくないんだ。潮が届かない場所までは移動したけれど、砂丘を越えるには助けが必要だ。モーリスにはいまの状態のルーシーを見せたくない」

ジョナサンがすでに動きはじめているのが音でわかった。コートをつかんで急いで外へ出る姿が目に浮かぶ。待っているあいだに、マシューはモーリスに電話をかけた。すぐに相手が出た。「もしもし？」期待と恐怖が同時にこもった声だった。

「大丈夫ですよ、モーリス。ルーシーは無事です」いまは細かい説明をすべきときではなかった。「ルーシーがノース・デヴォン地方病院に向かう手配をしました。健康状態の確認をするだけです。すぐに会いたいようでしたら病院で会えます。ジョナサンがついています、それからうちの部長刑事のジェン・ラファティも。だから心配はいりません」マシューはルーシーを見た。砂の上に座り、ショックと寒さで震えている。「お父さんと話せるかな？」

ルーシーは親指を二本立ててみせ、さっきとおなじ凜々しい笑みを浮かべた。言葉はゆっくり出てきた。ルーシーにとっては言葉を絞りだすことは闘いであり、一音節一音節が小さな勝利だった。「もしもし、父さん！　うん、大丈夫。会ったら全部話すよ」間があった。「チョコレートを買ってきてくれる？　ツイックスとキットカットがいい。すごくおなかが空いちゃった」ルーシーは電話をマシューに返した。気丈な態度を取ろうと努力したせいで消耗したようだった。ルーシーはまた泣きだした。

遠くに懐中電灯の明かりが浮かび、それがだんだん近づいてくる。ジョナサンが特徴のある急ぎ足で――ほとんど駆け足のような歩き方で――こちらへ向かっているのだろう。ジョナサンはマシューが望んだよりもさらに早く到着した。腕いっぱいに荷物を抱え、バランスを崩しそうになりながら。まず防水コートがあり、ジョナサンはみんなが座れるようにそれを砂の上に広げた。それからブランケットとスキットルもあった。「ちょうどコーヒーのつくりおきがあったんだ」ジョナサンはルーシーの隣に腰をおろし、ロスのコートの上にブランケットを巻きつけた。

「コーヒーは好きじゃない」ルーシーはそういって首をひねった。首を動かすと痛そうだ、とマシューは思った。「ビスケットかなにかない？」

「それがたまたまあるんだよ……」ジョナサンはそういって、手品師のようにポケットからパックを取りだした。

ルーシーは満足げにむしゃむしゃと食べた。ジョナサンがいてくれるおかげで、冒険を楽しんでいる様子さえあった。

ジョナサンが顔をあげ、マシューに耳打ちした。「誰がこんなことを？　それに、きみはどうしたの？」

マシューはそれには答えなかった。「きみと一緒にジェンを残していくよ。もしルーシーがなにか話したら、二人ともメモを取っておいてくれるかな？　あるいは、録音しておいてくれるとなおいい。だけどまだ質問はしないで。夜中の海岸でショック状態にある女性に事情聴取をしたとなると、法廷で証拠として採用されない可能性がある。これについてはしくじりたくないんだ」

全員がうなずいた。マシューはまた海を見やった。水はいまもこちらに向かってじりじりと砂を這いのぼってくる。このあたりの潮流の強さだと、もし遺体になって流されてしまったら、ルーシーは見つからなかっただろう。自分だって、潮の流れに引かれたら、まだ生きていたとしても自分自身を助けることさえできなかったかもしれない。暗い水のなかで溺れ、海の底に吸いこまれてしまっただろう。悪夢の一つだ。「もうすぐ救急車が来る。わたしは行かなければ」マシューはすでに歩きはじめていて、ジョナサンがなにかいったとしても聞こえなかった。

うしろから大声でよびかけてきたのはロスだった。「待って！ あなたは脳震盪を起こしていた。あなたも病院に行く必要があります」

マシューは足を止めてロスをふり返った。「時間がないし、わたしは大丈夫だ」

沈黙があった。ロスがいい張るかと思ったが、こういっただけだった。「おれはなにをしたらいいですか？」

「車に乗っていってくれ。わたしは家に寄ってジョナサンの車を使う。マーストン夫妻とソルター夫妻を探すんだ。見つけたらすぐに署に連行してくれ。今夜のうちに。朝まで待たずに。ジェンのいうとおりだった。共謀事件だったんだ。尊大な者たちが、自分の手でケアすべき人々よりも、自分たちの評判に重きをおいた結果だ。その過程で人間性も損なわれてしまった。一種の集団狂気だ。程度の差こそあれ、全員が関与している」砂丘のてっぺんに着くと救急車の回転灯が見えた。

「あなたはどこへ行くんですか？」

「証人と話をしに」

マシューは途中で足を止めて、救急隊員に正しい方向を示した。管理人用コテージはまだ真っ暗だった。少しだけ時間を取って誰もいないことを確認し、それからスピンドリフトへ、自分の家へ向かった。まだ妙に頭が冴えていて、夢のなかにいるように感じられた。キッチンのフックからジョナサンの車のキーを取った。テーブルの上に「ウッドヤード財務」とラベルのついたファイルが置いてあった。カバーにはコーヒーの染みがあり、ページの端は折れていた。ジョナサンは明らかにしばらくまえからこのファイルを手もとに置き、苦労して最後まで目を通そうとしていた。しかしたとえすべての言葉を読んだとしても、ジャネット・ホールズワージーに支払われた金額の記録を見つけることはできないだろう、とマシューは思った。

マシューがホープ・ストリート二十番地に着いたときには、もう夜中の十二時近くになっていたが、玄関ドアのガラスパネルからはまだ明かりが洩れていた。マシューは大きな音でノックした。いつもどおり、出てきたのはギャビーだった。

「なにかあったんですか？　ルーシーは見つかりました？」

「はい」マシューはいった。「見つけました。キャロラインはいますか？」

「ええ、二人で映画を観ていたんです」ギャビーは先に立ってマシューをリビングに案内した。

初めてここに来てからまだ一週間にもならないのに、色彩豊かで散らかった、学生風のこの部屋が、すでに馴染みのあるものに思えた。キャロラインはソファに座り、脚を体の下にたくしこんでいた。映画のエンドクレジットが流れている。マシューはギャビーに向き直っていった。「ミス・プリースと二人だけで話をしたいのですが」

「わかりました」ギャビーがジョークをいおうとしたのがマシューにもわかった。なぜそんなに大仰で堅苦しい態度なのかと冗談めかして尋ねようとして、考えなおしたのだ。興味津々といった最後の一瞥を二人に送ってから、ギャビーは部屋を出ていった。

キャロラインは脚をおろしてまっすぐに座った。「なんでしょう、警部さん？」キャロラインは眼鏡を外してレンズをカーディガンの裾で磨き、またかけた。キャロラインが緊張しているのかもしれないと思える唯一のしるしだった。

「あなたの恋人が、保護の必要な女性に暴行したことを知っていましたね」質問ではなかった。クレイヴンがキャロラインに話したことを、マシューは確信していた。クレイヴンは直後にディセンターを出てキャロラインのもとへ走り、白状したはずだ。この二人はそういう関係なのだ。

「暴行というのは適切な言葉ではないと思います」なるほど、闘う準備はできていたということか。結構。マシューのほうも対立を辞さなかった。

「では、あなたならどういう言葉を使うのですか？」

沈黙。ようやく口を開くと、キャロラインはこういった。「あの人は、二度とそういうことはしません」

「断言できるのですか？」

「ええ」エドワード・クレイヴンの問題を解決したと、自分にクレイヴンを改心させる力があると、確信しているのだ。こういう傲慢さはどこから来るのだろう？　信仰から？　娘を溺愛する、罪悪感でいっぱいの父親から、おまえは望めばなんだって達成できるといわれたから？

「サイモン・ウォールデンはなにがあったか気づいていた。あなたはそれを知っていましたね？　彼がその内容を公表する可能性があったことも？　ウォールデンはウッドヤードに対し好意的な遺言を残すつもりでしたが、考えを変えた。それでは隠蔽を許すことになると気づいたからでしょう。そして次なる手段を弁護士に相談するところだった。証拠を持っていましたからね」

キャロラインの顔は蒼白で、石のようだった。「エドワードはサイモンを殺していません」

「どうしてわかるのですか？」

少しのあいだ沈黙があった。「サイモンが死んだことを知ったとき、エドがわたしとおなじくらいショックを受けていたからです。それに、彼が自分でわたしにそういったからです。あの人は愚かかもしれないし、ちょっと情けないところもあるけれど、嘘はつきません」円い眼鏡の向こうの目には狂信に近いものが浮かんでいた。エドワード・クレイヴンとともに生きるという使命はキャロラインのライフワークなのだろう。クレイヴンが刑務所に入っても、出てくるのを待つだろう。自分がクレイヴンを矯正できると信じ、彼が一生自分に依存するように仕向けているのだ。キャロラインは顔をあげてマシューを見つめた。「あなたならどうしますか、警部さん、もし愛する人が一度だけ馬鹿なまちがいをしでかしたら？　その人に、自分を見失った一瞬があったとしたら？　その人を守りたいと思いませんか？」

マシューはそれには答えなかった。そんなことは考えたくなかった。どんな答えが出てくるかもよくわからなかった。「今夜、誰かがルーシー・ブラディックを溺死させようとしました」

「いったでしょう、警部さん。エドは殺人犯ではありません」キャロラインが動揺しているのがわかった。

「しかし誘拐に関わっている可能性はあります。それに、クリスティン・シャプランドが連れ去られたのはまちがいなく彼のせいです」なぜなら、責任ある立場の男たちがクレイヴンを計画に引きこみたがったからだ。クレイヴンは鎖のなかの弱い輪であり、屈してしゃべってしまう可能性が一番高い。だから白状できない理由を与える必要があった。確実に、クレイヴンが多くを失うことになるよう仕向ける必要があったのだ。

また沈黙がおりた。

「われわれはクリスティンに彼の写真を見せました」クリスティンがエドワード・クレイヴンに見覚えがなかったのも当然だ。写真では、クレイヴンはカソックを着ていたから、見慣れない服に目がいって、顔をあまり見なかったのだろう。

「エドは怯えていました」キャロラインはいった。「あの人たちが脅したんです。サイモンが持っている証拠をどうしても見つけなきゃならない、証拠はエドワードの逮捕につながりかねないって。それで、ルーシーが証拠を見つける鍵だっていわれたんです」

「すでにクレイヴンが学習障害のある女性に暴行をはたらいたというのに、いままた彼らはべつの女性を危険にさらしたのですよ」頭に受けた一撃のせいか、マシューは怒りがふつふつと沸きたつのを感じた。砂丘で自分を打ちのめした相手とクレイヴンに対してだけでなく、おのれの行動の結果に思いいたらない権力者たちの一団に対して。

「彼女に危険はなかったでしょう！」キャロラインはもうほとんど叫んでいた。

マシューは無視して話しつづけた。「しかしエドワードはちがう女性を拾った、そうじゃありませんか？」

キャロラインはうなずいた。クレイヴンのそういう無能なところを軽蔑している部分もあるのだなとマシューは思った。キャロラインは急いであとをつづけた。「でもエドはクリスティンを自由にしたでしょう。それで、そのあと警察に電話をかけて、ラヴァコット行きのバスから彼女を見かけたふりをしたんです」

二晩も拘束したあとで。クリスティンを死ぬほど怯えさせ、彼女の母親に何時間も耐えがたい思いをさせたあとで。

「それで、きょうの午前中は？　ルーシーを連れていった？」

「ちがう！　教会のオフィスにいて、教区の人たちといくつかミーティングをしていました。さっき本人もそういっていたでしょう。教区民に確認してもらってもかまいません」

「そろそろエドワードが警察署に着いたころです。レイプと誘拐で起訴されるでしょう」

マシューは立ちあがった。なぜホープ・ストリートのこの家に来たのか自分でもよくわからなかった。ここが捜査のはじまった場所だからか。ことの成り行きについてキャロラインに無理やりにでもいくらかの責任を自覚させるべきだと思ったからか。もしことが起こった直後に、ローザへの暴行を認めるようキャロラインが恋人を説得していたら、人が一人、死なずに済んだはずだった。

「わたしも一緒に行きます！」キャロラインも立ちあがり、ばたばたとバッグを手に取った。

「駄目です」マシューはいった。「あなたはことの成り行きにもう充分ダメージを与えた。そう思いませんか？」

マシューが警察署に戻ると、エドワード・クレイヴンが尋問を受けているところだった。ロスとジェンが戻るまでは留置場に入れられていたのだ。

「ジェンがいま話を聞いています」ロスがいった。「病院で拾ってもらって戻ってきました。モーリスが病院に着いて、ジョナサンもまだルーシーと一緒にいます。クレイヴンは、逮捕に向かった捜査官を見て明らかに喜んでいたようです。心の重荷がおりたみたいですね」

あるいは、アホウドリが首から落ちたのだろう。

「プリースはまだここにいるだろうか？」

「はい。報酬の高そうな弁護士に電話をかけてましたよ」ロスは間をおいてからつづけた。

「まったく、ああいうご立派な人たちってのは……」マシューにもあまりよく理解できなかった。立派な人々は悪いことなど絶対にしないと信じこまされて育ったのだから。

「失うものがたくさんあるのは、そういうご立派な人々だからね。だからあったことを隠そうとして、共同謀議に巻きこまれてしまう。もし暴行が起こったときすぐに話してくれていたら、ウッドヤードは何日かは大見出しに名前が出ただろうが、その後はおおむね忘れられただろうに」

「ローザ・ホールズワージーが暴行を受けたとき、あなたとジョナサンがここにいなかったのは、かえすがえすも残念ですね」

「そうだね」ジョナサンなら、ウッドヤードの評判など気にしなかっただろう。自分のもとでケアを受けている人々を守ることだけを気にかけたはずだ。

電話が鳴った。ロスが出た。

「鉄道警察がマーストン夫妻を捕まえました。エクセターのセント・デイヴィッド駅で、北へ向かう始発を待っていたそうです。一晩、エクセターで身柄を預かってくれます」

「エクセターまではどうやって行ったかわかっているのだろうか？」

「タクシーですね、いま電話をくれた男によれば」

「その運転手から話を聞く必要がある。何時に二人を拾ったか調べるんだ。家を使わせた可能性はあるが、あの二人がルーシー・ブラディックの誘拐や殺人未遂に積極的に関わったとは思えない。マーストンは、法律顧問の役職を打診されたと自慢げに話してはいたが、人殺しをしてもいいと思うほどウッドヤードの成功に感情的に入れこんでいたわけではないだろう。ウォールデンの殺人が家のすぐそばで起きたものだから、真剣にまずいと思ったのだろうね。だからなにがあったかについて病的なほど興味を示した。熱心に協力しようとしたのもそれが理由だ」

午前二時だった。マシューはまだチームの残りのメンバーと一緒に大部屋にいたが、そこからジョナサンに電話をかけた。自分のオフィスまで歩いて戻るだけの体力がなかった。

「いま家にいる？」

「ああ、病院から解放されて、ルーシーはモーリスと一緒にラヴァコットに帰った。かわいそうに、親父さんはショックで死ぬところだったよ。十歳くらい老けたように見えた。でも、娘が戻ってきてものすごく喜んでいた」間があった。「ルーシーのほうが親父さんの面倒を見ていたよ、その逆でなく。ルーシーよりもモーリスのほうが被害者のように見えた」

「もう休んで」マシューはいった。「わたしのほうはまだこっちで何時間もかかるから」

マシューがちょうど携帯電話を切ったとき、ロスの机の電話がまた鳴った。ロスは受話器の送話口を手で覆ってメッセージを伝えた。「ゲイリー・ルークが覆面パトカーに乗ってラヴァコットの広場で見張ってるんですが。ソルター夫妻がたったいま帰宅したそうです。家を見張っている人間がいないか確認するようにまわりを一周してから、いまは家のなかにいます。ゲイリーに連行させますか?」

「いや、まだだ。われわれが行って、自宅で夫妻と話し、それから二人を連れて戻ってくる。一緒に来てくれ、ロス」居眠り運転をしてしまいそうだったし、いずれにせよ、自制を保って理路整然と話を進めるには誰かに一緒にいてもらう必要があった。ソルター夫妻とは精神的な距離が近すぎて公平になれなかったし、怒りを爆発させずにいるのもむずかしかった。「だが、ルークにはそのままそこにいるように伝えてくれ。夫妻が今夜またべつの場所に出かけるとは思えないが、念のために」

41

ジェン・ラファティは取調室でエドワード・クレイヴンの向かいに座った。部屋は冷えていた。週末は暖房がタイマーで切れるのだ。それにジェンは空腹だった。当番弁護士を呼ぶように申しでたが、クレイヴンは拒んだ。ほとんど知らない制服警官がジェンの隣に座った。レコーダーが動いていたので、記録のためにその場にいる全員の名前をいった。

助任司祭はありえないくらい若く見えた。いまわかった実際の年齢は二十七だったが、それよりずっと幼い印象だった。ジーンズを穿いて、開襟シャツの上にツイードのジャケットをはおった姿は、九〇年代のオックスフォードかケンブリッジからタイムスリップしてきた育ちのいい学生のようだった。黒い靴はぴかぴかに磨いてあった。きっと仕事用の靴だろう。クレイヴンはいままで泣いていたみたいな顔をしていた。ジェンはかわいそうに思う気持ちを苦労して追いやり、その代わりに、混乱して傷ついたローザのこと、権力を持った三人の男たちに脅され、侮辱されたジャネット・ホールズワージーのことを思った。

「なにがあったか話してください」クレイヴンのような容疑者にはこういう質問ではじめるのがベストであることを、ジェンはマシューから学んでいた。

「ジョナサンは休暇で不在でした。本人によれば新婚旅行だったそうです。ジョナサンは、デイセンターの利用者それぞれに担当をつけることに決めました。心配事があればなんでも話せる相手です。利用者が毎日顔を合わせるケアスタッフは、担当にはなりませんでした。万が一、スタッフが弱い者いじめをしていたり、虐待をしていたりした場合に備えて」クレイヴンが顔をあげると、首から赤みが広がっているのが見えた。自分の言葉に含まれる皮肉を理解しているのだ。「ジョナサンがローザの相談相手でしたが、休暇を取っていました。だから、たまたま訪ねていった私が代わりに彼女と話をしてはどうかといわれました」

「状況はわかりました」

「ウッドヤードの人たちは、私にそれを頼むべきではありませんでした。私をその立場に置くべきではなかったのです。そういう訓練は受けていませんでしたから」まだ言い訳をしている。非難を自分以外の対象まで広げるために話をつくりあげている。

ジェンは憐みが完全に枯渇するのを感じた。

「犯罪経歴証明書のチェックは受けたはず

だし、その役割に居心地の悪さを感じたなら断ることだってできたはずです。わたしには、ウッドヤードに責任があるようには思えませんが。いかがですか？」クレイヴンは答えず、ジェンはつづけた。「ローザとはどこで会ったのですか？」

「小さな会議室の一つがセッションのために特別に選ばれました。家庭的で、親しみやすい内装の部屋です。肘掛け椅子がいくつかあって。壁紙も貼ってあって。私が到着したときには、ローザはすでにそこにいました。ローザは笑みを浮かべて、大丈夫かと私に訊きました。まるで私のほうが利用者で、彼女が私の面倒を見るかのように。私はローザが座っていた椅子の肘掛けに腰をおろしました。それが彼女の望みだと思ったからです。そんなふうに見えたのです。私にはどうしようもなかった。ローザは、その……」クレイヴンは苦心して言葉を探した。「……手に入りそうに見えた。彼女はまた笑みを浮かべました。純真な笑みではありませんでした。思わせぶりな、みだらな笑みだった」明らかにふだんは使わない言葉のようだった。またもや言い訳。またもや正当化。ジェンは黙ったままでいることを自分に強いた。ほんとうは相手の誤った考えを正したかった。元夫に対していう勇気を持てなかった言葉を、大声でクレイヴンにぶつけたかった。よくもまあ、被害者を責めるなんて真似ができること！　力を持っていたのはあなただった。誰の責任でもなく、ひとえにあなたの責任でしょう。だが、自分の唇はファスナーで閉まっていると考えるようにした。強力瞬間接着剤で貼りついているのだと。この男は、いずれ自分の言葉で罪を認めるだろう。

クレイヴンがまたしゃべっていた。「私は腕をローザの肩に回しました。それで彼女が落ち着くかもしれないと思って」間があった。「ローザはとてもやわらかかった」クレイヴンは言葉を切って、顔をあげた。「まるで弁解しているように聞こえますね。言い訳をしているわけではありません」

してるじゃない。まさにそれが、あなたのしていることでしょう。それでもジェンは黙っていた。

「彼女に触れたかった。そして触れてしまった。もっと自制するべきだった、それはわかっています。すぐにすべてが終わりました。あっという間に。私はひどく恥ずかしく思い、うんざりして立ち去りました。泣きながら」クレイヴンは顔をあげた。

「あなたはローザをレイプしたのですか？」

「したとは思いません。そういうふうには感じませんでした。彼女を傷つけたとは思いません」

「傷つけましたよ」

クレイヴンはうなずいた。しかしそれではまだクレイヴンが自分の罪を認めたかどうかよくわからなかった。「あなたは同意のないセックスをしました。これについてははっきりさせる必要があります。レイプです」

それでもクレイヴンは、自分が罪をおかした事実を受けいれられないようだった。「彼女には、ほんとうにすまなかったと話しました」

「それからなにがあったのですか?」

「これは私たちだけの秘密だと、説明しようとしました。彼女が誰にもいわなければ、私もいわないと。ローザはただ笑みを浮かべて、また私に大丈夫かと訊いてきました」

「それから?」

「どうするべきかわかりませんでした。それでキャロラインを探しにいったんです。キャロラインはちょうど相談者とのセッションを終えたところで、私たちは川沿いを散歩しました。私が動揺しているのは、キャロラインにはお見通しだった。上司か、あるいは司祭に話さなければと私はいいました。もう聖職者になるという夢を見ることはできなかった。辞めなければなりませんでした」クレイヴンは間をおいてからつづけた。「冷たい風が川面を渡って吹きつけてきました。よく覚えている。顔に刺さるような霰も。わかるでしょうか、頭の一部では辞めることに安堵していました。司祭職から、教区から去ることにほっとしていたんです。私はいい司祭にはなれないと思っていたので。圧倒されるような仕事なんですよ、多くを求められて。私は混乱しきっていました。弱すぎるのです」

「でも、キャロラインに説得された？」

「キャロラインは、残るのは私の義務だといいました。与えるべきものがたくさんあるでしょうと」

で、あなたはいつだってキャロラインにいわれたとおりにしてきた。

「キャロラインには二人分の強さがある。彼女が自分でそういっていました」

「それであなたは自分の人生をそのままつづけ、なにもいわなかった」

「そうです！」クレイヴンは顔をあげてジェンを見た。「キャロラインのいうとおりだと思いました。実際、それが勇気ある行動なのだと。一番容易でない選択だと」

「いつわかったのですか、それをなかったことにするのは無理だと？　ローザの母親に気づかれたと？」

「クリストファー・プリースが会いたいといってきました。家に招かれたんです。警察を呼ばれるかもしれない、あるいは、少なくとも辞めてくれといわれるだろうと思いましたが、いまウッドヤードで進行中の仕事は私よりも重要なのだと、私の良心よりも大事なのだと彼はいいました。だから近寄らないでくれ、二度とウッドヤードに来ないでくれ、そしてローザとのあいだになにがあったか誰にもいわないでくれといわれました」間があった。「そうすると約束しましたよ。ほかになにができたっていうんです？」

「娘に近寄るなといわれましたか？」

「いいえ！」クレイヴンもジェンとおなじくらい驚いたようだった。「そんなことはいわれませんでした」間があった。「私は彼女を幸せにした、自分が望むのはそれだけだとプリースはいっていました」間。「私に対して力を行使できる状態が気に入っていたのだと思います。もし娘を動揺させるようなことをしたら、この件を警察に話すといっていましたから」

「クリスティン・シャプランドの誘拐について話してください」いま何時だろうとジェンは思い、ちらりと腕時計を見た。外はまだ真っ暗だった。取り調べをはじめるまえに子供たちに電話するチャンスがあればよかったのだけれど。さすがにこの時間には二人とももう寝ているだろう。

「あれはひどかった。大変なまちがいでした」

「ちがう女性を拾ってしまったのですね」

「プリースが電話をかけてきて、私のおこないが、私だけでなくウッドヤードをまた脅かしはじめたといいました。ルーシー・ブラディックが証拠を持っていると。精液の染みのついた衣服がありました。スカートです。それがどこにあるか、ルーシーが知っているはずでした」また顔に赤みが差した。保護の必要な成人(ヴァルネラブル・アダルト)を誘拐する実際の行動よりも、言葉のほうが悪いとでもいうように。「紫色のカーディガンを着たダウン症の女性を拾うようにいわれました。ラヴァコットまで乗せていくことになっていると話して、ブローントンのフラットに連れていくことになっていました」

「ブローントンのフラットの鍵は誰から渡されましたか？」

「誰からも。向こうに置いてある、ドアの横、表札の裏にあるといわれました」

「つづけてください」

「ローザから盗んだ服を渡してくれるように、あるいは、それがどこにあるか教えてくれるように頼んで、そのあと解放するはずでした。だけど、そうです、私はちがう女性を連れてきてしまった。そんなことすらまともにできなかったんです。彼女は私の質問を理解できなかった。悪夢でしたよ！　電話をもらうまで、ちがう女性を連れてきてしまったこともわかっていませんでした。どうしたらいいか尋ねましたが、自分で起こした面倒は自分で始末をつけるようにいわれました」

ジェンはそれについて考えた。プリースは、保護の必要な女性をクレイヴンが虐待したことを知っていながら、またもやクレイヴンをべつの女性と二人きりにしたのだ。女性が怯えて、無力な状況で。

「彼女にも触れたのですか？」

「まさか！」その質問はクレイヴンにショックを与えたようだった。

「もちろん触れませんでした。怖くて、とにかく早く終わらせたかった。パニックを起こしていました。食べ物と飲み物を置いて、彼女をフラットに置き去りにしました。プリースの望むものが手に入らなかったら怒られるのはわかっていましたが、ほんとに怖ろしかった。こんな厄介なことになって。ただもう逃げだしたかったけれど、それもできませんでした」クレイヴンは顔をあげた。まるでジェンに認めてもらいたいかのように。「最後には正しいことをしました」

今度もまた、ジェンは反応をこらえ、平板な声のままいった。「あなたはクリスティンをサイモン・ウォールデンのフラットへ連れていった。そのときには、ウォールデンはすでに死亡していました」ジェンは一拍おいて、クレイヴンの目をまっすぐ見つめた。「あなたがウォールデンを殺したのですか？」

「ちがう！」クレイヴンはパニックに陥って早口でしゃべりはじめた。「まさか！　あのフラットが誰のものかも知りませんでしたよ。ただ命令に従っただけで。ウォールデンがローザとなんの関係があるのかも知りませんでした。わたしが知るかぎり、ウォールデンはメンタルヘルスの問題を抱えたホームレスです。酔って教会に現れたので助けただけの相手ですよ。キャロラインが同情を寄せた相手です」

キャロラインの手のなかに落伍者がまた一人ってわけね。あなたとおなじ。ジェンはそれについて考えた。でもほんとうは、あなたとサイモン・ウォールデンに共通点なんか一つもない。ウォールデンは天使の側にいたのだから。

「あなたがクリスティンをラヴァコットで降ろしたあと、誰かがウォールデンのフラットを荒らしました。あなたがやったのですか？」

「やってない！」クレイヴンは泣きだした。

怯えて泣いているのか、ストレスから泣いているのか、ジェンにはわからなかった。サイモン・ウォールデンのための涙でないことはまちがいなかった。「今日の午後はどこにいましたか？」

「午前中はキャロラインと一緒にいました。それから教区民とのミーティングがいくつかあって。洗礼式や葬儀の手配をしたい人たちです。名前と電話番号がオフィスにありますから、電話をかけて、確認してください」

「そのあとは？」

「午後は二人で過ごしました」クレイヴンは間をおいた。「ほんとうに、もうあんなことには耐えられません。女性を拾うときの重圧。質問をしてもぜんぜん通じなかったときのストレス。それがどんなものか、あなたにはわからないでしょうね。もう少しで頭がおかしくなりそうでしたよ。いまだに夢に見ます」

クリスティンもおなじでしょうね。

「今夜、誰かがルーシー・ブラディックを殺害しようとしました」ジェンはいった。

「私じゃない！」クレイヴンは叫ぶように言葉を発した。精神が破綻しかけているのが——自制心と理性が徐々に尽きつつあるのが——見て取れた。限界を超えさせてしまうまえに取り調べをやめるべきだとわかった。クレイヴンがウォールデンを殺した、あるいはルーシーを溺死させようとしたとは思えなかった。マシューが気を失うほど強く頭を殴りつけるだけの度胸と力もありそうにない。警察はクレイヴンのスマートフォンを預かったので、ここからいくらか彼の動きがつかめるだろう。

ジェンは腕時計を見た。「午前二時、取り調べを終了します」そして立ちあがった。体が汚れてしまったような気がして猛烈にシャワーを浴びたくなった。クレイヴンとおなじ部屋にいるのが突然いやになった。

クレイヴンは、唐突に静かになってジェンを見た。「あなたは私を憎んでいる。これからみんなが私を憎むことになるんでしょうね」

ジェンはなんといっていいかわからなかった。しかしすぐに、昔教わった修道女の一人が、こんな言い回しを使っていたのを思いだした。「あなたを憎んでいるわけではありません。あなたがやったことと、その行動がもたらした結果を憎んでいるのです」

ジェンは部屋を出て、ふり返らずに立ち去った。

42

ラヴァコットに向かう途中も、マシューはまだふつふつと沸きたつような、興奮した状態だった。事件が決着間近なせいか、生き延びた反動か。ラヴァコットの広場に面した大きな家の正面に明かりはついていなかったが、マシューが呼び鈴をぐっと押すと、戸口に出てきたデニス・ソルターはきちんと服を着ていた。

「わたしを見て、さぞ驚いていることでしょうね」マシューはいった。「死んでいるはずなのに」

「悪いが、なんの話かわからない」横柄な態度。デニスは昔からショウを演じるのがうまかった。マシューが生きているとすれば、ルーシーも無事だったとわかったはずだ。ルーシーのことを、なにも話せないほど臆病だと思っているのだろうか？　それとも、当局は学習障害のある女性の証言には見向きもしないとでも思っているのか？　海岸はとても暗かったので、マシューは誰に殴られたかわかっていないし、証拠もないとソルターは踏んでいるのだろう。

「ずいぶん遅くまで起きているんですね」マシューはいった。

「病人の見舞いに出かけていた」

「クリスティンが行方不明になった晩に救急外来に連れていったという、ブレザレンの信者ですか？」

「私はクリスティンの誘拐とは無関係だと説明しただろう。ほんとうにね、マシュー、これはハラスメントに近いよ。時間がわかっているのかね？　きみもいっていたとおり、もうずいぶん遅いし、私はベッドに入りたいんだが」

「あなたがクリスティンを誘拐していないのはわかっています。それもこの訪問の理由の一つです。なにがあったか説明するのも」

デニスは用心深くマシューを見た。「謝罪なら、もっと妥当な時間があるだろう」

「深刻な話です」マシューは自分の冷静な部分が引き裂かれ、破れた布のようにほつれるのを感じた。「あなたとグレイスから話を聞く必要があります」

「グレイスとは話せないよ。もう何時間もまえからベッドに入っている」

「嘘をつくな、デニス」怒鳴り声になっているのがわかったが、もうどうでもよかった。

「われわれはこの家を見張っていた。だから二人とも四十五分まえに帰宅したことはわかっている。さて、わたしと同僚を家にいれますか？　それとも近所中が目を覚ますまで怒鳴りつづけましょうか？」

デニス・ソルターは脇へよけて二人を通した。グレイスは階段の一番下のところに立って見ていた。

「みんなでキッチンへ行きましょう」マシューはいった。主導権を握り、相手の領域を乗っ取ろうとした。「そちらのほうが居心地がいいですし、この件は少し時間がかかりそうですから。夜のこの時間なので、目を覚ましておくために全員でコーヒーでも飲みたいところですね」マシューはデニスの横をすり抜けて先に立ち、家の奥へ向かった。そこはマシューの記憶どおりだった。緑色の防水クロスのかかったテーブルがあり、安楽椅子が二つあり、向こう端がキッチンになっていてコンロとシンクがある。窓にはカーテンが引かれていたが、そこから庭が見渡せるのをマシューは知っていた。壁に囲まれた小さな庭で、庭の向こうの路地へと開くゲートがある。マシューはテーブルのまえの椅子に座り、デニスとグレイスには肘掛け椅子に座るようにと顎で示した。ときどき、会合のあと、父とデニス・ソルターはここでウイスキーを少し飲んだ。父はソルターが好きで、高く評価していた。二人は友人同士だった。そう考えるとマシューは気分が悪くなった。「やかんを火にかけてくれ、ロス」

マシューはインスタントコーヒーが入るのを待ってから、また話しはじめた。「二人とも、スリッパを履いていますね。家に入ってすぐ履き替えるとはなかなか賢明だ。わたしも、いつもジョナサンを――夫のジョナサンです――説得しようとしているんですよ、履き替えるのはいい習慣だって。とても北欧風で」自分がとりとめもない長話をしているのはわかっていた。頭に受けた打撃のせいだろうか。少し間をおいて、深刻なまずさのコーヒーを一口飲んでからいった。「部下の刑事に、二人が今夜帰宅時に履いていた靴を見せてもらいたい。ああ、動かないでください。どこにあるか教えてもらえれば、部下が自分で探しますから」

デニスとグレイスがちらりと目を見交わしたので、マシューには二人が海岸にいたことがわかった。ルーシー・ブラディックを縛り、満潮線より低い場所まで引きずっていき、溺死することを期待したのだろう。仮に二人が家に入るまえに靴を入念に拭いたとしても、溝に砂が入っているはずだった。マシューはつかのま考えた。このニュースが広まったら母はどう思うだろう。ブレザレン教会への信仰心が、ほんのかすかにでも損なわれたりするだろうか。それとも、ソルターが弱い者いじめをする暴君であることにずっとまえから気づいていたのに、ブレザレンの人々を動揺させるのが怖くて声をあげられなかったのだろうか？　ブレザレンに対する忠誠心は、ソルターがなにをしたところで、それよりも重要なのだろうか？　ロスは二人が口を開くのを待たずに部屋を出た。

「今夜、誰かがわたしを殺そうとしました」マシューはいった。

「で、それが私だというのか？　本気かね、マシュー、頭がおかしくなったんじゃないか。きみのお母さんは、きみが大学でのストレスで病気になったといっていたよ。どうやら今回の捜査もきみの手に余るようだね」ソルターは小さく奇妙な笑い声をあげた。

マシューは、いままでの人生で暴力的な衝動を感じたことなど一度もなかったのに、ソルターを思いきり殴っているところが頭に浮かんだ。自分の拳が鈍い音をたてて砕け、ソルターの顔から骨が突きでて、血が流れるところを想像した。しかしそのとたん、それこそソルターが望んでいる事態だとわかった。ソルターはマシューを激怒させたいのだ。暴力的な精神異常者とダウン症の女性の申立てを信じる者などいないと思っているのだ。グレイスのこともずっとこうやって支配してきたのだろうか？　私のおこないについて声をあげても、おまえのほうがおかしいと思われるだけだぞと脅すことで？

「こんな話があります」マシューは平板な声のままいった。暴力への衝動は去ったが、まだ帯電しているような、めまいのするような感覚があった。語り部の力、説教師の力が自分にあるように感じていた。目のまえのカップルはマシューに気持ちを集中していた。「昔、善良な男がバーンスタプルにやってきました。男は悲しみ、途方にくれかかった。

暮れていましたが、若い女性二人と一緒に暮らすようになって、救いが見つかるかもしれないと思いました。女性のうち一人は彼の担当のソーシャルワーカーで、もう一人はウッドヤード・センターで働いていました。男はずっと、罪悪感に押しつぶされそうでした。自動車事故で子供を死なせてしまったからです。しかし男は人生を立てなおしはじめました。男はウッドヤードで虐待が起こったのではないかと疑うようになります。もしかしたら、加害者とその恋人の会話を耳にしたのかもしれない。最初に教会に現れたとき、こんなに酔っているならなにをいってもわからないだろうと思われて。もしかしたら、情報はすべてウッドヤードのカフェで友達になったダウン症の女性から伝えられたものだったかもしれない」マシューは顔をあげた。「これは実話ですから、わたしがまちがっていたら教えてください」

マシューはロスが部屋に戻ってきたことに気づいていた。ロスはレディースのスニーカー一足を一方の手に、メンズのウォーキングブーツをもう一方の手に持っていた。それを大きな証拠物件袋に入れ、手袋を外す。そして靴底に砂がついていたことを知らせるために短くうなずいてみせた。ソルター夫妻はほぼ恍惚状態でまだマシューを見つめており、話のつづきを待っていた。

「サイモン・ウォールデンは独自の調査をおこなっていました。みんな、たいして気にも留めませんでした。だって、彼が何者だというんですか？　自分の人生を台無しにした、アルコール依存症のホームレスです。けれどもウォールデンはなにか大事なことを成し遂げたかった、正しいことをしたかった。これをあなたならどういいますか、デニス？　贖罪？　あがないへの欲求？」マシューはソルターを見たが、まだなんの反応もなかった。

「死に先立つ何週間か、サイモンはバスに乗ってここ、ラヴァコットへ通いました。最初は、ルーシーに話しかけるチャンスをつくるためだと思いましたよ。ウォールデンが、手伝ってくれるようルーシーに声をかけたのかと。ルーシーは、暴行の被害者であるローザ・ホールズワージーの友人でしたから。ウォールデンとルーシーが計画について話をしたのは確実だと思います。しかしそれはウォールデンがここへ通った理由ではなかった。毎日夕方になると、ウォールデンはバスを降りて、ここから広場を挟んだ向こうにあるパブに腰を落ち着けた。〈ゴールデン・フリース〉です。店の女主人は、ウォールデンが恋をしていて、女性を待っているのだと思いました。そして毎晩のように女性は現れず、彼は失望して、バスでバーンスタプルに戻るのだと」マシューは、ロスも一心に耳を傾けていることに気がついた。いま話していることの一部はロスにとっても初耳なのだ。

「実際、サイモンは女性を待っていた。しかしそれは恋人ではなかった」マシューは言葉を切ってグレイスのほうを向いた。「そもそもウォールデンはどうやってあなたの存在を知ったのですか？」

「あら、デニスがわたしのことを話したからよ」グレイスはそう答えた。声に険があった。

「わたしはデニスがこんなに敬意を集めている理由の一つだから。家にいる献身的な妻。デニスがケアしなければならない、メンタルヘルスに問題を抱えた妻。わたしは夫の評判の一部なの」

「どんなふうに出会ったのですか？」

「ここへ来たのよ」グレイスはいった。「デニスが理事会に出かけていることが確実なときに」

デニスは宙を見つめていた。顔にはなんの感情も表れていなかった。

「それで、ウォールデンはあなたに助けを求めたのでしょう。ちがいますか、グレイス？ウォールデンはデニスがどれほど残酷になれるか、どんなに支配的であるかわかっていなかった。そしてあなたを強い女性のように、自分で決断が下せるかのように扱った。なにが起こっているか知れば、保護が必要な女性への性的暴行をプリースとデニスが隠蔽したことを知れば、あなたが行動を起こすものとウォールデンは思った」

「わたしはなにも話せないといったんです」グレイスはいった。「わたしにできることはなにもないと」

「しかしウォールデンはあきらめなかった、そうですね？　あなたが話してくれる気になるまで、夕方毎日〈ゴールデン・フリース〉に通うつもりだといった。そして彼が死ぬまえの週、あなたはそこへ行くだけの勇気を出した。知っていることをウォールデンに話したのですか？」

「わたしたちは散歩に行きました」グレイスはいった。「あなたがクリスティンを見つけた池のそばまで。あのときはまだ真冬みたいだった。気候がよくなる直前で。水には薄く氷が張っていたし、木立には霜がついていた」グレイスは間をおいてからつづけた。「パブであの人と話しているところを見られるわけにはいかなかった。誰かがデニスに話すかもしれないでしょう。デニスはここではとても尊敬されているから。みんなデニスのことをすばらしい男だ、思いやりのある人だと思ってる」グレイスはまたも感情を――嘲りを――声に滲ませた。

「それで、サイモン・ウォールデンに知っていることを話したのですか？」

グレイスはうなずいた。「話しました」間があった。「サイモンはほんとうに善良な人でした。正しいことをしたいと思っていた」

「あなたが話したことにデニスが気づいたのですか？　サイモン・ウォールデンはそのせいで死んだのでしょうか？」

沈黙がおりた。外を車が通ることもなく、鳥の声も聞こえない。そこにデニスの声が響いた。いつものように愛想よく、説得力のある声が。「グレイスのいうことを信用してはいけないよ、マシュー。知っているだろう。グレイスは昔から精神的に脆くて、おかしな空想をする癖があった」

「わたしがデニスに話したの」グレイスはいった。「わたしが戻ったときデニスはここにいて、わたしがどこに行っていたか知りたがった。わたしはデニスに嘘がつけない。ほんとうのことをいっていないときはすぐに知られてしまう。わたしにはもう自分の人生なんかないの。われわれのビジネスについてしゃべるなんて大変なことをしてくれた、とデニスはいった。あの男はウッドヤードでおこなわれているすばらしい仕事をすべて台無しにしてしまうかもしれないと。もしあの男が死んでも、それは一種の生贄なのだ、より大きな善のために役立つことなのだと」

「私はサイモン・ウォールデンを殺していないよ」デニスはまだ気楽で自信に満ちた様子だった。「それはきみも知っているはずだね、マシュー。私は葬儀できみのお父さんの人生を祝福していたのだから。きみのお母さんや、夫妻の大勢の友人たちの目のまえでね。午前中はずっときみのお母さんと一緒にいたよ。彼女には私のサポートが必要だと思ったから」間があった。「きみにそれができなかったから。状況がちがえば、もしきみがもっと思いやりのある息子だったなら、ほかならぬきみが葬儀にいて、私のアリバイを証明してくれたかもしれないね」

自分がそこに、少なくとも霊安室には行って、自分なりのやり方で父に別れを告げたことを、マシューはいわなかった。「しかしあなたはなにも自分でサイモン・ウォールデンを殺す必要はなかった、そうでしょう、デニス？　彼が死んでくれたら都合がいいと、グレイスに知らせるだけでよかった。グレイスがいったとおり、あなたは彼女を操れる。人形遣いのように。カンタベリー大司教だったトマス・ベケットを亡き者にしたいと知らしめた王のように、あなたは殺人につながるいくつかの出来事を仕組んだ。自分自身の手を汚さずに。あなたの妻には、もう自分の人生などないのですから。長いあいだずっとそうだった。グレイスはあなたをひどく怖れていた、あなたの望むことならなんでもするほどに」マシューはグレイスのほうを向いて穏やかな声でいった。「あなたはなにをしたのですか、グレイス？　どんなふうに進めたのでしょう？」

グレイスは夫から顔をそむけ、しゃべりだした。「サイモンは携帯番号をわたしに教えてくれた。わたしは電話をかけて、理事会の有罪を証明するものを見つけたと話した。彼らがローザの母親に渡した小切手の控えを見つけたと。わたしたちは会う約束をした」

「なぜクロウ・ポイントを選んだのですか？」

「昔、両親とよく行ったの。両親は小さなボートを持っていて、インストウで管理していてね。子供のころ、ピクニックに行ったものよ。それで、あそこは死ぬのにいい場所だと思った。自分ならあそこで死にたい、風と波の音を聞きながら」

「あそこまでどうやって行ったのですか？」

「デニスの車を運転していった。デニスは友人に乗せてもらって葬儀に行ったから。わたしだって運転できるのよ、最近はめったにしないけど。こう見えても有能な女なんだから」間があった。「有能な女だったんだから」

「クリスティンはどうしました？　さらわれる前日だったから、あなたと一緒にここにいたはずですよね。あの日はウッドヤードには行かなかった」

「家に置いていった。テレビを見せておいたの」グレイスの声はとても静かだった。「充分満足しているようだったし、長くはかからないとわかっていたから。デニスが帰宅するまえに戻るつもりだった」

「では、あなたはブローントンまで車で行ったのですね。それから？」

「有料道路は使わなかった」グレイスはいった。「デニスは管理人用コテージに住んでいる夫婦と仲がよかったから、あの人たちがうちの車を覚えているかもしれないと思って。岬の反対側に停めたのよ、海側に。ブローントン・バロウズの砂丘の裏に。そしてそこから歩いた。サイモンはもう待っていた。遠くに彼の姿が見えたわ。サイモンは海を見やっていた」グレイスは顔をあげた。「デニスのいうとおり、わたしは頭がおかしいんだと思う。きっとおかしいにちがいない」

マシューはグレイスの姿を思い浮かべた。ひょろりとした痩身にぎこちない動き。案山子の頭の藁のような髪をなびかせ、まっすぐまえを見つめながら、これから殺そうとしている男に向かって砂の上を歩いていく。

「こんなことはまったく知らなかった」さっきマシューに責められて以来、デニスは初めて口を開いた。マシューが子供のころから覚えている声だった。深く、豊かな声。神さながらの声。「当然、グレイスが私に隠れてわれわれの事情をウォールデンに話してしまったのはうれしくはなかったが、脅したりはしなかった。私から殺してくれと頼んだようにいわれるのは心外だよ」

グレイスはデニスを無視した。まるでデニスがまったくしゃべらなかったかのように。

「ナイフを持っていったの。バッグに入れて。ふつうのキッチンナイフよ。家を出るまえに研いでおいた。すばやく終わらせたかったから」グレイスは顔をあげてマシューを見た。

「実際、すばやく終わった。サイモンにはなにが起こっているかもわからなかったと思う」

「それで、終わったあと、サイモンの遺体からなにを取りましたか？」

「身元がわかりそうなものを全部。電話とか、財布とか。宛名が書かれた手紙とか。宛先はブローントンの住所だった」グレイスは顔をあげた。「わかるでしょ、マシュー、あの時点では、わたしはかなり明瞭にものを考えていた。もしかしたら、やっぱり頭がおかしいわけではなかったのかも。言い訳なんかできないわね」

「サイモンの遺体から鍵を取りましたか？」

「ええ、鍵もあった。家に持って帰ってきて、それきり見ていないけれど」

「そのあとどうしましたか？」マシューは突然気がゆるむのを感じた。解放されたような気分だった。もう終わり間近だ。もうすぐジョナサンのいる海岸の家へ帰れる。二人でベッドに寝そべって、沼地の上に日が昇るのを眺められる。

「車でここまで戻ってきた。デニスよりほんの少しまえに。そして自分がしたことをデニスに話した」

「デニスはなんといいましたか？」マシューはその場面を思い浮かべようとした。グレイスが夫のためにドアをあける。靴には砂が、両手には血がついたまま。暗い廊下で向きあい、説明がなされる。そのあいだじゅう、クリスティン・シャプランドは家の奥のキッチンにいて、テレビを見ている。デニスは喜んだだろうか？　それとも恐怖に襲われただろうか？

「わたしたちは祈るべきだ、と」

また沈黙がおりた。深く、密度の高い沈黙が。マシューはなんのために祈るのかと訊く気になれなかった。赦しを乞うため？　ウォールデンの魂のため？　それとも、犯行が見つからないように？

「今日の夜はどこにいたのですか？」マシューはただの会話のように言葉を発した。怒りを隠すための丁重な質問だった。

「友人たちと夕食に出かけていた」デニスが引き継いで答えた。これは危険だった。ルーシー・ブラディックの殺人未遂については、デニスは少なくとも妻と同程度には関与しているはずで、すでにもっともらしい話をつくりあげているかもしれない。きっと、部分的にはほんとうのことだからと自分にい聞かせたのだろう。しかしそこにマシューがふらりと現れたのだ、砂丘を上って。もし雲が分かれて月明かりが当たっていたら、マシューはルーシーを見つけていたかもしれない。いや、いまは自分のことはいい。

「友人たちというのは？」

「コリンとヒラリーのマーストン夫妻だよ。きみも知っているだろう。隣人といってもいいはずだ。二人はこの地域に来たばかりだが、コリンはすでにウッドヤードの重要な一員だ」

マシューはうなずいた。マーストン夫妻がエクセターで捕まったことを話すのはまだ早い。それに、夫妻は家を使わせることはしたかもしれないが、ソルターから殺人についてほのめかされていたはずはない。この問題については公式な取り調べを待ってもいいだろう。

「あなたの車が目撃されています。土手の木立のうしろにある駐車場所から、かなりのスピードで走り去ったそうです。わたしが襲撃された少しあとに。どういうことか説明できますか?」

間があった。今回はもう逃げられない、権力も魅力も役に立たないのだと、ソルターも気づきはじめただろうか? 「なにかのまちがいだろう、マシュー。それは私たちではないよ」

「では、昼間はどうですか? バーンスタプルにはまったく行っていませんか?」

デニスは間をおいた。マシューがどれくらい知っているかわからないからだ。単純な嘘を暴かれる事態は避けたいのだろう。

マシューはつづけた。「もちろん、町の通りの大半が防犯カメラでカバーされていることは知っていますよね」

「土曜日にはよくバーンスタプルに行くんだよ、ちょっとした買物をしに」

「ルーシー・ブラディックは目抜き通りでさらわれました。父親と一緒だったのですが、一瞬だけふらりと離れてしまった。誰かが転んだふりをして、わざと人目を引いたようです」マシューは間をおいてからつづけた。「あなたの妻のものと似たジーンズとスニーカーを身につけた誰かが」

　マシューが先をつづけても、デニスはまだどう答えるか考えていた。マシューはもう疲れていたし、こんなのはただの言葉遊びだとわかってもいた。なにがあったかは知っていた。ソルターは、自分でルーシーを誘拐するような真似はしなかったはずだ。手伝ってくれとグレイスを説得したにちがいない。そしていつもどおり、グレイスはデニスの命令に従った。「ルーシーとモーリスを町で見かけて、いちかばちかやってみたのですか？　それとも父娘(おやこ)が町なかに行くことをまえもって知っていたのでしょうか？　あの二人はたいていの土曜日にはそうするし、あなたは二人のことをよく知っているでしょうからね。長年おなじ村に住んでいるのだから」

　デニスは前方を見つめていた。近隣の庭で犬が吠えた。

「どうやってマーストン夫妻を手伝わせたのですか？」マシューは滔々とまくしたてていた。マシューを止めるものはなにもなかった。「コリンに、ウッドヤードの理事の席を約束したのですか？　それとも有給の管理者のポストだろうか？　あなたはジョナサンを認めていませんでしたからね、そうでしょう？　あるいは、ルーシーが危険であるというつくり話をしたとか？　いや、ルーシーがサイモン・ウォールデンを殺したと話したのだろうか？　ダウン症の女性ならなんだってやりかねないと思っているのでしょうね。口実はなんであれ、夫妻はルーシーを閉じこめておくために自分たちの家をあなたに使わせた」

今度はデニスも反応した。立ちあがり、腕を組んでマシューを見おろした。顔面蒼白で、首の血管が脈打っている。デニスは苦心して考えをまとめようとしていた。いままでつねに人を従わせて生きてきたのだろうなとマシューは思った。信徒からの崇敬の念を浴び、自分を愛するように仕向けられなければ脅して服従させる。いまでさえ、マシューが自分に刃向かっていることが信じられないのだ。

「ずいぶん異例ではないかね。こんなふうに私の自宅で、弁護士の同席もなしに話をすることなどできないはずだ。荒唐無稽な言いがかりばかりつけて。しかもこんな夜中だぞ」

マシューも立ちあがった。「まったくあなたのいうとおりです、ミスター・ソルター。こういうことは警察署で慎重におこなう必要があります。これからメイ刑事があなた方の権利を読みあげます。ルーシー・ブラディックの殺人未遂と、サイモン・ウォールデン殺害の容疑であなた方を逮捕します。ロス、二人を連行するのに警察のバンを呼んでくれ。

ここまでくればもう、なにが起こっているか近隣の人々に知られて悪い理由はないだろう。どうせすぐに《ノース・デヴォン・ジャーナル》で読むことになる」

二人が署に戻ると、ジェンがまだいた。そして突然、ジョー・オールダムまでぶらぶらと入ってきた。オールダムが時間外に署にいるのはひどく珍しかったので、マシューはとうとう脳震盪の影響が出て上司の幻影を見ているのだろうかと思った。

「すべて片づいたと聞いてね」オールダムはいった。「よくやった、諸君。私はもうベッドへ向かうので、あとは明日聞かせてくれ」オールダムは、ウイスキーのハーフボトルとプラスティックのタンブラー三つをアタッシェケースから取りだすと、それをテーブルに並べ、またふらふらと出ていった。森のなかで迷子になって混乱した、気だてのよいクマのように。

三人はそれぞれウイスキーの入った小さな器を手に、マシューのオフィスに集まった。ジェンはマシューの机に寄りかかり、ロスはドアにもたれた。全員が、自分の体重も支えられないほど疲れているようだった。

「きみはとっくに帰っているべきだったのに」マシューはジェンにいった。

ジェンは首を横に振った。「最後まで見届けたかったんです。あなたがあの二人を連行するまで。有罪を勝ち取れるだけのものはあるんですよね？」

「ソルター夫妻とクレイヴンについては確実だ。ルーシーはまだローザのスカートを隠していたんだよ、寝室の引出しのなかに。今日の夕方、モーリスが見つけたんだ。プリースとマーストン夫妻についてはわからない。ローザ・ホールズワージーに対する暴行の隠蔽において、自分たちがしたことは犯罪ではないといってくるかもしれない。自分たちの行動はローザの最良の利益になる、そしてウッドヤードの利益にもなると信じていた――きっとそんなふうに主張するだろうね」

ロスは体重をかける足を変えながらいった。「ウォールデンは正しいことをしたと思いますか？　あんなふうに引っかきまわして。放っておけば、ウォールデンはいまも生きていただろうし、ルーシーとクリスティンにもあんなトラウマを残さなくて済んだ」

ジェンが勢いよくロスのほうを向いた。赤い髪がひらめく。「ほんとうにそんなこと思ってるの？　隠してしまえば、そのうちなくなるって？　それじゃウッドヤードのあの男たちが考えたことと一緒じゃない。あなたもあの一員なの？」

「まさか」ロスはいった。「ちがうよ。だけどウォールデンは取り憑かれていただろ？　ローザの話に。その理由がよくわからないんだ。ウォールデンには新しい人生があった。美人の恋人もいた。友達もできつつあった。それに、みんながいっていたように腕のいいコックだったなら、シーズンになればどこかでシェフの仕事に就くこともできただろう。なのになぜ命を落とすことになるほど取り憑かれていたのか、そこがいまひとつわからない」

「真実が語られることが大事だってわかっていたからでしょう」ジェンはロスから顔をそむけてつづけた。「それに、交通事故で子供を死なせて以来、ずっと背負いつづけてきた罪悪感のせいもある。事故のことをまたちょっと調べてみたの。そのことを話したときの元妻の言葉が引っかかってね。ひどく無力で、幼い子が、といっていた。それに、ウォールデンの死を知ったときの、子供の両親の曖昧な反応も」ジェンは間をおいた。「その子は脳に障害があったの。深刻な学習障害もあったし、事故にあわなくてもあと数カ月の命だった。だからウォールデンにとってローザのことは個人的な問題だった。最初から取り憑かれていた」

43

マシューが帰宅したときには、もう朝になっていた。穏やかな春の一日がはじまる。ジョナサンは自分でいったとおり起きて待っていたようだが、リビングのロッキングチェアで眠りこんでいた。火は消え、カーテンは閉まっている。すぐそばの床の上にグラスが一つあったが、そのほかは片づいていて、キッチンもきれいだった。ジョナサンは散らかっていても気にしないが、マシューが散らかった家に帰るのをいやがることは知っていた。

マシューはカーテンをあけ、部屋に明かりを入れた。ジョナサンが身動きした。そして顔をあげ、マシューを見た。「終わった？」

「ああ」マシューはいった。「終わった」

「近々、両親を訪ねてもいいかなと考えていた」ジョナサンはいった。「ちょっと海辺を離れてさ。ムーアを歩くんだ」

「いままでのもやもやを吹き飛ばすために？」マシューは軽い声のままいった。ジョナサンはめったに農場に行かず、行くのは義理で仕方ないときだけだった。誕生日とか、クリスマスが近いときとか。

「橋を架けるために」ジョナサンはいった。「モーリスとルーシーが一緒にいるのを見て、ぼくももっと努力すべきだと思ったんだよ」

次になにが来るかわかったので、マシューは先にいった。「たぶんわたしも、いつか日曜のランチに母を招くべきなのかな」

「頼んでみてもいいころだと思うけど」

つかのま沈黙があった。外では砂浜で波が砕け、カモメが鳴いていた。

解説

書評家　杉江松恋

とことん理詰めに書かれた小説がたまらなく心を揺さぶる。

アン・クリーヴスの読書体験とはそういうものである。

クリーヴスの小説は、物欲しげなところが一切ないというか、読者に関心がないのではないかというくらいのそっけなさで始まる。ところが、冒頭から展開するのは魅力溢れる場面なのである。すぐに心を捕えられる。何が起きているのだろうか、と気になって仕方がなくなる。そのうちに登場人物の誰かに目が留まる。その姿が、表情が、身のこなしが、生きた人間として脳裏で再現されるほどに活き活きと描かれていることに気づくからだ。彼、もしくは彼女の言葉に耳をそばだててしまう。こうなるともう、ページを繰る手を止められなくなっている。

アン・クリーヴスの小説とはそういうものだ。

本書『哀惜』の原題は *The Long Call*、二〇一九年九月三日に米国 Minotaur Books から、また同九月五日に英国 Macmillan からそれぞれ刊行された。クリーヴス作品は英国シェトランド島を舞台にした〈ジミー・ペレス警部〉シリーズが創元推理文庫で刊行されているが、それ以外の出版社から邦訳が出るのは初めてである。

「海岸で死体が発見された日、マシュー・ヴェンは死そのものや死ぬということについての考えですでに頭がいっぱいだった」という魅力的な一文から物語は始まる。デヴォン州はイギリスの南西部、コーンウォール半島の中部に当たる。ケルト海に面したノース・デヴォン地方が物語の舞台であり、海岸の砂丘で刺殺体が発見されることから事件が始まる。死体は、精神の均衡を欠いてアルコールに溺れた状態で町にやってきたサイモン・ウォールデンという男であると後に判明する。

作者はいきなり事件捜査から物語を始めるのではなく、まず別の死を悼む場所に主人公を立たせる。地域の中心部は内陸部のバーンスタプルだが、マシュー・ヴェンはそこに存在する警察署に籍を置く刑事だ。階級は警部で、ウォールデンの事件で初めて殺人捜査の指揮を執ることになる。ヴェンが冒頭で立っている場所はノース・デヴォン火葬場の外である。中で行われているのは彼の父、アンドルー・ヴェンの葬儀だが、なぜかマシューは中に入って行こうとしない。その状況から彼と家族の間には埋めがたい溝があることがわかってくるのだ。これも後に、ヴェン一家が厳格な福音派であるバラム・ブレザレン教会の信徒であり、マシューがその教義に疑念を抱いて離反したためであることが明かされる。

殺人事件と一家の歴史。現在進行中の物事と、主人公を成り立たせている過去とが死という現象を通じて同時に示される。読者は現在と過去の両方に気を取られながら事態の推移を見守ることになるだろう。うまいやり方だ。最初にわかってくるのは現在起きている事件に関することで、前述した被害者の素性がまず提示される。彼は地元有力者の娘であるキャロライン・プリースの自宅に下宿していた。同居人はもう一人、芸術家のギャビー・ヘンリーで、彼女の口から語られる人となりによってサイモン・ウォールデンの素描が与えられる。

マシューには直属の部下が二人いる。一人は経験が浅く、男性優位主義者の態度を示しがちなロス・メイ刑事、もう一人はDV夫との離婚歴があり、ティーンエイジャーのシングルマザーであるジェン・ラファティ部長刑事で、彼女は若い同僚を嫌っている。ジェンは警察側の、もう一人の視点人物である。どちらかといえば短気で、ロスに対する嫌悪を露わにしてしまい、後で後悔するような一面を持っている。また、職場では感情を統御できても、自宅で娘と息子と一緒にいるときには駄目な母親になってしまう、というような弱さも覗かせる。こうした形で多面的に登場人物を描いていくのがクリーヴスは実に上手い。主人公のマシューについても、ジェンの視点から客観的に描写されていくのだ。いわゆる捜査会議に当たる、署のブリーフィングでマシューが進行役を務めるとき、ジェンはこんな風に彼を観察する。

マシューはうなずいたが、なにもいわなかった。いかにもマシュー・ヴェンらしいとジェンは思った。なにか有用なことをいうのでないかぎり、決して口を開かない人間なのだ。

ロスが口を開こうとしたところで、マシューが静粛を求めた。室内が即座に静まったので、警部は少しばかりショックを受けたような顔をした。まるで自分の権限に驚いたかのように。

「まるで自分の権限に驚いたかのように」というのがいい。常に礼儀正しく、どんな場所でもスーツにネクタイを締めた服装で現れる男。それがマシュー・ヴェンだ。物語の前半で作者は、彼のそうした好ましい控えめな姿を積極的に描いていく。これには意図がある。

後半において、マシューは心の裡に溢れんばかりの怒りをたぎらせることになるからだ。他人の尊厳を踏みにじるような非道な行為があったことが判明するからである。サイモン・ウォールデン殺人事件の真相は、犯罪に関わった者たちの残酷な顔と、まっとうに生きた人々の清々しい姿を映し出す。その対比に私は深い感銘を受けた。マシュー・ヴェンは、汚辱に対する怒りと、清明を希求する気持ちを読者と共にするために創造された主人公なのだ。

少し先走ってしまったが、『哀惜』は極論すればキャラクター小説である。いわゆる「キャラが立っている」小説の意ではなく、登場人物の性格（キャラクター）が物語と密接であるということをここでは指している。登場人物がそのように描かれているのは、作品上の要請なのだ。ねじ曲がった性格の人物がいるとすれば、奇を衒（てら）う演出のためではなく、物語展開の中にその執着なり妄想なりが影響を及ぼす箇所があるからでなければならない。それが性格小説というものだろう。

もちろん性格は多面的で、時に不定形のものでもある。本作で最も輪郭があやふやに描かれているのは、既にこの世にないサイモン・ウォールデンである。初めギャビー・ヘンリーからマシューに伝えられた彼の人物像は、アルコール依存症すれすれのホームレスというものだ。捜査が進むと、それとは相反するサイモンの情報が増えていく。そのためマシューには、サイモンがどういう人間だったかがわからなくなっていくのだ。ぼんやりとしか見ることができない彼の姿の、解像度が上がる瞬間が物語後半に訪れる。そこを転換点として事件は一気に解決していくのだ。

サイモンの姿が不明瞭であるのは、マシューの元に寄せられた証拠・証言が不完全だからだ。たとえば、ある事件関係者から得られた証言は、大事な部分が欠けている。マシューは言外の意味とでもいうべきその要素を見つけなければならないのである。この関係者から真意が聞き取れたとき、捜査は一歩前進する。同時にその人物も以前は見せなかった別の一面を読者に示すことになる。個々の登場人物が立体的に描かれていく過程と、真相に向かう道筋はそうした形で同期し、寄り添って太い幹になっているのだ。冒頭に書いた理詰めというのはここで、部分部分に無駄がまったくなく、すべての描写が真相につながる道筋になっており、同時に手がかりとして呈示された要素に小説として無駄と思えるところが一つもない。謎解きの論理性と人間を描くという小説の大目的とが理想的な形で融合しているのである。

物語には複数の学習障害を持つ人々が関わっている。元は材木会社だった場所の跡地に、地元有力者の肝煎りでウッドヤード・センターという複合施設が出来た。前述のギャビー・ヘンリーがアート教室を開いているのもそこだし、別の場所にあったデイセンターも施設内に移転してきた。そのデイセンターに定期的に通っている一人が、ダウン症の女性、ルーシー・ブラディックである。物語の序盤で、彼女と生前のサイモンとの間に接触があったことが判明する。そのことは大きな意味を持つはずなのだが、自分なりのルールに沿った形でしかルーシーは語らないため、そのときが来るまでマシューには解釈が不可能なのである。

巻頭に、学習障害を持つ人々を登場させたことについての断り書きがある。駒のように便利に用いるのではなく、そうした人々の心を誠実に描いた小説だということは明記しておきたい。尊大な考え方をする者は、我こそが人間の代表であり、他人も自分と同じ振舞いをすべきだと根拠もなく思いこむようになる。多様性を否定し、自分と異なる価値を持つ者を排除しようとする。そうした傲慢さからは遠いところにある小説なのだ。終盤にルーシーが限りない勇気を示す場面がある。本書で最も美しい箇所だ。

ルーシーは親指を二本立ててみせ、さっきとおなじ凜々しい笑みを浮かべた。言葉はゆっくり出てきた。ルーシーにとっては言葉を絞りだすことは闘いであり、一音節一音節が小さな勝利だった。

チョコレートが大好きで笑顔の素晴らしいこの女性がどのような冒険をするのかは、ぜひ読んで確かめていただきたい。

ここまで書かなかったことがもう一つある。事件の主舞台となるのはウッドヤードという施設なのだが、その所長を務めるジョナサンはマシューの夫なのである。いわゆるLGBTQの家族関係がさらりと描かれており、小説の中で機能している点が巧い。同性と結婚していることについてマシューが語ることはなく、彼と立場を別にする者の価値観が俎上になるときにのみ言及されることになるのである。

世界を放浪するような生き方をしてきたジョナサンはマシューと巡り会ったあと、ウッドヤードの仕事にやりがいを見出し、この地に根を下ろすことを決めた。いつでもネクタイを締めた服装のマシューに対し、ジョナサンはどんなときでもTシャツに短パンという恰好が基本である。その点はまったく違うが、かけがえのないパートナー同士である。ノース・デヴォンはお互いの故郷でもある。しかし、もともとの家族とは二人とも断絶状態であり、パートナーだけを頼りとして人生を切り拓こうとしている。

ここに小説の、もう一つの力点がある。マシューが身を置いているのは小さな共同体であり、過去何世代にもわたって受け継がれてきた人間関係と旧い秩序が重んじられる。その場所において、自分の力で新しい世界を築くことは容易ではないはずだ。それをやる。

しかも力で力に勝つのではなく、穏やかな対話と、間違ったことには決して同意しないという真っ当な生き方を貫くことで。そうした姿勢を描くためにクリーヴスはマシュー・ヴェンを生み出したのだろうと思う。巻頭の「親愛なる読者へ」には、ノース・デヴォンが作者が子供時代の大半を過ごした土地であると書かれている。新しい挑戦をするにあたり、もっとも懐かしい場所を選んだのだろう。

アン・クリーヴスは一九五四年、イギリス西部のヘレフォードシャーで生まれ、前述の通りノース・デヴォンに移った。リヴァプール大学を中退後、保育士や女性のためのシェルター管理、野鳥観察所の料理人、沿岸警備隊の補助員などといった職に就いた。後に大学に戻り、保護観察官の資格を取得している。夫は鳥類学者で、野鳥観察所で働いているときに知り合った。それがきっかけで鳥類学にも関心を持ち、一九八六年にデビュー作 *A Bird in the Hand* を発表したときには、年配の博物学者ジョージ・パーマー・ジョーンズを主役に据えた。『哀惜』ではバードウォッチャーと彼の趣味に無関心な口うるさい妻が脇役として登場するが、これはちょっとしたセルフパロディだろう。

すでに三十年近いキャリアを持つベテランだが、これまでは代表作である〈ジミー・ペレス警部〉シリーズしか邦訳がなかった。第一作の『大鴉の啼く冬』（二〇〇六年）から現時点での完結篇に当たる第八作『炎の爪痕』（二〇一八年）までがすべて創元推理文庫に収められている。同シリーズはアガサ・クリスティーが開拓した、事件関係者のつく嘘の中に真相への手がかりを潜ませるタイプの謎解き小説で、多視点叙述によって登場人物たちを描き分けていく技法と、段階を踏んだ真相開陳の巧みさにおいては現代最高峰の水準である。本書を読んで関心を持たれた方はぜひそちらもお試しを。同シリーズの他に *A Lesson in Dying*（一九九〇年）に始まる〈スティーヴン・ラムゼー警部〉シリーズ、*The Crow Trap*（一九九九年）を第一作とする〈ヴェラ・スタンホープ警部〉シリーズもあり、後者はドラマ化されている。

なお、『哀惜』は二〇一九年度のアガサ賞に輝いている。第二作 *The Heron's Cry* が二〇二一年に発表され、本年秋には第三作 *The Raging Storm* の刊行が予定されているようだ。本国でのシリーズ呼称は、ノース・デヴォンが二つの川が流れ込む地であることから *Two River* である。謎は人間が生み出すものであり、その人間を描く巧みさにおいてアン・クリーヴスは類いまれな才能の持ち主だ。いかなる謎の物語が今後生み出されるか。そしてマシュー・ヴェンはどのような世界を築いていくのだろうか。

二〇二三年二月

コールド・コールド・グラウンド

The Cold Cold Ground

エイドリアン・マッキンティ
武藤陽生訳

紛争が日常と化していた80年代北アイルランドで奇怪な事件が発生。死体の右手は切断され、なぜか体内からオペラの楽譜が発見された。刑事ショーンはテロ組織の粛清に偽装した殺人ではないかと疑う。そんな彼のもとに届いた謎の手紙。それは犯人からの挑戦状だった！ 刑事〈ショーン・ダフィ〉シリーズ第一弾。

ハヤカワ文庫

天使と嘘（上・下）

Good Girl, Bad Girl

マイケル・ロボサム
越前敏弥訳

英国推理作家協会賞受賞
天使と嘘
GOOD GIRL, BAD GIRL
MICHAEL ROBOTHAM
マイケル・ロボサム
越前敏弥〔訳〕
上
早川書房

〈英国推理作家協会賞最優秀長篇賞受賞作〉臨床心理士のサイラスが施設で出会った少女イーヴィは嘘を見抜ける能力を持っていた。そして、彼らは警察の要請で女子スケートチャンピオン殺害事件の捜査に加わる。将来を期待されていた選手に何が起こったのか――世界各国で激賞された傑作ミステリ。 解説／吉野仁

訳者略歴　青山学院大学文学部卒，日本大学大学院文学研究科修士課程修了，英米文学翻訳家　訳書『ブルーバード、ブルーバード』ロック，『ローンガール・ハードボイルド』サマーズ，『女たちが死んだ街で』ポコーダ，『ボンベイのシャーロック』マーチ（以上早川書房刊）他多数

HM=Hayakawa Mystery
SF=Science Fiction
JA=Japanese Author
NV=Novel
NF=Nonfiction
FT=Fantasy

哀惜（あいせき）

〈HM⑳-1〉

二〇二三年三月二十五日　発行
二〇二四年四月　十五日　四刷

著者　アン・クリーヴス
訳者　高山真由美（たかやままゆみ）
発行者　早川浩
発行所　株式会社早川書房
郵便番号　一〇一 - 〇〇四六
東京都千代田区神田多町二ノ二
電話　〇三 - 三二五二 - 三一一一
振替　〇〇一六〇 - 三 - 四七七九九
https://www.hayakawa-online.co.jp

（定価はカバーに表示してあります）

乱丁・落丁本は小社制作部宛お送り下さい。
送料小社負担にてお取りかえいたします。

印刷・精文堂印刷株式会社　製本・株式会社明光社
Printed and bound in Japan
ISBN978-4-15-185301-2 C0197

本書は活字が大きく読みやすい〈トールサイズ〉です。